나도 한때는
자작나무를 탔다

제2회 한겨레문학상 수상작

김연 장편소설

나도 한때는
자작나무를 탔다

한겨레출판

차례

새벽에 길을 떠나다

눈앞의 신호등이 초록에서 주황으로 변한다. 신발 밑창이 좌로 향해야 할지 아니면 우로 향해야 할지 결정하기에는 너무나 짧은, 찰나 후에 주황색은 다시 빨간색 불로 바뀔 것이다. 수민의 발바닥은 이번에도 좌를 선택한다.

한번 빨가면 영원히 빨갛다. 일단 빨간색으로 발을 들여놓으면 광명의 초록색은 만날 수가 없는 게 이 거리의 신호 체계다. 방법이 없는 것은 아니다. 택시 기사들이 그러는 것처럼 아슬아슬 차선을 바꿔가며 과속을 하든지 아니면 운전 연수 나온 노란색의 차량처럼 아예 거북이 걸음을 하면 한 박자가 빨라지거나 늦어져 신호등마다 계속 멈춰야 하는 사슬을 마침내 끊을 수 있다.

수민이 브레이크에서 발을 막 떼려고 할 때 횡단보도에 두 사람이 나타난다. 우산 하나로 비를 그으며 걸어온 그들은 눈앞의 초록색 등이 명멸하자 멈칫 선다. 그러자 그들의 상체를 가리고 있던 우산이 들어 올려지고 한 손엔 우산과 또 다른 한 손엔 커다란 여행용 가방을 든 남자의 눈이 수민의 눈을 찾는다.

수민은 지나가라는 신호로 손짓을 한다. 노를 드리우듯 앞 유리창으로 죽죽 쏟아지는 빗줄기와, 그것들을 있는 힘껏 몰아내고 있는 와이퍼의 동작 때문에 제 진심이 전달되지 못할지도 모른다는 기우가 섞여들어 과장될 정도로 커다랗게 수신호를 보내고서 수민은 슬몃 얼굴이 달아오른다.

그들이 수민의 앞을 지나 건너편의 보도블록에 무사히 발을 내딛자 수민은 가속 페달에 발을 올린다. 차가 출발하고서 시큰거려오는 발목의 통증이 느껴지자 그사이 자신이 얼마나 브레이크를 힘껏 밟고 있었는지를 깨닫는다.

묻지 않아도 그들은 길 건너편의 병원을 향해 가고 있을 터였다. 커다란 꽃무늬의 얇은 면 원피스로 불룩한 배를 덮은 여자는 남자의 반팔 남방 한 자락을 거머쥐고 이를 악물며 천천히 발을 옮기고 있었다. 그 여자가 이 시간 이후 감내해야 할 고통을 생각하자 수민의 신경이 파르르 떨려온다.

차는 반원을 두 번 그린 다음 고속도로로 들어선다. 서울에서 경기도로 빠져나오는 도로는 3차선에서 1차선으로 줄어드는, 말 그대로 병목 구간이라 늘 빠져나오기가 겨운데도 그곳을 어떻게 벗어났는지 선명치가 않다.

그 여자 때문이었다. 한쪽 팔은 뒤허리에 걸친 채 볼품사납게 발을 질질 끌며 어기적어기적 수민의 앞을 지나갔던 여자. 발목께에 소녀처럼 두 번 곱게 접은 하얀 면양말 속으로 장대비가 파고들어도 차가움도 질척거림도 안중에 없을 여자.

만삭의 여자들은 왜 하나같이 줄무늬가 있는 하얀 면양말을 신는지. 수민은 심호흡을 크게 하고 액셀러레이터를 지그시 누른다. 툭 튀어나와 머릿속을 들쑤셔놓곤 휙 사라져버리는 삶의 복병들을 털어내버리려는 의지의 표현처럼.

쭉 뻗은 왕복 4차선 도로를 보자 겨드랑이에서 스멀스멀 기운이 솟으며 운전대를 잡은 두 손에 묵직한 힘이 들어간다. 운전 습관이 살아나려는 기미다. 신호등이 없는 도로에 들어서면 이제부터 전투가 시작된다라고 자신에게 암시를 거는 것이 운전 습관이라면 습관인 셈이다. 그래, 어디 한번 해보자. 수민의 이런 결연함을 비웃기라도 하듯 차들이 휙휙 바람 소리를 내며 경쾌하게 옆을 지나간다. 모두 등에 번호표를 달고 자동차 경주에 출전한 레이서들 같다.

오른쪽으로 번호 6과 함께 양평, 토평이란 이정표가 나타난다. 이제 창문을 모두 내리고 풀 내음 속에 긴 호흡을 가다듬으며, 수묵화처럼 농담만이 살아나는 국도의 산허리를 지나 해가 뜨는 동쪽을 향해 숨차게 달려보는 일만 남은 것이다. 양평이란 이정표만 눈에 들어와도 가슴이 설레는 수민이다. 우회전을 해 6번 국도로 들어서며 안개 속에 몽롱한 산자락을 대하자 가슴이 할랑거리고 입가에 웃음기마저 피어난다.

건너편에서 달려오던 버스가 지나가면서 앞 유리창으로 확 물벼락을 들씌워 한순간 먹먹한 어둠에 놓일지라도, 유난히 도로 곳곳에 깊게 떨어져 나간 곳이 많은 6번 국도라 차체가 심하게 덜컹거리더라도 마음 쓰지 않으리라. 조금만 더 가면, 이편과 저편을 확실히 갈라놓는 모든 경계가 사라지고 물과 나무가, 강과 산이, 흑과 백이 뒤엉켜서 공존하는 양수리의 물안개 앞에, 머리를 풀어 헤치고 휘감는 듯한 그 혼곤함에 전신을 내맡길 수 있다는 희망이 있기 때문이다. 발밑에서부터 서서히 차올라 정수리까지, 눈에 보이는 모든 것들을, 눈에 보이지 않는 모든 것들을 모호함으로 젖게 할 그 물안개 앞에 서면 삶을 관통하는 철학적 명제라도 얻어들을 수 있을지도 모른다.

한 번도 들어가본 적이 없는데도 이름만은 눈에 익은 '도둑과 시인' 카페, 고운 연두색의 수양버들 줄기, 옥수수밭과 개망초가 흐드러진 능내역을 지나면 아, 바로 그곳이다.

강물 속으론 또 강물이 흐르고 내 맘속엔 또 내가 서로 부딪치며 흘러가고 강가에는 안개가, 안개가 또 가득 흘러가오.[*]

양수대교를 지날 때마다 수민은 바라게 된다. 다리 위에 차가 많든지 아니면 앞차가 천천히 가든지 그것도 아니면 차가 아예 한 대도 없든지. 그 다리 위에서 보는 북한강만큼 아련하고 가슴 저리는

[*] 정태춘, 〈북한강에서〉, 1985.

10

풍광은 없다. 교통량이 지금 같지 않았을 때 만든 낡고 오래된 시멘트 다리 위에서 흔들리는 차와 함께 온몸이 널을 뛰듯 후들거리고 있노라면 창밖의 풍경은 자못 비장감까지 더해져 더욱더 그러하다.

"희민아, 강물 좀 봐!"

수민은 기어이 소리를 지르고 만다.

아이용 의자에 높직하게 앉아 있는 아이는 엄마가 새된 소리를 지르거나 말거나 고개를 모로 떨구고 여전히 잠들어 있다.

양수대교를 지나 왼쪽으로 꺾어 들어 작은 철길을 건넌다.

"얼른! 일어나서 저것 좀 보라니깐!"

사뭇 명령하듯이 다시 소리를 지른 건 다디단 잠에 취해 있다 무슨 영문인지도 모른 채 의자에 이중으로 매어져 이곳까지 달려온 아이가, 그 애의 푹 꺾인 목이 애처로웠기 때문이다.

오른쪽 연못 위의 연꽃은 아직 만개하지 않았다. 불어난 강물이 금방이라도 아스팔트 위로 올라와 수민의 차를 푹 적실 것만 같다. 강의 숨소리를 그대로 들으며 강과 어깨를 맞대고 이렇게 달려갈 수 있는 곳이 이 나라에 또 있을까. 강물 위로 비가 후두둑 후두둑 떨어지고 있다.

우리 국토의 새벽만을 찾아 사진을 찍어온 작가가 있다. 삽을 들고 들판으로 나가는 농부, 푸른 초원 위로 소를 끌고 가는 아낙, 코스모스가 한들거리는 가을 들녘을 따라 자전거를 타고 길을 떠나는 젊은이가 그가 찍은 사진 속의 주인공들이고 그들은 하나같이 새벽이란 시간 속에 있다.

양수리를 지나고 있는 지금 그 사진들이 생각난다. 새벽은 자연의 경이로움과 이를 대하는 자신의 겸허함 그리고 희망이 드러나는 시간이며 작가 자신과 자연이 감성적 차원의 합일을 이루는 시간이라고, 그 작가는 사진전 팸플릿 말미에 쓰고 있었다. 희망이 드러나는 시간……. 그 작가도 희망의 기미를 찾아 밤을 패며 온 국토를 헤맸을 것이다.

뒤에서 따라오던 트럭이 상향등을 켜고 그것으로도 성에 차지 않았는지 경적을 요란하게 울린다. 그 기세에 놀라 수민이 한쪽으로 비켰더니 몇 대의 차들이 기회를 놓칠세라 꼬리에 꼬리를 이어 중앙선을 넘는다.

이 가슴 저리는 아름다움 앞에서도 사람들은 저렇게 바쁘게 사는구나. 그 사진작가의 새벽 사진 달력을 하나 더 얻고자 스튜디오에 들른 적이 있었다. 그때 벽에 붙어 있던 우리나라의 한다하던 유명 연예인들의 상업 광고 사진이 문득 앞서가는 차량의 꼬리 너머로 깃발처럼 나부낀다.

북한강은 수민을 놓칠세라 따라온다. 비포장 길을 거치고 청평댐과 나이아가라호텔을 지나 한쪽으로 차를 세우고 수민은 창문을 조금 내리고 몸을 돌려 뒷좌석의 아이를 본다. 그리고 콘솔박스를 열어 담배를 꺼내 불을 붙인다. 빗줄기가 수민의 허벅지로 사정없이 들어온다. 차의 시동을 끄고 건너편의 벼랑과 그 아래의 강줄기를 멍한 시선으로 바라본다.

남은 손님은 한 쌍의 연인뿐이었다. 난데없이 퍼부어대기 시작한 빗줄기가 토요일 밤의 열기를 한순간에 식혀버렸는지 내려다보는 거리의 느낌은 한결 가라앉아 있었다. 건너편 분식점의 불이 꺼지고 주인 남자가 셔터를 내리는 동안 그의 부인은 김밥을 나른 쟁반을 들고 차양 밑에 서 있다. 이윽고 문단속을 다 한 남편이 손을 탈탈 털자 부인이 우산을 펼쳐 들었다. 먹고살아가기 위한 하루의 긴 노동을 끝낸 부부가 우산 하나에 서로의 몸을 의지하고서 총총히 보금자리를 향해 수민의 시야에서 사라져갈 때 전화벨이 울렸다.

　"예, 니쳅니다."

　그러나 저편에선 어떤 반응도 없다.

　"여보세요."

　수민이 음악 소리를 줄이며 조금 큰 소리로 말했지만 반응이 없기는 마찬가지다.

　"여기 니친데요, 어디에 거셨나요?"

　긴장감으로 머리끝이 쭈뼛 섰지만 카페 주인답게 여전히 상냥함을 잃지 않고 수민이 물었지만 저쪽은 여전히 묵묵부답이었다. 알 수도 없는 상대방을 향해 그럼, 이만 끊겠습니다, 라고 최대한의 예의를 지키면서 송수화기를 내려놓자 정작 그때부터 가슴이 두근반세근반 뛰기 시작했다. 누구였을까, 그저 단순한 장난 전화였을까.

　좀체 일어설 것 같지 않던 마지막 손님들도 자리를 뜨고, 수민이 테이블 사이를 오가며 정리를 하고 있을 때 다시 전화벨이 울렸다.

　"예, 니쳅니다."

"……."

"말씀하시죠."

저편에서 말소리 대신 어떤 소리가 들렸다. 하루에 쉴 숨을, 아니 평생 쉴 숨을 한 번에 내뱉는 듯한 긴 공명을 가진 숨소리. 그 깊은 울림을 가진 숨소리를 듣는 순간 수민의 가슴이 아리게 무두질해왔다.

"……나요."

상대방이 나요, 라고 딱 한마디의 말을 뱉어내는 순간 그가 몰아쉰 깊은 숨의 의미를 알아채버린 수민은 입을 다물어버렸다. 시간도 공간도 가늠되지 않는 침묵 속에서 수민은 굳이 한 곳만을 주시하고 있는 제 눈길을 확인하고 진저리를 쳤다.

숨 막히는 침묵 속으로 건물이 우지끈 하고 무너져내릴 것 같은 천둥소리가 울렸다. 그 굉음과 동시에 아이의 우는 소리가 들렸다. 수민은 지금까지 시선을 못 박아두었던 내실로 쏜살같이 달려갔다. 천둥소리에 놀라 엄마, 엄마 하며 몸을 뒤척이는 아이가 번갯불에 그대로 드러났다. 어느새 짧아진 소매 없는 면내의 밑으로 드러난 배를 덮어주고 아이의 등을 토닥여주었다. 괜찮아, 엄마야, 엄마. 제 엄마의 목소리를 확인한 아이가 다시 숨을 고르게 쉬며 잠 속으로 빠져들자 수민이 다시 전화기로 달려갔지만 이미 모든 것은 끝나 있었다.

담배는 눅진하다. 습기를 머금은 담배는 지글지글 볕이 내리쬐는 여름 한낮의 바싹 마른 담배보다 훨씬 부드럽게 목구멍을 애무한다. 그러나 천둥과 번개가 번갈아 고개를 내밀던 어젯밤의 담배 맛은 결코 부드럽지도 온화하지도 않았다. 뚜, 하는 긴 신호음만 들리는 수화기를 내려놓고 담배를 입에 물 때 입안은 훗훗하게 달아올랐다.

여자가 긴 머리를 풀어 헤치고 강물에 머리를 천천히 담그는 것 같은 착각이 일게 하는, 지금 이곳에서의 담배 맛은 편안하고 나른하다.

지금 그 남자의 혀끝에 닿는 담배 맛은 어떤 것일까……. 하얀 면 양말에 커다란 꽃무늬 원피스를 입고서 뒤뚱뒤뚱 발을 내딛던 여자의 손을 잡고 빗속에서 길을 건너던 그 남자…… 그 남자의 그 여자는…… 부끄러움이란 감정이 얼마나 호사스러운 것인지, 그것조차 느낄 새도 없이 아랫도리를 다 드러내고 숨이 끊어지는 고통의 시간을 겪고 있으리라.

담배 연기를 창밖으로 내몰자 가느다란 한숨이 그 자리를 대신한다. 아이는 여전히 고개를 떨군 채로 잠들어 있다. 몸을 돌려 아이 의자를 되도록 뒤로 젖혀준다. 저렇게 뒷자리에 혼자 매달려 있는 아이가 이 길들을 감당해낼 수 있을까.

할리우드 영화에서처럼 죽어라 힘들다고 소리치는 마누라 옆에 바투 서서 남편이 그 손을 잡아주며 조금 더!라고 용기를 북돋워줄 수도, 태어나는 아이의 탯줄을 그 아비가 직접 끊어줄 수도 없다 하자. 그렇더라도 수술실 바깥에는 애꿎은 담배만 축내며 애태우는 남편이 서성이고 있을 테니까, 그 여자는 모진 고통을 그래도 견딜 만할 것이다. 적어도 혼자서 택시를 타고 산부인과에 가서 두 다리를 벌리고 이를 악물며 진저리 치고 있지는 않아도 되므로.

빗줄기가 거세어지자 창문 너머 나무들이 지우고 덧칠하기를 반복하는 캔버스 위의 유화 그림들 같다. 일그러진 푸른색 위로 물이 흐르고 와이퍼가 한 번 쓸고 지나가면 순간 영롱한 푸른색이 나타났다 다시 물과 섞이는 과정이 수민의 눈앞에서 끝없이 되풀이된다.

끼익, 의식보다 먼저 발이 급하게 브레이크를 밟는다. 발 아래는 벼랑이다. 끈적끈적한 유화 물감의 질감이 수민에게 옮아왔던 걸까, 무의식적으로 운전대를 돌리며 고개를 오르다 구부러진 흰색 가드레일을 본 순간이었다. 황급히 등을 돌려 아이를 본다. 아, 별일 없구나, 수민은 가슴을 쓸어내린다. 아이는 전혀 놀라지 않고 잠을 계속 자고 있다. 다만 언제부터였는지 엄지손가락을 입으로 가져가 세차게 빨고 있다. 다행히 뒤에 따라오는 차는 없다.

다시 길을 톺아 오르며 빗속에선 가드레일이 구부러져 보인다는 것과, 유화엔 물이 들어가지 않으므로 비를 맞으며 고스란히 서 있는 나무와 풀들은 수채화에 비유되어야 한다는 것을, 깨닫는다. 북아메리카가 고향이라는 루드베키아가 생김새도 크고 짙은 노란색으로, 이름처럼 이질감을 주며 강원도의 상징 꽃이라도 되는 양 온통 가로변을 채우고 있다.

그는 왜 어제 전화를 걸어 그렇게도 긴 숨을 토해내야 했을까. 근

16

3년여 만에 처음으로 수민에게 전화를 걸기로 한 날이 하필이면 수민이 길을 떠나기 전날이어야 했을까. 그렇게 전화를 해서 그는 도대체 무슨 이야기를 하고 싶었던 것일까. 그에게 하지 못한 질문을 이제야 수민은 스스로에게 던진다.

며느리고개쉼터, 모르는 계곡 쉼터, 말고개쉼터 그리고 아홉사리쉼터를 지난다. 지도상에도 나와 있지 않은 그 많은 고개들을 수민은 땀 한 방울 흘리지 않고 자동차라는 그야말로 문명의 꽃을 이용하여 올랐다가 내려간다.

어, 뭔가 잘못 들어선 듯싶다. 눈꽃처럼 하얗게 핀 감자꽃에 한순간 넋을 놓다 길을 놓쳤는지도 모르겠다. 지도에 따르면 현리 쪽으로 달리다 상남께서 우회전을 해야 하는데 오른쪽으로 마땅히 꺾어질 만한 길이 없다. 그래서 달린다. 우리나라 이정표는 그래도 믿을 만하니까 다시 나오겠지 하고, 그런데 아무래도 뭔가가 꺼림칙하다. 수민은 차를 돌리고 만다.

좌회전을 해야 할 곳은 상남 우체국 골목이었다. 그곳엔 이정표가 없었다. 좌회전을 하고 나서야 446 미산 방면이란 표지판이 나온다. 내린천 미산계곡, 제한속도는 20킬로미터라고 뒤늦게 친절을 부리고 나타났지만 얼마 가지 않아 비포장이 시작되었으므로 속도를 더 낼 수조차 없다.

날이 환해지는 느낌이다. 눈앞을 가로막고 있던 뿌연 안개 같은 것은 걷혔지만 비는 여전히 내리고 있다. 해가 나도 비는 올 수 있는 거로구나, 비가 오든 말든 해는 세상 위에 있는 거로구나. 그때 눈이 번쩍 뜨이는 게 나타났다. '열심히 일하겠습니다! 황소농활대'. 현수막에는 그렇게 씌어 있다.

길은 좁아지고 계곡을 끼고 구불구불 끝이 없을 것 같은 길이 눈앞에 있다. 한 굽이를 돌고, 쉬쉬하며 되도록 소문내지 않고 마을을 찾아가 농촌활동을 했던 수민의 대학 시절이, 한 굽이를 돌고, 열심히 일하겠다고 씩씩하게 큰 소리로 말하는 스무 살 무렵의 구릿빛 얼굴이, 한 굽이를 돌고, 초코파이를 허겁지겁 먹고 있는 아이의 얼굴이……. 뒤에 흰 트럭이 나타났다.

언제부터 저 트럭은 수민의 뒤를 따라온 걸까. 수민은 차를 세울 만한 공간을 찾아내자 한쪽에 차를 댄다. 그리고 옆구리를 스치고 지나간 차가 수민에게 보내올 기호들을 기다린다. 오른손을 까닥 한 번 들어 올리거나, 비상등을 몇 번 깜빡거리거나, 개구진 운전자라면 빽 하는 요란한 경적과 함께 왼손을 들어 사정없이 흔들 것이다. 사람들은 한적한 길에서는 과분할 정도로 예의를 차리는 법이니까.

한적하다 못해 딱 두 대의 차가 가까스로 지나갈 수 있는 길이었지만 앞차는 어떤 감사의 행위도 하지 않았다. 오히려 그동안 답답했다는 듯 쌩 하고 속도를 붙였을 뿐이다.

남의 성의도 몰라주고, 기본적인 매너가 안 돼 있구만.

그러나 흰 트럭의 뒤꽁무니에 선명하게 찍혀 있는 네 자리의 글자로 하여 수민의 투덜거림은 금방 사그라들고 만다. '공무수행'.

'도로 확장 결사반대'. 소나무 사이에 걸린 천에는 빨간 스프레이로 또 그렇게 씌어 있다.

하얀색 트럭은 어떤 공무를 수행하러 가는 걸까. 혹, 그 옛날처럼 농활을 나온 대학생들의 동태 파악을 위해 급히 나선 길은 아닐까. 항상 그렇듯이 나쁜 쪽으로만 몰아가는 생각의 골이다. 그럴 리는 없을 거라며 고개를 몇 번 흔들면서 차를 세운다.

시동을 끄고 우산을 집어 들고 문을 연다. 뒷좌석의 아이를 풀어준다. 군데군데 물이 고인 진창길을 아이가 제대로 걸을 수 있을까 하고 수민이 고민하고 있는 사이 아이는 까르르 웃으며 고인 물에만 일부러 발을 텀벙텀벙 담근다.

"엄마, 여기가 어디야?"

"옷 다 젖잖니? 이리 와, 엄마 손 잡아! 위험하다!"

수민은 아이의 물음엔 대답도 해주지 않고 늘상 입에 붙어 있는 위험하다라는 말만 연발한다. 하는 수 없이 아이를 안고 한 손으론 우산을 들고 한껏 미끄러운 바위를 불안스레 딛고 물 가까이 내려간다.

비가 오지 않을 땐 바닥이 드러나도록 맑은 물이 흐르리라. 이곳은 차고 맑은 물에서만 산다는 금강모치, 갈겨니, 꺽지, 버들치, 열목어가 산다는 홍천군 내면이므로. 도로를 확장하면 차를 가진 인간들은 편안해지리라. 그때엔 이곳을 채우던 나무와 촌스런 이름의 물고기들과 흙과 바람과 공기는 다 어디로 가야 할까.

농가의 담벼락에 우루과이라운드에 직면해 있는 농촌의 현실을 분석해놓은 대자보가 비를 맞고 어렵사리 붙어 있다. 대학 2학년 때

농활을 갔던, 앞으론 개울이 흐르고 뒤로는 산이 펼쳐져 있던 한 폭의 산수화 같던 그 마을이 문득 생각난다. 그땐 사실 산야의 아름다움을 감득할 만한 육체적 정신적 여유도 없었지만.

그곳이 어디였을까. 지명을 기억해두었더라면 한번 찾아가볼 수도 있으련만. 지금 기억나는 건 충청도라는 것뿐이니. 선배들은 엠티나 농활 장소의 지명을 확실히 가르쳐주기는커녕 설사 후배가 어떻게 알아챈 눈치가 엿보이면 빨리 잊어버리는 게 신상에 좋을 거라는 사인을 보내왔었다.

흰 트럭이 다시 나타난다. 다리를 건너 왼편의 슬래브로 지은 민가 앞에서 트럭은 멈춘다. 그 집 앞엔 이런 심심산곡에 어울리지 않는 장정들이 몇 나와 있다. 먼발치지만 그들은 분명 행락객은 아니다. 아, 그곳은 농활대 숙소란 화살표가 가리키는, 바로 그곳이다. 또 한 번 가슴이 철렁 내려앉는다.

수민의 농활대도 지서에서, 면에서 나온 사람들로 하여 두 번쯤 짐을 쌀 뻔했었다. 여기는 어떻게 왔느냐, 주로 무슨 일을 하느냐, 농민들에게 의식화 교육 같은 건 시키지 않느냐 하는 추궁에 어지간히 시달려야 했었다. 저 아이들도 트럭 안의 사람들한테 곤혹스런 질문을 받게 되는 걸까.

길이 끊긴 것도 같고 다리를 건너면 계속될 것도 같은 갈림길이다. 다리를 건너자 길은 갑자기 산길로 좁아졌고 개인 약수란 표지판이 나타난다. 개인 약수는 지도에 없던 곳이라 차를 돌려야 할지 말지, 설사 돌린다 하더라도 차 한 대가 겨우 다닐 수 있는 이 산길에서 어떻게 차를 돌려야 할지 난감하다. 길이 있겠지…….

첩첩산중에 기와지붕의 인가가 계시를 내리는 산신령처럼 홀연히 나타난다. 생둔국민학교를 어떻게 가야 하냐고 묻자 집주인 아주머니는 첫마디가 차가 뭐여 하고 묻는다. 수민이 차를 가리키자 그분은 손사래를 치신다. 안 되여, 저런 승용차로는 거길 못 가. 우리 집 양반 트럭이 게우 거길 들어가는데. 지금은 장마라 길이 더 푹푹 빠지는데 아줌마 혼자 어떻게 거길 갈라구 그랴?

고맙습니다라고 꾸벅 고개를 숙이고 아이의 손을 잡고 돌아서는데 아줌마 혼자 거길 어떻게 갈라구 그랴 하는 소리가 귓속으로 쟁강쟁강 울려 퍼진다. 다리를 건너 허름한 가겟방에서 다시 길을 물었을 때 무쏘 같은 사륜구동이 아니면 그곳은 들어갈 수가 없다고 수염을 늘어뜨린 강파른 얼굴의 아저씨가 일침을 놓는다. 그는 정말이지 산에 사는 도사나 산 사나이 같은 인상을 하고 있어서 물반산반산장을 아느냐고 수민은 내처 묻고 만다.

책에서 처음 그 이름을 보는 순간 가슴에 통통통 물수제비가 떴다. 물반산반. 포장 확장 공사가 이루어져 드디어 진면목을 볼 수 있게 되었으니 꼭 한번 가볼 만한 곳이라고, 드라이브 전문가는 확신 있는 어조로 책자에 썼지만 그곳은 아직도 공사 중이었다.

비가 그쳤다. 다음에 다시 이 내린천에 올 때 이곳은 어떻게 변해 있을까. 사륜구동이 아니더라도 차에 흙탕물 한 번 튀지 않고 미끈하게 물반산반산장에 가 닿을 수 있을지도 모른다. 문명은 이로움일까, 사악함일까. 길 위에서 매번 드는 수민의 고민은 상남으로 다시 나오는 길에서도 어쩔수 없었다. 힘든 노동으로 길을 닦는 사람들과 그 길 위에 오래전부터 있어왔던 나무와 물과 바람과 그것들을 지켜내려는 사람들의 안쓰러운 몸부림 사이에서 수민은 어느 쪽에도 속하지 않은 채 멀찍이 서서 구경이나 하며 이러쿵저러쿵 저울질이나 하는 고민을 택한 것이 뒤통수를 간지럽힌다.

아스팔트 위로 까만 돌멩이 같은 것이 점점이 흩어져 있다. 그 돌을 피해 운전대를 꺾으려다가 수민은 소스라치게 놀라고 만다. 그건 돌멩이가 아니라 개구리 떼였다. 어쩌자고 한 마리도 아닌 저 많은 개구리들이 길 위로 올라와 있는 걸까. 자신들의 죽음조차 예감하지 못하고 그 놈들은 펄떡펄떡 뛰고 있다.

요란하게 경적을 눌러대는데도 피할 줄 모르는 개구리들을 할 수 없이 지르밟으며 질끈 눈을 감자 정지된 어떤 화면이 눈앞에 떠오른다. 개구리처럼 그렇게 다리를 쫙 벌리고 수술대 위에 누워 있던 자신의 모습이.

그 아우성을 듣지 않기 위해 고개를 돌리고 만다. 꽥 하는 비명소리조차 한번 내뱉지 못한 채 사체로 널브러지는 개구리들을, 그리고 금옥보다 더 귀한 생명들을 떠올리자 어젯밤 전화를 끊은 것은 그가 아니라 수민이었다는 확신이 든다. 천둥소리에 놀라 깨어난 아이의 울음을 듣자마자 잠깐만요, 하고는 내실로 득달같이 달려가 아이의 배를 여며주면서 한참이나 아이의 배꼽을 뚫어져라 쳐다보고 있던 스스로를 기억해낸다. 배꼽이 먼 옛날 어미와 자신을 연결해주던 유일한 끈이었다는 것을 알아챈 듯, 제 배꼽을 들여다보며 까르륵까르륵 터뜨리던 아이의 웃음소리가 쏟아져 내리는 장대비 속에 들어 있었다. 목소리의 주인공이 그라는 걸 확인하자마자 아이가 있던 내실을 뚫어져라 쳐다보고 있었던 것은 두려움 때문이었을까.

피곤함이 밀려온다. 이제 곧 삼봉휴양림에 도착하리라. 오늘 밤 수민은 페치카가 있다는 휴양림의 산막에서 아이와 함께 밤을 보낼 것이다. 부지런을 떤다면 그 유명한 삼봉약수로 밥을 해서 된장국에 밥을 말아 통나무 의자에 앉은 채 아이와 함께 맛난 저녁을 맛볼 수 있을지도 모른다.

차는 삼나무 원시림 속을 지나간다.

그곳에는 그 노래가 있었다

　한기 때문이었다. 심한 조갈 때문인지도 몰랐다. 어쨌든 철호는 번쩍 눈을 뜨고 말았다. 한참 후 빗소리가, 베란다의 창문이 덜커덩 요란하게 흔들거리는 소리가, 고막을 울린다. 무거운 몸을 일으켜 열어놓은 베란다 창문을 닫고 냉장고에서 물을 꺼내 벌컥벌컥 들이마신 뒤 다시 자리에 누웠지만 바로 코앞에서 귀청을 긁어대는 요란한 차의 시동 소리에 잠이 퍼뜩 달아나고 만다.

　어떤 자식이 차 한 대 있다고 새벽부터 되게 시끄럽게 구네.

　베란다 창문에 헤드라이트 불빛이 어른거린다. 아파트의 1층이라 한밤중이나 새벽녘에 끼이끽거리는 차의 시동 소리는 청신경을 자극했고 여름철이라 열어놓은 창문으로 고스란히 쏟아져 들어오는 헤드라이트 불빛은 차를 소유한 이웃들을 향해 되는 대로 욕지거리를 퍼붓게 만들었다.

헤드라이트 불빛이 사라진 어둠 속으로 번갯불이 잠깐 방을 비추고 지나간다. 진공 중에선 1초 동안에 약 30만 킬로미터를 가는 빛이므로 정말이지 찰나의 순간 방을 훑고 간 것인데도 그 순간 방 안의 모든 것이 그 빛의 휘하에 굴복하고 만다. 그 빛의 사이사이로 평소에 하얗고 오목조목 귀염성 있던 태식의 얼굴이 아무렇게나 쓰러져 있는 소주병들, 젓가락이 쑤셔 박혀 있는 라면 냄비, 침과 담뱃재가 발라져 있는 우유곽들과 어우러져 괴기스럽게 스산하다.

철호는 바닥에서 치밀고 올라오는 냉기는 어쩔 수 없다 하더라도, 담요를 하나 태식의 배 위에 덮어주고 거실로 나온다. 거실이라고 하기엔 너무 거창한, 큰방과 현관을 연결해주는 통로나 아니면 작은 방 정도라고 해야 훨씬 정확한 표현일 그곳은 베란다와 잇닿아 있다.

실내는 아직 어둡지만 아파트 광장에 주차해놓은 차들의 윤곽이 희끄무레하게 드러난다. 담배에 불을 붙이고 숙취로 녹작지근한 육신을 거실 벽에 기댄다. 이런 새벽에 가슴으로 한 켜 한 켜 쌓아가는 담배 맛이란 음미란 표현이 제격일 거다. 한 모금도 아까운 듯 담배 연기를 깊게 들이마시며 철호는 어젯밤의 필름을 온전하게 만들어보려고 애를 쓴다. 그러나 가위질이라도 당한 듯 필름은 뚝뚝 끊기고 만다.

토요일이었던 어제, 철호는 종로의 커피숍에서 태식의 처 미정을 기다리는 일로 오후를 시작했다. 미정일 보자고 한 건 철호였다. 철호란 걸 알고는 당황한 듯 처음에 미정의 목소리가 떠지더니 이내 사무적인 냉랭한 어조를 되찾았다. 되도록이면 목소리에 감정이 실리지 않도록 애쓰고 있다는 걸 철호도 충분히 느낄 수 있었다. 철호가 한번 만났으면 좋겠다고 하자 미정은 기어이 냉정함을 잃고서, 절요? 뭣 때문에요? 하고 사뭇 따지듯 물었다.

예기치 않은 미정의 태도에 철호는 적이 당황했다. 꼭 한번 봐야 되지 않겠냐는 완곡한 표현의 말을 골라놓고 그걸 입으로 옮기려는데 건너편에서 미정이 결심이라도 한 듯 먼저 말을 내쏟았다. 그럼 그러죠, 뭐, 라고. 전화든 아니든 약속을 잡다 보면 으레 오가기 마련인, 그때는 어때요? 나는 이때가 비었는데 어쩌구 하는 그런 질문과 대답 한번 살갑게 오가지 않은 채 미정이 요일과 시간을 정하자 철호는 그저 동의했고 미정이 다시 장소는 종로가 좋겠죠? 하고 단정적으로 물어오자 그럼 그러자, 고 철호가 또 한 번 동의를 해서 이뤄진 약속이었다.

물 한 잔을 다 마시고, 민주당의 틀을 깨고 신당을 창당하겠다는 DJ가 박혀 있는 신문을 16절지만 한 크기로 꾸깃 접을 때까지도 미정은 나타나지 않았다. 시계는 미정이 정한 시간에서 10분이 더 지나가고 있었다. 불쑥, 미정이 나오지 않는 것은 아닐까 하는 어떤 불길함이 화르르 일었다. 철호와의 만남이 미정에게 짐으로 작용할지도 모른다는 생각에 이르자 미정이 유리문을 밀고 들어와 철호의 앞에 앉지 않을 수도 있다는 가정이 더욱 설득력 있게 다가왔다. 선배가 전화를 걸어 만나자고 한 것인데도.

후배가 선배와의 약속을, 피치 못할 사정 때문이 아니라, 자의적으로 파기할 수 있다는 현실마저도 이젠 철호에게 그렇게 낯선 풍경만은 아니었다. 그렇다 하더라도 타인과의 약속을 지킨다는 게 인간으로서 지켜야 할 최소한의 예절로 알고 있는 철호로선 결코 납득할 수 없었다. 하물며 철호는 미정에게 타인이 아니라 선배, 그것도 미운 정 고운 정이 다 든 대학 선배가 아닌가. 무슨 생각으로든 간에, 그 생각이란 게 어디에서 어디로 바뀌었든 상대방과의 약속을 깨뜨리는 사람은 인간들 사이에서 부대끼며 살 가치가 없다는 것이 철호의 믿음이었으므로 누군가한테 바람을 맞는다는 현실이 철호에게 결코 익숙할 수가 없었다.

빗속에 우산도 받쳐 들지 않은, 짧은 머리에선 빗물이 뚝뚝 듣고 물에 젖은 청바지는 한껏 무거워 보이는 여자가 보행자 신호가 끊긴 횡단보도를 숨을 헐떡거리며 뛰어왔다. 어깨 쪽에서 가슴으로 끈을 돌린 커다란 가방이 주인을 따라 같이 출렁거렸다. 미정인가? 창 쪽으로 바싹 다가가려는 무의식을, 미정인 더 이상 저렇게 젊지 않을 거라는 의식이 붙들어맸다. 태양 빛에 그을린 거무스름한 얼굴에 해진 청바지를 입고서 초록색 불로 바뀌었는데도 모든 차들이 출발조차 못하게 만들고서 헐레벌떡 횡단보도를 가로질러 올 만큼 미정인 더 이상 무모하지 않다고, 그러기엔 그 애의 전화 목소리에 기성의 때가 너무 묻어 있었다고, 철호는 상기했다.

미정이 1학년 때였을 것이다. 저런 차림으로 처음 차도로 뛰어들었던 때는. 종로는 그저 뒷골목에서 어정거리다가도 닭장차에 실려가기 십상이었으므로, 사실 대학 내내 종로의 대로를 스크럼을 짜고서 활보한 기억은 없다. 종로의 뒷골목인 청계천에서만은 '파쇼 타도! 민주쟁취!'를 외치며 한 시간쯤 달린 기억이 있다. 그때 미정은 겁많은 1학년이었고 철호는 한 학년 높은 2학년이었지만 그야말로 하늘 같은 선배였다. 그 하늘 같은 선배 노릇을 하기 위해 두려움이 역력한 그 애의 옆에서 한 번도 떨어진 적 없이 스크럼을 짜고 청계천을 달렸던 밤이…… 10년 하고도 몇 년이 훨씬 지났다.

미정이 철호가 앉은 테이블 앞으로 걸어왔을 때 하마터면 나중에 주문하죠 하고 말할 뻔했다. 어깨에 닿을 듯 말 듯 한 가지런한 단발머리, 소매 없는 실크 블라우스에 무릎 위로 바싹 달라붙은 스커트 차림의 여자가 웃을 듯 말 듯 하면서 그 앞에 섰을 때 철호는 주문을 받으러 온 커피숍 종업원으로 한순간 착각했던 것이다.

"오랜만이에요, 형."

오랜만이라고 말할 때 사람들은 목소리가 약간 떨리거나 톤이 올라가기 십상인데 미정은 일정한 음률과 어조와 속도로 인사를 했다. 철호는 그 말투가 새삼 옷차림만큼이나 세련됐다고 느꼈다.

잘 지내냐는 상투적인 인사말을 서로 건네고 둘은 웃지도 않은 채 고개만 끄덕였다. 그리고 말이 뚝 끊겼다. 다행히 그때 종업원이 철호에겐 인삼차를 미정에겐 블루마운틴커피를 날라다 주었다. 둘은 고개를 약간 숙이고 티스푼을 들어 느린 동작으로 찻잔 바닥을 긁다 약속이나 한 듯 서로의 입이 터졌다.

"넌."

"형은."

머쓱해서 철호가 입을 다물자 미정이 갑자기 표정을 바꾸었다. 그 애는 웃고 있었다. 어쩌다 텔레비전 쇼 프로에서 여자 아나운서의 미소를 몇 번 보았다. 영화배우들이나 모델들처럼 천박스럽진 않다고, 보아줄 만하다고 느꼈었다. 어느 날 갑자기 환하게, 꽃망울이, 제비꽃이나 민들레 같지 않은 탐스럽고 색깔도 진한 모란 같은 그런 꽃잎이 벌어지는 웃음을 짓는 그 미녀를 화면에서 대했을 때 모공이 벌어지고 피돌기가 빨라졌다. 그러나 다음 순간 그 웃음을 어디에선가 본 듯싶었다. 미스코리아 대회 같은 미인 대회에서였다. 젊고 예쁘고 교양마저 있어 보이던 그녀의 웃음은 거울 앞에서 세심하게 훈련되고 다듬어진 것에 지나지 않았다는 배신감이 일자 철호는 텔레비전을 발로 눌러 꺼버렸다. 미정은 그렇게 웃고 있었다.

"보험회사 다녀요. 우리 같은 사람이 갈 데란 뻔하잖아요. 학원 강사, 학습지 선생, 보험회사 외판원 뭐 그런 거잖아요. 대형 사고가 많이 나니깐 요즘 부적 보험에 관심들이 많아지고 있는 추세고……. 앞으론 일본처럼 1년에 두 번 정도만 대졸자에 한해 생활설계사를 뽑을 거라고 하니깐 이제 이것도 아무나 할 수 있는 시대는 지났다고 봐야죠."

벽돌색 입술의 한 귀를 비스듬히 들어 올리며 미정이 자조적으로 웃었다. 철호는 그냥 듣고만 있었다. 미정의 말들이 귀 언저리에서만 맴돌고 있었다. 114 안내 전화에 나오는, 잘 들으려고 애쓰는데도 구와 오가 헷갈리고 일과 이가 구분되지 않는 컴퓨터 입성 소리 같기도 했다. 미정에게 해주려고 많은 말들을 준비했었다. 나는 이렇게 생각하는데, 문장은 이렇게 시작할 터였다. 그러나 정작 중요한 그 다음을 이어줄 말의 실 끝은 뒤엉켜버린 문장과 단어들 속에서 종내 찾을 수가 없었다.

"할 만해요. 알아보니깐 성공한 운동권 인사들이 우리 주위엔 많더군요. 처음에 이 일을 시작할 땐 치사해서 그 주변은 아예 얼쩡거리지도 않으려고 했는데……. 아주 우연히 서울 한복판에서 어떤 선배를 보았어요. 길을 건너려고 횡단보도에 서 있는데 제 앞에 멈춰 서 있는 그랜저에 분명 그 선배가 타고 있었어요. 날씨가 무척 더웠는데 갑자기 온몸에 왕소름이 돋드라구요. 몇 군데 돌아볼 데가 있었는데 도저히 안 되겠어서 그냥 집으로 들어갔어요. 며칠 몸살을 앓고 나서 그 선배를 수소문해서 찾아갔죠. 그렇지 않아도 보험 하나 들까 했었다면서, 혁명 채권을 이야기하던 선배가 보험 계약서에 서명을 해주데요. ……세상이 뭐 다 그런 것 아녜요?"

상대방의 후각을 자극할 정도로 분을 바르고 손톱엔 연분홍색으로 매니큐어를 하고서 앉아 있는 여자가 정말 미정이 맞는가 하고 철호는 그녀를 흘깃흘깃 쳐다보았다.

형, 나 시니컬한 인간이 제일 싫드라. 이것도 싫다, 저것도 싫다, 흑도 백도 아닌 회색의 인간들이란 지금은 뒷전에 물러서서 관조만 하다가 나중엔 지들이 다 했다고 또 난리칠 거야. 10여 년 전쯤의 미정인 흥분을 잘 하는 아이였다. 누구에게 그때 그렇게 화가 났었는지 모르지만 미정은 진달래가 흐드러지게 핀 교정이 내려다보이는 벤치에 앉아 침을 타악 뱉었었다.

"형은…… 하나도 안 변했어요. 세월이 비켜 가나 봐요."

철호는 미정이 형은, 하고 말을 꺼낼 때 보험 들 생각 없으세요란 뒷말이 이어질 줄 알았다. 변하지 않았다는 말을 여일한 신념에 대한 칭찬으로 받아들여야 할지 완곡한 욕으로 받아들여야 할지 판단이 서질 않았다. 철호는 지금의 미정이와 한 벌로 척 어울리는 이런 분위기의 커피숍에서는 한 마디도 말이 제대로 나와줄 것 같지가 않았다. 어디 선술집의 등받이 없는 의자에라도 앉아 있으면 꿰매진 입의 옆구리라도 터질까. 미정이가 과연 술집에 같이 가줄까. 그 시절이라면 선배의 말 한마디에 섶을 지고 불구덩이라도 뛰어들어갈 미정이었지만 이젠 슬슬 철호가 눈치를 보아야 했다. 그건 어른이 되었다는 의미이고 또한 세월이 그들을 비켜 가지 않았다는 이야기였다.

비 오는 토요일 오후라 꾸역꾸역 몰려드는 손님들로 빈자리가 쉽게 눈에 띄지 않을 정도로 맥줏집은 붐비고 있었다. 80년은 소주의 시대고 90년은 맥주의 시대라 했던가. 술 이야기를 흘리듯 비쳤을 때 그럼 맥주나 한잔 마셔요, 하고 내키지 않는 어조로 철호의 뒤를 따라왔던 미정은 옆 테이블의 20대 남녀를 홀린 듯이 쳐다보았다. 금방 껴안기라도 할 것처럼 얼굴을 맞대고 앉아 희희덕거리는 그들을 처음 본 순간 철호는 정신 나간 놈들 하는 욕이 입 앞부리까지 나왔던 참이라 그들에게서 눈을 떼지 못하는 미정이 의아스럽기까지 했다. 미정의 눈살은 철호의 그것처럼 찌푸려져 있기는커녕 부러움 같은 게 실려 있었다. 남의 시선 따윈 아랑곳없는, 세상의 모든 것들을 휘발시킬 것 같은 젊음의 끓어오르는 에너지를 가진 그들을 미정은 분명 질시하고 있었다.

주저하듯 따라오던 미정이었지만 맥주와 잔이 탁자에 놓이자 성큼 병을 들고 철호의 빈 잔을 채워주었다. 미정의 그런 행동마저도 철호에겐 선배에 대한 예를 갖추는 태도라기보다는 이즈음 들어 서서히 터득해가고 있는 그 애의 세상 사는 습관처럼 보였다. 글라스를 챙 소리가 나도록 부딪치지도 않은 채 둘은 슬멋 유리잔을 입으로 가져갔다. 약속이나 한 듯 둘은 밑바닥에 거품만을 남긴 맥주잔을 탁 소리가 나도록 내려놓았다.

"애 아빠는."

"태식이는."

말문이 또 한 번 동시에 터졌다. 자꾸 왜 이러는 걸까. 그건 상대가 그만큼 어려워졌다는 의미일 게다. 국가원수든 그 할아버지든 누구든 싸잡아서 죽일 놈 살릴 놈 욕을 하고, 게거품을 물던, 세상 누구의 눈치도 볼 필요 없이 형 그 자식 말야, 하고 말문을 열던 그 암팡지던 20대 초반의 미정일 다시는 볼 수 없을 거라는……. 이윽고는, 한여름의 뜨겁게 달아오른 아스팔트처럼 들뜬 미정에게 여우비라도 쏟아붓듯 넌 뜨거운 가슴만으로 운동이 되는 줄 아냐? 공부 좀 해라, 이것아, 너 이번 세미나 준비했어? 하고 다그쳤던 미정의 선배도 다시는 될 수 없으리라는 예감이 철호의 뇌리에 싸늘하게 박혀왔다.

이번에는 미정도 일부러 웃음을 만들어내지 않았다. 다만 또 한

번 술잔을 비웠다.

"……태식이랑은 앞으로 어쩔 생각이냐?"

옆에 앉아 있던 젊은 남녀가 서로의 허리를 손으로 등나무처럼 칭칭 휘감으며 일어섰다. 그러나 이번에 미정은 그들을 일별조차 하지 않았다.

"헤어질 거예요."

단호한 어조였다. 내용과 상관없이 단칼에 무라도 자를 듯한 서늘한 어조가 마음에 든다고 철호는 엉뚱한 생각을 했다.

미정이 연거푸 두 잔을 비운 후 주먹으로 입을 쓱 훔쳤다. 립스틱이 지워지고 골고루 펴 발랐던 파운데이션이 뒤엉켰지만 미정은 조금도 개의치 않았다.

"난 이제 운동권 남자라면 지긋지긋해요. 애 아빠랑은 다시는 같이 안 살 거예요."

"일을 하다 보면, 집안에 소홀할 수도 있는 거고, 너같이 운동을 했던 애가 태식이를 이해하지 못한다면……. 나쁜 일 하는 것도 아니고 더구나 지만 잘 먹고 잘 살려고 처자식 팽개친 것도 아니고 대의를 위해서 뛰어다니는 일에 어느 누구도 아닌 미정이 네가 이러면 되겠냐?"

"형, 난 더 이상 그런 설교에 감읍할 만큼 낭만적이거나 이상적이진 못해요. 나도 그동안 할 만큼 했어요. 돈 벌어, 살림하고 남편 호주머니에 찔러주고 애 키우고……."

미정이 고개를 절레절레 흔들었다. 다 이해할 수 있다, 다 이해할

33

수 있다고, 그러나 더한 고통 속에서도 이 길을 버리지 못하는 사람들이 훨씬 많잖니. 아니, 아직은 우리 옆에 있다고 해야 정확할지도 모르겠구나. 그럼 넌 우리 일이란 게 하루아침에 이루어지는 줄 알았니? 넌 동학농민운동으로부터 시작하던 우리의 근대사를 공부하면서 누구보다도 눈물을 많이 흘렸던 사람이란 걸 난 아직도 똑똑히 기억하고 있단다. 해주고 싶은 말들이 차곡차곡 가슴으로 쌓였지만 웬일인지 말이 되어 나와주지 않았다. 그건 붉어진 미정의 눈자위 때문만은 아니었다.

"차라리 남편이란 존재가 없는 게 더 편하겠어요. 애하고 제대로 한번 놀아줘본 적이 있기를 하나, 어쩌다 집에 들어온 날엔 애 울음소리에 짜증이나 내고 돌아누워 잠이나 자고. 부부 사이에 대화가 중요하다 어쩐다 그러죠? 그 잘난 대화란 걸 한 기억이 결혼하고 나서 1년 정도였나. 이게 뭐 가족이며 부부란 거예요? 뭐라고 말이라도 하면 일, 일 때문에 그러는데, 누구는 수배가 떨어져, 아니면 감옥살이 때문에 몇 년을 가족 얼굴 한 번 못 보고 지내고 사는 사람들도 많은데 넌 무슨 투정이 그리 많으냐, 행복에 겨워서 그런다. 내참."

미정은 분을 참을 수 없다는 듯 연신 몸을 흔들었다. 사무직 종사자의 차분한 어조는 사라진 지 오래였다. 둘의 결혼식에 축가로 〈사노라면〉을 동지들이 불러줬던가. 비가 새는 판잣집에 새우잠을 잔대도 고운 님 함께라면 즐거웁지 않더냐. 오손도손 속삭이는 밤이 있는 한 한숨일랑 거두고서 가슴을 쭉 펴라. 내일은 해가 뜬다. 내일

34

은 해가 뜬다. 물론 미정과 태식이 살던 집은 비가 새는 판잣집은 아니었다. 그럼 호강한 것 아니냐고. 비가 새는 판잣집에 등을 새우처럼 휘고 발 한번 제대로 뻗지 못하고 잠을 자고 일어난 아침도 고운 님과 함께라면 세상에서 가장 행복한 사람일 거라고, 동지들이 불러주는 노래를 따라 부르며 신부가 주먹까지 흔들어대어 결혼식에 참석했던 하객들을 놀라게 하던 그들인데 이제 더 이상 못 살겠다고 아우성을 친다. 고상하기 그지없던 이상이 세월에 침식되어 씻겨나간 거라고, 영혼이 황폐해진 거라고, 미정이 너마저도 그렇게 변질된 거라고 철호는 안타까이 고개를 흔들었다.

"친정으로 전화가 왔었어요. 꼭 만나자고, 마지막 기회를 달라고. 서울까지 고속버스를 타고 올라갔었죠. 근데 한 시간이 지나도록 나타나지도 않고 연락도 없었어요. 삐삐를 쳤어요. 몇 번을 쳤는지…… 한 시간쯤 더 기다리다 집으로 왔어요. 버스를 타고 친정으로 내려가면서 결심했어요. 이걸로 끝이라고. 집에 갔더니 그때사 전화가 오더군요. 선거 준비 때문에 몸을 뺄 수 없었노라고. 시장이니, 시의원이니 하는 그따위 지방선거가 한 인간의, 아니 한 가족의 운명보다 더 중요한 거예요? 남들 위해서 죽어라 뛰면 뭐해요? 자기 가족을 벼랑 끝에 몰아세우고. 그렇게 모든 걸 다 바쳐서 뛴 결과란, 소위 말하는 정치란 또 얼마나 유치하고 치사한지……. 야당 한다는 인간들은 모든 걸 자기 공로로만 알잖아요. 애 아빠 평생 그렇게 살라 그러세요."

철호도 그때 일을 알고 있었다. 가두에서 선거 명함을 돌리고 있던 자원봉사자를 순찰 중이던 경찰이 불심검문을 하더니 다짜고짜 끌고 가려 했고 가까이에서 같은 일을 하고 있던 태식이 흥분하여 소리를 높였다. 무슨 일인가 하고 고개를 들이미는 호기 어린 눈빛들을 이끌고 파출소로 몰려가 거칠게 항의를 해서 결국은 경찰관의 사과를 받아내고 일단 그 사건을 마무리 짓는 동안 미정은 오지 않는 태식을 기다리고 삐삐를 쳤을 것이다. 일은 항상 그렇게 공교롭게 얽혀든다. 그 일이 터지기 전까지는 태식도 미정과의 약속을 기억하고 고대하고 있었을 것이다. 그러나 동료의 멱살이 경찰들의 손에 왁살스럽게 잡혀 하얀 와이셔츠에 얼룩이 지고 그 얼룩보다 더 짙게 동료의 얼굴이 물들어갈 때 태식은 아무 생각도 떠오르지 않았을 것이다. 그저 이 굴욕을 견딜 수 없다란 생각밖엔. 누구보다도 그런 굴욕을 수치로 알았던 미정이 넌 이해할 수, 이해해줄 수 있잖아.

"미정아, 세상엔 꼭 운동이 직업이 아니라 하더라도 가족들과 떨어져 살아야 하는 직업도 많아. 원양어선 선원이 그렇고, 해외에 나가 있는."

미정이 철호의 말을 뚝 끊었다. 아니 미정이 입가에 가득 고소의 웃음을 지었으므로 철호가 말을 그만뒀는지도 몰랐다.

"형, 난 그런 설교가 싫어요. 내가 제일 듣기 싫은 말이 뭔 줄 아세요? 상황이, 조건이 이러니깐 이러이러하게 해야만 되지 않겠니 하는 그런 소리라구요. 이제 당위의 세상은 끝났어요. 난 더, 이, 상, 그렇게 살지 않을 거예요."

"미정아, 다시 잘 생각해봐라. 넌 꼭, 반드시 후회하게 될 거야."

"훗, 내가 땅을 치고 후회할 세상이 제발 왔음 좋겠네요."

"인간은 역사와 사회 속에서 살고, 육체적 생명뿐만이 아니라 사회적 생명이란 것도 있는 거야. 너의 이런 판단이 역사 속에서 어떤 평가를 받을지 생각해봤니?"

"다 죽고 나면 소용없는 짓이에요. 죽은 다음의 영화와 명예가 다 무슨 의미가 있고 소용이 있어요? 살면서 고생고생하다가 죽으면서 난 이렇게 조국과 민족을 위해 살았으니 언젠가 나에게 면류관이 씌워지리라 하는 환상 속에 눈을 감고 싶진 않아요."

미정은 철호가 하는 한마디도 놓치지 않고 대꾸를 했다.

철호는 쉬지 않고 무엇을 분석하고 결론을 도출해내던 두뇌가 갑자기 그 활동을 정지해버린 듯 머릿속이 혼미해지고 노곤해져왔다. 우두망찰한 모습으로 초점을 잃고 멍하니 앞을 바라보다 술잔을 입에 대었지만 맥주는 갈증을 식히기엔 너무 싱거웠다. 철호는 심한 요의를 느꼈다. 담배를 입에 문 채로 벌떡 일어났다.

비틀거리며 계산을 끝내고 오줌발을 내뿜으면서 눈앞의 거울을 보았다. 장철호, 너 우습구나. 너의 몸보다 더 소중한 후배의 마누라가 저 꼴이니. 거울 속의 장철호가 비웃는 소리를 들으며 철호도 입 소리를 만들었다. 맛이 갔어, 맛이 갔다구.

그 애랑 그렇게 술을 마셨던 것까지는 필름이 용케 이어진다. 그러다 뚝 끊겨, 집에 들어와서 태식이랑 술을 마신 걸로 이어진다. 아니 그 전에 술값을 낼 때 돈이 모자라자 뒤에 서 있던 미정이가 마지못한 듯 지갑을 열어 계산을 끝내주었고, 그 다음은 노출 부족으로 찍은 네거티브 필름처럼 눈이 부시도록 하얀 몇 장면들이 선뜻선뜻 기억이 난다. 얼마 동안 비를 맞으며 걷던, 어느 집 대문 앞에서 토사물을 쏟아내던, 그리고 주먹을 하늘에 추켜올리고 핏대를 세우면서 소리치던 그런 장면들이. 그때 비 오는 하늘에 대고 큰 소리로 무슨 말을 했지? 그러나 소리는 거세되고 흑백과 좌우가 뒤바뀐 네거티브 필름만이 머릿속에 떠올랐다 사라진다.

그렇게 그 애와 술을 마셨고, 계산을 했고, 그리고 거리로 걸어 나왔다. 아니다. 술집을 허청허청 나서자 가버린 줄 알았던 미정이 입구에서 기다리고 있었고 그 애가 헤어지면서 인사를 했었다.

그다음은 필경 어디 들어가 소주를 들이켰을 것이었다. 계산은 어떻게 했나, 아무리 생각해봐도 모르겠다. 그러고 나선 거리를 헤매고 토사물을 쏟아내고 기억나는 그 장면처럼 고래고래 소리를 질렀을 것이다.

"잘 가세요. 형. 참, 언니는 잘 있죠? 언니에게 안부 전해주세요."

겨우 그 말을 하려고, 미정은 가지 않고 빗속에서 기다리고 있었단 말인가. 미정이 한 손에 우산을 들고서 버스 정류장 쪽으로 또각또각 구두 소리를 내며 사라지자 철호는 무조건 그 애의 얼굴이 보이지 않을 곳을 찾아 걸음을 떼었다.

우산은 어디다 내팽겨쳐버렸는지 비를 맞고 걸었다. 이제야 생각이 난다. 잘 먹고 잘 살아라, 이년들아! 그렇게 소리쳤었다. 전철을 탔고 꾸벅꾸벅 조는 철호에게 누군가 자리를 내주었고 정신없이 잠을 자다 일어났더니 내릴 곳을 지나쳐 있었다.

기세가 조금 누그러졌지만 비는 여전히 내리고 있다. 창문으로 푸르스름한 기운이 느껴지고 실내도 하나둘 사물이 드러나기 시작한다. 비 오는 날 새벽이 밝아오는 빛깔은 연분홍빛도 보랏빛도 아닌 그저 갈맷빛으로 심연을 알 수 없는 겨울 바다의 그것과 닮아 있다.

오늘 등반 대회는 자동으로 나가리가 되겠군.

우천 시에는 회관으로 2시까지 모여주십시오, 라는 알림 내용을 노동자 회관의 게시판에 붙여 놓았었다. 불어오는 한 줄기 바람만으로도 온몸의 소금땀을 서늘하게 식혀줄 산의 정상이 아니라 장마에 눅눅해져 곰팡내가 스며 나오는 회관의 강당에서 삼겹살을 구워 소주를 걸치게 될 것이다.

언니는 잘 있죠?

여명 없이 찾아온 첫새벽에 미정은 철호의 눈을 뚫어져라 쳐다보며 묻고 있다.

언니는 잘 있냐고, 미정은 분명 그렇게 물었다. 그 애가 정말 아무것도 모른 채 그저 인사말로 한 질문이었을까 아니면 철호를 떠보기 위한 이죽거림이었을까. 그 말을 할 때, 미정의 표정을 잘 새겨보질 못했다. 아예 그쪽으로 얼굴조차 주지 않은 채 죽죽 그어대는 빗줄기만을 멀뚱히 쳐다보며 흘리듯 듣고 지나쳤었다.

좁은 실내에 갇힌 담배 연기를 놓아주기 위해 베란다 창문을 열고 돌아서다 한 곳에 시선이 머문다. 청록색의 수면 뒤로 파도가 열을 지어 몰려오고 멀리 코끼리의 발톱 같은 바위로는 하얀 포말이 부서지는 여름 바다가 거기 있다. 7월이 중순으로 접어드는 오늘 아침 철호는 처음으로 저 바다를 본다. 변화된 세상만큼이나 내용물도 바뀌어 절경의 계절 사진으로 채워져 있는 노동단체에서 만든 달력을 물끄러미 바라보다, 파도가 잔잔하고 물빛이 푸른색인 걸로 보아 동해안 어디쯤 되겠구나 하고 더듬다, 퍼뜩 술기운이 한순간에 달아나고 지끈거렸던 머리는 가을 하늘처럼 청명해진다.

아이의 생일이 얼마 남지 않았다! 긴 잔향을 갖는 메아리가 사라지기도 전에 그것보다 더 큰 울림이 머릿속으로 우릉우릉 울린다. 전화! 어젯밤 전화를 했었다. 빗속에서. 수민에게.

담배를 급히 집어 들어 불을 붙인다. 저 밑, 마음속 깊은 바닥 어딘가를 떠돌고 있는 무의식이 자꾸 누르려고만 하는 의식을 앞질러 어젯밤처럼 과거의 어느 때도 이런 비슷한 일을 저지른 적이 있는지도 모르지만 철호가 기억하는 한 이런 일은 처음이다. 전화, 전화를 다 하다니. 이 손으로.

미정이 때문이었을까. 아니, 비 때문이었는지도 모른다. 추적추적 내리는 봄비가 아니라 여름을 알리는 장맛비로 하여 공중전화 부스에 등을 기대고 싶었는지도 모른다. 철호는 아이의 생일에 대해 어떤 느낌만을 가지고 있다. 엉덩이가 델 것 같은 뜨거운 의자나 끈적끈적한 속옷 같은 것들…… 그건 여름을 의미했다.

작년 아이의 생일엔 무엇을 하고 있었던가? 작년 여름……은 너무 더웠다. 너무란 부사 대신에 무지막지하게나 미쳐버리게가 더 어울릴지도 모르겠다. 그 더위는 물론 연일 30도를 웃돌던 물리적인 기상학적인 온도만을 말하는 건 아니고 지표를 달구었던 사회적 정치적인 체감온도였다.

아이의 생일은 그즈음에 있었다. 남북정상회담을 앞두고 김일성 주석의 급작스런 죽음이 있었고……. 전쟁 위기론이 고조되고 조문 사절단 파견을 둘러싼 조문 논쟁 등으로 보수 정객들이 뭔가를 꾸미고 언론매체에서는 한동안 내려졌던 '상기하자 6·25, 처단하자 6·25 전범'이란 표어를 슬그머니 다시 들어 올리던 혼란의 와중에 아이의 생일이 들어 있었다. 그러나 거기서만 끝났다면 아이가 세상에 태어나서 첫 번째 맞는 생일에 케이크라도 하나 사 들고 찾아갈 수 있었을지도 모른다. 돌아온 매카시 악령은 거기서 결코 잠들 수 없었다. 주사파 뒤에는 사노맹이 있고 사노맹 뒤에는 북한의 사로청, 그 뒤에는 김정일이 있다는 발언으로 포문을 연 박 모 총장의 주사파 소동은 하루 24시간이 부족했던 철호를 하루아침에 모든 일에서 손을 떼야 하는 반실업자에 반수배자로 만들어놓았다.

오랜만에 책꽂이에 버젓한 자세로 올라와 있던 책들을 다시 꾸려서 치워야 했고 오래전에 다 잊어버렸던 알리바이를 다시 맞추느라 기억력 없는 머리로 밤새 주문을 외우듯 약속 장소와 시간을 외워댔고 사무실엔 얼씬조차 할 수 없어 교외선을 타고 서울을 벗어났다 다시 돌아오는 게 일과였다.

올여름 서울의 하늘은 비가 자주 내비친다. 그야말로 타는 목마름이었던 작년 여름에 비한다면 다행이라고 해야 할까. 찰랑찰랑 물이 차야 할 저수지가 하얗게 바닥을 드러내어도, 다 타버리고 할 일이 없다는 남녘 농민들의 목이 쉬어 내뱉는 긴 한숨 소리에도, 하늘은 못 본 척 등을 돌리고만 있었다. 그런데 올핸 또 비가 너무 많이 와서 고생하게 되는 건 아닐지 슬그머니 걱정이 들기도 한다. 대학 1학년 때는 철없는 생각을 하기도 했다. 온 나라에 모든 것이 말라 비틀어져가는 심한 가뭄이 들거나 모든 것이 떠내려가는 장마가 진다면 민중은 생활고를 이겨내지 못하고 나라에 반기를 들고 반역의 무리에 합세할지도 모른다는. 그래서 은근히 천재지변이라도 일어나길 기다리기도 했다.

기상 관측이 시작된 지 87년 만의 최고치라는, 수은주가 38.4도를 가리키던 날 철호는 비디오방에서 로버트 드 니로의 〈비공개〉를 보았다. 그곳을 나오면서 악몽은 사라질 줄 모른다고, 40년대 후반 미국에서 불었던 매카시 선풍이 90년대인 지금 이 땅에 불어오고 언젠가는 또 다른 모습으로 변신하여 어느 곳으론가 상륙하고야 말 것이라고, 순환되는 역사의 악몽에 모골이 송연해졌다. 언젠가, 라는 미래의 어느 때의 불길함에 진저리를 치다 보니 아이 생각이 났을까. 형편이 허락하지 않는다면 전화라도 걸어주든지 선물로 소포라도 보내주리라던 마음속 다짐은 이미 유효기간을 상실하고 말았다는 걸 그때사 알았다. 잊어버리지 않으려고 애써 노력한 것이 망각을 더욱 부채질했던가.

열린 베란다 창문으로 비가 섞인 바람이 들어와 머리칼을 헤적여

놓는다. 기세 좋게 밀려와 바위에 산산이 부서지는 파도를 뚫어져라 쳐다보고 있는 철호의 귀엔 어젯밤 제 목청껏 울던 아이의 울음소리가 파고든다. 천둥소리보다 더 크게 울던 아이는 제 어미의, 엄마, 엄마 여기 있어, 하는 한마디에 거짓말처럼 울음기가 가셔갔다. 수민이…… 엄마가 됐구나.

3년여 만에 걸려온 그의 돌연한 전화에 수민은 당황하고 놀랐을 것이다. 그건 분명 수민이 알고 있는 철호의 행동이 아니므로. 뒤늦은 후회란 말을 뼈아프게 내뱉지 않기 위해선 사과를 해야 한다. 전화로든 대면이든. 뭐라고 변명을 해야 하나. 술기운에, 애 생일이 생각나, 텅 빈 공중전화가 눈에 들어와, 비가 와서……. 철호는 달력에서 눈을 떼어 시계를 찾는다.

타고 내린 기차가 꽁무니를 보이고 모퉁이를 돌아가도록, 아니 다음 기차가 콘크리트 바닥에 일단의 사람들을 부려놓고 사라지도록 담배 한 대를 다 피우지 못하고 철호는 플랫폼의 노란 플라스틱 의자에 앉는다. 그리고 계단을 오른다. 오늘 올라야 할, 그렇지만 장마로 오르지 못한 경사 급한 산마루들보다도 그것들은 더욱 힘겹다.

계단 끝 화살표가 갈라지는 곳에서 다시 멈추고 만다. 직접 수민의 얼굴을 마주하고 자초지종을 설명해야겠다고 작정을 하자 웬일인지 손과 발은 뇌의 지시를 따르지 않고 제멋대로였다. 잠바는 뒤집어서 입었고 운동화 끈은 꿰어지지 않아 한동안 애를 먹었고 호주머니에 넣어둔 전철 정기승차권도 손에 잡히지 않아 알루미늄 차단기 앞에서 옷의 주머니란 주머니는 다 까발려야 했다.

사거리 횡단보도에서 부서진 우산살 때문에 기어이 우산 천의 끝쪽이 뒤집히고 만다. 앞뒤가 뒤바뀐 천으로 하늘을 가리고 철호는 어깨로 등으로 비를 맞으며 곧장 앞을 향해 걷는다. 또 한 번의 사거리에서 긴 호흡을 하면서 이 동네는 무척 사거리가 많다는 것을, 아이의 생일을 놓친 대가가 낫지 않는 생채기처럼 진물만이 계속 흐르고 딱지가 들러붙질 않고 있다는 것을 깨달은 것만큼이나 뒤늦게 알아챈다. 아무것도 들고 있지 않은 제 손의 가벼움도.

아이가 뭘 좋아할까, 자동차? 눈이 파랗고 머리가 노란 서양 인형? 블록 놀이? 헝겊으로 된 멍멍이 인형? 다 좋아할 것도 같고 하나도 좋아하지 않을 것도 같다. 그만한 또래의 아이를 유심히 지켜본 적이 없으므로, 아니 정확히는 제 아이와 한 번도 놀아본 적이 없으므로.

대학가라 장난감 가게는 눈에 띄지 않는다. 설사 어딘가 있다 하더라도 문을 열기엔 너무 이른 시간이다. 길 건너편에 24시간 편의점이 눈에 띈다. 아이가 아이스크림이나 초코파이 같은 것은 좋아하지 않을까?

NICHE

골목을 돌자 간판이 눈보다 마음으로 먼저 안긴다. 니체. 그렇게 속으로 읽고 나서 훗, 입술 끝으로 바람을 만들어낸다.

웬 니체?

회관에서 운영하는 기타 연주반에 빠지지 않고 나오는 미싱사 시다인 열여섯 살 현정이라면 이런 유행어를 내뱉고 고개를 갸우뚱

할지도 모른다. 그럼 저걸 니시라고 읽던가 니치라고 읽던가. 어찌됐든 니체가 완전히 틀린 소리인 것만은 확실하다. 투명한 통유리 너머 보라색과 노란색의 등이 켜져 있다.

사전을 며칠째 뒤적이던 수민이 어느 날 드디어 영감이 떠올랐다면서 영한사전을 철호 편으로 내밀며 득의만만한 얼굴과 청 높은 목소리로 말했다. 이런 이름 못 들어 봤지? 어때 근사하지 않아, 뜻도 카페에 딱 어울리잖아. 적소(適所).

비 오는 일요일 아침인데도 벌써 문을 열었구나.

우산을 접고 2층으로 올라가는 입구에서 또 한 개비의 담배를 꺼내 물고 나무 계단을 하나둘 밟고 오른다. 입구의 문은 활짝 열려 있다. 그 사이로 음악이 나오고 있다. 쿵쿵거리는 밴드 소리를 배경으로 오페라 합창곡 같은 노래가 흘러나온다. 이름을 기억하는 몇 되지 않는 밴드 중의 하나인 퀸이다.

새벽녘이었다. 그 밤에 언성을 높여 싸운 기억도 없다. 화장실로 가던 참이었다. 철호의 인기척도 느끼지 못한 듯 수민이 거실에서 헤드폰을 끼고 춤을 추고 있었다. 수민의 춤은 일정한 손놀림이나 규칙적인 소위 스텝이란 발놀림도 없이 그저 음악에 맞춰 손을 들어올리고 가슴을 흔들며 발을 움직거리고 있었다. 수민의 동작 하나하나는 너무나 자연스러웠다. 철호는 한참을 문 옆에서 훔쳐보았다. 그러다 어느 순간 등 뒤에서 철호의 시선을 느낀 수민이 읍! 하고 놀란 소리를 내지르더니 허둥지둥 헤드폰을 벗고 오디오 앞으로 다가갔다. 수민은 전원을 누르려고 했을 것이다. 그러나 엄마가 절대 열어보지 말라던 꿀단지에 손가락을 넣다 들킨 아이처럼 경황이 없었던 수민은 헤드폰의 코드를 먼저 뽑았고, 그러자 터진 봇물처럼 피아노 소리와 남자의 고음이 걷잡을 수 없이 확 밀려 나왔다. 차라리 그렇게 되자 수민은 느긋해지기라도 했는지 계면쩍게 웃으며 시끄럽죠, 하며 여유 있게 소리를 줄였다. 당신 미쳤소! 하고 종주먹을 댈 참이었다. 수민의 눈가에 어룽대는 눈물 자국을 보지 않았다면, 더 심한 말이 나왔을지도 모른다. 양키들 팝송이나 들으며 춤이나 추고, 이 여자 완전히 맛이 갔구만! 따위의.

철호는 선뜻 문을 밀고 들어갈 수가 없어 〈보헤미안 랩소디〉가 끝나도록 문밖에 서 있는다.

작년 여름 모든 일에서 손을 뗀 철호가 기차를 집어타고 서울을 벗어났다 돌아오기를 반복하던 때 친구가 있었다면 닳고 닳은 몇 권의 시사 주간지들이었다. 그중의 하나에서 수민이 좋아하던 밥 딜런, 존 바에즈, 존 레논이니 하는 팝 가수의 노래들이, 퀸의 〈보헤미안 랩소디〉가 '방송 부적 가요'에서 풀렸다는 기사를 보면서 그 밤, 수민이 혼자 나와 춤을 추던 그 밤이 생각났었다. 그때 수민을 향한 철호의 눈빛이 밤거리의 여자들을 대하듯 냉소나 경멸이 아닌 조금 더 부드럽고 안온한 그것이었다면…….

수민이 저렇게 큰 소리로 퀸을 듣고 있을 때는 십중팔구 기분이 울적한 때라고, 아이는 잠이 들었거나 아니면 다른 곳에 있을 거라고, 그렇다면 지금은 때가 아니라는……. 어젯밤의 객기를 사과하고 아이의 생일을 축하해주기엔, 수민의 기분이 너무 상해 있을지도 모른다고 철호는 긴 상념의 끝을 어렵게 매듭짓는다.

자신의 손은 비어 있고, 아이가 과자 아닌 무엇을 좋아하는지 아직 제대로 알고 있지도 못하고, 그리고 아직 아이의 생일까지는 꼭 두 주일이 남아 있으니까 시간이 없는 건 아니라고, 무엇보다 가장 종요로운 것은 눈시울을 붉히며 노래를 따라 부르거나 춤을 추고 있을지도 모르는 수민에게 부드럽고 정감 넘치는 미소를 지을 만한 준비가 아직은 되어 있지 않다고 철호는 스스로에게 위안 아닌 위안을 한다. 초콜릿도 인형도 로봇도 없는 빈손에 담뱃갑의 메마른 비닐만이 잡혀온다. 담배에 불을 붙이고 몸을 천천히 돌리려다 주춤 멈춰 선다.

아이가 보고 싶다!

가슴 속으로 매캐한 담배 연기가 들어가지만 그것으로는 기도와 같은 간절한 욕구를 채울 수가 없다. 아이를 가슴에 안고 그 볼에 입을 맞춰봤으면, 단 한 번만이라도.

아이를 딱 한 번 본 적이 있다. 그때도 술기운이란 다른 힘을 빌려 이곳에 왔을 때였다. 늘어진 전봇대 그림자 위에 서서 담배를 피우며 NICHE 아크릴 간판을 쳐다보며 그렇게 서 있었다. 카페는 여전히 환하게 밝은데도 수민이 아이를 데리고 계단을 내려와 건물 뒤편으로 사라졌다. 얼마나 지났을까, 두 사람은 철호의 바로 옆을 지나갔다. 수민이 운전석에 앉아 있었고 아이는 뒤편 제 의자에 매달려 있었다. 수민이 몰던 차가 빨간 신호등에 멈춰 서자 순간적으로 몸이 튀어 나가려는 스스로를 억누르며 헛머리를 흔들었다. 스치듯 본 아이는 토실토실해 보였다.

발이 입구 쪽으로 한 발 나아간다.

장철호, 이건 너다운 게 아니야. 돌아가라구.

이성이 소리친다. 돌아가라구. 머릿속에서, 마음속에서 치열한 한 판 싸움 끝에 철호는 몸을 돌린다. 그러면서도 이 계단을 다 내려가기 전 저 안에서 누군가 나와, 자신과 마주치는 운명적인 우연 같은 것을 기대하고 있는 마음 한구석을 들여다본다.

계단을 밟으면서 노래가, 가수가 바뀌어 있음을 깨닫는다. 존 레논의 〈이매진〉이다. 팝송은 스치듯 들은 몇 개를 빼고는 아는 게 없지만 노래만은 귀에 익숙하다. 어떤 녀석 때문이다. 공장을 다니는 주제에, 그것도 현장 활동을 하겠다고 대학마저 때려치우고 위장 취업을 하고 있는 신분에 전혀 어울리지 않게 자취방엔 성능 좋은 포터블 오디오가 있었다. 그리고 저 노래, 〈이매진〉을 한 시디에 온통 반복 녹음을 해놓고선 듣고 또 듣던, 그야말로 신물이 나도록 듣던 녀석이 있었다.

저것 좀 제발 치우라고, 더구나 양키의 팝송이 다 뭐냐고 현장 지도선인 철호가 힐난조로 비판을 해도 그는 전혀 기죽지 않고 대답했다.

형님, 모르는 소리 마세요. 존 레논은 혁명가였다니깐요. 광적인 그의 팬이었던 정신 질환자가 그를 살해한 걸로 수사가 종결됐지만 아무래도 그의 살해엔 시아이에이 같은 배후가 있다는게 제 생각이니깐요. 이 노래 가사가 어떤 줄 아세요? 소유가 없다면 굶주림도 없고 형제애와 인간애가 넘치는 세상이 될 거고, 모든 세상 사람들이 모든 것을 함께 나누고 돕게 되면 이 세상이 얼마나 평화로운 곳이 되겠냐. 그걸 상상해보라는 거예요. 가사 한번 죽여주죠?

수민의 카페에서 그 노래가 흘러나온 게 아닐지도 모른다. 계단 끝에서 우산을 펴 든 순간에도 그 노래는 그 거리에 훈향처럼 번지고 있었으므로.

당신은 내가 말도 안 되는 꿈을 꾸고 있는 사람이라고 여길지도 모르지만 나 혼자만이 이런 꿈을 꾸는 건 아니랍니다.

언젠가 당신도 우리와 함께할 것을 그래서 우리가 꿈꾸는 세상이 오길, 난 소망합니다.

천둥비 내리는 밤, 숲은

"어유, 이걸 어째……. 다리에 쥐가 났어!"

후배들을 의식해서 수민이 비명조차 지르지 못하고 그저 오만상을 쓰며 인실을 부르자 인실은 한 손에 가득 든 피를 논둑으로 급히 던지고선 발이 쑥쑥 빠지는 무논을 마른 땅처럼 휘적휘적 걸어 수민 앞에 선다.

"자, 우선 나한테 몸을 의지하고, 그래……. 불편한 다리가 어느 쪽이야?"

감각이 마비된 수민의 다리를 인실이 드는 순간 수민은 중심을 잃고 논바닥에 주저앉아버렸다. 그 순간 수민에게 몸을 내주었던 인실도 그만 같이 나동그라지고 만다.

손에 들고 있던 것이 툭 떨어진다. 꿈이었구나, 하는 의식이 찾아오고 방금 손에서 떨어져나간 것이 나무토막임을 알아본다. 머리맡의 페치카엔 다행이도 아직 불길이 남아 있다. 나무토막을 몇 개 올려놓고 손부채질을 하자 사위어가던 불길은 금방 타닥탁 경쾌한 소리를 내며 먹이를 찾는 굶주린 승냥이처럼 붉고 긴 혀를 날름거리고 있다.

세 평 남짓한 통나무 오두막이 쓸려 가버릴 것만 같은, 온 산의 나무들도 뿌리 뽑힌 채 황톳길로 나설 것만 같은 천둥과 폭우의 어우러짐 속에서도 아이는 활개를 치고 잠들어 있다.

나무토막을 쥐고서 깜빡 잠이 들었나 보다. 기저귀가 젖었다고 자다가 칭얼거리는 아이 옆에서 갈아줘야 할 기저귀를 가까스로 꺼내 들고 그만 그대로 잠에 빠지고 말았던 아이의 젖먹이 때처럼. 나무토막을 집어삼키는 페치카의 불길로 봐서 두세 시간만 지나면 모든 게 재로 변할 것 같아 불침번을 서고 있던 참이었다. 이 바람 불고 억세도록 비가 퍼붓는 숲속 오두막에서 새벽을 맞이해야 할 아이가 있으므로.

스물한 살 인실과 수민이 논바닥을 뒹굴며 웃던, 맑고도 높은 웃음소리가 아직도 수민의 귀에 메아리처럼 울린다. 낮에 대학생 농활대를 보아서인가, 깜빡 잠이 든 사이 그런 꿈을 꾸었던 걸 보면.

농활대에서 인실은 그야말로 꽃이었다. 선배, 후배 동료들에게 감탄과 찬사만을 받는 인실이었다. 시골 출신이라 논일 밭일에 익숙하기도 했지만 그것만으로는 모든 것을 설명할 수가 없었다. 수민은 아무리 눈을 크게 뜨고 이모저모 뜯어보아도 구분이 안 되는 벼와 피 때문에 피사리를 한답시고 농민들이 애써 가꾼 벼를 뽑아 폼

만 그럴듯하게 논둑으로 던지고선 뒷덜미가 켕겼다. 또 바람 한 점 들지 않는 담배밭에서 일을 할 땐 줄줄 흐르는 소금땀에 호미를 던져놓고 그 넓은 잎사귀 사이에서 슬쩍 규율을 어겨가며 담배를 피우다 후배가 불쑥 나타나는 바람에 담배 연기를 내뿜지 못하고 사레가 들려 컥컥거리기도 했다. 그러나 아궁이에 불 때서 밥하는 건 처음이라는 서울 출신 새침데기 동료를 대신해 인실은 눈물을 흘려가며 장작불을 피워주고, 꼬박 날을 새가며 후배들의 고민과 투정을 다 들어주었다.

인실은 꽃이라기보다는 지팡이만 툭 치면 호박을 번쩍번쩍한 마차로, 쥐를 흰말로 단숨에 바꿔버리는 신데렐라의 요술 할머니에 비유하는 것이 더 들어맞을 그런 애였다. 수민은 스물한 해를 살면서 그렇게 번개손에 솜씨까지 좋은 사람은 처음 보았다. 그 애가 손을 대면 정부미로 만든 밥도 자르르 윤이 났고, 아동반 아이를 위해 만들어주었던 들꽃 목걸이는 진주 목걸이보다 더 우아했다.

생각해보면 더 극적인 사건을 일으켰던 장본인들도 있었는데, 농활 하면 인실이가 제일 먼저 떠오르는 것은 왜일까. 농활 간다고 해봤자 허락해주지 않을 건 불을 보듯 뻔해서 무작정 집을 뛰쳐나와버렸는데 어떻게 알고 그 깊숙한 시골 마을에 기사 딸린 그랜저를 타고 나타난 부모 때문에 온 동네 사람들이 한동안 입방아를 찧었던 혜수, 집에서 급한 전보 한 장을 받고 변변히 작별 인사조차 하지 못한 채 허겁지겁 서울로 올라가 그 길로 가족들과 함께 캐나다로 떠나버린 지현이 같은 친구들.

인실이 사람들에게 감동을 주었던 것은 요술쟁이에 비견할 만한 솜씨만은 아니었다고, 열흘을 부대끼며 같이 살면서 그 뙤약볕 아래에서 드러난 그 애의 인간성이었다고, 수민은 고쳐 생각한다.

부끄러워진다. 며칠 논일 밭일을 좀 거들었다고 평생을 궂은 일을 하며 살아온 농민들 앞에서 노동의 신성함과 소외감에 대해서 아는 척 교만을 부리던, 오달졌던 스물하나가 그리워진다. 책에서 읽었던 과학적인 명제가 그대로 현실에 적용될 수 있다고, 그래야만 한다고 믿었던 펄펄 뛰던 젊음이.

이곳에 도착했을 땐 가랑비가 내리고 있었다. 휴양림이란 건 태어나서 처음이었으므로 입구로 들어오던 순간 우리나라에도 이런 데가 있구나, 나라에서 이런 좋은 것도 다 만들었구나 하는 놀라움 한편에선 눈가리고 아웅하는 전시행정이 아닐까 하는 비아냥거림이 솟아나고 있었다.

통나무집 앞에 내려놓자마자 아이는 껑충껑충 뛰었다. 머리칼로, 눈으로, 가슴으로 고스란히 스며드는 빗방울에 감기라도 걸릴까 봐 제 어미가 노심초사하고 있다는 것을 알 리 없는 아이는 실로 오랜만에 디뎌보는 땅에서 숲의 신성함과 장엄함이 느껴지는 공기를 홀떡홀떡 뛰며 들이마시고 있었다.

엄마, 저기 가서 쌀 좀 씻어 올게, 너 오늘 한 끼도 안 먹었잖아, 엄마 얼른 다녀올게, 여기 있어, 하고 말해놓고는 이 짐 저 짐을 뒤져 쌀과 그릇을 꺼냈다. 세면장으로 몇 발자국 내딛자마자 아니나 다를까 아이는 날카로운 소리로 엄마를 소리쳐 부르며 울다 통나무

53

집 문턱에 걸려 꼬꾸라지고 말았다.

밥 먹는 걸 포기해야 했다. 맑은 공기를 들이마시고 있으니 하루쯤 굶는다고 어디가 덧나랴. 그러나 배고픔은 다른 무엇으로도 채워질 수 없었다. 한 손에 아이의 손을, 다른 한 손에 코펠을 들고 사이좋게 비를 나눠 맞으며 물을 떠다 라면을 끓였다. 평소엔 매워, 매워 하며 거들떠보지도 않더니, 라면 한 그릇을 퍼주자 세상에 나온지 이제 막 두 해가 되어가는 애가 벌써부터 삶의 가혹함을 깨닫기라도 한 것처럼 그야말로 마파람에 게 눈 감추듯 그릇을 비웠다.

조금 걸어가면 될 줄 알고, 그것보다는 아이를 더 이상 차에 태우고 싶지 않았으므로 손을 잡고 약수터로 향했다. 산과 산을 돌아 계곡과 계곡을 흘러 예까지 온 시린 물이 발밑을 간지럽히고 지나가자 아이를 덥석 안고 작은 개울을 건넜다.

오는 듯 마는 듯 빗줄기가 수그러지자 낮게 내려와 있던 구름이 서서히 물러날 채비를 할 즈음, 산자락이 사삼봉, 가칠봉, 응복산 세 봉우리에 둘러싸여 있다고 해서 삼봉이라 부르게 됐다는 산봉우리들이 어깨를 마주하거나 서로의 얼굴을 직시하면서 명징하게 수민의 시야에 모습을 드러냈다. 그 이름 때문이었을까. 기막힌 절경을 보면서도 화투 패의 1월 솔 껍질이 눈에 삼삼했으니.

산자락을 뒤에 두고 돌돌돌 쉬지 않고 흐르는 물소리를 들으며 산막으로 내려오던 참이었다. 갈색과 황토색의 깃털을 한 다섯 마리의 새가 수민이 내려다보고 있는데도 전혀 개의치 않고 오구구 나란히 열을 지어 개울을 건넌다. 이제 막 세상에 나온 까투리 새끼라는 것을 단박, 알 수 있었다. 태어난 지 며칠이나 된 새끼들일까. 그것들이 숲으로 사라지고 나서도 수민은 입가의 웃음을 쉽사리 거둬들이지 못했다. 그러다가 콧망울이 시큰해져왔다. 뒤뚱뒤뚱 걸어가던 모습이 영락없는 제 아이의 첫 걸음을 연상시켜서.

아이가 연방 어버, 어버 소리만 하면서 길 한가운데 우뚝 서버렸다. 조금만 더 걷자고 해도 막무가내였다. 할 수 없이 아이를 들쳐업었다. 야속하게도 빗줄기까지 조금 굵어지는 눈치였다. 엄마 등에 가슴이 닿자마자 아이는 한순간에 탁 하고 잠에 떨어져버렸다. 잠이 들어 축 처진 아이가 얼마나 무거운지, 빗줄기가 얼굴을 때리는데도 우산을 들 손은 아이의 엉덩이께에 깍지를 끼어버려서 손목에 감은 우산조차 마음 같아선 던져버리고 싶었다.

어미에게 아이가 떼어버리고 싶은 혹으로 느껴질 때는 아이의 먼 미래에 대한 이런저런 근심 같은 추상적인 그 무엇이 아니다. 잠든 아이를 업고 서둘러 집에 가야 할 때, 눈을 비비면서도 잠들지 못하고 투정만 늘어놓는 아이를 달래야 할 때, 한밤중에 느닷없이 열이 오르는 아이의 옆을 지키며 병원이 문을 여는 아침 10시를 초조하게 기다려야 할 때와 같은 너무도 소소한 일상에서 수민도 역시 진저리를 친다.

하긴 무슨 좋은 일이 있다고 아이와 둘만의 여행을 계획한 걸까. 이제 대소변이나 가리고, 말 몇 마디 겨우 할 수 있는 아이를 데리고, 사람 하나 마주칠 수 없는 이 첩첩산중에 뭐 볼 게 있다고 기어들어왔단 말인가. 하지만 아이와 둘만의 오롯한 시간을 보내고 싶었다. 아이에 대한 엄마의 책임과 돈을 벌어야 한다는 당위 사이에서 어느 것 하나 제대로 해내지 못하면서 이쪽 저쪽으로 늘 눈치만 살피며 대강대강 구렁이 담 넘어가듯 하루하루를 살아가는 엄마가, 어른 하나 겨우 누울 수 있는 좁고 답답한 내실에서 자주 잠들어야 하는 아이에게 해줄 수 있는 유일한 선물, 그게 아이와 함께한 길 떠남이었다.

아니, 그건 누추한 내용물을 감추기 위한 포장인지도 모른다. 기실은 늘 혼자서, 아이를 뒤에 남겨두고, 길을 떠났던 엄마가 이제는 삶을 견뎌내기 위한 몸짓에 아이를 동반시키고 싶다는 이기심의 발동인지도 모른다. 아이는 벌써 이 여행의 본질을 알아차린 듯 이렇게 힘들어하고 있고…….

후줄근해진 아이의 상체가 아래로 아래로 처져, 아이를 땅에 세우고 다시 들쳐 업기를 몇 번씩 반복해야 했다. 이마 위로 굵은 땀방울이 빗방울에 섞여 뚝뚝 떨어졌다. 어떤 엄마들이 그런다는 것처럼 뺨이라도 때려 애를 깨우고 싶은 충동이 깍지 긴 팔에서, 묵직해지는 허리에서 슬금슬금 생겨나려 하였다. 자세를 바로 하기 위해 땅에 잠깐 세워놓는 순간에도 아이는 눈도 뜨지 않은 채 어미 쪽으로 온몸의 무게 중심이 실려 있었다. 계곡에서 흘러내린 물이 발밑을 감싸자 시리도록 맑았던 좀 전의 물의 느낌이 이번에는 발목이 송두리째 떨어져 나갈 것 같은 으스스한 공포감으로 변해 있었다.

무슨 비가 이렇게 장하게도 오실까. 밖에 세워논 차가 떠내려갈까 봐 걱정스러워질 정도이다. 다시는 수면 위로 떠오르지 못하도록 돌덩이로 꾹꾹 눌러두었는데도 돌덩이는 온데간데없이 자꾸만 포르르 포르르 얼굴을 내미는, 그런 의문이 있다.

그는 어젯밤 무슨 이유로 전화를 한 걸까. 그답지 않게. 비 오는 날 옛 여자를 향해 전화를 할 만큼 그도 나이가 든 걸까, 아니면 낭만적이 되기라도 한 걸까. 부러질지언정 결코 휘어지지는 않을 신념을 불태우며 살아가는 사람이.

아이가 좀 더 커 뒤척이는 제 어미를 위해 무릎을 세우고 엄마의 얘기를 들어줄 때가 되면 그때쯤이면 아무렇지도 않게, 목이 메지도, 울먹이지도 않고, 자연스럽게 이야길 할 수 있을까. 희민아, 어제 전화 왔었어. 누구? 응, 희민이 아빠. 왜? 그냥……. 술을 마셨는지 별 이야길 않더라. 엄마, 아빠 되게 싱겁다, 그치? 그리고 천둥비 내리는 밤, 숲속 한가운데에서 엄마와 딸은 서로의 얼굴을 마주 보며 키득 웃음을 터뜨릴지도 모른다.

지쳐 잠든 아이의 발그레한 볼에서는 향긋한 단내가 난다. 가만가만 아이의 손을 만진다. 활활 타오르는 불길보다 더 뜨거운 뭔가가 가슴속에서 모락모락 피어오른다. 사랑이란 말처럼 너무 흘러넘쳐서 상투적인 표현이 될지도 모르지만 잠든 아이의 얼굴만큼 평화롭고 감동적인 게 있을까.

몸을 반쯤 일으켜 통나무 벽에 기댄다. 모나지 않은 둥그런 나뭇결 그대로가 잡힌다. 이 나무들은 어디에서 태어나고 자라서 여기까지 오게 됐을까. 어떤 이들의 노동력을 거쳐 이런 소담한 집 모양을 가지게 되었을까, 어떤 사람들이 이곳에 와서 이 방을 거쳐 갔을까. 딱히 해답을 찾을 방법도, 군이 그 답을 알아야 할 의무도 없는 의문들이 줄레줄레 이어지는 것은 천둥과 번개가 교감하고 비가 아우성처럼 밀려오는 밤, 원시림 속의 통나무집에서 잠든 아이를 내려다보며 페치카에 불을 때고 있기 때문이리라.

평소 수민이 가장 고민하는 문제는 고상하고 현학적인 이른바 형이상학적인 것이 결코 아닌 돈, 바로 돈 문제이다. 오늘 매상이 얼마 올랐고 내일 지불해야 할 대금과 세금이 무엇무엇이며 아르바이트생 일당을 1000원 정도 올려줘야 하나 말아야 하나 하는 따위. 그러나 이 숲속에서 수민은 나무의 나이와 숲의 미래와 150억 년이라는 우주의 역사를 생각한다.

이런 숲에서, 아이가 보는 만화영화에서 보았던 숲의 혼령이 울부짖으며 통곡하는 듯한 빗소릴 들으며 누워 있으리라고는 전혀 생각해보지 못했듯이 삶의 모든 굽이는 늘 어느 순간 우연처럼 바람처럼 다가온다. 사람들은 그걸 운명이라고 부르고 싶어하지만.

한때는 아니 지금도 그 모든 것을 부정하지는 않지만 우연은 필연의 발현이란 명제를 가슴에 안고 살았던 때가 있었다. 우리가 어느 날 밤 반짝이는 하늘의 별을 보고 감탄을 내지를 수 있는 것은 태양계의 별들이 태양을 중심으로 자신의 위치에서 한 치의 어긋남도 없이 제 길을 따라 돌고 있으므로 가능한 일이듯 세상일에 어느 날 갑자기란 있을 수 없는 거라고. 20대에 수민은 미래란 걸, 그렇게 먼 것도 아닌 당장 내일이란 것에 대해 생각을 할라치면 늘 높은 벽과 그것으로도 모자라 그 위로 철조망을 친 감옥이 먼저 떠오르고 그 외 다른 것들은 모두 높은 담 아래로 기어들어가버렸다. 숨을 크게 한 번 내쉬고 담 밑으로 기어들어간 것들을 꺼내보면 저벅저벅 뒤를 밟는 형사들의 발자국 소리, 뒷골목 벽에 기대어 몸을 숨기고 재빠르게 고개를 움직여 숨을 곳을 찾느라 두리번거리는 확신에 찬 검은 눈동자 그리고 남편의 체취가 묻은 빨랫감 보따리를 가슴에 안고 교도소 정문을 나서는 지친 여자의 어깨.

그런 미래에 대한 상상은 외국의 레지스탕스 영화나 우리나라 3·1절이나 광복절 특집극 드라마에 나오는 독립투사와 그 부인의 이야기에서 현실적 영감을 받았는지도 모른다.

수민에게 미래는 결코 장밋빛 환상이 아니었다. 전기로 살갗을 지져대는 고문실, 비가 새는 산동네 판잣집, 뿌연 알전구 밑에 그보다 더 창백한 얼굴들이 기계를 돌리는 공장의 밤……. 상상할 수 있는 온갖 것들을 그렸다 지웠다 하더라도, 이런 삶은 수민의 것은 아니었다. 결코, 그 어느 구석에서도.

아침의 그 여자, 빗속에 힘겹게 걸음을 내딛던 그녀는 지금쯤 자신의 아이를 품에 안게 되었을까.

간호사가 건네주는 아이를 처음 안아보던 순간, 수민은 혼란스러울 정도로 당황스러웠다. 그저 떨어뜨리지 않으려고 두 팔로 받아 안았을 뿐 그 다음 엄마로서 제 아이에게 어떤 행동을 취해주어야 할지 알 수가 없어 오물거리는 작은 입만 들여다보고 있었다. 한 생명을 세상에 나오게 했다는 한 줄기 감격의 눈물 대신 수민은 전혀 예상치 못한 쑥스러움과 어색함에 아이의 손을 찾아 만지작거리고만 있었다.

그 무수한 미래에 대한 가설 중에 혼자서 아이를 낳고 기르게 되리라는 건 꿈조차 꿔보지 않았다. 분만대기실에선 누군가 옆에 있어주긴 했다. 그야말로 이름도 모르는, 처음 보는 누군가였다. 옆 산모의 여동생이었다. 언니, 조금만 참아, 금방이야, 금방! 하고 외치다가 옆자리에서 신음하는 수민을 보곤 아줌마, 힘내! 이 병원은 되게 철저하네, 남자들은 아예 대기실에 얼굴도 못 비치게 하구, 란 투덜거림으로 수민을 위로하려 들었다. 그 여자의 그 말은 분명 위로가 되긴 되었다. 침대에 누워 있지도 못할 만큼 고통스러워 바닥에 쭈그려 앉아 있을 때에도 이를 악물고 난 혼자서도 할 수 있어, 란 말을 입속으로 되뇌게 만들어주었으니까.

아침의 그 여자는 아들을 낳았을까, 딸을 낳았을까. 만약 간호사가 예쁜 공주님이에요, 라고 알려주었어도 그 여자의 남편은 세상을 다 얻은 것만큼 그렇게 뛸 듯이 기뻤을까.

수민은 배 속의 아이가 건강하기만을 바랐다. 아들이든 딸이든 생명은 소중한 거니까 딸이어도 좋고 아들이면 더 좋고. 그러나 아들 앞에 놓이는 더, 라는 말이 늘 목에 걸렸다. 더, 라는 말을 생각하게 되면 사람들이 세상이 정해준 가치에 따라 일렬로 줄을 서는 모습이 떠오르곤 했다. 세상의 모든 남자들은 모두 앞줄에 서고 세상의 반인데도 여자들은 쭈뼛쭈뼛 남자들의 뒤에 줄을 서는 그런 그림이. 더, 라는 말은 비교를 위해 사용되는 용어이므로 남자 앞에 더, 라는 말이 붙는다면 여자는 덜한 존재가 될 터였다.

딸이면 어때요? 그런 말을 사람들은 아들 뒤에는 붙이지 않는다. 수민은 한 번도 들어본 적이 없다. 아들이면 어때요? 하는 자조 섞인 위안을. 그러나 수민은 아들이 아니라 딸을 낳았다. 수민도 대부분의 세상 사람들처럼 아들을 낳길 바랐다. 다른 사람과 구별되는, 혼자 사는 엄마한테 아들은 든든한 버팀목이 되어줄 것이다, 라는 특별한 이유를 달아.

아무래도 안 되겠다는 불안감이 다시 목까지 차오른다. 차가 그 자리에 있나 확인해보고 싶은 욕구가 목젖까지 치솟아 수민은 자는 아이를 확인하고 소리를 죽여 그만 문 쪽으로 나아간다. 슬리퍼를 꿰고 바깥으로 나가자 거기엔 다른 공기가 흐르고 있음을 느낀다. 우산을 던져버리고 빗줄기에 온몸을 적셔가며 춤을 추고 싶을 만큼 유혹적인 내음이 거기 있다.

아주 먼 옛날 같은 몇 년 전, 공단 근처의 허름한 연립에서 살았던 적이 있다. 그곳엔 가히 기적적으로 그린벨트란 곳이 남아 있어서 낮은 담만 뛰어넘으면 논이 있고 밭이 있고 산이 있고 약수터가 있었다. 흐드러지던 진달래가 사그라들 쯤이면 찔레꽃이, 그 찔레꽃 흰 떨기는 다시 붉은 장미에게 자리를 내어주고, 한여름 위대한 붉은색으로 세상을 물들였던 장미꽃 이파리가 분분히 날린 자리엔 코스모스가 온 천지에 하늘거렸다.

거기엔 늘 다른 세상이 펼쳐져 있었지만, 코스모스마저 사라지고 마른 볏단만이 빈 들판을 지키고 있던 그 아침은 더욱 특별했다. 은 세계였다. 보드득보드득 소리를 내며 발맘발맘 논둑길을 걷다가 우뚝 멈춰 서고 말았다. 누군가 담뱃값이나 벌려고 일을 벌인 듯, 손바닥보다 조금 큰 논바닥은 스케이트장처럼 반질반질하게 얼어 있었다. 수민은 지나가는 사람이 있나 없나 주위를 살피고 그곳에서 춤을 추었다. 피겨 스케이트 선수처럼 한쪽 다리를 삼각형으로 만들어 다른 쪽 다리에 붙이고 빙글빙글 돌고, 손을 머리 위로 올려 둥그렇게 원을 만들어 돌리고, 펄쩍 뛰어 다리 한쪽을 들고 양손을 벌려 돌고…… 그러다 결국 엉덩방아를 찧고 그만두긴 했지만.

다행히 차는 떠내려가지 않고 그 자리에 붙어 있다. 숨가쁜 물살만이 수민의 발밑을 거칠게 빠져나간다. 설사 눈 쌓인 들판에 다시 가 선다 하더라도 다시는 그렇게 춤을 출 수는 없으리라. 그땐 가슴속에 나는 가난하지만 행복하다, 는 문구를 간직하고 살았지만 지금은 그때만큼 가난하지도 또한 행복하지도 않으므로. 아니, 차라리 물질적 가난에도 불구하고 정신적인 호사를 누리며 행복할 수 있다고 설교하는 그런 우화나 동화 같은 것에 더 이상 고개를 주억거릴 수 없다고 고백하는 편이 더 나을지도 모르겠다.

살아 있으니깐 좋구나.

우산 위로 투두툭 떨어지는 빗소리가 율동적이다. 관리실에서 열쇠를 받아 통나무집의 문을 열고 들어선 순간 수민은 천장의 가로를 튼튼히 버티고 있는 나무에 입이 벌어지고 말았다. 목을 매려면 저 정도 서까래는 되야겠군, 하는 말을 입 밖으로 내놓은 건 그 튼실함에 대한 저항이었을까.

아이가 엄마를 부르며 거칠게 운다. 잠에서 깼나 보다. 아니다, 여전히 급하게 내리 퍼붓는 빗소리일 뿐이다. 환청이다. 아이와 떨어진 거리는 불과 열 걸음도 되지 않고 검은 산과 마주한 지도 10분이 지났을까 말까 한데도 벌써 환청이 시작된다.

엄마들은 많은 아이들이 한꺼번에 울어대도 반드시 자기 아이의 울음소리는 꼭 찾아낸다고 하데요. 사람들이, 주로 남자들이지만 그렇게 이야기하는 소리를 많이 들었다. 그러나 수민은 그렇게 족집게처럼 제 아이의 울음소리를 구별해낼 자신이 없다. 아이들의 울음소리는 약속이나 한 듯 똑같다. 용케 울음소리로 아이를 알아낸다 하더라도 그건 여성에게 있다는 모성 본능이라고는 믿기지 않는다. 그저 가장 오랜 시간 동안 아이의 옆을 떠나지 않고 지킨 대가라고 생각할 뿐이다. 아이를 처음 안았을 때의 그 어찌할 바 모르던 쑥스러움이 바뀌어 하루에도 몇 번씩 그 고운 볼을 깨물어주고픈 충동이 일게 만든 그 세월처럼.

그럴 리가 없다는 것을 알면서도 교향곡의 피날레처럼 쾅쾅 쏟아지는 빗소리에 아이의 울음소리가 묻히고 있는 게 아닌가 하는 걱정이 점점 더 걷잡을 수 없어지자 수민의 몸은 벌써 통나무집 편으로 돌아서 있다.

든든한 서까래 밑에서 곤히 잠들어 있는 아이를 보자 안도의 한숨이 나온다. 와락, 아이의 볼그레한 볼에 입을 맞춘다. 하루에도 몇 번씩, 누를 길 없는 욕구나 충동처럼, 마음 깊숙한 곳에서 어느 순간 화산이 폭발하듯 그렇게 제어할 수 없는 힘이 불끈 솟아올라 아이의 볼에 수없이 입을 맞출 때가 있다.

어렸을 적 국어 교과서에는 자고 있는 아이의 얼굴보다 더 평화롭고 사랑스러운 것이 세상에 또 없을 거라는 소파 방정환의 글이 있었다. 그러나 아이의 자는 모습이 그지없이 평화롭고 사랑스러운 것은, 방금 전까지도 이렇게 해달라 저렇게 해달라 앙앙거리며 떼를 쓰고 쉰소리가 나도록 울며 귀찮게 굴던 아이가 두 눈을 지그시 감고 어미에게서 더 이상 아무것도 요구하지 않는 데서 오는, 어미 입장에서 보면 느긋한 마음의 여유가 비껴 들어간 표현이란 것을 남자들은 이해할 수 있을까. 소파 방정환은 그런 어미의 심정을 조금이라도 알고 그 글을 썼을까 하는 의문이 새삼 똬리를 튼다.

이제 눈을 좀 붙여야 할 것 같다. 오늘, 저렇게 잠이 든 아이를 두고 서까래에 목을 매달지 않는 한, 내일이 있고, 또 그 내일이 오면 떠나야 할 길이 있다. 발치께에 놓인 배낭을 끌어당겨 부시럭거리며 캔맥주를 꺼낸다.

알루미늄 촉감을 혀끝에 느끼며 술 한 모금을 털어 넣으면서 저 아이는 내게 무엇인가 하는, 모름지기 이 땅을 하직하는 날까지 가슴에 앙금으로 남아 있을 자신의 영원한 화두를 다시 끌어내본다. 가혹한 시련인가, 실낱같은 희망인가. 그렇게 딱히 극과 극으로 분리될 수 없는 건지도 모른다.

저 애가 아직 자궁 속에서 자라고 있을 때 너무 너무 자랑스러워 배가 부르지도 않았는데 시위라도 하듯 백화점으로 달려가 임산부복 전문점에서 예쁜 원피스를 사 입었는가 하면, 어느 날은 커가고 있는 아이가 불안스러울 정도로 두렵고 절망스러워 배를 쥐고 엉엉 통곡을 하면서 방 안을 떼굴떼굴 굴렀던 것처럼, 아이는 절망도 희망도 아닌지 모른다. 아이는 그저 아이일 뿐이다. 수민의 삶이 수민의 것이듯. 그러나 이 간단한 명제가 현실에서는 몇 겹의 외피를 쓰고 나타나 수민을, 아이를 때론 혹은 자주 괴롭힌다.

캔맥주를 네 개쯤 쭈그러뜨리고 모닥불 아래 지도를 펼친다. 아이가 그저 아이가 아닐 때, 수민의 삶이 온전히 수민의 삶이 아닐 때 이 방법을 택해왔다. 떠나는 것, 이것저것 맞춰야 할 돈 계산으로부터, 수단으로 전락해버린 가식적인 웃음에서, 어쩔 수 없이 택해야 하는 침묵으로부터.

수민은 내일 구룡령을 넘어가는 56번 국도를, 해 돋는 동해를 달리는 7번 국도를, 설악산을 끼고 도는 466번 국도를 달려야 한다. 466번 국도는 46번 국도에서 파생된 여섯 번째 국도이며 짝수이므로 동서 간을 잇는 도로이며, 56번 국도는 5번 국도와 연결되는 여섯 번째 도로일 것이고 짝수이므로 이것도 동서 간을 잇는 도로가 될 터였다. 그런데 동서 방향이라면, 지도는 허리 잘린 북쪽이 위이므로 가로로 길이 뻗어야 되는데 지도상에는 세로로 길게 뻗어 56번 숫자가 동그라미 안에 들어가 있다. 국도를 관리하는 지방 공무원이 실수를 했든지 수민의 방향 감각이 헷갈리고 있든지 둘 중의 하나일 것이다.

동서가 됐든 남북이 됐든 그곳엔 가야 할 길이 있고 내일 밤 잠들기 전 또 몇십 킬로미터를 아이를 매달고 달려야 한다. 접히는 부분에 몇 겹의 투명 테이프를 붙인 지도를 정성스레 포개어놓고, 아이의 배를 덮어주고, 몇 개 남은 나무토막을 불 옆에 세우고 반듯이 드러눕는다.

한순간에 툭 쓰러지듯, 통나무처럼 그렇게 깊이 잠들고 싶건만 너무 과한 바람이었나 보다. 별 하나 나 하나를 세어보다 그것마저 효과가 없자 배를 깔고 엎드린다. 엎어져 자는 습성은 아이를 엎어서 키우면서 생겨난 버릇이다. 육아책에 배를 깔고 잠을 자면 숙면을 취할 수 있다는 구절을 읽고 잠이 오지 않는 밤 그렇게 해보았더니 신기하게도 아이가 아니라 그 어미가 금방 잠에 떨어졌다.

배를 깔고 누워, 천둥비 내리는 밤 숲의 소리를 자장가 삼아 수민은 시나브로 잠 속으로 밀려간다.

눈부신 세상, 거기 섬이 있다

무슨 소리가 들려오고 있다. 누가 왔는가. 인실은 끙, 소리를 내며 고개를 든다. 전화벨이 울리고 있다. 인실은 눈도 뜨지 않은 채 손만 내뻗어 머리맡을 더듬는다.

"여보세요⋯⋯."

송수화기를 찾아 들고 잠긴 목소리로 어렵게 입을 뗀다.

"엄마!"

언제 그렇게 깊은 잠에 빠져 있었나 싶게 한순간에 정신이 번쩍 든다.

"엄마, 나빴어."

"⋯⋯."

아이의 단호한 어조에 인실의 귀가, 가슴이, 눈자위가 먹먹해온다.

"저번 일요일 날 하나랑 두리 보러 온다고 해놓구선, 엄만 바보야. 엄만 나빠. ……하나는 엄마 보고 싶단 말야."

엄마도 하나랑 두리 보고 싶어. 그러나 그 말 대신 인실은 아랫입술을 피가 나도록 깨물고 무릎걸음으로 다가가 담배를 집어 든다.

"엄마, 엄마아…….."

대답 없는 메아리에 화가 난 듯, 지친 듯 아이는 금방이라도 울음을 터뜨릴 것만 같다.

"인실이냐……. 하나가 자꾸 집으로 전화를 걸어달라고 떼를 써서……."

"죄송해요. 엄마……."

할머니, 우리 엄마란 말야, 우리 엄마! 전화 줘! 전화 하나 줘! 아이의 울음소리가 송수화기를 뚫고 나와 인실의 명치께에 주먹만 한 돌덩이가 들어앉게 한다.

"죄송해요……."

"난 괜찮으니깐 걱정 말아라."

죄송해요, 엄마. 죄송해요, 엄마. 죄송해요, 엄마. 도대체 몇 번이나 죄송하단 말을 해야 마음속에서 때가 벗겨져 개운해질 수 있을까.

담배 필터가 다 타들어가도록 망연히 앉아 있다. 다른 엄마와 딸들처럼 전화통을 붙들고 수다로 깨가 쏟아지는 사이가 못 되는 인실과 인실의 친정 엄마는 겉으로 말을 내뱉기보다 체로 치듯 가슴 아래로 하고픈 말들을 그저 곱게 쌓아가는 편이었다. 그래서 더 힘이 든다. 인실도 엄마도.

담배 하나를 다시 꺼내 들고 방바닥에 필터를 콕콕 내리누르면서 시댁에 전화한 지가 꽤 됐다고, 마지막 통화가 언제쯤이었던가를 상기해내려 애쓰며 전화기 쪽으로 몸을 돌린다. 꾸우욱 네 번째의 지역 번호를 누르고 인실은 긴 숨을 토해낸다. 아무래도 자신이 없다. 담배에 불을 붙여 한 모금 빨아들이고 다시 전화기 앞에 쭈그려 앉는다. 지역 번호의 마지막 숫자를 누르고 인실은 전화기를 내려놓고 만다. 명치끝이 묵직해서 더 이상 숫자들을 누를 수가 없다. 친정을 생각하면 가슴이 아렸고 시댁을 떠올리면 가슴 한쪽에 거스러미가 일었다.

이게 누꼬? 희안타! 니가 마 시에미한테 전화를 다 하고. 시어머니는 그렇게 전화를 받을 것이다. 항상 그래왔으므로.

인실이 숨이 턱에 차서 뭐라고 대답할 말을 찾지 못하고 덜덜 떨며 무거워진 수화기를 들고 있다가 별일 없으시죠 하고 모기만 한 소리로 물으면 당신의 아들인 영수의 안부와 건강을 묻는 시어머니의 억센 경상도 사투리가 송수화기를 튀어나와 오랫동안 방 안에서 토끼뜀을 할 것이다.

그것이 시작과 끝이었다. 며느리도 두 손녀딸도 당신의 관심권 밖일 뿐이다. 아니, 며느리에게 관심이 있긴 있었다. 니가 마 돈 좀 번다꼬 그라는 거 아이다. 시어머니는 언제부턴가 이 말이 입에 배어서 방어할 자세조차 취하고 있지 않은 인실을 불쑥불쑥 기습하곤 했다.

닥칠 때 닥치더라도 우선은 피하고 싶다고, 전화기에서 물러나고 만다. 책상 위에 놓은 탁상시계는 3시를 넘어서고 있다. 가방에서 《성문 기본영어》를 꺼내 책상 앞에 앉는다. 명사절을 유도하는 접속사를 보다가, 이번엔 중 2 영어 교과서를 황급히 책꽂이에서 꺼내다 손목이 뚝 꺾이고 만다. 책상 옆에 세워놓은 분홍색 상자에 그만 시선이 가닿았을 때였다.

고개도 같이 떨어진다. 아이들과 약속을 했었다. 이번 일요일엔 너희들을 꼭 보러 가겠다고. 오지 않는 엄마를 기다리며 하나는 전화선 너머 들려오던 울음소리보다도 더 세차게 울었을 것이다. 그렇게 울다 지쳐 잠이 들었을까. 엄마와의 재회의 기쁨에 들떠 막무가내로 콩콩 뛰는 아이들 앞에 저 분홍색 꽃 포장지의 상자를 열고 선물까지 꺼내 보인다면 아이들은 머리가 하늘에 닿도록 뛰어오르리란, 즐거운 상상으로 며칠을 보낼 수 있었다.

그러나 발목이 붙잡혔다. 먹고살아야 한다는 지상의 과제가. 아이들, 인실에게 일용할 양식을 주는 또 다른 아이들의 학기말 시험이 목전에 다가와 있었다. 아이들의 부모는 일요일이더라도, 아니 일요일이니까 더욱더, 교과서에서 시험 예상 문제를 점찍어주길 원했다. 족집게 점쟁이도 아니건만 인실은 어제 비 오는 일요일, 발목을 흥건히 적시고 이 집 저 집의 문을 두드려야 했다.

오늘, 비는 그쳤지만 어제와 별반 다르지 않은 일이 기다리고 있다. 시계는, 이 공간에 살아 있는 유일한 사물처럼 쉬지 않고 제 길을 간다. 멀리 가 있는 마음을 다잡기 위해 고개를 잡아당겨 영어 교과서를 갖다놓는다. 〈영리한 하인〉의 이야기를 읽다가 마음이 급해 엑서사이즈로 넘기다 스트럭처 파트를 보다 '레츠 리멤버'라고 표시되어 박스 안에 다소곳이 들어가 있는 속담에 눈이 머문다. So many men, so many minds. 이제 중학교 2학년인 애들이 이 속담의 배면에 담긴 그 짙은 불투명함을 이해할 수 있을까.

"선생니임, 아시다피시 지난달에 저희 기서가 영어를 91점밖에 못 받아서 그러는데, 선생님이 보시기엔 우리 애 영어 실력이 어디가 부족하다고 생각하세요?"

우아한 홈드레스에 어울리는 고상한 미소를 지으면서 여자는 낮은 목소리로 물어왔다. 인실도 그녀를 따라 소리 나지 않게 미소만 지었다. 아이가 서른세 문제 중에 세 개밖에 틀리지 않았는데도 엄마는 100점이 아니란 이유로 불안하다. 아이가 100점을 못 맞으면 더 좌불안석인 사람은 그런 엄마가 아니라 사실은 인실이지만.

"다 아는데 실수했다고 그러더군요. 이번 학기말시험은 잘 칠 수 있을 겁니다."

마음에도 없는 말을, 이제 모든 것이 잘 될 거라는 따위의, 마음속 깊은 곳에서 울려 나오는 확신의 목소리로 위장을 하면서 인실의 두 손은 심하게 흔들렸다. 자존심이 강한 아이는 몰라서 틀렸는데도 인실과 제 엄마 앞에서 문제를 잘못 읽어서 그랬다고 둘러댔다. 아이는 자존심이 강한 만큼 허황됐다. 그것조차 제 어미가 심어준 거겠지만. 이제 중학교 2학년이, 월등하게 영어를 잘하지도 않는 아이가 '기본영어'를 하는 건 무리였다. 그러나 그 어미가 내건 계약

조건이 그러했다. 아이의 친구들도 다 그 책을 보고 있으니 자신의 아이에게도 얼른 이 책을 끝내달라고.

"선생님 이번은 더구나 학기말 시험이니깐 꼭 만점을 맞을 수 있도록 특별히 신경 좀 써주십시오."

인실은 그 여자의 입에서 나오는 비음의 선생님이란 호칭이 늘 버성겼다. 합법이란 외피를 갖추지 못해서도, 선생님이란 호칭은 훨씬 더 훌륭한 사람들에게 맞춤하다는 송구스러움 때문만도 아니었다. 그저 자신은 선생님도 뭣도 아닌 계약 관계로 맺은, 지식이란 약간의 기술을 가진 노동자일 뿐이라고. 페이를 주는 날이므로 부모는 하고 싶은 말이 많을 것이었다. 자본가는 노동자들이 늘 미덥지 않은 법이니까.

기세등등한 자본가의 위엄에 기가 꺾였을까. 일요일 날 보충 수업을 해주겠단 말이 입 밖으로 불쑥 튀어나오고 말았으니. 그 여자는 평소의 수고하셨습니다, 란 말에 이번에는 감사합니다, 란 말까지 더하면서 흰 봉투를 내밀었고 인실이 그 집을 나설 때 어김없이 예의 그 유별난 인사를 보내왔다. 유별난 인사란 인실이 그 집을 들어서거나 나올 때 항상 현관 앞까지 나와 백화점 아가씨들이 하는 모양으로 정중히 허리를 숙여 인실을 맞거나 보내는 황송하기 그지없는 인사치레였다.

그 여자의 인사치레는 다른 부모들보다 지나친 데가 있었다. 정해진 날짜를 한 번도 어긴 적 없이, 수고하셨습니다란 글자를 정성스럽게 새겨놓은 흰 봉투 속엔 자칫하면 손이 베일 정도로 날이 선,

조폐 공장에서 금방 빠져나온 만 원짜리 신권들로만 채워 인실에게 내미는 것도 그중의 하나였다.

시퍼런 물이 뚝뚝 듣는 때깔 좋은 '배춧잎' 때문이었을까. 그 집에만 들어서면 발을 헛디뎌 미끄러질 뻔하거나 잘 알고 있는 단어들의 철자가 모호해질 때가 한두 번이 아니었다. 어느 날 큰 결심을 하고 아이한테 물었다.

"너희 아버지 은행에서 높은 분이신가 보구나."

"아니에요."

기서는 아닌 밤중에 홍두깨라는 듯 눈이 똥그래져서 대답했다.

언젠가 아이들을 보러 가던 날 은행 창구의 낯익은 여직원에게 말했다. 제가 쓸 일이 있어서 그런데 어떻게 신권으로 안 될까요? 인실은 정말 그렇게 말만 하면 되는 줄 알고 있었다. 손님, 죄송합니다만 요즘 신권이 달려서요. 그러곤 끝이었다. 아이들을 돌봐주고 있는 친정 엄마한테 말로는 표현할 수 없는 고마움을 그렇게라도 담아내고 싶던 소망은 여지없이 묵살되고 말았다.

기서 엄마가 백화점의 판매 사원이고 인실은 옷을 사러 나온 지체 높은 귀부인이었다. 인실은 이것저것 트집을 잡아 까다롭게 굴었고 기서 엄마는 인실의 비위를 맞추느라 어찌할 바를 몰랐다. 그때쯤 그런 꿈을 꿨다. 말만 한마디 하면 언제든 누구의 손때도 묻지 않은 새로운 돈을 만질 수 있는 사람들과 이 사람 저 사람의 한숨과 땀내가 밴 돈만을 손에 쥐어야 하는 사람들이 있다는 것을. 20대에 배운 계급 관계의 모순이라고 한마디로 말해버리기엔 세상은 너무 복

잡힐지도 모른다.

가방 속엔 이파리가 거의 뜯겨 나간 '배춧잎' 한두 장이 쓸쓸히 굴러다니고 있을 터였다. 손가락 짬의 모래처럼 돈은 그렇게 술술 빠져나가는 법이니까. 남편에게 용돈을 주었고, 긁어논 카드를 갚았고……. 특별히 뭘 산 기억도 없는데 돈은 다 없어졌다.

중학교 2학년 영어 교과서를 들여다보다, 맨투맨을 뒤적이다, 부산을 떨다 지끈거리는 관자놀이를 손가락으로 누르고 이렁저렁 책에 정신을 집중할 때 전화벨이 울리고 있다는 것을 알았다.

인실이 수화기를 들자 저편에선 뚝 하는 소리와 함께 전화가 끊기고 만다. 누구였을까. 어디서 날을 새고 이제사 잠이 깬, 남편의 전화였을까. 천둥소리에 놀라 잠이 깼을 때 인실의 옆자리는 쏟아지는 빗소리만큼이나 허전했다.

전화벨이 다시 울린다.

"여보세요."

인실의 갈라진 목소리가 전화선을 타고 흐른다.

"나야, 수민이야."

수민이다. 그럼 방금 전의 전화는 누구에게서 걸려온 전화였을까.

"집에 있었구나……. 별일 없지?"

남편이 아니란 걸 알고 마음의 탕개가 뚝 끊긴 인실은 한동안 먹먹해진다.

"……으응, 넌?"

"나, 여기…… 백담사야. 방금 전 끊긴 전화 내가 한 거야. 산이라

74

서 그런지 전화기가 고장이다."

"백담사?"

인실이 저도 모르게 흥분되어 말꼬리가 올라가고 만다.

"응, 그 유명한 백담사…… 고생해서 애까지 끌고 올라왔는데…….
근데 이렇게 별것도 없는 절인 줄은 몰랐어."

절이야 다 그렇잖아 하는 말을 하려다 수민이 굳이 그곳까지 간
이유가, 지금 수민이 느끼고 있을 다소의 실망과 분노가, 고스란히
전화선으로 전해져 와 인실은 침만 꿀꺽 삼키고 만다. 수민이 지금
탓하고 있는 것은 기대에 미치지 않은 사찰의 외양만이 아닐 것이
다. 그땐, 그 인간이 백담사로 유배되던 그땐, 계란처럼 바위를 향해
자신을 던졌던 그 무수한 청춘들의 산화가 결코 헛되지 않았노라고
두 주먹을 불끈 쥐며 뜨거운 눈물을 훔쳐내었는데 지금은, 지금은
도대체 이게 뭐냐고 묻고 있는 거라고. 그건 세상의 달라짐만을 한
탄하는 게 아니라 그 속에 무너져내린 인간들의 꿈과 희망을, 다시
흐르기 시작한 인간들 사이의 건널 수 없는 강을 되새김질하는 거
라고 인실은 미루어 짐작한다.

"차 가지고 간 거 아냐?"

인실은 화제를 현실로 끌어 내리면서 수민이 괜한 자격지심을 느
낄까 봐 다그치듯 묻지 않으려고 애썼지만 결국 말을 뱉고 나서 후회
가 된다. 불을 보듯 뻔한 사실을 군이 물어서 확인하고자 한 자신이.

작년 겨울 운전면허증을 4년 만의 재도전 끝에 그야말로 감격스
럽게 따고 나서도 인실에겐 뭐라고 일언반구조차 없었던 수민이었

다. 필기랑 코스는 하루에 다 붙었는데 주행시험을 아홉 번이나 떨어지고 나니깐 증지 붙일 자리가 없잖아. 챙피해서 포기하고 말았어. 난 운전할 팔자는 아닌가 봐 하는 넋두리만 인실의 귀가 닳도록 심심찮게 반복했던 수민이었다. 그런데 정작 면허증을 받고서는 그 감격을 전언하지 않았다. 나중에, 한참 있다 수민이 그랬다.

이번에도 틀렸구나 하고 터벅터벅 차에서 내려 걸어오는데 26점! 합격이에요, 라고 여경이 마이크에 대고 말하더라. 난 처음에 잘못 들은 줄 알았어. 그래서 내가 어쨌는 줄 아니? 정말이에요? 아가씨! 제가 정말 면허증을 딴 거예요? 하고 소리치고는 그 자리에 펄썩 주저앉아버렸거든. 그랬더니 이 아줌마 좀 봐, 하며 젊은 여경들이 깔깔거리며 지들끼리 웃더라. 그래도 난 하나도 챙피한지 몰랐어. 그 여자들이 6개월 된 애를 맡겨놓고 나와서 운전 연습을 했던 어미의 심정을 어떻게 알겠니? 아마 눈먼 컴퓨터가 애 엄마가 풍겨내는 젖 내에 감동을 한 모양이야.

차가 생긴 것도 나중에 알았다. 둘이 길가에 서 있었을 때였다. 여자 운전자들이 두 명이나 인실과 수민의 앞으로 지나가자 인실이 별생각 없이 넌 면허증도 땄다면서 차는 안 뽑아? 하고 물었다. 수민은 인실의 눈조차 마주치지 않고 보도블록을 내려다보며 잘 들리지 않는 목소리로 차 하나 그냥 뽑았어, 라고 우물거리듯 대답했다.

"으응, 애도 있고 짐도 많아서 차 가지고 왔어. 근데 백담사까지는 차를 가지고 올라갈 수가 없대. 왜 거 할머니들이 절에 갈 때 입고 다니는 회색 바지 있잖아. 나도 그게 한 벌 있거든. 그 보살 바

지나 차려입고 백담사 원주 스님 만나러 가는 길이라고 할걸 그랬나 봐. 하필 요번에 그 바지를 안 챙겨왔더니……. 일이 이렇게 꼬이네."

갑자기 수민의 말이 빨라지고 많아진다. 수민이 말을 하기로, 말을 쏟아내기로 작정을 한 듯했다. 백담사의 스님 이름까지도 외우고 있는 수민이 신기했지만 인실은 유명한 절의 이름난 사람쯤으로 생각하며 수민의 말을 잠자코 듣고만 있다.

"어젠 삼봉휴양림에서 잤어. 나무 집에 페치카가 있더라. 어제 서울도 그렇게 비가 왔었니? 천둥 치고 번개가 치는데, 어휴, 그것도 산 한가운데서, 통나무집이 떠내려갈까 겁도 나고……. 불이라도 꺼뜨리면 애가 추울까 봐 잠 한숨 못 자고 불을 땠어……. 오늘은 용대리 휴양림에서 잘 거야. 여기는 전기보일러라서 잠은 푹 자겠더라."

어젯밤 인실이 세탁기 옆, 빨래 더미에서 소주병을 꺼내는 순간 번개가 인실의 손목을 비추었고 소주병을 입에 대고 불고 있을 땐 머리 위로 천둥이 꽈꽝꽝 내리쳤었다. 그때, 화장실 양변기에 걸터앉아 알코올을 쏟아붓고 있을 때 넌, 앞에는 개울물이 흐르고, 송진 내음이 창문으로 스며드는 나무로 만든 귀틀집에서 벽난로에 장작을 올리면서 잠든 아이의 솔밋한 이마를 보고 있었겠구나.

"오늘은 어제만큼은 비가 안 쏟아져서 구룡령으로 해서, 미천골에 들렀다가 속초에 나가서 바다 좀 보고 미시령 넘어 이곳으로 오는 길이야."

인실은 수민이 새처럼 지저귄다고, 아니 새처럼 날아다니고 있다는 생각이 든다. 구룡령이, 미천골이 어디 있는지 모르지만 인실은 그마저도 묻지 않는다. 수민의 지저귐을 들으면 이상하게 인실의 마음은 편안해지곤 했다. 아직까지 술을 마시지 않고도, 술잔에 코를 처박지 않고서도 수다를 떨 수 있는 수민이 인실은 늘 부러웠다.

"설악산은 언제 와도 좋구나. 비가 온 뒤라 하늘도 계곡도 훨씬 깨끗하고……. 미안해."

수민의 수다 뒤끝은 항상 이랬다. 미안하다고. 제 아이 이야길 하다가, 장사 이야길 하다가, 음악 이야길 하다가도, 미안하다고 수민은 말을 끝냈다. 네가 뭐가 미안하냐고, 내가 너한테 더 미안하다란 말조차 쉬이 목구멍에서 나와주질 않는 자신을 원망하며 인실은 머릿속에 차 있는 모든 것들을 기어이 말로 쏟아내고야 마는 수민의 깎이지 않는 거침없음을 시샘하곤 했다.

탁상시계의 째깍거리는 소리가 자꾸 귀에 거슬려 이불장에 집어넣어버렸지만 여전히 보아야 할 교재들은 눈에 들어오지 않는다.

미안해…….

책의 활자가 제가끔 찍힌 검은 점으로만 보이도록 만든 것은 시계 소리 때문이 아니었음을 인실은 깨닫는다. 장롱에서 시계를 꺼내놓고, 낮은 소리로 중얼거리던 수민의 목소리를 지워보려 한다. 미안해…….

그때도 미안해서였을 것이다. 작년 여름, 세상과는 빗장을 질러놓고 사는 일상인데도 숨쉬기조차 버거워 허덕이던 때, 수민이 바람을 쐬러 가자고 하였다. 그날 처음으로 수민의 차를 탔다. 수민은 배기량 1500cc 소형차라고 설명했지만 차 안은 넓고 쾌적했다. 그 자리에 앉아 있는 여자들이 하나같이 바늘 끝도 들어가지 않을만큼 빈틈없고 자신만만해 보이듯이 운전대를 이리저리 돌리는 수민의 표정도 그들처럼 오연스러웠다.

여기가 그 유명한 양수리야, 수민은 몇 번 와본 듯 설명도 운전도 능숙했다. 수민이 유명하다고 말한 만큼 그곳은 강과 머리를 마주하고 달리는 곳이었다. 그런데, 어느 순간 인실도 아, 하는 탄성을 내뱉고 말았다. 호수 위에 연꽃이 만개해 있었다. 후덕한 부인처럼 부드러우면서도 맑은 인상의 푸른 이파리 위로 소담스런 분홍색 꽃이 황홀히 등을 켜고 있었다.

차는 천천히 달렸다. 진흙탕 썩은 물에서 청일한 꽃을 피워낸 장대한 연꽃밭을 지나, 수양버들 늘어진 강가를 지나, 알이 여물어가는 논 자락을 지나……. 그러다 수민은 어느 순간 속도를 떨어뜨리더니 차를 멈출 듯하였다. 그러나 그곳에는 강이 저 너머에 있었고, 읍사무소 같은 관공서와 집들이 몇 채 있었을 뿐이었다. 설 듯하던 차는 다시 속도를 높였다. 오른쪽에 희끗 무슨 카페란 안내판이 스쳐 지나갔다. 돌아오던 길에 인실은 그곳을 다시 보았다. 전시회 현수막이 걸려 있는 붉은 벽돌의 이층 양옥집이었다.

미안해서였을 것이다. 고전음악이 흐르는 곳에서 강을 바라다보며 커피를 마시고 그림을 감상하는 데 익숙해진 그런 모습을 인실에게 보여준다는 게. 갈등했을 것이다. 친구와 그런 곳에서 차를 마시며 이야기를 나누고 싶다는 또 하나의 욕구로 하여.

그 어림을 지날 때 인실이 말을 했어야 했다. 우리 어디 들어가 차나 한잔 마시고 갈까, 라고. 그러면 차를 후진시켜서라도 수민은 즐거운 마음으로 그곳으로 들어설 수 있었을 것이다. 그러나…… 인실은 아무 말도 하지 않았다.

시계를 쳐다보자 마음이 급해져 이 책 저 책에 아무렇게나 밑줄을 긋고 있을 때 책꽂이에서 책이 하나 툭 떨어진다. 무심히 제자리에 집어넣으려다 붉은색으로 씌어진 전략이란 글씨가 눈을 파고들어 와 제목을 내처 읽는다. 승리! 지자제 선거. 남편의 책이다. 인실은 이제 전략이란 단어가 들어간 책을 읽을 필요도, 읽을 새도 없어진 지가 오래다. 아니다. 아직도 있긴 있다. 전략! 만점 수능 영어, 따위의 그런 전략을.

남편은 지방자치제 선거로 분주했다. 근 한 달 동안 인실은 남편 얼굴을 제대로 본 적이 없었다. 잠조차 집에서 자지 않았으므로 하숙생이란 표현도 남편에게 과분한 것이었다. 언제 들어올지 모르는 남편을 위해 인실은 압력솥에서 꺼낸 밥을 보온밥통에 늘 넣어두었고 옥시크린에 담갔다 손으로 비벼 빤 흰색 와이셔츠 두 벌을 반듯이 주름을 잡아 옷걸이에 걸어두었다.

자정이 다 되어 집에 돌아와 불을 켜면 남편의 속옷가지가, 눈부시게 하얗던 목깃이 까맣게 변해버린 와이셔츠가 아무렇게나 내팽개쳐 인실을 맞곤 했던 것이 그즈음의 일상이었다. 그런 어느 날 한낮에 문소리가 요란하게 났고 정신을 차린 인실이 반쯤 감긴 눈으로 문을 열어주자 그는 인실의 얼굴을 보지도 않은 채 양복 윗도리를 던지며 말했다. 세월 좋구만.

그러고는 양말도 벗지 않은 채 얇은 누비이불 위를 가로질러 책상 위에다 이 책을 툭 던졌다. 다시 보고 싶지 않은 세금 고지서처럼. 점심은 먹었냐고 인실이 묻자 그는 손만을 흔들어 보이고 와이셔츠 단추를 끄르기 시작했다. 그러나 작고 반질반질한 단추와 그보다 조금 작은 단춧구멍에 그가 애면글면 매달릴수록 그것들은 더욱 한 몸으로 엉겨붙어 쉽게 떨어지려고 하지 않았다.

입에서는 술 냄새조차 나지 않는데도 그는 술 취한 사람보다도 더욱 애처롭게 단추와 단춧구멍 사이에서 씨름을 하고 있었다. 인실이 손을 내밀어 도와주고 싶었지만 그의 몸에선 그런 손길마저 거부하고 있는 것이 역력했다.

지쳤구나.

늦은 아침잠의 달큰한 향기가 한순간에 사라진 자리를 이 문장이 메웠다. 누구로부터? 무엇 때문에? 인실은 스스로가 그 누구에 해당할까 봐 남편의 손사래가 밥을 먹지 않았다는 의민지 먹지 않겠다는 의지인지를 완벽히 해석해내지 못했는데도 말로 재우칠 수가 없었다. 어렵사리 와이셔츠를 벗어 던진 그가 이제 세월 좋게 낮잠에 들려고 하였으므로.

방 한가운데 던진 와이셔츠엔 끝내 풀지 못한 수수께끼처럼 손목 쪽의 단추는 그대로 단춧구멍에 들어가 뒤집어져 있었다. 본인의 선거운동도 아닌 선배나 동료 심지어 후배들의 선거에 동분서주하는 일에 그도 얼마간 기운이 소진했을 터였다.

나도 당신만큼이나 피곤하고 힘들어요.

이마에 손을 대고 허기진 잠에 빠져 있는 남편을 향해 인실은 입 밖으로 소리를 만들어낼 수 없었다. 세월 좋게 낮잠이나 자고 있던 마누라는.

인실과 그녀의 남편인 영수는 노동자로 만났다. 영수는 선반공이었고 인실은 전자 회사 부품 조립원이었다. 다섯 살이라는 나이 차이에도 불구하고 영수는 인실에게 무척 자상한 사람이었고 시시콜콜한 것들, 이를테면 짜장을 좋아하느냐 간짜장을 좋아하느냐, 담배에 불을 붙일 땐 성냥이 더 좋으냐 라이터가 더 편하느냐, 하는 따위의 소위 비본질적인 문제들에서도 인실의 성향을 살폈다.

길지 않은 교제 기간 중에 그는 공장을 나왔지만 인실은 10여 년을 그러한 것처럼 여전히 노동운동에 몸을 담고 있었다. 87년 노동자 대투쟁 이후에 들불처럼 이곳저곳으로 번져가기 시작한 노동자들의 자각된 자기 목소리는 인실이 몸담고 있는 현장도 예외일 수는 없어서, 그녀는 현장 내 어용노조를 민주노조로 탈바꿈시키기 위해 몸이 열 개라도 부족할 정도로 뛰어다니고 있었다.

둘 사이에 결혼 이야기가 오고 갈 때 그는 노동운동을 정리하고 다른 일을 해보고 싶다고 조심스럽게 말문을 열었다. 정치판에 뛰어들어보고 싶다고 했다. 그렇듯 진로를 결정하는 데 점점 가시화되고 있던 동구 사회주의권의 조락이 그에게 얼마만큼 영향을 미쳤는지는 모르지만, 그가 인실을 주효하게 설득한 요지는 노동운동이 구조적 변화의 기본이란 건 두말할 나위도 없지만 그것만으로는 충분하지 않고 여러 분야에서 힘을 길러야 한다는 것으로 인실은 기억하고 있다. 지금 생각해보면 이런저런 변을 떠나서 그런 제의가 들어왔다는 게 더 현실적인 설득력이 있었는지도 모른다.

그의 그런 결정을 수용한다는 게 인실에게 커다란 변화 아니 차라리 변신을 수반한다는 사실을 인실은 그때 절절히 깨달았어야 했다. 그때 인실은 순진하게도 자신의 문제가 아닌 사랑의 감정을 느끼고 있는 한 남자의 문제로만 받아들였던 것이다.

인실과 영수의 결혼식은 성대했다. 잘나가는 야당 국회의원의 보좌관이 된 영수의 결혼식장엔 제일 야당의 총재가 커다란 화환을 보내고 야당은 물론이고 여당의 국회의원들까지도 다수 참석하여 능력 있고 패기에 찬 젊은이의 앞날을 축복해주었다. 모인 축의금도 짭짤해서 인실은 눅눅하고 곰팡내 나는 지하 단칸 월세방에서 15평짜리 전세 아파트 입주민으로 혁혁한 신분 상승을 꾀할 수 있게 되었다. 좁은 부엌에서 쭈그리고 앉아 곤로에 불을 피울 일도 없어졌고, 밖으로 나가지 못하고 지하에서 맴도는 연탄가스에 더 이상 골머리를 썩지 않아도 되었다. 작은 것은 슬쩍 부엌 수챗구멍에서 해치우던 무렴스러움 같은 것도 화장실이 딸린 욕실이 생김으로 하여 말끔히 가실 수 있었다.

그것뿐이라고 생각했다. 없어도 충분히 잘 살아왔고 있다면 조금 보태지는 생활상의 편안함이 있을 뿐. 그렇게 치른 결혼이어서 인실은 현장의 노동자 동료들에게 일부러 이야기하지도 않았지만 그렇다고 그다지 미안한 감도 없었다. 여전히 현장으로 출근했고 일이 끝나면 대중과 함께 질박하게 어우러졌으므로.

영수는 여전히 자상하고 섬세하게 이제는 못을 어디다 박으면 좋을지, 밥물은 어느 정도 안치는 게 좋을지 따위의 자문을 인실에게 구했다. 거기다 현장에서 고생하는 마누라를 위해 제 손으로 와이셔츠 정도는 다려 입고 아침 식사나 설거지 정도는 본인이 해치우려고 애를 썼다.

그 밤의 사건은, 인실은 그것을 사건이라 부른다. 결혼하고 반 년이 채 못 돼서 일어났다. 데리바리(마감 시간)를 맞추기 위해 밤 11시까지 잔업을 하고 그날따라 여기저기 욱신거리는 몸이 축 늘어져 발을 뻗고 눕고 싶다는 단심으로 집에 돌아왔을 때였다. 아파트 입구에서 올려다본 제 집에 불이 켜져 있는 걸 발견하고 반짝 기운이 솟아나 숨차게 집으로 달려갔었다.

공장의 불빛을 뒤로 하고 지친 육신을 이끌고 집으로 들어온 부인을 맞은 것은 다행인지 불행인지 영수만은 아니었다. 술판은 이미 언덕을 넘어서고 있는 듯했다. 인실이 가볍게 목례를 하고 물러나려 하자 영수의 선배가 인실의 팔을 끌며 혀가 꼬부라진 소리로 말했다.

"여전히 불철주야 현장을 지키고 있는 노동 전사님! 여기 좀 앉으시죠."

"우리 같은 정치판 떨거지들은 현장 하면 껌벅 죽지 않습니까?"

"아니 근데. 지금이 어떤 세상인데 아직도 현장을 고수하는 80년대 사람이 있나, 어디 얼굴 좀 봅시다."

술 취한 사람들은 아무렇게나 떠들었고 인실은 한두 번은 안면이 있는 사람들이라 농담쯤으로 흘려들으며 자리를 뜰 요량만 하고 있었다.

"영수 넌 좋겠다. 마나님이 저렇게 열혈 투사시니 나중에 공천받을 때 우리보다는 유리하겠어."

"맞아, 맞아. 집에서 애나 키우고 살림이나 하는 여자보다는 저렇게 운동 경력이 화려하거나 아니면 프로페셔널한 전문 직종을 가진 여자들이 남편한테도 훨씬 도움이 되고말구. 그런데 우리 마누라는 살림이 적성에 맞다나, 등을 떠밀어도 밖으로 나갈 생각을 안 한다니깐."

"그럼 우리 마나님이 어떤 사람인데, 곧 있으면 노동계에서 한자리 단단히 할 사람인데, 지금까지야 비합이라 그렇다 치더라도 앞으로 웬만한 감투는 따논 당상이지."

"장가 한번 잘 가서 좋겠다."

"그래, 너 잘났다."

"나도 좀 나중에 잘 봐주라."

"인실아, 여기 술하고 찌개 좀 데워 와라."

냄비의 양쪽 귀를 잡고 있는 손에 맥이 빠져 하마터면 그 안의 내용물들을 쏟을 뻔했다. 찌개를 데우면서도, 마지못해 따라준 술잔을 비우면서도, 그들이 수런수런 문밖으로 사라질 때 안녕히 가시라고 인사를 하면서도 이게 아닌데, 이게 아닌데 하는 말만이 온통 인실의 머릿속을 채우고 있었다.

아무리 술이 취했다지만, 취중에 진담이 나온다고, 농담으로만 흘려듣기엔 너무 많은 가시들이 그들이 내뱉는 말 속엔 있었다. 그러나 인실을 진심으로 상심케 만든 것은 그들이 아니었다. 영수, 남편 영수까지도 그들과 전혀 다를 바 없이 한 패거리가 되어 인실을 향해 내뱉은 말들이었다. 나이 차이가 많이 나는 탓에 영수는 반말을 하고 인실이 존대어를 쓰는 것으로 자연스럽게 서로의 어투가 굳어져왔다. 그런데도 그날 밤 인실아, 술 떨어졌다, 술 가져와라, 하는 영수의 반말 투의 어조는 새삼 인실의 귀를 사납게 후려치곤 했다.

대화란 걸 하고 싶었다. 당신이란 사람이 정말로 간판이나 적당히 만들려는 그런 불순한 의도로 노동운동에 10여 년이나 몸담고 있었던 거냐고, 나의 노동운동이 당신의 그 현란한 이력에 한 귀퉁이를 장식할 잠자리의 날개 같은 거냐고 따져 묻고 싶었다. 그러나 대화의 상대자인 영수는 억병으로 취해 술상 옆에 그대로 꼬꾸라져 코를 곯았다. 인실은 겨우 몸을 움직거려 어지러운 술상을 치우며 문득 지난달 생리가 없었음을 기억해냈다.

선거가, 5·16 쿠데타 세력에 의해 폐지된 지 34년 만에 처음이라는, 지방자치제 선거가 끝났다. 몇몇 기성 야당 정치인들의, 그들만의 잔치에 지나지 않았다 하더라도 국민은 여당이 아닌 야당에 표를 던졌고 그들은 승리했다. 당선이 된 선배나 동료들의 축하 파티에 몇 번 다녀온 남편의 얼굴은 승리의 열기에 들떠 있기보다는 열리지 않은 단춧구멍을 향해 부아를 내며 와이셔츠를 잡아채던 때보다도 더욱 까맣게 꺼져 있었다.

"우리 어디 가서 바람이나 쐬고 올까?"

시의원에 당선된 선배의 축하 파티에서 엉망으로 술이 취해 들어온 날 아침, 남편이 독백처럼 뇌까렸다. 그저 웅얼거림에 지나지 않았는데도 한순간에 인실의 눈앞엔 수백 수천의 장대한 연꽃등이 환하게 불을 밝혔다. 마치 언젠가 남편이 이렇게 물어와줄 것을 예견하기라도 했던 듯, 인실의 저 깊숙한 마음 한구석엔 양수리의 연꽃밭이 숨 쉬고 있었나 보았다. 연꽃이 피려면 아직 멀었는데도.

들어가보지 못했던 그 찻집에 남편과 함께 문을 밀고 들어가 오랜만에 남편의 얼굴을 들여다보며 유유히 흘러가는 북한강을 보고 있노라면 남편이 옛날 기억을 되살려, 자 당신은 프림 둘에 설탕 하나랬지 하고 커피를 만들어 인실 앞으로 내밀고, 당신은 성냥의 나무 타는 냄새가 좋긴 하지만 라이터가 더 오래 쓰니깐 편하다고 했지, 하며 라이터로 불을 붙인 88라이트 한 개비를 인실 앞으로 내밀어주면 그 옛날처럼 가슴 가득 설렘이 차오르게 되지 않을까. 남편 얼굴과 북한강이 스민 커피는 어떤 향내를 풍겨낼까, 초원의 냄새와 짙은 물 냄새가 스며든 담배는 무슨 맛이 날까, 낭만 어린 감정이 주책없이 널뛰기를 시작했다.

"바람은 무슨……. 난 괜찮으니까 당신이나 어디 다녀오고 싶으면 다녀와요."

인실은 그렇게 말을 하면서도 영수의 입에서 나보다 당신이 더 고생이 많잖아, 란 말이 나오길 기대하고 있었다. 한 번만 더 남편이 어디가 좋을까, 하고 물어온다면 거기 서종리에 가본 적이 있는데

가볼 만하던데요, 라고 스치듯이 말할 참이었다.

"그래, 나가봤자 고생이니까 그럴 시간 있으면 잠이나 자는 게 최고지."

영수는 인실의 말에 전적으로 동감을 표시하고 다시 이불 속으로 미끄러져 들어갔다.

영수의 입에서는 다시 바람 쐬러 가잔 말이 흘러나오지 않은 대신 본가에 같이 갔다 오지 않겠냐고 물었다. 바람 쐬는 데 고향보다 더 좋은 곳이 있냐면서. 인실은 과외 때문에 시간을 낼 수 없노라고 둘러대면서 아랫입술을 지그시 깨물었다. 친정에 하나와 두리 좀 보러 같이 갔다 오자고, 그 애들이 너무 보고 싶다는 말이 곁으로 새 나올까봐.

시계의 작은 바늘이 4로 가까워진다. 책상에서 벌떡 일어난다. 가방을 주섬주섬 꾸리면서 다 못 본 교재는 전철에서 보면 되겠지 하고 느긋해진다. 여름내 입고 다닌 감색 바지에 쪽빛 블라우스는 더 이상 시원하다는 느낌은커녕 답답하기까지 하지만 선택의 여지가 없다. 습관처럼 그것들을 걸치고 거울 앞에 선다. 눈밑에 거무스름한 기미가 오늘따라 어떤 기미를 풍기듯 짙다.

가방 안에 담배가 들어 있나를 확인하고서 오늘 하루도 이렇게 연기와 함께 어찌어찌 가겠구나 하는 생각을 하며 인실은 가파른 계단을 내려선다.

아리랑 고개의 여인들

노란 부스 안의 남자가 까딱 고개를 숙인다. 수민은 고개를 돌려 갈색 목책 너머 늘씬하게 뻗은 잎갈나무 숲을 다시 한번 바라다보고 나서 창문을 내리고 수고하십시오, 라고 산림청 직원에게 인사를 건넨다.

"출발!"

아이가 수민을 따라서 작은 입을 오므려 말을 만들며 한쪽 손을 번쩍 든다. 아이는 수민이 손을 잡고 흔들어주자 기분이 좋아 허공 중에 놓인 발을 까딱거린다. 통나무집, 잎갈나무 숲, 노란색 부스가 점점 작아지고 까만 자갈길 위에는 수민과 아이가 있다.

어젯밤 산림청 공무원 남자랑 많은 이야길 나누었다. 대학을 졸업하자마자 공무원 시험에 합격하고 산림청 직원이 된 지 이제 딱 일주일이 되었다는 남자는 어떻게 여자 혼자서 아일 데리고 여행을 다닐 수 있냐고 사뭇 따지듯 물었다. 남편이 바빠서라고 모범 답안을 만들어낼까 하다 그냥 웃어버렸다. 그리고 그 남자에게 정확한 답변을 해주지 못한 벌로써 수민은 환경보호론자가 되어 젊은 공무원과 논쟁을 벌여야 했다. 세상에 대한 나의 주장과 사고가 확실하니 쉬운 여자로 생각지 말라는 방어용 수단으로, 그것도 최대한 영어와 한자어를 써가며. 그 남자는 임산가공학과에서 배운 이론에 산림청의 논리를 더하여 콩나물 솎아주듯이 경영을 해주면서 삼림을 보존해야 한다며, 임업경영의 원칙 중 가장 중요한 것이 보속성 원칙이라며 산의 나무들을 베지 않고 그대로 보전만 하는 것은 삼림 경영에 대한 이해가 전혀 없는 사람들의 발상이라고 수민을 바짝 반격해왔다.

술도 마시지 않고서 처음 본 사람들이, 그것도 남자와 여자가, 60촉 백열등 불빛 아래서 둥그런 식탁에 마주 보고 앉아 자재를 통나무만으로 써서 만드는 집의 견적을 뽑아보고, 임도를 둘러싼 산림청과 건설부의 신경전에 화제의 초점을 모았다가, 관상수로 가장 좋다는 주목이란 나무에 대해 주목하기도 했었다.

잘 있거라, 용대리여.

용대리, 다시 용대리구나. 용대리에 처음 들어서면서 수민은 그곳이 처음인데도 입속으로 그렇게 중얼거렸다. 다시, 용대리에서, 라고. 용대. 소박하다 못해 촌스러운 이름이 주는 넉넉함일까. 이름의 끝에 리라는 행정단위가 아닌 시나 군이라는 단위가 붙었다면 그 이름과 어울리지 못해 얼마나 버석거렸을까.

입구의 연화교까지는 2킬로미터라고 표지판에 씌어 있는데도 덜 컹거리는 까만 자갈길은 더디고 길다. 잔뜩 신경을 써서 천천히 운전대를 꺾는데도 차의 하체로 자꾸 돌이 걸려들어 바닥이 깎이는 소리와 함께 차체가 흔들릴 때마다 콜타르를 덧씌운 맨질맨질한 아스팔트 길의 위력을 새삼 느끼게 된다.

그는 자신의 친절을 가늠하지 못할 만큼 넘치게 친절했다. 별을 보고 싶어 수민이 바깥으로 나왔을 때 그는 플래시를 들고 따라 나와 이 나무가 바로 주목입니다, 관상수론 최고지요, 이 나무를 고를 땐 잔가지가 많은 것은 피해야 합니다, 라고 일러주었다. 마당이 있고 관상수란 것을 심고 가꿀 수 있는 집에서 살아볼 기회가 평생 엿보이지 않는 수민에게, 관상수를 선택하시려면 꼭 주목을 고르세요라고 강조의 밑줄을 굵게도 그어주었다.

"한번 만져보세요."

그는 주목이란 나무와 피치 못할 사연이라도 있는 사람처럼, 성도 이름도 모르는 처음 본 아줌마에게 그가 알고 있는 주목이란 나무에 대해서 모든 것을 가르쳐줘야 한다는 어떤 사명감에 불타 있는 듯했다. 수민은 잎이 바늘 끝처럼 날카로워서 선뜻 내키진 않았지만 그가 시키는 대로 하는 수밖에 없었다. 손가락을 푹 찔러올 것 같은 이파리는 생각보다 너무 부드러웠다.

휴양림 근무가 첫날이라고 어머니가 반찬을 이것저것 싸주었다며 남자는 저녁을 같이 먹자고 하였다. 밥은 수민이 지었다. 삼봉휴양림에서 보았던, 금방이라도 넘어질 듯 지칫거리면서도 세상을 향

해 서툴지만 또박또박 정성스럽게 한 발 한 발을 내딛던 까투리 새
끼들처럼 그렇게 그 남자도 이제 걸음마를 시작하고 있었다. 대한
민국의 산림청 공무원으로.

새벽녘쯤 요의를 느껴 나무 계단을 밟고 아래층으로 내려오면서
수민은 저도 모르게 아, 하는 감탄사를 내지르고 말았다. 창유리 건
너편 외등 아래는 미끈하게 잘 뻗은 자작나무의 숲이 하얀 수피를
드러내며 펼쳐져 있었던 것이다.

구절마다 자작나무가 들어가는 백석의 〈백화(白樺)〉란 시를 나지
막이 읊조리며 팔짱을 낀 채로 계단참에 서 있었다. 하얀 수피를 드
러내며 하늘로 곧게 곧게 쭉 뻗어 있는 자작나무 숲을, 눈보라를 일
으키며 마차가 달리던 영화 〈차이코프스키〉의 한 장면을 떠올리며.

아침, 쏟아져 들어오는 환한 햇살과 새 소리에 눈이 떠졌다. 벌떡
일어나기가 아쉬워 손을 뻗어 원시림의 숨결이 느껴지는 통나무를
만지며 숨을 크게 들이쉬어 수민을 둘러싸고 있는 나무들의 진한
내음을 음미했다. 아이는 활개를 치며 자고 있었다. 태어나서 처음
해보는 장거리 여행에 피곤하기도 하리라.

드러난 아이의 배꼽에 옷을 여며주고 통나무집을 나서서 밤에 보
았던 주목에게로 다시 가보았다. 몇 걸음 건너 또 한 그루의 주목이
있음을 알았다. 그 나무는 휴양림 개관 기념으로 높은 사람이 심은
식수였다. 그러나 여러 사람의 박수를 받으며 심었더라도 사람의
정성 없음 때문인지 땅이 척박해서인지 애석하게도 그 나무의 가지
는 말라가고 있었다. 어깨가 구릿빛으로 든든했을 인부가 심은 어

젯밤의 그 나무는 이파리가 청청했다. 이파리들을 다시 한번 만져보았다. 날카로운 외양으로 자신을 감싸고 이 나무가 지켜내고 싶었던 것은 무엇일까 하는 의문과 함께.

주목들을 벗어나 삼림욕장으로 길을 잡았다. 양편으론 듬직한 바위를 타고 하얀 물줄기가 시원하게 내려가고 길 위엔 제 이름을 불러주길 바라는 나무들이 고로쇠나무, 피나무, 붉나무라고 씌어진 이름표를 달고 서 있다. 작은 별들이 손에 손을 잡고 땅으로 내려와 꽃을 피운 것 같은 귀엽고 앙증맞은 하얀 까치수염을 보면서 아이는 계속 자고 있을까, 수민은 더럭 겁이 나기도 했다. 그런데, 정작 그 길 끝의 삼림욕장은 아름다운 소로(小路)로 열려 있지 않았다. 한쪽으론 이끼 낀 바위 위로 돌돌돌 개울물이 흐르고 입구는 나무 줄기로 얽혀 있어서 안쪽은 컴컴한 어둠뿐이었다.

망설임 끝에 몇 걸음 어둠 속으로 걸음을 내딛다 얼굴 위로 거미줄이 엉켜들자 돌아서 뛰어나오고 말았다. 거미줄 때문만은 아니었다. 삼림욕장을 조성하면서 이 숲에서 뱀을 열댓 마리나 잡았다는 이야기를 들은 적이 있노라는 젊은 공무원의 목소리가 메아리처럼 울려 퍼졌기 때문이다. 뱀이 스으윽 발밑을 지나간다면, 그것이 더구나 머리가 세모난 독사쯤 된다면, 고등학교 교련 시간에 응급처치법을 배울 때 평생 가봐야 써먹을 일이 없을 거라고 딴청을 부렸던 수민으로선 속수무책이었다. 뱀에게 사람이 먹히는 수밖에.

삼림욕장을 벗어나면서 섬광처럼 떠오르는 생각이 있었다. 어젯밤에 보았던 그 자작나무 숲에 가보자. 백두산 원시림 속에 산다는 숲속의 귀족을 만나러 가면서 수민은 가슴이 다 할랑거렸다. 끊임없이 들려오던, 아이가 깨어나서 엄마를 부르며 울어대는 환청도 사라졌다.

수민은 백석의 〈백화〉란 아름다운 우리의 시를 알기 전 이방의 시인인 로버트 프로스트의 〈자작나무〉란 시를 훨씬 먼저 알았다. 새벽녘 황망 중에 떠오른 것은 백석의 시였으므로 다행이라고 해야 할까. 이 아침에 수민은 프로스트의 시를 읊어본다.

　　……나도 한때는 자작나무를 탔다.

　　또 타고 싶은 마음이다.

　　이런저런 생각에 시들해지고

　　인생은 길 없는 숲 같아

　　거미줄에 얼굴이 근지럽게 달아오르고

　　한 눈은 가지에 스쳐

　　눈물이 흐를 때면

　　잠시 땅을 떠났다가

　　돌아와 새 출발을 하고 싶다.

　　……자작나무 타는 일은 괜찮은 일이다.*

연화교를 건너 오른쪽으로 차를 돌리면서 수민은 올 가을이나 내

* 이영걸, 〈자작나무〉, 《20세기 미시》, 탐구당, 1976년.

년 아니면 후내년 이 용대리 휴양림에 다시 왔을 때 그때에도 쉴 자리를 찾아 이곳에 들렀을 휴양객들에게 주목에 대해, 통나무집의 장점에 대해, 뱀과 개구리에 대해 자기가 아는 것을 다 쏟아내고 있는 한 젊은 남자와 조우할 수 있는 행운이 따를까 하는 생각을 해본다. 세월의 이끼는 그도 어쩔 수 없으리라. 더구나 대한민국에서 공무원이란 이름으로 관료 사회의 바퀴 속에 끼어 굴러가다 보면.

그는 분명 잎갈나무가 낙엽송이라고 말했었다. 끝이 뾰족한 침엽수인데도, 그가 잘못 말한 것이 아니라면 침엽수는 모두 상록수란 고정관념도 깨어져야 할지도 모르겠다. 하얀 수피를 가진 나무는 자작나무란 고정관념도. 통나무 이층집 건너편 숲은 자작나무 숲이 아니었다. 그건 휴양림에 가장 많이 조성되어 있는 잎갈나무 숲이었다. 불빛 아래서 갈색이 하얗게 표백되었던 것이다. 그러나 수민은 그로 하여 백석과 로버트 프로스트의 시를 상기할 수 있었고 그래서 잠시나마 행복했었다.

하늘에서 내려다보면 영락없는 용의 형상이라 용바위란 이름을 가지게 되었다는 용바위를 지나 수민은 헌병이 교통정리를 하는 삼거리에서 우회전을 한다. 강원도에 오면 수민은 스멀스멀 웃음이 터져 나와 운전대를 붙잡고 미친년처럼 키득키득거리곤 한다. 헌병이 다리를 탁 붙이며 과장된 절도력을 보이며 교통순경을 대신하고, 군부대들이 곳곳에 산재해 있고 십자가가 세워진 교회 이름들이 전방이니 충성이니 하는 것들뿐이고 대전차 방호벽들이 양 길을 턱 막고 있어 수민에겐 잘 차려진 희극 무대 같기만 하다.

왼쪽에 백담사란 안내판이 나온다. 지나친다. 고색창연함을 기대한 것은 아니지만 좁은 터에 우뚝우뚝 건물만 집어넣은 꼴이 못 볼 형상이었다. 돌이켜보면 그 절이 차라리 그렇게 생겨먹었던 게 더 나았을지도 모른다. 대학에 처음 들어가 누군가 이마 위로 손을 올려 훌렁 벗겨지는 시늉을 하면 선배들이 숨이 넘어가도록 박장대소를 해대서 수민도 처음엔 그 동작만 나오면 멋모르고 따라 웃었던, 그 가벼운 손동작 하나로도 온 나라 청춘의 웃음거리가 됐던 인간이 한 철을 보냈던 곳이니……. 절 앞에 펼쳐진 백담계곡이 너무 고와 차라리 슬펐다.

바위 위를 흘러가는 물줄기가, 울연한 삼림을 막 스쳐 간 바람이, 눈앞에 나타났다 획 사라진 노랑할미새가 수민의 가슴을 촉촉이 적신다. 눈에 보이는 모든 것들은 장마 끝이라 먼지와 때가 깨끗이 씻겨 나가 말끔한 풍광뿐이다. 한계령 가는 길은 아름답다. 그래서 눈물이 난다.

어제, 구룡령은 슬프지 않았다. 아니 슬퍼할 겨를조차 없었다. 눈물은 여유가 있을 때만 나오는 법이니까. 한 치 앞이 보이지 않는 안개 속에, 까닥 잘못하단 천 길 벼랑으로 나동그라질 길을 아이와 함께 수민은 올랐다. 폭우로 나무가 길 한가운데 쓰러져 있고, 산에서 떨궈져 나온 돌들이 길 위에 나뒹굴고 있는 가파른 고갯길을.

이제 막 길을 닦은 구룡령 정상에 휴게실이 있을 리 없었고 칡즙 따위를 파는 간이 휴게실의 상인마저도 빗속에 사라지고 없었다. 차 문을 열자 기다리기라도 한 듯 갑자기 몰아닥친 바람은 수민을 차 안으로 다시 밀어 넣어버렸다. 거부당한 느낌으로 와이퍼를 작동해놓고 멍하니 운전석에 앉아 있었다. 벼랑 끝에 서 있는 낙락장송이, 그 옆에 쌓여가고 있는 돌탑이 시선을 끌기 전까지. 못 말리는 기복신앙이라니까, 하는 입소리를 내며 수민은 밀려올 바람보다 더 거칠게 차 문을 열었고 보채는 아이를 내려주었다.

손에 잡히는 옷가지로 아이를 감싸고 칼바람 몰아치는 구룡령 정상에 섰다. 천지는 운무에 휩싸여 있었다. 발 아래 세상, 부대끼며 옹송거리며 살고 있는 1000미터 아래의 세상에 대한 회한도 잠시, 품속의 아이가 사시나무 떨 듯 몸을 떨면서 이빨을 쉬지 않고 맞쪼았다. 얼른 차 속으로 아이를 밀어놓고 운전석으로 돌아가면서 돌탑이 폭우에 떠내려가지 않은 게, 이 고개에 올랐을 이런저런 사람들이 소원을 빌면서 그저 돌 하나를 올렸을, 탑이라기보다는 돌무더기가 그 모습을 지탱하고 있는 게 문득 신기하다는 생각이 들었다.

저 멀리, 구보타 히로지의 중국 비경 사진에 나오는 그런 절경이 있다. 언제부턴가 아른하고 몽롱한 동양화를 보는 듯한 풍광이 눈앞에 펼쳐지면 수민은 구보타 히로지의 사진 같구나 하고 생각하는 버릇이 붙어 있었다. 여기는 중국의 계림이 아니라 한계령 초입인데도.

아이는 벌써 수확 직전의 곡식들처럼 그렇게 목을 떨구고 잠들어 있다. 오늘, 서울로 돌아가는 길은 아이도 수민도 힘이 들 것이다. 더 이상 잠이 오지 않는 아이는 엄마의 뒷모습만을 보는 게 지겨워질 것이고 엄마가 뒤도 돌아보지 않고 한 손을 뻗어 건네주는 초코파이 등속도 먹기 싫어질 때면 아이는 최후의 수단을 쓸 것이다.

우는 아이 때문에 차를 갓길에 세워놓고 달래보지만 아이는 그 때뿐, 다시 운전석에 앉으면 아이는 좀 전보다 더욱 기승스럽게 울어대곤 했다. 차가 밀릴 경우에 아이의 울음은 감때사나워졌다. 속도를 늦추었다는 이유로 옆 차량의 남자가 수민을 향해 손가락질을 해대는 것을 감수해야 했던 적도 있다. 살살 구슬려보아도 으름장을 놓아도 당근과 채찍 중 어느 것도 되지 않는다. 그럴 땐 아이를 자신의 무릎에 앉히고 한 손으로 아이를 끌어안고 나머지 한 손으로 운전대를 잡고 곡예를 하듯 아슬아슬하게 길 위를 스쳐 지나기도 했다.

1000개의 손에 1000개의 눈이 박혀 있다는 천수관음보살을 부러워하기도 하고, 운전하는 남편 옆에서 뒷좌석의 아이들을 돌아보며 행복의 미소를 짓는 부인들을 향해 질시 어린 시선을 던진 적은 있다. 그러나 수민은 아이를 낳기로 한 자신의 선택을 후회한 적은 없다. 단 한 번을 빼고는.

손 한번 붙잡아주는 사람 없이 산고의 고통을 치러야 할 때 바깥에서 들리는 간호사들의 목소리, 어제 나 그 남자랑 영화 봤다! 언니는 그 남자 다시 안 만난다고 했잖아. 아니, 그 남자가 어디서 극장표가 생겼다고 자꾸 나랑 꼭 가자 그러잖아. 영화만 봤어? 그럼 영화만 보지 뭘 또 더 하니? 어휴, 언니가 영화만 봤겠다. 넌 이번 일요일 날 뭐 할 거니? 집에서 발 닦고 잠이나 자지 뭘. 그 남자한테 이제 전화 안 와? 언니, 실은 그 남자가 이번에 드라이브나 가자고 그러는데 고민 중이야. 좋으면서 뭘 그러니?

차라리 의식이나 잃어버렸음 그런 잡담마저도 들리지 않으련만 정신은 너무 말짱해서 그 여자들이 하는 소리와 분위기와 느낌까지도 고스란히 수민의 뇌리에 박혀왔다. 그럴수록 아랫배의 통증 간격은 더욱 빨라지고 서 있어도, 누워 있어도, 웅크리고 앉아 있어도, 그 어떤 자세를 취해보더라도 도저히 어찌해볼 수 없는 그런 고통의 연속이었다. 그때, 이제 난 다시는 저 여자들처럼 자유롭게 살 수 없는 건 아닌가 하는 두려움이, 내가 너무 겁 없이, 아니 철없이 아이를 낳겠다고 했구나 하는 어쩔 수 없는 후회가 걷잡을 수 없이 밀려들었다.

구원통교를 지나 오른쪽 계곡 쪽으로 차를 돌리자 옥녀탕휴게소가 나온다. 바짝 긴장이 된다. 한계령 도로는 꾸불꾸불하고 협소하여 사고 위험이 높으니 어쩌고 하는 안내문 때문만은 아니었다.

4년 전쯤엔가 이곳을 지나간 적이 있었다. 하늘 아래 첫 동네라는 갈천마을을 가기 위해. 옥녀탕. 그 이름이 여인의 속살을 느끼게 하는 휴게소에서 커피를 마시고 있을 때였다. 주위 분위기가 어수선하고 어디선가 까마귀 우는 소리도 들리는 듯했지만 집을 떠난 흥분감에 달떠 있던 수민은 그런 걸 안중에 둘 여지가 없었다. 버스가 출발하자 약속이나 한 것처럼 차 안의 사람들의 시선은 왼편 계곡으로 쏠렸다.

휴지처럼 구겨져 널브러져 있는 승합차가, 핏자국이 내비치는 널따란 설악의 바위가, 까악까악 짖어대며 선회하는 까마귀가 거기 있었다. 봉고차엔 양양 읍내로 나가던 결혼식 하객들이 타고 있었고, 대여섯 정도가 현장에서 이승을 떠나갔다. 운명한 이들 가운덴 신부의 오빠도 포함돼 있다는 걸 갈천의 미니 슈퍼에서 얻어들었다. 그날 밤 수민은 좀처럼 잠을 이룰 수가 없었다. 쏟아져 내리는 머리맡의 무수한 별들 때문에도, 낯선 곳에서 혼자 이루는 잠 때문에도 아니었다. 세상에 태어나 가장 행복한 순간을 맛보고 있었을 하얀 웨딩드레스의 신부는, 그리고 그런 자신의 짝을 바라보며 눈이 부셨을 신랑은 이 밤, 얼마만 한 고통의 심연에 있을까. 자신들의 결혼식을 축하하기 위해 달려오다 변을 당한 사람들한테 그들은 평생 갚아도 갚을 수 없는 빚을 한순간에 짊어지고 얼마나 허우적거리며 버거워하고 있을까 하는 근심으로 하여.

줄지어 오르던 차들이 이제는 눈에 띄지 않는다. 어제 구룡령은 고개를 다 올라가도록 차 한 대 만나지 못했다. 정상 즈음에 안개 속으로 코란도 승용차가 나타나자 수민은 경적을 울리며 손까지 흔들어댔다. 미친년쯤으로 치부된대도 반가웠다. 안개를 헤치고, 쓰러진 나무와 돌덩이들을 피해, 구불구불 아슬아슬한 고갯길의 꼭대기까지 올라와준 게 고맙기까지 했다.

하늘이 너무 맑다. 처음으로 운전대를 잡고 한계령을 오르는 수민에게 날씨는 너무 황송할 정도로 좋다. 언젠가, 한계령의 한계가 어떤 한자(漢字)일지에 대해서 심각하게 고민해본 적이 있다. 날 버리고 가시는 임은 10리도 못 가서 발병 난다는 아리랑 고개의 그 한서린 절규처럼 그런 원한과 애정의 한일까, 아니면 남편 철호가 입만 열면 수민에게 말하던, 그게 바로 당신의 한계라구, 에 쓰이는 그 어디까지 정해놓은 범위의 경계를 말하는 한계일까 하고.

어제 미시령을 오르면서, 눈앞에 펼쳐진 절묘한 바위 정상이 공룡능선인지 용아장성능선인지는 알 길이 없었다. 하지만 그 낯익은 설악의 바위가 손에 잡힐 듯 가까이 다가오자 그때, 한계란 말만 들어도 가슴 한쪽이 활활 타올라 꺼멓게 숯덩이가 되던 그 시절이, 철호와 함께했던 설악산 등반의 기억이 의식의 지표 위로 다시 솟아올랐다. 그러자 가슴의 심한 동계(두근거림)로 한순간이었지만 운전대가 손에서 벗어나 있었다.

오색에서 시작하는 길이 대청봉에 오르는 가장 최단 거리이므로 오색약수로 배를 채우고 설악폭포 길을 택해 정상에 올라갈 참이었다. 야간 산행이었으므로 수민은 더욱 허겁지겁 힘들어했고 수민이 그럴수록 철호는 지루해했다. 나중엔 수민이 발을 내딛는 게 아니라 누군가 자신의 발을 끌고 가는 착각마저 들었고 더 있다가는 아예 이 절벽 밑으로 굴러버리는 게 차라리 낫겠단 생각마저 들었다. 그러나 철호는 조금도 피곤하거나 지친 기색이 없었다. 헉헉거리며 납덩이 같은 다리를 질질 끌고 가는 건 수민 혼자였고 철호는 여전히 가볍게 발을 내딛고 있었다. 그래서 오기가 생겨났을지도 모른다. 기어이 대청봉에 올라섰고 산과 산, 바람과 바람이 마주하고 달리는 그 끝에 시퍼런 바다가 있고 그 바닷속에서 해가 쑥 빠져나올 때 고생은 다 잊어버리고 쉴 새 없이 감탄을 토해내기도 했었다.

산장에서 뜨거운 커피를 마시면서 다리쉼을 하고 나자 몸이 가뿐

해진 수민은 내려가는 길은 자신 있다고 철호에게 큰소릴 쳤다. 하산 길은 옆에 있던 베테랑 등산가들이 끝내주는 코스라고 적극 추천해준 속초로 잡았다.

설악은 감동이었다. 수민은 그 감동에 푹 젖어들어, 싫다는 철호를 꼬드겨 사진을 찍고 투명한 물줄기 속에 발을 담그거나 널따란 설악의 바위에 누워보기도 하면서 설악의 품에 안겨 있음에 겨워했다. 바위가 그렇게 아름다울 수 있다는 걸, 두 손에 받쳐 들고 마시는 물이 그렇게 맛날 수 있다는 걸 수민은 그날 처음으로 알았다.

거기까지는 좋았다. 양폭, 오련폭포를 지나 비선대쯤에서부터 다리가 풀려버렸다. 그때부터 수민에게 설악의 절경은 눈앞을 가로막고 있는 바윗덩어리에 지나지 않았다. 기운을 다 내어 맞은편에서 올라오는 사람들에게 물었다. 매표소까지 얼마나 남았어요? 그러면 그들은 하나같이 약속이나 한 듯 웃으면서 말했다. 다 왔어요, 라고. 그들이 차라리 한두 시간은 가야 되니 정신 바짝 차리고 내려가라고 겁을 줬으면 수민은 좀 더 긴장했을 터였다. 금방이라니까 정말 금방인 줄 알았다. 열 걸음 가다 철호 눈치 한 번 보고 쉬고, 다섯 걸음 가다 주저앉고, 속초에 도착했을 때 서울 가는 막차는 떠나고 없었다. 등산 책에는 넉넉잡고 다섯 시간이면 된다는 하산 길을 수민은 장장 아홉 시간 반 만에 내려온 것이다.

어제 구룡령과 미시령을 올랐고 오늘은 이렇게 한계령을 오른다. 험하고, 경사가 급해서 사고 위험이 높다는 고갯길만을 골라.《아리랑 고개의 여인》이란 책이 있었다. 서점 문을 밀고 들어갔을 때 제

목이 눈을 찔러 와 버스비만 남기고 돈을 전부 털어 그 책을 샀었다. 그 뒤로 정신없이 사느라, 좀 더 구체적으로 말하면 그런 책들을 집 안의 책꽂이에 버젓이 꽂아놔도 될 만큼 햇빛 밝은 세상에서 살아 보지 못한 터라 어느 틈새론가 책들을 흘려버려 그 책은 수민의 곁에 남아 있지 않았다. 하지만 좌익 운동을 하는 남자를 남편으로 두었던, 일제강점기나 해방 무렵 여인의 한 서린 삶을 이야기한 책으로 수민은 희미하게나마 기억하고 있다.

아리랑 고개. 무슨 무슨 재나 령으로 그 행정적인 이름을 갖지 못했다 하더라도 우리나라엔 얼마나 많은 고갯길이 있는가. 싸리재나 불티재란 이름의 고개는 또 얼마나 많은가. 그러나 그렇게 많은 고개 중에 유독 한계령을 떠올릴 때면 목으로 눈으로 어찌할 수 없는 슬픔이 차오르는 수민이다. 주먹을 움켜쥐고 무언가를 절규하는 듯한, 머리를 싸매고 고민에 빠져 있는 듯한, 길가에 쭈그려 앉아 뭔가를 기다리고 있는 것 같은 그런 바위들의 형상에서 왜 유독 슬픔이란 은유와 상징을 떠올리는 것일까.

서울로 가는 어떤 대중교통수단도 그날 밤엔 가능하지 않다는 걸 알자 철호는 수민을 향해 오늘 밤에 중요한 약속이 있는데 당신이 늑장을 부리는 바람에 못 가게 되었다고 버럭 화를 냈다. 남편에게 있어 약속이란 것들이 얼마나 중요한지를 충분히 알고 있던 수민은 울먹울먹했다. 왜 그럼 진즉 그 이야길 하지 않았냐고, 그랬더라면 산에서 떼굴떼굴 굴러서라도 내려왔을 거라는, 말은 가슴에 담아두고. 내가 빨리 가자고 했잖아, 이 한마디를 하고서 철호는 그 밤 내

입을 다물어버렸다. 가끔씩 시계를 쳐다보며 얼굴 가득 험한 인상을 써대며.

마누라와의 산행 때문에 동지와의 약속을 지켜낼 수 없었던 철호는 여관방의 침대에 눕자마자 수민에게서 등을 돌렸다. 그의 등허리는 한 번 오르기를 소망할 수조차 없는 험산 준령의 바위처럼 수민을 거부하고 있음이 역력했다. 수민도 그 등에서 등을 돌렸다. 그와 함께 설악에 왔다는 사실만으로도 들떠서 어린아이처럼 쉴 새 없이 들까불었던 자신의 어리석음이 부끄럽다 못해 치욕스러워 돌로 발등이라도 내리치고 싶은 심정으로.

그해 가을에 구룡령에 갔었다. 이번엔 혼자서. 양양에서 갈천으로 들어가는 길은 비포장이었고 거기다 도로 확장 공사 중이었다. 버스 뒷좌석에 앉아 앞을 보면 차는 좁은 길을 벗어나 금방이라도 계곡으로 떨어질 것 같은 적이 한두 번이 아니어서 나중에 수민은 눈을 감아버렸다. 그러다 슬며시 눈을 뜨면 가지에 휘어질 듯 매달린 감나무가, 초가집으로 걸어 들어가는 허리 구부정한 할머니가 창밖에 있었다. 검은 연기를 내뿜으며 힘겹게 굽이를 돌 때마다 기사 아저씨는 기세 좋게 빽 하고 경적을 울려댔었다.

구룡령은 정겨웠다. 동화책 속에서나 나옴 직한 까만 기름을 먹인 판자벽을 가진 갈천분교하며, 흐드러진 억새밭이며, 외로웠지만 슬프진 않았다. 갈천약수터에서 약수를 떠 마시고 구룡령을 혼자 올라갔었다. 어디까지 갈 수 있는지는 모르지만 길 따라 걸어가면 되겠지 하는 심정으로, 해가 다 진 뒤 내려온다 하더라도 누가 버럭

화를 낼 사람도 없다는 안심 속에. 한 시간쯤 올라갔을까, 더 이상 갈 수가 없었다. 포클레인이 길 곳곳을 막고 차량과 사람을 통제하고 있었지만 그것보다는 해가 뚝 떨어지자 갑자기 겁이 났다. 다행히 올라오면서 양봉을 하는 인가를 몇 채 지나쳤다는 것이 위안이라면 위안이었다. 저기 불빛이 보이는 인가까지만 달려가자, 그리고 그 인가가 나타나면 저 아래 흑염소 키우던 집까지만 달려가자, 그 다음엔 저 큰길까지만 달려가자, 그렇게 스스로를 유혹해서 수민은 민박집까지 가 댈 수 있었다. 슈퍼와 민박을 하던 후덕한 주인 부부는 수민이 나타나자 해가 다 져도 안 내려와서 동네 사람들하고 같이 고갯길로 올라가볼까 했었노라고 했다.

언젠가 꼭 다시 오고 싶은 구룡령 고개였다. 그러나…… 도로 확포장 공사가 끝난 그곳은 몇 년 전 가을, 혼미스런 세상과 어지러운 인간관계에서 훌쩍 떠나왔던 수민이 기억하고 있는 그곳이 아니었다. 관심을 갖고 찾지 않으면 보이지도 않던 하늘 아래 첫 동네, 그 갈천의 미니 슈퍼 간판은 대문짝만하게 커졌고 카페 비슷한 건물을 여기저기서 짓고 있었다. 동네가 변했다고 사람의 인심마저 변하는 것은 분명 아닌데도 수민은 한 번쯤 다시 찾아가보고 싶었던 그 미니 슈퍼에 얼굴 한번 내밀지 않은 채, 도망치듯 차의 속도를 높여 달려 나오고 말았다. 그 세월에 갈천이란 동네만 변한 것이 아니라 수민 자신은 더욱 변했을 터이므로.

아, 한계령휴게소다. 저 나무 집에 들어가 바위와 산들을 눈이 시리도록 바라보며 커피 한잔 마셔보길 얼마나 고대했던가. 서울에서 속초로 가는 금강여객은 그곳에서 절대로 쉬지 않았다. 운전면허증을 손에 쥐자마자 수민이 생각한 건 이제 한계령휴게소에서 커피를 마셔볼 수 있겠구나 하는 거였으니, 오늘에사 그 소원을 이루게 된 셈이다. 철호와 새벽 첫차로 이곳을 지나치던 날, 입을 바늘로 꿰맨 듯 말 한마디 없던 그와 어깨를 마주하고 앉아서 가깝고도 먼 사이란 말의 의미를 실감하던 그 아침, 저 까만 나무 집은 수민이 기어들어가기에 얼마나 매혹적인 곳이었던가. 물론 고속버스는 그날도 예외일 수 없어서 이곳에 서지 않았다.

중앙선을 넘어 차를 좌회전하지 않는다. 길 건너편 깎아지른 벼랑 아랜 한계령휴게소가 있는데도. 이제 내리막길이 시작된다. 그곳에 들어간다는 게 왠지 자신이 없다. 선글라스를 끼고 아이의 손을 잡고 그곳에 앉아 설악의 바위들을 바라보며 커피를 마신다는 게. 그게 바로 당신의 한계라고, 어디선가 철호가 소리치는 것만 같다. 한계령의 한계란 한자어는 그저 찬 고개란 의미에 지나지 않는다는 걸 벌써 알아버렸지만 한계령의 수민은 자유로울 수가 없다.

《아리랑 고개의 여인》이란 책이 아직도 어딘가 남아 있다면 다시 한번 읽고 싶다. 마누라와 자식들은 전혀 관심 밖인, 온통 나라와 민족의 살 길이란 대의만이 전부인 남자를 지아비로 하여 그 여인들은 어떻게 자식들을 키우고 시부모 봉양하며 세끼를 먹고 살았는지 다시 한번 찬찬히 뜯어보고 싶다.

한 여자가 있었다. 수민은 그녀도 아리랑 고개의 여인이라고 이름 붙인다. 그녀는 고향 집 근처 고속도로에서 달려오는 트럭에 몸을 내던졌다.

또 한 여자가 있었다. 그녀도 아리랑 고개의 여인이라고 명명한다. 그녀는 하필이면 모진 바람 부는 한겨울에 제 집 아파트 베란다에서 떨어졌다. 또 다른 많은 여인들이 있을 터이다. 아리랑 고개의 여인이라고 이름 붙일 만한.

오른쪽에 길이 있다. 차가 들어가도 괜찮을까 싶을 정도로 작은, 한계령에 취해 있다 보면 보이지 않을, 수민처럼 과거의 한계에 집착하다 보면 지나쳐버리기 십상일, 오솔길이다. 필례약수 가는 길이다. 잠시 갈등을 한다. 어차피 오늘은 돌아가야 한다. 저 길을 따라 현리로 해서 서울로 돌아갈까. 정작 문제는 귀로에 있지 않음을 안다. 등 뒤에 서 있는 저 나무 집에 올라가 커피를 마시고 싶다는 유혹과 그런 유치한 짓은 그만두라는 경고 사이의 화해할 수 없는 불협화음이 마음속에서 울려 온다.

어렸을 적 필례란 이름을 가진 친구가 있었다. 어린 마음에도 그 애의 자존심이 상할까 봐 물어보지도 못했으므로 연유는 알 수 없었지만 그 애의 윗입술은 기이하게도 아랫입술을 덮을 정도로 넓었다. 마치 버섯의 형상처럼. 그 애와 이름이 똑같은 약수는 어떤 맛일까 하는 궁금증이 일었고, 차를 후진시키려고 뒤를 돌아보다 '공사 중, 통행금지'란 안내판을 보았다. 그걸로 싱겁게 갈등도 끝이 나고 말았다.

다시 브레이크를 밟고 내려간다. 급커브 120도, 급커브 90도, 급커브 150도, 친절히 굽이의 각도까지 안내문에 적혀 있다. 여기서 굴러

떨어지면 절경에서 죽는 셈이니까 때깔이라도 고울까. 슬쩍 운전대에서 손을 떼면 아래로 저 아래로 떨어지겠지. 왼쪽 팔꿈치를 유리창 턱에 걸치고 손가락으로 앞 머리카락을 쓸어 올린다, 아주 자연스럽게. 운전대에 남아 있는 건 오른손뿐이다. 거울을 통해 차 뒤를 살핀다. 따라오는 차도 없다. 바위와 그 바위와 하나가 되어 뿌리를 박고 서 있는 나무들이 뒤에 남아 있다. 그리고…… 또 있다. 언제 눈을 떴는지 뒤 의자에 앉아 엄마를 말뚱말뚱 쳐다보며 거울 속에서나마 눈이 마주치자 싱긋 웃는 아이가 거기 있다.

아이가 공중에 떠 있는 다리를 흔든 게 먼저였는지 수민이 고개를 흔든 게 먼저였는지는 확실하지 않지만 수민은 발을 브레이크에서 액셀러레이터로 옮긴다. 그리고 두 손으로 운전대를 잡고 중앙선을 넘어 차를 돌린다. 그렇게 차를 돌리고 나서 자신에게 변명을 한다. 어차피 오늘은 서울로 돌아가야 하므로 어디서든 차는 돌려야 하는 거라고.

오른쪽에 한계령휴게소가 있다. 의식을 앞질러 손이 오른쪽으로 운전대를 돌린다. 선글라스를 벗고, 아이를 카 시트에서 내려준다. 어제 구룡령만큼은 아니어도 바람은 꽤 분다. 2000원어치 감자 구이를 사서 아이의 손을 잡고 삐걱거리는 나무 계단을 몇 개 밟고 휴게실 안으로 들어선다. 장마철이라 손님들이 붐비지 않아 좋다. 수민이 아이와 함께 들어서자 한쪽 구석에서 고개를 숙이고 잡지 같은 것을 보고 있던 남자가 고개를 든다.

한여름인데도 그는 브라운 계통의 카디건을 어깨 쪽에 두르고 있

어 수민의 시선을 잠깐 잡아맨다. 수민이 다시 아이의 손을 잡아 흔
드는데 그 남자가 웃는다. 그 남자의 미소는 〈굿바이 뉴욕 굿모닝
내 사랑〉의 빌리 크리스털이 우여곡절 끝에 소 떼를 몰고 무사히 목
장으로 돌아오던 순간 지어 보이던 아름찬 미소와 닮아 있다. 수민
이 아이를 자리에 앉히려는 순간 건너편의 남자가 일어나 천천히
수민에게로 걸어온다. 수민의 가슴 한쪽이 쿵 하고 무너져 내린다.

너의 서까래는 부서졌고
들보는 내려앉았는가

이 거리에서 느끼는 건 현기증이다. 화살이 뺨을 스치고 지나가는 것 같은. 아니, 뺨을 스치고, 바람을 가르고 날아간 화살이 날아가는 새의 심장에 박히는 것을 쳐다볼 때의 어처구니없음, 망연함이라고 하는 것이 더 적절할까.

10여 년 전쯤 그때도 물론 다방 주인이 한 번씩 바뀔 때마다 간판이 달라지고 소파의 시트가 바뀌긴 했지만 이 거리는 늘상 붙박이장처럼 모든 것이 제자리에만 놓여 있었다고 기억하는데……. 하루도 그칠 날 없던 뒷골목의 성난 아우성과 통곡처럼.

그러고 보니 이제 이 거리에 다방이란 건 눈에 띄지 않는다. 커피나 홍차 등의 음료나 과자와 과일, 주류 또는 간단한 식사 같은 것을 손님에게 제공하는 음식점이란 다방의 사전적 기술은 한 가지를 더 첨가해야 할지도 모른다. 할 일 없는 중늙은이들이 젊은 여자 종업원을 붙잡고 커피나 차를 마시며 한담을 하고 재미를 보는 곳이다, 라고.

다방이 사라진 거리에 건물마다 빠지지 않고 어깨를 겯고 동무하며 서 있는 것들은 있다. 커피 전문점, 카페라는 것들. 또 하나 눈에 띄는 글자가 있다. 재즈. 화장품 가게에도, 속옷점에도, 신발 가게 앞에도 어김없이 그 두 글자는 제대로 한몫을 하고 있다. 그것들의 중심에 재즈카페가 있다.

한동안 록카페란 말이 유행하더니 이제 그것도 한물간 걸까. 수민이 언젠가 이런 의문을 철호에게 던졌었다. 내가 록카페에 들어가면 입구에서 받아줄까? 철호는 무심히 대꾸했다. 돈만 있으면 어디든 들어가는 거지, 못 들어가는 데가 어딨어? 그러자 수민이 어이없다는 듯 콧방귀를 뀌었다. 그런 데는 돈 있어도 안 된다구요, 물 버린다고 나 같은 중년 여자는 아예 문밖에서 쫓아낸다구!

벙커 모양의 단층 건물 외벽과 출입문은 멀리서 보아도 온통 노란색이다. 철호는 순간 저 카페 이름은 옐로 서브머린일 거라고 단정 짓는다.

터를 물색하고, 이 책 저 책 뒤져가며 인테리어를 연구하면서, 난 카페 같은 건 자신 있다고, 수민은 호언장담을 했었다. 그런 거 어떨까? 눈을 빛내며, 목소리는 약간 들뜬 채로 철호의 의견을 물었다. 단층 건물을 얻어서 온통 노랗게 페인트칠을 하고 이름을 옐로 서브머린으로 하는 거야, 노란 잠수함, 근사하지 않아?

방금 지나친 그것은 다행인지 아닌지는 모르겠지만 하여튼 노란 잠수함은 아니었다. 재즈카페란 영어 글자 밑에 남색으로 'Indigo'

라고 씌어 있다. 인디고라고 읽긴 읽었는데 철호의 영어 실력으로는 무슨 뜻인지 알 길이 없다. 사실 그 영어 단어의 의미가 궁금하다기보다 정작 알고 싶은 것은 저런 재즈카페도 록카페란 것들처럼 20대에 속하지 않는 사람들은 입장을 금지할까 하는 의문에 대한 대답이었다.

인디고란 이름의 재즈카페를 지나면서 철호는 생각한다. 잔인하다고. 돈을 벌기 위한 자본주의의 상인들이 그리고 그런 메커니즘을 조종하는 하부구조가, 그곳에 들어가 커피와 술을 마시고 싶은 사람에게 돈으로도 살 수 없는 젊음을 요구한다는 것은. 젊음을 순간이나마 되돌려 받고 싶어 그곳으로 들어가고자 하는 사람들에게.

철호가 이곳에서 대학을 다니던 때에도 록카페란 것이 있었는지 확실하지 않다. 있었을지도 모른다. 도통 그런 데 관심이 없었으니까. 관심을 가졌던 것이라곤 뒷골목의 어떤 술집이 고래고래 노래를 불러도 주인이 눈감아주고, 외상을 잘 해주고, 안주는 안 시키고 술만 축내도 눈치를 주지 않는가 하는 것뿐이었으므로.

과거를 추억하는 세대가 되었다는 건 기성세대에 편입했음을 의미하는 것이다. 이제 중년을 바라보는 사내가 되어 먹물보다 더 진한 빛으로 촘촘히 배어 있던 머리카락을 거슬러 올라 성긴 앞 머리칼을 쓸어 올린다.

장미 향기가 코끝을 스쳤던가. 이 거리엔 꽃집들도 많다. 옛날에도, 철호가 학교를 다니던 때에도 투명 비닐에 싸인 붉은 장미 한 송이를 든 여자들이 정문 앞에 서 있곤 했다. 늘 배어 있는 정문 주변의 최루탄 연기에 새된 기침을 하면서도 그녀들은 그 자리를 굳건히 지키고 있었다. 지금 생각해보면 그 시절에도 학교의 한쪽에선 연극 공연이니, 음악 연주회 같은 것들이 다른 세계처럼 늘 존재하고 있었으므로, 그녀들은 거기에 출연하는 친구나 연인에게 꽃을 전해주고자 함이었으리라. 그때는 그 여자들이 무슨 용무로 꽃을 들고 서 있는지에 대해 관심을 가질 만큼 마음의 여유도 없었거니와, 조건 좋은 남자의 마음에 쏙 들어 어떻게 하면 시집가서 잘 먹고 잘 살까가 오직 생의 의미이자 목표인 여자들이란 점에서 철호에겐 모두 하나였다.

다른 세계에 살았던 그 사람들은 지금은 어디서 무엇이 되어 또 다른 삶을 살아가고 있을까. 혹 모른다. 그때 아름다운 여인이 주는 장미꽃을 가슴에 안고 행복해하던 그들의 친구나 연인들이 지금은 병상에 누워 있어 그녀들은 다시 이 거리에 꽃다발을 들고 나타날지도.

꽃을 좀 사 갈까, 하고 꽃집 앞에서 서성인다. 병실에는 꽃을 가지고 들어갈 수 없다는 현실적 제약으로 발길을 돌리지만 실은 쑥스러움이다. 꽃다발을 들고 가는 자신의 모습이 낯설어서라기보다는 그 꽃을 받을 상대방은 식물이 피워내는 꽃이란 것에 노출돼본 적이 없다는 자각이었다.

꽃이 어울리지 않을 사람에게 주는 선물이라면 무엇이 좋을까. 앓아누운 인텔리가 병실에서 할 수 있는 일이란……. 천상 책밖에 없다. 기(氣), 단전호흡, 죽염 요법 하는 건강 책들은 서점에서 차다 못해 넘쳐 나므로 그것 중에서 그럴싸한 것을 하나 골라 들고 가는 것도 괜찮을 성싶다.

아무래도 이상하다, 고개를 갸웃거리며 몸을 돌린다. 이 근방에 분명 서점이 있었다. 뒤로 돌아 왔던 길을 걸어가며 간판들을 다시 하나하나 점검한다. 카페가 있고 의료기구점이 있고 액세서리 가게가 있다. 아무리 눈을 씻고 다시 보아도 서점은 없다. 다시 시작한다. 그럴 리가 없다. 얼마 전에도 여기 와서 책을 보고 나갔었다. 건너편에 몸체가 훨씬 큰 서점이 없어진다 어쩐다 하여 학생들이 서점 살리기 운동을 한다는 이야기가 일간신문에 실릴 때에도 이곳은 건재하고 있었다.

사람의 기억력은 이렇게 간사할까, 이제 어느 건물이었는지조차 가늠이 가질 않는다. 액세서리 가게 터가 맞는 걸까. 서점 레즈가 있던 자리가. 한참을 머뭇거리다 철호가 하얀색 페인트를 칠한 나무 바닥에 발을 들여놓고 묻는다.

"혹시, 전에 여기가 서점 아니었나요?"

"그랬다고 그러던데, 잘 모르겠는데요."

빨간 입술을 반쯤 벌린 채 가게 안의 여자가 고개를 흔들자 귀에 매달린 왕방울만 한 귀고리가 찰랑찰랑 흔들린다.

장사가 안 되더라도 병원에 문병 가는 사람들이 사는 잡지들로 기본적인 매출은 항상 유지할 수 있다던 사회과학 서점 레즈도 끝내 문을 닫고 말았구나. 레즈, 서슬이 시퍼렇던 80년대 중반에 우리 말로 하자면 빨갱이쯤 될 그 이름을 달고 서점 간판이 들어섰을 때

114

그건 충분히 센세이셔널한 사건이었다. 90년대 초반의 전성기도 잠깐, 80년대를 지켜왔던 사회과학 출판사나 서점들이 하나둘 문을 닫는 건 이제 어쩔 수 없는 대세인지도 모른다. 더 이상 사람들은 그런 책들을 보지 않으므로.

많고 많은 이름 중에 하필 이름을 레즈로 했냐고 서점 주인이 기관에서 조사를 받았다는 소문도 들렸었다. 그리고 조사를 받던 주인 누나가 했다는 말, 레즈는 reds가 아니라 les라는 레즈비언의 약자일 뿐이라고 둘러대자 형사가 발끈하며 너 그럼 여자들끼리 그러는 여자야? 완전히 미친년이군, 하고 혀를 끌끌 차면서 풀어줬다는 미확인 보도도 흘러나왔었다.

레즈란 제목의 비디오를 본 적이 있다. 수민이 동네 비디오 가게를 다 뒤져 겨우 찾아냈다며 반공의 화신이었던 레이건 시절에 이 영화가 만들어질 수 있었던 건 대단한 사건이라며 감탄을 했었다. 그야말로 제목처럼 공산주의자들의 이야기였지만 철호가 그 영화를 통해 새삼 확인한 건 서양인들이 진정한 의미의 공산주의자, 혁명가가 과연 될 수 있을까에 대한 의문이었다. 이 꽃에서 저 꽃으로 옮겨 다니는 나비처럼 이 사람에게서 저 사람으로 쉽게 사랑하고 관계를 맺는 그들에 대한 혐오감은 깊었다. 아무리 존 리드의 진솔하고 진보적인 삶의 편린들을 보여주고, 한밤중에 적기를 들고 거리로 거리로 뛰쳐나온 러시아 인민들과 그들이 다 함께 부르는 인터내셔널가를 무삭제로 보여줬다 하더라도 철호에겐 별반 감동으로 다가오지 않았다.

"영화 잘 만들었죠?"

수민이 감격에 겨워 동의를 구해왔을 때 철호는 긍정도 부정도 할 수가 없었다. 대학 때 읽은 《세계를 뒤흔든 10일》이란 책에 훨씬 미치지 못했으니까.

"뭐가 문젠데?"

철호의 시큰둥한 태도에 그냥 넘어갈 수민이 아니었다. 철호가 수민의 물음에 대한 대답으로 내뱉은 말은 간단했다.

"지저분하잖아."

"지저분하긴 뭐가 지저분해요?"

"이상이 같아 서로 좋아졌으면 그걸 지켜내야지. 이 사람한테 갔다 저 사람한테 갔다……. 서양의 자유주의자들은 글러먹었어. 그것들이 도덕을 알겠어? 의리를 알겠어?"

"감정이 그렇게 끌리면 그럴 수도 있는 거잖아요?"

"그럼 인간이 동물과 다를 게 뭐가 있겠어?"

둘은 입씨름을 했다. 러시아의 10월 혁명이란 역사적 사건과 고난의 연대를 살아가는 지식인의 피어린 노정엔 눈길 한번 주지 못한 채 엉뚱한 화제로 그 밤을 마감했었다.

어찌 됐든 이제 더 이상 레즈란 한글 글자를 보고서 씨익, 의미 있는 웃음을 지어 보일 수는 없게 돼버렸다. 레즈는 사라졌다. 역사 속으로, 우리들의 푸른 옷소매 뒤로.

건너편 서점으로 갈까 하다 곧장 앞으로 걷는다. 죽어가는 사람들도 벌떡 일어나게 한다는 온갖 신묘한 건강 책들마저도 이미 때를 놓쳤을지도 모른다는 뒤늦은 인식이 찾아와주었기 때문이다.

횡단보도 앞에 쭈그리고 앉아 김밥이며 떡을 파는 노점상 아주머니에게서 오렌지 주스를 한 통 사 든다. 10여 년 전에나 지금이나 먼지를 뒤집어쓰며 그 자리를 지키고 있는, 사라지지 않은 사람들에 잠시 감사하며.

사람들을 가득 태운 엘리베이터가 막 닫히려는 순간 흰 가운을 걸친 젊은 사내가 뛰어든다. 그가 사람들에게 가볍게 목례를 하는 순간 철호의 눈빛과 스쳤고 그와 동시에 철호의 손이 무의식적으로 올라가고 그의 이름을 부르기 위해 입이 벌어졌다. 온화한 미소마저 띠우고 있던 젊은 의사는 그러나 그 짧은 순간 얼굴이 일그러지더니 엘리베이터 입구 쪽으로 시선을, 상체를 돌려버린다. 차갑게. 철호는 제 눈을 의심하면서 그의 가슴께에 달린 아크릴의 명찰을 급히 훔쳐본다. 맞아. 철호의 영락없는 후배다. 철호의 후배는 다음 층에서 엘리베이터 문이 열리자마자 용수철처럼 튀어 나가버린다.

몸 안을 돌던 모든 피들이 관자놀이께로 몰려 소용돌이치고 이마의 주름살들은 한순간에 미간으로 흘러들어 그곳에 깊은 골짜기를 만들어내면서 얼굴은 화톳불처럼 달아오른다.

내가 무얼 잘못했는가.

그 순간 철호의 머릿속에 나타난 문장은 이것뿐이다. 도대체 무얼 얼마나 잘못 살아왔길래 이런 대접을 받아야 하는가.

장학생으로 의대에 입학했던 그 애는 학생운동을 하는 다른 사람들처럼 정석 코스를 밟았다. 유급도 받았고 본과로 진급하지도 못

117

했었다. 거기까지만이 철호가 아는 사실이다. 그 다음은 오늘의 그가 보여준 대로 의사가 되었다. 모르긴 몰라도 인턴 과정은 지났을 것이다. 그도 나이 서른이 넘었을 테니까. 레지던트까지 마쳤을까. 어찌 됐든 자신의 대학에 수련의로 남는다는 것은 낙타가 바늘 구멍을 지나가는 것처럼 어렵다는 것을 철호도 들어서 알고 있었다.

의사가 되는 데 몇 년 세월을 지체하게 만든 선배가 그렇게 두고 두고 원망스러웠을까. 알은척도 하지 않을 만큼. 그러고 보니 그 애는 잠깐이었지만 수인(囚人) 생활도 해야 했었다. 아무리 그렇다 하더라도 이건 부당한 거고 옳지 못한 짓이다.

반갑다는 악수라도 나누면 고매한 의사의 자존심에 먹칠을 하게 되는 걸까. 들고 있는 오렌지 주스 상자가 갑자기 고철 덩어리처럼 무겁게 느껴진다. 왜 무엇 때문에 그렇게 싸늘한 눈빛으로 등을 보이고 돌아서기까지 해야 했을까. 그런 대접을 받아야 할 정도로 내가 잘못 살아왔나. 고철 덩어리는 오렌지 주스 상자가 아니라 철호 자신이 아닐까 하는 의문마저 든다.

선배의 병실을 찾아내고도 선뜻 들어갈 수가 없다. 비상구를 찾아 계단에 서서 담배를 꺼낸다. 이건 아니다, 이래선 안 된다. 세상이, 사람들이 이렇게 마구 치달으면 안 된다. 저 초록빛의 비상구마저 남겨놓지 않은 채.

어젯밤, 미뤄두었던 태식과의 술자리를 만들었다. 미정일 만났단 이야기마저도 아직 꺼내지 못한 참이었다. 되도록이면, 미정이 이야길 직방으로 전하지 않고 에둘러서 좋은 방향으로 돌려 말하느라 철호의 말마디는 한여름 엿가락처럼 추우욱 늘어지곤 했다.

권총 한 방에 쓰러뜨릴 수 있는 것을 새총으로 이곳저곳 들쑤시기만 한 형상처럼 철호의 말이 변죽을 울려대고 있을 때 더는 참지 못하겠다는 듯 태식이 소주잔을 놓고 입술을 쓱 문지르면서 물었다.

"살겠대요? 안 살겠대요?"

난감해진 철호가 소주잔만 털어내자 이때를 기다리기라도 한 듯 일사천리로 태식이 말을 이었다.

"그 여자 맛이 갔어요. 언제는 억압받는 사람들 곁에서 평생을 함께하겠다던 사람이 이제 와선 지 먹고살 궁리만 하고 있으니, 운동을 해보면…… 여자들은 안 되겠더라구요. 무슨 요구 사항이 그렇게 많은지. 그렇게 지키지도 못할 맹세였으면 왜 그때는 했냐 이거예요. 우리가 주로 싸운 게 뭔지 아세요? 다른 것도 아니고, 치사하게…… 돈, 돈 때문이었다니깐요. 주인집에서 전세방값을 올려달라는데 나보고 글쎄 어떻게 돈 좀 구해보래요. 나야 그랬죠. 이 돈으로 살 만한 데를 찾아 이사 가면 그만 아니냐. 그러자 그 여자가 눈을 부라리며 그러는 거예요. 이 돈으로 더 이상 어디로 이사를 갈 수 있다고 그러냐. 옛날에는 지나 나나 잘해봤자 50에 5만 원, 7만 원 하는 단칸 월세방에서 잘도 살던 사람들이 방 두 칸짜리 전세방에서 못 살면 죽기라도 할 것 같은 기세니. ……돈, 돈 밝히는 여자는 돈하고 살라고 그래요. 난 그런 여자들 트럭으로 가져다줘도 싫어요!"

황소처럼 거친 숨을 내쉬며 말을 풀어내던 태식은 말이 끝나자마자 철호의 말은 더 이상 들어볼 필요도 없다는 듯 연신 손을 내저으며 소주를 나발로 불더니 이내 쓰러지고 말았다.

사라지고 있다. 형제의 우애보다 더 소중했던 선후배 간의 의리가, 한두 푼의 돈보다 더 고귀하다고 믿었던 숭고한 정신적 가치들이. 다시는 영영 찾아와주지 않을 것처럼 매몰차게 뒤도 돌아보지 않고 사라지고 있다. 이제 저 병실 문을 밀고 들어가면 또 어떤 사라짐을 목도해야 하는가.

6인용 병실의 한쪽 구석에 최 선배가 비스듬히 누워 책을 보고 있다. 정확하게 말하면 책을 들고 있는 이가 철호의 선배인 최영도로 짐작되었다고 해야 할지도 모르겠다. 그를 전에 알던 사람들은 그가 책을 들고 있지 않았다면 십중팔구는 알아보지 못할 정도로 그는 비영비영한 모습으로 변해 있다. 얼굴은 마를 대로 말라 광대뼈가 유표하게 드러났고 책을 든 손은 그에게 무척이나 버거워 보인다.

"형…….."

선배가 고개를 들어 철호를 알아보면 한 점 그늘 없이 해맑게 웃어줄 참이었다. 일주일만 지나면 십중팔구 퇴원이 보장되는 맹장 수술 환자를 병문안 온 사람처럼 그렇게 별일 아닌 듯이 환한 웃음을 얼굴 가득 지어 보이려 했었다. 그러나 철호의 입술은 웃음을 짓기 위해 약간 벌어졌는지는 모르지만 목으로는 꿀꺽 복숭아 씨만 한 것이 넘어간다.

"바쁠 텐데 웬일이냐."

선배는 정말 아무렇지도 않은 듯, 평상시 일을 처리하기 위해 만났을 때처럼 그런 순연한 웃음을 보내온다.

무리하게 일을 하고 나면 뒤끝에 감기니 몸살 같은 것이 찾아오는 게 대부분 사람들의 경우인데도 철호가 최 선배를 알아온 이래로 그가 앓아누워 있다는 소리는 들어본 적이 없을 정도로 그는 자기 관리에 철저한 사람이었다. 그러던 그가 어느 날 가래가 섞인 기침을 심하게 하고 나서는, 내 평생 이렇게 질긴 감기는 처음 보았다면서 내가 마음에 들었는지 좀체 떨어지지 않으려 한다고, 웃기는 일도 다 있다는 듯 정말 웃어가면서 말했다. 질긴 감기라고, 다음번에는 썩은 동아줄 같은 감기를 하늘로부터 받으라고 웃으면서 대꾸를 해준 얼마 후 선배가 사형선고나 다름없는 폐암 4기 진단을 받았다는 소식을 들었다.

선배는 읽고 있던 책을 머리맡에 놓는다. 《법구경》. 잠깐 책 제목만 읽었다고 생각했는데 철호의 눈길이 부처가 그려진 책 표지에 오래 머물렀던가.

"너도 이 대목 한번 읽어봐라."

철호가 굳은 얼굴로 사양의 뜻을 비추는데도 선배는 굳이 한 쪽을 펴서 철호 쪽으로 내민다.

이 집 지은 이를 찾아 얼마나 오고 가고 죽으며 몇 번이나 이 세상에 태어났던가. 그런 삶은 온통 괴로움이었네. 이제 이 집 지은 자를 찾았노라. 너는 이제 다시는 집 짓지 못하리. 너의 서까래는 부서졌고 들보도 내려앉았다. 이제 내 마음은 열반에 이르렀고 모든 욕망은 사라졌네.

"여기서 들보와 서까래란 무명(無明), 미망이란 의미지. 홋, 요즘, 나 이런 책 본다. 마음이 많이 편해져⋯⋯. 생은 한 조각 구름이 이는 것이요, 죽음은 한 조각 구름이 없어지는 거라고⋯⋯ 후후⋯⋯ 나도 이제 슬슬 정리란 걸 할 때지."

선배는 죽음이란 말을 스스로 꺼내면서 웃는 듯 우는 듯 한 표정을 짓는다. 그러나 그의 말투는 날개 부러진 왜가리가 물고기 없는 마른 못에 있는 것과도 같은, 힘이 다해 떨어지는 화살과도 같은 그의 마음속 풍경처럼 느리고 헛헛했다.

정리, 참 많이도 듣고 또 내뱉었던 말 중의 하나라고 철호는 생각한다. 그러나 이 순간만큼 그 의미가 절절하게 가슴에 와닿던 때가 있었던가.

"몸은 좀 어떠세요?"

차마 선뜻 꺼낼 수 없었던 인사를 이제사 철호는 풀어놓는다.

"너도 담배 끊어라, 하기사 알고 봤더니, 폐암이란 게 한 사람이 담배 끊는다고, 안 걸리고 하는 문제가 아니더라만. 대기오염이 주범이라니깐, 맘껏 들이마셔도 되는, 맑은 공기를 가진 세상을, 만들기 전에는 나 같은 폐암 환자는, 계속 늘어날 테지만 말이다."

선배의 이야기는 간간이 기침으로 자꾸 동강 났지만 평소의 만연체 문장의 화법을 막을 수는 없었다. 얼마나 자신을 모질게 닦았으면 자신의 병명에 대해서조차 저렇게 스스럼없이 이야기할 수 있을까.

"이런 이야기는 그만두고, 그러지 않아도 너 잘 왔다. 내가 너한테 꼭 할 말이 있었는데⋯⋯. 너 요즘 수민이 만나나?"

철호가 고갯짓만으로 부정의 대답을 했다.

"너 그럼 나중에 후회한다…….."

인생의 종점에 다다른 인간이 깨달은 어떤 진리를 후배에게 전해주기 위해 선배는 마지막 남은 힘을 쥐어짜 입을 벌리려 하지만, 피가 섞여 나오는 심한 기침으로 말을 제대로 이을 수도 없다.

"애는 만나 봤냐?"

"…….."

"애 이름이 뭐였더라?"

"……희, 희민이라고…….."

수민의 출산 예정일을 모르는 건 당연했다. 여름쯤일 거라고만 짐작하고 있었다. 던적스럽게 달라붙는 러닝을 손으로 떼어내고 있을 때 허리께에서 요란하게 기계음이 울렸다. 모니터에 찍힌 일곱 자리 숫자를 입으로 옮겨볼 때 어디인지는 확실하지 않았지만 낯설지는 않았다. 니칩니다, 란 목소리에서 수민이었구나 하는 번개 같은 스침도 잠시, 형이세요? 저 혜숙이, 혜숙이에요. 그 애는 숨차게 두 번이나 제 이름을 환기시켜주었다. 혜숙과의 약속은 그렇게 이루어졌다.

제 목소리 듣고 놀라셨죠? 저, 언니네 카페에서 일해요. 아무리 줄을 그어보아도 혜숙과 니치가 연결이 안 되던 철호의 의문은 혜숙을 만나는 순간 풀어지긴 했다. 언니가 혼자서 힘들 것 같아서요, 라고 혜숙이 철호를 외면한 채 말할 때 철호의 눈앞으론 만삭의 여자가 한 손은 허리에 얹고 또 한 손은 쟁반을 들고서 손님에게 찰기 없는 푸슬푸슬한 미소를 지으며 커피를 가져다주는 모습이 휙, 하고 스쳤다.

언니가, 예쁜 딸을 낳았어요. 군살이라곤 전혀 없는 늘씬한 여자가 날라다 준 차를 한 모금 마시고 철호가 소리 나지 않게 찻잔을 내려놓았을 때 혜숙이 툭 던진 말이었다. 그럴 때 사람들은 둔기로 얻어맞은 것 같다는 표현을 하는가.

수민 언니가 아이를 형의 호적에 올리길 바라요. 혜숙이 철호의 굳어진 얼굴을 보더니 얼른 다음 말을 이었다. 싫으시면 안 그러셔도 되구요. 우리나라는 공자님 말씀을 맹신하는 유교에다 가부장제 사회잖아요? 형의 호적에 아이를 올리지 않으면 아이는 좋은 말로 하면 혼인 외의 출생자, 쉽게 말하면 아비 없는 자식, 사생아가 되어 엄마 호적에 신고를 하면 돼요. 물론 그럴 경우 아버지의 이름은 말할 것도 없고 아버지에 대한 어떤 사항도 전혀 기재할 수가 없죠. 거기다 언니는 직전혼인의 종료 후 300일 이내에 출산한 경우이므로 부미정이라고까지 써야 할 거예요. 부미정이라니? 아버지가 아직 정해져 있지 않다? 세상에 아비 없는 자식이 어디 있다고!

수민의 호적을 첨부해서 아이의 출생신고를 하면서 아이의 태어난 날과 이름을 알았다. 그리고 어미 이름 글자의 하나를 그대로 아이에게 물려준 것도……. 마치 돌림자를 쓰는 한 자매처럼. 수민이 다른 결정을 내렸더라면 철호는 아이의 이름이며 생일은 말할 것도 없고 설사 아이가 길바닥이나 차 안에서 세상으로 나왔다 하더라도 몰랐을 터였다.

"이유가 어쨌든 간에 수민이 만나서 너희 다시 결합해. 애도 있잖아. 그 애가 무슨 죄가 있냐. 에미 애비 잘못 만난 죄밖에 더 있냐."

"형!"

철호가 버럭, 소리를 지르고 만다. 선배는 갑자기 한 달 사이에 10년이란 세월을 먹어버린 사람 같다. 철호는 자신의 앞에 있는 사람이 아무리 존경하는 선배이고 더구나 그가 지금 죽음의 문턱을 오르내리며 말 그대로 사투를 벌이고 있다 하더라도 그런 식의 충고는 결코 받아들일 수 없다.

철호는 그런 걸 용인할 수 없었다. 죽음을 앞에 놓고서 결코 화해할 수 없는 적대적 세상을 향해 양팔을 들어 올려 모든 것을 용서하고 받아들이라는 태도를 보여주는 것, 그런 거 말이다. 최 선배만큼은 그러지 않으리라고 믿었었다. 그는 죽는 순간까지도 자신이 한평생 지켜온 대의에 충실할 거라 생각했었다.

"그래 그게 너다운 태도지. 맘에 든다. 그렇지만 내 말도 끝까지 들어봐."

쿨럭쿨럭.

최 선배의 얼굴은 잠깐씩 고통으로 일그러졌다가 어렵사리 평정을 되찾곤 한다. 안쓰럽다. 저렇게 고통의 심연에 몸을 담고서도 말을 굳이 이어야 할 만큼의 가치가 있는 화제는 되지 못하므로.

"형, 됐어요. 그 이야기 그만하세요."

최 선배가 수술로도 회복이 불가능한 폐암 선고를 받을 줄 진작에 예견했더라면, 그건 물론 불가능한 일이었겠지만, 그때 형이 정관수

술을 해버렸다고 했을 때 철호도 용단을 내렸어야 했다. 그랬더라면……. 아이가 생기는 일은 없었을 터였고, 늦은 밤 인사불성으로 취해 수민의 카페에서 서성대지도 않았을 것이고, 들이치는 비를 맞으며 공중전화에 매달려 긴 한숨을 토해내지 않아도 됐으리라.

형수가 원하지 않은 몇 번의 임신을 하고 그것으로 하여 정신적 육체적 고통을 겪자 선배는, 세상에는 버려진 아이들이 너무 많다며 좋은 세상이 오면 그 애들을 데려다 키우겠다며, 수술대 위에 누웠었다. 철호도 선배의 길을 밟았다면 세상에 태어나 처음으로 맛보는 스스로에 대한 실망과 혐오에 시달리지 않아도 됐을 터였다.

"아니야, 너 계속 그러단 나중에 후회한다."

철호는 제발 나이 든 노인 같은 그런 소리 집어치우세요, 하고 악다구니를 쓰는 대신 쓴웃음만을 짓는다.

선배는 그렇게까지 몸에 칼을 댈 필요도 없었다. 결과적으로 보자면. 선배와 형수는 둘 다 합법적인 장으로 나가본 적 없이, 소위 말하는 지하에서만 활동을 했다. 그런데 형수가 취업했던 공장의 노조 싸움이 제법 치열해지면서 형수의 신분은 점점 드러나게 되어, 여전히 지하 활동가인 선배하고는 일의 성격상 같이 살 수가 없었다. 그래서 둘은 갈라졌다.

법적으로도 부부여서 법원에까지 가서 정식으로 이혼을 했는지 어쨌는지는 선배에게 직접 확인해보지 않았다. 예나 지금이나 타인의 허겁지레한 다반사에는 별 관심이 없는 철호였다. 그러다 둘은 90년대가 도래하고 지하에 있던 모든 것들이 지상의 해를 보기 시작하던 때 다시 결합했다……. 그리고 선배가 회생할 수 없는 병에 걸린 것은 그로부터 얼마 지나지 않아서였다.

"우리 이런 말 잘하잖아…… 있을 때 잘하라구……. 그건 정말 진리다."

쿨럭쿨럭.

선배가 철호의 어깨를 툭툭 친다. 그러나 손의 무게는 전혀 느껴지지 않고 그림자처럼 그늘만 어깨 언저리에 드리워졌다.

그러다 갑자기, 너무나 갑자기 선배의 앙상한 한쪽 뺨이 심하게 일그러지더니 손이 후들후들 떨리면서 비틀어진다. 입은 틀어지고 돌아가버려 그는 더 이상 어떤 말도 할 수 없는 상태가 되자 후배에게 그런 모습을 보이지 않으려는 듯 고개를 깊이 꺾는다. 놀란 철호가 간호사를 부르러 병실문을 밀었을 때였다.

그때, 어디 있었는지 형수가 거짓말처럼 달려온다. 어디선가 울고 온 듯 두 눈엔 눈물이 자오록이 고여 있었지만 선배의 그런 모습에 조금도 당황하지 않고 손과 발을 주무르고 철호에게도 침착하게 그렇게 해주길 눈으로 주문한다.

경련은 쉽게 가라앉질 않았지만 마비 증상이 조금 가라앉자 선배는 손짓을 한다. 이제 그만 가보라는. 철호가 그 말을 무시하고 계속 안마를 하자 다시 손짓을 한다. 말을 할 수 없는 선배 대신 형수가 그의 입이 되어준다.

"이제 그만 가보세요."

철호가 선배의 다리에서 손을 떼자 벙어리의 말투 같기도 하고

뇌성마비 환자의 그것 같기도 한 소리가 들린다.

"내 말 명심해라."

형수가 시린 웃음과 함께 목례를 보내지만 철호의 발걸음은 쉬이 떨어지질 않는다. 이렇게 돌아가도 되는 건가. 이게 살아남은 자의 의무인가.

비상구에서 다시 담배를 꺼낸다. 물질이 정신에 우선한다는 한 독일 철학자의 명제는 왜 이렇게 꼭 들어맞는가. 아무리 고매한 정신세계가 있다 하더라도 육체의 병으로 육신이 문드러지면 그 위대한 정신으로도 인간은 어떻게 해볼 수가 없으니. 사후 세계에 대한 논쟁은 그 다음인 거고, 인간은 이렇게 나약한 존재인가. 자기 몸에 침투한 암세포 하나와도 싸워 이길 수 없으니.

선배가 폐암 선고를 받았다는 소식을 처음 듣고 철호가 허겁지겁 달려갔을 때 선배는 내가 정신력이 약해서 이런 몹쓸 병에 걸렸다면서 허허 웃었다. 그리고 이런 이야길 했다. 아주 어려운 임무를 수행해야 했던 어느 지하 활동가가 맡은 임무를 기어이 성공적으로 치러내고 몸이 영 좋질 않아 병원에 가보았더니 진찰을 맡은 의사가 어떻게 이 몸을 하고서 지금까지 살아 있었는지 모르겠다며 혀를 차며 경악했다는……. 그의 간은 이미 굳을 대로 굳어 있었으므로.

난 아직 해야 할 일이 너무 많은데, 여기서 쓰러진 걸 보면 그 동안 내가 제대로 된 활동을 하지 않은 증거라면서 선배는 혀를 끌끌 찼다.

물질을 떠나서 존재할 수 없는 모든 사물의 본질적인 유약성인지, 아니면 암의 틈입을 허용한 선배의 나약한 정신세계의 문제였는지는 알 수가 없지만 지금 철호에게 분명한 것은 모든 것, 존재하는 모든 것은 사라진다는 변증법의 명제이다.

거인도, 그 거인을 필요로 했던 시대도, 거인의 커다란 걸음도, 거인의 드넓은 그림자 안에 들어 있었던 그 모든 것들도 이제 사라지고 있다. 그것들이 사라진 자리엔 무엇이 그 자리를 대신하고 또한 도래할 것인가.

존재하는 것은 또한 존재하지 않는 것이라는, 날아가는 화살은 날아가는 동시에 정지해 있다는 또 다른 변증법의 명제들이 머릿속에 나타났다 사라지지만 정작 알고자 하는 의문에 대한 해답은 쉬이 찾아와줄 것 같지가 않다. 막막함, 혼혼함만을 머릿속에 이고서 더 이상 탈 것이 없도록 숙지근해진, 그렇게 숙진 선배의 육신 같은 담배의 밑동을 한참 내려다보다 삼거웃처럼 얽혀드는 생각들을 지르밟고 오금에 힘을 준다. 언젠가는 사라지겠지만 아직은 존재하고 있으므로.

엄마, 어디 가?

　눈을 뜨자 한참을 동그마니 침대 위에 앉아 있다 일어서 수민은 소리를 최대한 죽여가며 창문의 커튼을 조금 제쳤다. 아주 조금이라도 어디서든 불빛이 흘러들길 바라며. 그리고 그의 잠든 얼굴을 내려다보았다. 오랫동안, 그의 눈썹이며 입술을 손가락으로 쓸어주고 싶은 충동을 그의 이마에 가볍게 입맞춤하는 것으로 대신했다.

　익숙한 동작으로 거실 식탁 쪽으로 걸어가 수민은 담배와 성냥을 집어 든다. 제 집도 아니건만 이곳에 있는 모든 것을 어둠 속에서도 환히 가려볼 수 있게 된 수민이다. 성냥을 그어 담배에 불을 붙인다. 밤새 어둠을 지키던 가로등도 꺼지고 세상의 모든 것들은 어둠과 푸르스름의 경계 사이에 놓여 있다.

　담배를 손가락 짬에 낀 채로 등신대 거울 앞에 선다. 일자형 얇은 면 원피스에 까치집 머리를 한 여자가 푸르스름한 어둠 속에서 빼

꼼히 수민을 쳐다보고 있다. 이 거울 앞에 서면 비로소 두고 온 아이 생각이 나 수민은 불조차 켜질 못한다. 온밤 내내 그 생각을 떨궈버리려고 몸부림쳤던 비정한 어미는.

아이는 지금쯤 잠들어 있을까. 엄마는 어디 갔냐고, 어젯밤도 꽤나 울며 혜숙일 성가시게 했을 터였다. 혜숙인 뭐라고 대답했을까. 엄마는 친구 만나러 갔단다. 그렇게 대답을 해주면 아이는 또 물을 것이다. 친구 누구? 뭐라고 이름을 대어도 결코 성에 차지 않을 아이는 종내 엄마, 미워! 바보야! 하며 큰 소리로 울다가 옴포동한 손으로 주먹을 만들어 굵은 눈물을 훔쳤을 것이다. 그러나 밑 질긴 울음은 거기서도 그치지 않고 목이 쉬도록, 그러고도 엄마가 나타나지 않으면 먹은 걸 다 토해내고도 계속 울었을 것이다. 지쳐서 잠이 들 때까지.

아이랑 〈동물의 왕국〉 같은 텔레비전 프로그램을 본 적이 있다. 까만 털이 박힌 하프물범과 그 어미가 그날의 주인공이었다. 그린란드에서 만삭의 몸을 이끌고 고향 땅인 캐나다 매그덜린 제도 (Magdalen Islands)에 도착하여 산고를 치르며 새끼를 낳고 젖을 물리는 하프물범. 젖먹이를 키우는 일에는 전혀 관심조차 없이 호시탐탐 교미의 기회만을 노리는 수컷이 결국 엄마와 아이의 방을 침범한다. 교미를 마친 어미는 태어난 지 두 주가 지난, 이제 먹이 잡는 법과 수영하는 법을 겨우 깨친, 제 새끼가 있는 고향 땅을 뒤로하고 그린란드로 떠나간다.

엄마는 떠나가고 혼자 남은 새끼가 새하얀 얼음으로 둘러싸인 바다를 멍하니 쳐다보고 있는 장면이 화면에 나올 때였다. 아이가 손가락으로 화면을 가리키며 엄마, 엄마는 어디 가? 글쎄, 하고 수민이 말꼬리를 흐리자 아이는 다시 엄마, 아이 엄마는 어디 가는 거야? 하며 수민의 옷소매를 잡아당기며 물어왔다.

남겨진 새끼는 어떻게 됐을까. 짝짓기를 끝낸 어미는 내년에 또 무사히 고향 땅에 돌아와 새끼를 낳을까.

새끼 하프물범은 엄마가 떠난 뒤 사는 법을 스스로 터득하게 됩니다. 하얀 털 코트 속에 까만 털이 보이는군요. 저렇게 털갈이를 한 다는 건 청년기에 들어섰다는 이야깁니다. 짝짓기를 끝낸 어미 물범은 3개월 동안은 수정란이 착상되지 않습니다. 그건 이듬해 2월 이곳에 돌아왔을 때 분만이 가능하도록 하기 위함입니다. 하프물범은 이제 동북부 쪽으로 이동을 해서 그린란드 서해안을 거쳐 내년 2월 다시 이곳 고향 땅에 돌아오게 됩니다.

내레이터는 친절하게 수민의 의문을 설명해주었지만 정작 수민은 화면에서 하프물범이 사라지고 나서도 아이의 물음에 대답할 말을 찾질 못했다. 어린 새끼를 망망대해에 남겨놓고 수컷을 따라 짝짓기에 나서는 어미 하프물범처럼 자신도 때때로 그러는 건 아닌가 하여.

담배 연기를 내뿜으려 베란다로 나서자 투명한 유리창에 거실 풍경이 그대로 실린다. 팔레트와 붓을 들고 이젤 앞에 앉아서 제 자신을 그리고 있지만 시선은 세상의 그늘 깊은 곳을 응시하고 있는 고흐의 자화상, 금방이라도 삐걱삐걱 소리를 내며 나무들이 제 몸을 흔들어댈 것 같은 절집의 흰칠한 누마루나 서두르지 않고 차곡차곡 쌓아 올렸을 돌담길 같은, 흑백사진들이 거실 한쪽 벽에 걸려 있다.

촌스럽게 고흐가 뭐냐고, 첨단 과학을 달리는 사람이, 고흐보다는 미로나 달리, 칸딘스키 같은 알 듯 말 듯 한 작품들이 이 집과 어울리지 않겠냐고, 거기다 서양 건축을 하는 사람이 르코르뷔지에가 설계했다는 하이디 베버 미술관이나 알바 알토의 빌라 마이레아와 같은 사진을 걸어둘 것이지 왜 우리의 절집 같은 것에 관심을 갖냐고 수민이 그를 향해 힐난을 한 적이 있다. 그때도 분명 수민은 취했을 것이다. 나는 뭔가? 나는 지금 무엇을 하고 있는가? 하고 자신의 깊은 곳을 성찰하고 있는 게 분명한 고흐의 자화상에 술잔을 던지고 싶은 충동을 어금니를 깨물며 참고 있었을지도 모른다.

한쪽 구석에 놓여 있는 등의자에 몸을 걸친다. 아파트 광장에 놓여 있는 차들의 색깔이 서서히 드러나려 한다. 흰색과 검은색만이 아닌 붉은색과 푸른색도 제 색깔을 찾아간다.

수민의 카페는 대학가이지만 또한 유흥가를 끼고 있어서 가끔은 수민이 감당하기 벅찬 손님들이 들곤 한다. 그날은 토요일 밤이라 빈자리가 언뜻 눈에 띄지 않을 정도로 손님들이 차 있었다. 그 밤의 분란은 여자애 때문이었다. 어린 나이를 짙은 화장으로 감추려는 게 역력한 스무 살 될까 말까 한 여자애가 남자애랑 들어와 허벅지를 드러내고 책상다리를 하고 앉아 담배를 꼬나물고 있었다. 옆

테이블에 비슷하게 불량스런 꼬락서니를 한 남자애가, 어, 그림 좋구만, 하고 시비를 붙인 게 사건의 발단이었다. 니 여자야? 남의 여자한테 무슨 참견이야, 누가 뭐라 그랬어? 그림 좋다 그런 걸 가지고 왜 그래? 음악 소리와 사람들의 낮은 속삭임만이 물결처럼 잔잔하게 퍼져가던 실내는 갑자기 성마른 욕지거리가 불거져 나왔다. 싸움이 붙은 사내들이 거칠게 탁자를 밀어내자 유리잔 깨지는 파열음과 함께 여자들이 새된 소리로 지르는 비명이 홀 안을 갈랐다. 사내들이 짐승처럼 육탄으로 엉켜 붙기 직전 실내엔 그 모든 소음을 가르는 우렁우렁한 목소리가 울려 퍼졌다.

"이 새끼들! 여기가 어딘 줄 알고!"

날카로운 외침과 동시에 수민의 손에 들려 있던 맥주병이 쨍 소리가 나며 깨졌다. 분위기 있는 카페 마담에서 한순간 여전사로 돌변한 수민의 분기 오른 얼굴을 슬금슬금 훔쳐보며 손님들은 게걸음으로 홀을 빠져 나갔다.

수민이 뒷목에 어떤 묵직한 기운이 느껴져 뒤를 돌아다보았을 때 그가 거기 있었다. 그날 밤이 수민이 규를 처음으로 만난 날이었다. 사내새끼들이 그래 싸울 게 없어 여자 하나 갖고 싸움을 해, 하고 수민이 중얼거리고 있을 때 나가지도 앉지도 못하고 한참을 머뭇거리던 그가 카운터에 앉아 있는 수민에게 다가와 마티니가 되느냐고 물었다. 행티를 부린 사내들한테 술값이며 기물 파손비를 받아내고 손님들에게 죄송합니다, 를 입이 닳도록 말하느라 기진맥진해진 수민은 도저히 셰이커를 흔들 기운이 없어 또 한 번 죄송합니다와 함게 오늘은 칵테일이 안 되겠는데요, 하고 응답을 했다. 그러자 무르 춤해진 그가 그럼 맥주는 되겠느냐고 사정조로 물었다. 그리고 그는 구석진 테이블에서 홀로 맥주를 마시고 수민은 카운터에서 홀짝 홀짝 맥주를 들이켰다.

로마숫자를 새긴 스테인리스 재질의 벽시계 밑으로 그가 아끼는 오디오가 있고 그 옆에는 하얀색 칠을 한 시디 상자가 서 있다. 그 위에는 전에 보지 못한 것이 놓여 있다. 액자다. 안에는 사진 같기도 하고 그림 같기도 한 것이 들어 있다. 담배 한 대를 다 태울 때까지 호기심을 지그시 누른다.

무릎걸음으로 그곳에 다가간 수민은 새로운 것을 덥석 집어 들어 몸을 창문에 기대고 그것을 본다. 아, 하는 입소리가 저도 모르게 터져 나온다.

그의 어깨 위에 무동 탄 아이가 있다. 모자를 비딱하게 눌러쓰고 신이 나 있는 아이와 두 손으로 아이의 무게를 지탱하느라 얼굴에 힘이 들어가 있는 그의 뒤로 한계령의 검은 바위와 푸른 숲이 있다. 그의 수동 카메라로 수민이 찍은 것이다. 우려했던 것보다는 초점이 그런대로 맞게 셔터를 눌렀던가 보았다.

주먹을 불끈 쥐고 소리를 치는 것 같은 한계령의 바위들 앞에서 자신의 한계(限界)란 것을 더듬고 있을 때 그가 거기 있었다. 그가 갈색 카디건을 한 손에 들고 다가왔을 때 수민은 저도 모르게 짧은 탄성을 내지르고 말았다. 마술사가 텅 빈 검은 모자에서 흰 비둘기를 날려 보낼 때처럼. 그러나 반가움은 탄성만큼이나 짧았다. 여행을 떠나기 전 그의 전화기에 약속을 못 지키게 되어 죄송합니다, 라는 메시지를 남겨놓고 그와의 약속이 있던 날 홀쩍 이렇게 길 위에 나섰다는 것을 상기하고는.

한계령을 다 내려올 때쯤, 수민은 혜숙한테 그가 수민의 행선지를 알아냈을 거라고 미루어 짐작했다. 번개 같은 손놀림으로 마술사는 관객들의 눈을 속여 흰 비둘기를 창공으로 날려 보낸다지만 그런 경지에 이르기까지 그는 얼마나 많은 시행착오와 마음 아픔을 겪었겠는가. 그도 그랬을 것이다. 혜숙을 통해 수민이 내일쯤 한계령에 간다는 소리를 흘려듣고 이곳으로 오기까지 무수한 갈등을 했을 것이다. 이곳에 와서도 쉬이 나타나지 않는 수민을 기다리며 허방을 짚는 건 아닐까 하고 시계에 자꾸만 눈이 갔을 것이다.

"그러다 안 나타나면 어쩌려고 그랬어……?"

차가 합강 유원지로 들어서 리빙스턴교를 지날 때쯤, 게의 속살처럼 하얗게 뿜어져 나오는 설악의 물줄기를 너무 많이 봐온 탓인지 그야말로 누런 흙탕물로 흘러가는 물줄기는 더 이상 못 봐줄 만할 때쯤 마지막 요, 란 말을 입속으로 삼키며 물었다. 그가 차를 운전하고 그 옆에 앉아 있다는 사실이 믿기지 않는 것처럼 그를 향한 반말이 아직까지도 발에 맞지 않는 신발 같은 수민이었다.

"한계령…… 좋잖아?"

괜찮다고, 이왕 시작한 거 유종의 미를 거둬야 되지 않겠냐고, 수민이 우겼지만 완강하게 다문 입보다도 눈 밑의 짙은 그늘을 보았을까. 그도 쉽게 내민 손을 거둬들이려고 하지 않았다. 수민은 그의 손에 차 열쇠를 올려주고는 무연히도 파란, 하늘을 올려다보았다. 가을 하늘만이 아니라 여름 하늘도 이렇게 무연히 파랄 수 있다는 것을 새삼 느끼며 눈자위의 붉은 실핏줄을 그의 눈을 피해 슬몃 눌렀다.

홍천 양평을 거쳐 한달음에 서울에 닿을 수 있는 44번 국도 대신 그가 무슨 생각인지 갈림길에서 31번을 택해 첫날 수민이 왔던 길을 더듬어 갔지만, 수민은 그에게 그 이유를 묻는 대신 녹작지근하게 녹아내리는 육신을 방패 삼아 스르르 눈을 감고 말았다. 그러다 그만 어느 순간 눈을 번쩍 뜨고 말았다.

출렁거리는 몸의 느낌이 이상해서 눈을 뜬 것인데 눈을 뜨고 본 세상은 아무것도 보이지가 않았다. 그때 이거 재밌는 고갠데, 라며 운전대의 반원을 감았다 묶인 원을 풀면서 그가 짧은 입소리로 웃었다. 코앞까지 쳐들어온 안개는 슬슬 풀어지려던 수민의 신경 줄을 다시 바짝 조여놓았다. 수민은 와짝 앞으로 밀려와 있는 안개만을, 그 너머의 보이지 않는 세상만을 뚫어져라 바라보았다. 앞이 보이지 않는다는 건 얼마나 무섭고 두려운 일인가. 그런 고개를 이곳까지 한두 개 넘어온 것도 아닌데 무슨 일인지 덜컥 기함이 일었다.

"180도 각도를 일부러 맞춰 길을 닦은 것 같은데, 운두령, 기억해둬야겠군."

그는 일부러 회전을 크게 해서 팍팍 소리가 나도록 절도 있게 운전대를 꺾어댔다. 콘솔박스 위에 있던 볼펜이 그의 앞으로 도르륵 굴러갔다 똑같은 소리를 내며 다시 수민의 앞으로 떼르르 굴러왔다. 뒷자리의 아이는 까르르 까르르 연방 웃음을 터뜨렸다. 벌벌 떨고 있는 건 수민뿐이었다. 그는, 아이는 무섭지 않은 걸까. 아스라한 벼랑에 바짝 붙어 장장 140킬로미터를 올랐던 구룡령도 앞이 보이지 않았지만 그때는 분명 이렇게 떨고 있지 않았다. 오로지 올라가야 한다는 생각뿐이었고 정상에 오르자 이제 무사히 내려가는 일만 남았다고 자신을 재우쳤다.

"무서워요! 제발 그만하세요!"

수민은 저도 모르게 소리를 버럭 질러놓고 입술을 깨물었다. 그 말을 기다리고 있었던 듯 그제야 그가 속도를 늦추며 멋쩍은 듯 씩 웃으며 여기가 정상 같은데 쉬었다 가겠냐고 물어왔다. 그런 안개는, 두억시니처럼 앞을 가로막는 그런 추괴한 안개는 수민에게 처음이었으므로 할 수만 있다면 가능한 빨리 그곳을 벗어나고 싶을 뿐이었다. 수민에게 안개는 눈에 보이는 연기처럼 늘 낭만의 후광에 둘러싸여 있을 뿐이었다. 한 치 앞을 볼 수 없는 고갯마루에 허방에 들려 있는 다리로 눈앞을 가로막는 안개구름을 시적시적 걷어내며 살아온 날들인데도.

그가 초보 운전자처럼 얌전하게 내리막길을 내려갔지만 수민의 무서움증은 쉽게 멈추질 않았다. 눈을 감았다. 그것 또한 수민이 삶을 살아가는 방식 중의 하나였다. 이빨을 맞쪼며, 사시나무 떨 듯 온몸이 무서움으로 휘감길 땐 눈을 감고 잠이 들자는. 무슨 기미를 느끼기라도 한 걸까. 눈을 떴을 땐 눈앞으로 백파처럼 하얀 것이 물결

쳤다. 메밀꽃? 소금을 뿌린 듯이 흐뭇한 달밤에 숨이 막힐 지경이라는 바로 그것, 메밀꽃밭인가?

웃었다. 큰 소리로. 한계령에서 그를 만나고 나서 처음으로 터지는 웃음소리였다. 눈물이 찔끔거릴 정도로.

"방금 못 봤죠? 감자꽃 필 무렵이란 카페 간판, 메밀꽃 필 무렵…… 감자꽃 필 무렵. 너무 멋있지 않아요?"

웃음을 한 모금씩 참으며 한 소절씩 내비치자, 들렸다 갈까 하고 그가 물었다.

"이미 늦었어요, 그냥 가요."

수민의 말이 다 끝나기도 전에 그는 차를 후진시켰고 바퀴를 오른쪽으로 틀었다.

"이곳 주인이 나무 공예를 하는 사람이라더군."

"그럼, 강 선생님…… 이 찻집도 다 아시고 일부러……."

그는 미소만을 지었다. 한계령에서 그를 알아보자마자 그의 얼굴에 입혀지던 그 아름찬 미소와 닮은.

그곳을 나와 그와 간 곳은 봉평의 대화리였다. 마을 들머리에서 '메밀꽃 필 무렵'이라고 새긴 대리석 바위를 지나쳤는데도 봉평 땅에서 용접을 하고 있던 아저씨는 혹시 이효석 생가가 어디로 가야 되는지 아시느냐는 그의 정중한 물음에 뭐, 누구요? 하고 되물었다. 길을 가던 펑퍼짐하게 생긴 인상 좋은 아줌마도 꼭 그렇게 누구, 누구 집이요? 반문하자 수민의 아랫입술은 비틀리고 말았다. 그것 봐요, 먹고사는 것 바쁜 사람들이 옛날 소설가의 집을 어떻게 알겠냐고 힐난이라도 하듯.

이번엔 잘 먹은 점심인 듯 식당에서 이를 쑤시고 나오는 양복 입은 중년의 아저씨에게 그가 물었다. 이효석 생가를 가시려고? 그는 잘 알고 있었고 친절히도 가르쳐주었지만 그곳으로 향하는 좁은 골목엔 레미콘 차가 떡 버티고 있었다.

그때 수민은 내뱉고 말았다. 우리 그냥 서울로 가요. 이렇게, 이렇게까지 해서 그가 태어나고 어린 시절을 잠깐 보냈다는 그곳에 꼭 가야 하는 이유가 있는 건가요, 하는 질문은 목구멍으로 꿀꺽 삼킨 채. 이효석이 쓴 수필이 일제 치하라는 암흑시대에 전혀 어울리지 않는, 치기 어린 낭만적 부르주아의 반역사적 고해 행위에 지나지 않는다는 어느 평론가의 글에 대한 기억이었을까. 아니면 메밀꽃보다 새하얀 감자꽃으로 천지가 온통 눈이 부신 강원도 땅을 지나면서 그 꽃 밑에서 영글어가는 감자란 열매가 이 길 위의 사람들에게 허기진 배를 채워주는 소중한 일용할 양식이란 사실을 망각하고서 유약한 도시 여자의 감정을 이입하고 있다는 자각이 뒤늦게 찾아온 걸까. 먹고살기에도 허리가 휘어지는 그들을 고향 마을에서 태어났다는 어느 작가의 집을 몰랐다는 이유로 한순간이나마 그들을 업수이 여기려 한 스스로를 직시한 순간 자신과 으르렁거리며 싸우고 싶었다.

그러나 규는 차를 돌리지 않았다. 붕괴 위험이 있다고 표시된 남안교를 지나 마을로 들어섰다. 마지막으로 그가 차에서 걸어 나가 동네의 촌로에게 길을 묻자, 어디서 왔어? 거긴 뭐 하러 갈려구? 규가 한 물음보다 더 많은 질문을 던지더니 저 집이여 하며 손가락으로 동네 끝 집 한 채를 가리키며 가봐야 볼 건 없어, 라고 손을 저었다. 생가에는 아무도 없었다. 그는 질척거리는 마당을 질러 소 여물통이 있는 곳으로 갔고 빨간 달리아를, 노란 열무꽃을, 탐스럽게 자라고 있는 배추를 물끄러미 내려다보았다. 눈이 닿는 곳 어디나 감자밭 천지인 비 내리는 집 마당에 수민은 아이의 손을 잡고 서서 규가 기어이 오고 싶었던 곳은 이효석이란 한 작가의 생가가 아니라 고향 집이란 원형을 찾아 예술적 영감을 받고 싶었던 것이라고 미루어 짐작했다.

수민은 어느 순간 잠이 들어 있었다. 지쳤구나, 고작 2박 3일간의 여행에. 무릎 위에 놓여 있던 지도는 뒤쪽 아이 옆으로 가 있고 그의 갈색 카디건이 가슴을 덮고 있었다. 수민이 에어컨 바람을 싫어한다는 걸 알고 있는 그의 배려였다. 비가 오고 있었다. 운두령 고개의 바닥에까지 바싹 닿았던 안개구름은 비가 내릴 거라는 암시였던가. 거세어진 빗줄기는 중앙선을 삼켜버렸고 '양평 84킬로미터'라는 이정표가 빗속에 서 있었다. 영동고속도로를 탈 수 있었는데도 그는 언제 잠에서 깰지 기약조차 할 수 없는 여자를 위해 그 여자가 좋아하는, 더디지만 사람 냄새가 나는 국도를 택해 달려가고 있었다. 그리고 나지막하게 속삭이듯 노래를 불렀다.

그대여, 이 세상이 당신을 슬프게 한다는 걸 알아요. 나쁜 사람들도 있겠죠. 그들이 하는 짓, 그들이 하는 말. 하지만 그대여 당신의 쓰라린 눈물을 내가 닦아줄게요. 푸른 하늘을 잿빛으로 만드는 그 어찌할 수 없는 두려움을 내가 몰아내줄게요. 그러니, 걱정 말아요. 비가 그친 뒤엔 태양이 빛나듯이 아픔 뒤엔 기쁨이 오잖아요. 세상이 그런 거잖아요. 그러니, 걱정 말아요. So why worry now…….

사진 속의 그와 아이의 얼굴에 입을 맞추고 정성껏 내려놓는다. 날이 점점 밝아진다. 서둘러야 한다. 그가 눈을 뜨기 전에 어지러운 식탁을 치우고 아침상을 차려야 한다. 술에서 깨어난 아침도 북엇 국보다 된장국을 후룩후룩 마시길 좋아하는 그를 위해 시원한 된장 국을 끓여야 한다. 된장국하고 또 무엇을 한다? 어제 그와 함께 장을 본 것들을 머릿속으로 훑다 냉장고 앞으로 간다. 그렇게 많은 술들을 샀는데도 냉장고엔 이제 한두 병밖에 남아 있지 않다. 그와 수민이 사이좋게 나눠 마시고 빈 껍데기만 남은 그것들은 식탁 위에 어지럽게 흩어져 있다. 저 술들을 마시지 않았다면 그와 관계를 갖지 않았을까.

철호와의 마지막 섹스의 기억. 소름이 돋을 정도로 따뜻하면서도 두 눈에선 눈물이 흘러내리던, 서러움인지 기쁨인지 모르게 뒤엉켰던, 그 기억을 한순간이나마 지워버리기 위한 단말마적 비명에 지나지 않을지도 모른다고 수민은 빈 술병들을 집어 들며 생각한다. 철호는 그것이 수민과의 마지막 관계가 되리라고는 짐작하지 못했을 것이다. 당연히 그가 내린 지시대로 수민이 자궁 속에 든 아이를 지우리라 확신했을 철호로선. 그러나 그의 믿음과 정반대로 수민은 일생일대의, 다시는 오지 않을 선택을 마친 터였다. 꼭 철호의 말처럼, 반드시 하나를 선택해야 한다면, 철호 대신 또 다른 생명을 택할 것이고, 정치적 생명 대신 엄마의 길을 택하기로.

그 모진 기억을 떨쳐버리기 위해 익명의 남자와의 섹스를 시도해보려 한 적도 있었다. 아무 남자하고나 관계를 가져버리면 생살을 에는 고통스런 과거에서 벗어날 수 있을까 하고. 혼자서 차를 끌고 경춘국도를 달리고 있었다. 늘 그렇듯 길은 지체와 서행이 반복되었고 언제부턴가 수민의 앞엔 빨간색의 사륜구동차가 앞장을 서고 있었다. 차선을 변경했는지 가끔 사라졌다가도 수민의 뒤나 앞에 꼭 다시 나타나는 것이었다. 수민이 정체를 피해 휴게실에 들렀다 다시 도로 위로 차를 끌고 나왔을 때도, 신기하게도 그는 수민의 앞에서 달리고 있었다. 분명 수민이 차를 세운 휴게실에서 같이 멈추지 않았는데도. 얼마쯤 가다 북한강이 나오고 속도가 붙을 만하자 그가 수민의 옆으로 다가와 우측 깜빡이를 켜면서 손을 내밀어 수민에게 따라오라는 신호를 보냈다. 수민도 그 남자도 둘 다 선글라스로 얼굴을 속이고 있었으므로 나이는 가늠할 길이 없었다. 나이가 무슨 상관이 있었을까마는.

언젠가 오늘 같은 아침에 수민이 병 소리가 나지 않도록 소리를 최대한 줄여가며 술상을 치우고 있을 때 소릿기 없이 걸어 나온 규가 수민의 허리를 따뜻하게 감싸주며 이런 긴 고백을 한 적이 있었다.

내가 처음 당신의 카페에 들어선 날, 방금 전 술 취한 손님들 앞에서 맥주병을 깨뜨리던 거칠 것 없는 여장부 기색은 온데간데없이 당신이 술을 마시면서 웅얼웅얼 노래를 따라하더군. 난 아직도 그 노래가 무엇이었는지 기억하고 있어. 존 바에즈의 〈슬픔은 내게 주세요(Pack up your sorrows)〉란 곡이었는데 당신이 '투 매니 배드 타임스, 투 매니 새드 타임스(too many bad times, too many sad times)'란 구절을 따라하다가 눈가에 눈물이 맺히더군. 강함과 여림, 대쪽같이 곧은 것과 꽃잎 같은 부드러움이 한 곳에 내재된 듯한 당신한테 이상하게 끌리는 뭔가…… 느낌이랄까 그런 게 전해왔지. 그래서 내가 술을 같이 마시겠냐고 넌지시 물었고 그러자 당신은 그러죠, 뭐, 하면서 생각했던 것보다 아주 선선히 대답을 하더군. 그러면서 덧붙였지. 제가 마시는 맥주는 제가 계산합니다, 라고. 술집 여주인하고 술을 마시는데도 끈적끈적한 성적인 느낌이 전혀 들지 않는 게 내가 생각해도 이상했어. 마치 오래전부터 알아오던 친구처럼 편안했거든.

그가 이렇게 물어왔다. 파출소에다 신고를 하지 무지막지한 사람들 앞에서 맥주병을 깨뜨리냐고, 큰일 나면 어쩌려고. 그가 진심으로 수민을 걱정했었다는 게 마음으로 전해지자 수민은 전혀 엉뚱한 말을 하고 말았다. 파출소는 전화해도 달려오지 않을 거예요. 명절에 떡값을 받으러 거기 사람들이 가게에 어슬렁거려도 모른 척 딴전을 피우고 한 번도 주지 않았거든요. 정 안 되면 남편 시켜 졸개들을 풀까 했었죠. 그가 마피아의 아내를 바라보듯 입술이 묘하게 일그러지자 수민은 그의 표정이 재미있어 큰 소리로 웃었다. 졸개라니 나도 참, 그건 우리 엄마가 잘 쓰는 표현인데요, 우리 엄마는 제가 이 장사 하겠다고 했을 때 뭐라고 한 줄 아세요? 그래, 속 썩이는 녀석들 있으면 니 남편 졸개들 시켜 화염병이나 몇 개 던져버리면 끽소리 못하겠다, 하시며 한숨을 푹 쉬시데요. 수민은 그날 참 많이 웃었다. 그리고 처음 본 남자 앞에서 남들에게는 별로 하지도 않던 소리를 주저리주저리 떠들었다.

피는 못 속인다고 장사를 해야 한다면 엄마의 화려한 연륜을 이어받아 술장사를 하는 게 낫겠다고 판단되어 카페란 걸 시작했지만, 어떤 날은 술 취해 행패 부리는 손님들 앞에서가 아니라 철호 앞에서 맥주병을 깨부수고 싶을 때가 불쑥불쑥 있었다. 그래, 넌 네가 하고 싶은 일만 하지! 네가 만나고 싶은 사람 만나, 하나도 그른 것 없이 옳은 소리만 골라 하루 종일 하지? 돈같이 더러운 것에는 눈곱만치도 신경 쓸 필요 없이. 근데 난 뭐냐? 친절을 위장하고 웃음을 팔고 돈 때문에 안절부절못하고 구청이니 소방서니 하는 벼슬아치들 상대하느라 쩔쩔매고 몽니 부리는 술꾼들이나 상대해야 하고. 세상으로 나갈 날을 목이 빠지게 기다리던 마그마가 어느 날 용암으로 분출했을 것이다. 하필이면 처음 만난 그 앞에서. 그때 수민의 나이 스물아홉이었다.

쌀뜨물에 멸치를 우리고 된장을 풀어 넣고 감자를 벗긴다. 급해지려는 마음에 감자 껍질이 자꾸만 두꺼워진다. 달큼한 된장국 냄새가 청신한 아침 공기를 헤적인다. 가스레인지의 오븐을 열고 갈치 토막을 올린다. 구수하게 퍼져가는 고기 타는 냄새가 빈속을 긁는다. 하얀 김을 내뿜는 전기밥솥이, 보글보글 끓어오르는 된장국

145

이, 노릇노릇하게 익어가는 갈치에서 나오는 단내들이 집 구석구석으로 흘러 들어간다. 수민은 냄새가 흘러가는 곳을 따라 춤을 추듯 발을 옮긴다. 돌이 된 아이를 내팽개치고 달려와 울어 퉁퉁 부은 눈을 하고서 처음으로 그를 안았던, 두 볼에 흐르는 수민의 눈물과 함께 처음으로 두 입술이 하나가 되었던 이곳을 언젠가 먼 훗날에도 결코 지우지 않기 위해.

된장국에 마지막으로 파를 송송 썰어 넣고 안방 쪽으로 귀를 기울여 그의 기척을 살핀다. 물 밑처럼 고요하다. 아침상을 차려놓고 수민은 그가 깨어나기 전 떠날 참이므로 오늘은 그와 마주 보며 밥을 먹으며 어떤 그림 하나를 떠올리지 않아도 될 터였다. 이런 아침, 희민이가 수민과 규 사이에 앉아 서툰 숟가락질을 하고 그리고⋯⋯ 수민의 품에서 엄마가 넣어주는 밥알을 고물고물 씹어대며 시물거리는 미지의 아이 하나⋯⋯. 수민의 마음 저 깊숙한 곳에 간직한, 이루어질 수 없는 풍경이기에 더욱 아름다운 그림 하나.

열쇠를 신문 통에 살그머니 집어넣고 일어선다. 땡 하고 엘리베이터에서 벨이 울리면 혹여 그 소리에 그가 깨어날까 봐 편리한 문명의 이기를 포기하고 계단으로 내려선다. 어젯밤에 차를 세워두었던 곳이 얼른 떠오르질 않아 아파트 광장 앞에 잠시 멀거니 서 있는다. 그런데도 눈은 자신의 하얀 차를 찾는 게 아니라 방금 걸어 나온 집을 올려다보고 있다. 지금이라도 저곳에 반짝 불이 켜지지 않나 하는 기대감이 있었는지도 모른다. 기대감? 제 발로 걸어 나오고서도 어지러운 발걸음이 뒤쪽에서 다가와 어깨라도 툭 쳐주길 은밀히

고대하는?

요란한 소리와 함께 차의 시동이 걸리자 습관처럼 음악을 틀고 담배에 불을 붙인다. 황 냄새가 밀폐된 공간에 어지럽게 피어오르고 반짝 피어오르던 불꽃이 〈고잉 홈〉의 색소폰 소리와 함께 사라져간다. 엄마, 지금 간다. 한낮의 지글지글 끓어오르던 콘크리트 지표면의 기억을 밤사이에 잊어버린 듯 아파트 광장엔 신선한 아침 기운이 스며들어 있다.

그래, 집으로 가자. 밤새 어미를 찾다 무겁게 감기는 눈을 어쩌지 못하고 한순간 픽 떨어져 잠이 들었을 내 아이의 토실토실 예쁜 볼에 흐른 눈물 자국을 닦아주고 새근새근 고르게 내쉬는 아이의 숨소리에 귀를 모두고 보드랍고 따뜻한 아이의 손을 맞잡고 그 옆에 눕자. 아이가, 내 아이가 보고 싶다! 그가 지금 잠들어 있는 그의 집이 사이드미러에 오도카니 나타났고 그마저도 점점 작아진다. 그러나 액셀러레이터로 발을 옮기는 수민에게 어떤 예감이 스친다. 오늘, 아이 옆에 잠드는 것 대신 아이와 함께 또 이 길 위로 나서리란 낌새 같은 것이.

아이는 혜숙의 목을 꼭 끌어안고 잠들어 있다. 엄마가 들어올 여지는 없다는 듯. 언니 왔어? 혜숙이 졸린 눈을 뜨며 어렵게 인사를 건네자 수민은 혜숙의 시선을 외면하며 소리 나지 않게 차 열쇠를 올려 보인다. 한순간에 잠이 깨는 듯 이제 혜숙이 수민의 시선을 외면하고 아이의 옷가지며 물통을 챙기는 동안 수민은 세상 모르고 잠들어 있는 아이를 덥석 안는다.

서울을 빠져나와 고속도로에 들어섰으므로 운전대를 잡은 손에 힘을 주고 아랫입술을 도도하게 밀어보지만 목덜미로는 자는 아이를 안고 현관문을 나설 때 등 뒤에서 느껴지던 그 서늘한 기운이 살아난다. 아파트 주차장까지 따라 내려왔지만 혜숙은 아이가 잠에서 깰라 조심스럽게 의자에 고정시켜주고 아이의 볼에 입을 맞추고 나서 수민에게는 눈길 한번 주지 않고, 잘 다녀오라는 인사도 없이 내려왔던 길로 올라가버렸다.

이런 짓은 제발 그만두어야 해. 넌 유한마담이 아니니까.

브레이크를 눌렀나 보다. 앞은 휑엉 뚫려 있는데도. 바짝 꽁무니를 쫓아오던 뒤차가 상향등을 켜대고 그것으로도 성에 안 찼는지 경적을 울려댄다. 미안하다고 손을 들어줄까 하다 선병질적인 그의 반응에, 오른쪽 발에 납덩어리 같은 묵직한 힘을 넣어 가속페달만을 밟는다. 속도계 바늘이 오른쪽으로 조금씩 이동해간다. 속도감을 느끼는 것도 잠시.

"이 여자야!……."

뒷말은 질주하는 속도에 바람이 다행히 삼켜버렸다. 듣지 않아도 뻔한 말이긴 하지만.

고속도로에서 추월을 하면서도 창문을 열고 말할 수 있을 정도로 네가 운전을 잘한다 이거지? 그래, 너 오늘 잘 만났다. 너 같은 자식들한테 수모를 당하려고 내가 운전을 배운 게 아니다. 아랫입술을 지그시 깨물면서 분기로 헛헛해지는 얼굴에 의식적으로 긴장을 더한다.

신명이 나서 그 차를 추격한다. 반드시 저 남성 운전자를 단죄해야 한다고, 세상의 절반인 여자들이 응원을 해주는, 그런 막중한 임무를 기필코 수행해야 한다는 사명감에 불타서 수민은 뒷좌석의 아이는 안중에도 없이 결패스럽게 가속페달을 밟고 또 밟는다. 소리치던 남자의 옆구리를 지나면서 수민도 창문을 모두 내리고 욕이라도 한 바가지 들씌울까 하다 그를 따돌린 것만으로 만족하기로 한다.

43번 광주, 경안, 천진암이란 이정표가 나오기도 전에 수민은 우측 깜빡이를 켠다. 속도를 줄이고 오른쪽으로 물러난다. 43번 천진암, 팔당이란 이정표와 45번 팔당, 천진암이란 이정표가 함께 나오더라도 이제 더 이상 갈림길에서 서성대지 않는다. 43번을 타다 45번으로 길을 바꾸면 된다는 것을 이제는 안다.

신문에서 교관이 운전 연수를 받던 여성을 성폭행했다는 기사를 본 적이 있었다. 설사 면허증을 딴다 해도 수민은 연수만은, 차를 가지고 잘 알지도 못하는 남자를 옆에 태우고 그의 비위를 맞춰가며 한적한 길을 다녀야 하는 그런 연수란 과정만은 밟고 싶지 않았다. 연수란 걸 받지 않으면 차를 운전할 수 없다는 것도 물론 알았지만. 그때 수민이 가졌던 의문은 운전학원엔 왜 여성 교관이 없냐는 거였다. 수민이 그런 의문을 제기하면 남자들은 대답할 것이다. 여자들이 여자들한테 배우려고 하겠어? 미덥지 않아서. 운전학원에 선생들이 남자만 있는 것은 다 여자들 때문이라구.

주행에서 아홉 번 떨어진 전력이 있는 수민이 운전면허증을 손에 쥔 감격도 잠시, 그것은 산 하나를 넘은 것에 지나지 않았다.

끼어들어! 속도 높이고, 지금! 지금이란 말야. 뭐 하고 있어? 내 말 안 들을 거야? 하고 남편이 소리치면 지금, 지금 들어가면 되는 거예요? 하고 입으로는 말을 하면서도 정작 발은 브레이크에서 액셀러레이터로 옮겨 가지 못하는 마누라에게 뒤차 운전자가 신경질적으로 경적을 울리면 남편은 득달같이 화를 내며 채근할 것이고 생게망게한 마누라의 발은 더욱 부들부들 떨 것이다. 그러다 길 한가운데서 차는 서고 남편은 씩씩거리며, 겁만 많아가지고 운전은 무슨 운전이야? 일어나! 하고 소리치며 운전대를 차지해버리면 마누라는 구겨진 자존심으로 입술이 부어오르고 눈물까지 찔끔거릴지도 모를 일이다. 그렇다 하더라도 그 부인은 행복하다. 남편에게 운전 연수를 받아 싸움으로 변해 서러움으로 턱이 우들우들 떨리고 목 안에 돌덩이 같은 것이 꽉 들어찬다 하더라도…… 싸울 남편조차 없는 수민에 비한다면.

308번 양평길로 접어든다. 서종면이 윗녘이라면 이곳은 아랫녘이다. 문호리, 수입리처럼 이곳도 카페 같은 것을 짓는 기초공사가 한창이다. 그러나 다행히 차들은 눈에 띄지 않는다. 한적한 길이다. 세월리 가는 길은 늘 이래서 좋다. 차는 오르막을 힘겹게 오른다. 한적한 길과 어울리지 않게 청둥오리, 멧돼지, 장어구이 등 몸에 좋다는 보신용 식당들이 길가에 즐비하다.

규는 그렇게 수민과 얼굴을 익힌 후로 가끔 혼자서 카페에 들렀다. 또 오셨네요, 하고 수민이 인사를 건네면 그는 현장이 이 근처여서요, 라고 대답했다. 수민은 그가 말하는 현장이 무엇을 지칭하는

지 궁금했지만 물어보진 않았다. 양복을 깔끔하게 입고 다니는 것으로 보아, 수민이 한때 귀가 닳도록, 입이 닳도록 듣고 떠들던 현장, 노동 현장은 아닐 거라고 추측할 뿐이었다. 모든 것에 현장이란 단어가 쓰일 수 있다는 걸 수민은 대학 시절 알지 못했다. 기계가 요란하게 돌아가고 노동자들의 퀭한 눈동자가 있고 자본가의 탐욕스러운 눈길이 머무는 곳, 그곳이 수민이 알고 있는 유일한 현장이었다. 규는 한동안 카페에 나타나지 않았다. 그런 일은 흔한 일이었다. 대학을 졸업하거나, 대학원을 마치면 사람들은 그 거리를, 수민의 카페를 떠나기 마련이었다. 그러다 어느 날 갑자기, 수민의 허리를 와락 끌어안으며 누님! 나 안 잊어버렸죠? 하고 짓궂게 나타나곤 한다. 그렇게 그도 근 1년여 만에 니치에 다시 나타났다.

수민이 한쪽 구석에서 술을 마시고 있을 때 그가 들어왔다. 달라진 실내를 돌아보곤 등을 보이고 돌아서던 그가 무슨 생각에서인지 음악에 귀를 기울이더니 이윽고 기둥에 가린 수민을 찾아내었다. 많이 변했군요, 그가 그렇게 인사를 건네자 수민이 제가요, 니치가요? 하고 묻자 그는 서양인처럼 어깨만을 으쓱해 보였다. 음악이 여전해서 주인이 바뀌지 않았다는 걸 알았습니다, 라고 그가 말하자 음울하고 퇴폐적인 분위기를 말씀하시나 부죠?라고 별생각 없이 대꾸를 해주고 나서 수민은 새삼 지금까지 무슨 음악을 반복해서 듣고 있었는지를 깨달았다. 진정 난 헛된 무지개를 좇았다. 그곳엔 금 단지 같은 것은 보이지 않고 다만 이제 다시 출발하기엔 너무 늦어버린 한 사람만이 남았을 뿐이라는, 내용만큼이나 멜로디도 스산한 피터 애로(Peter Yarrow)의 《하드 타임스(Hard Times)》 앨범의 〈롱 레인보(Wrong Rainbow)〉란 노래였다. 그가 술을 마시겠냐고 물어왔을 때 수민은 배 속에 든 태아도, 그리고 이혼 후 되도록 남자들과의 술자리도 피해왔다는 것도 순간 잊어버리고 그와 술잔을 기울였다.

역설적이게도 한 남자에게 매이질 않게 되자 세상의 모든 남자들이 두렵고 무서워졌다. 돈 많은 이혼녀, 주위에 달라붙는 남자들, 돈 뜯기고 몸은 망가지고 나중에 추레하게 남는 육신. 그런 시나리오에 익숙해서일까. 수민은 그때까지도 규가 결혼을 했을 거라고 믿고 있었다. 술을 마시다 수민이, 나 이혼했어요, 부인한테 잘해주세요, 라고 툭 던지자 그가 겸연쩍은 미소와 함께, 저 미혼입니다, 하고는 얼른 술잔을 털어 넣었다.

그때 그 남자 규를 알지 못했다면, 알았더라도 운전 연수를 해줄 만큼 친절하지 않았다면 수민은 운전석엔 다시 못 앉게 되었을지도 모른다. 손님과 주인으로 만나 손 한번 잡아본 적 없는, 다만 손님이 없는 늦은 밤 몇 번 술을 마신 적이 있을 뿐인 그가 수민의 운전 연수를 자청해왔다. 싸우진 않았다. 싸울 수 있을 만큼 미운 정 고운 정을 다 준 사이는 아니었으므로. 둘 다 최대한 예의를 갖췄고 수민은 겁이 나고 무서웠지만 그가 하라는 대로 하는 수밖에 없었다. 죽기밖에 더 하겠냐는 각오 아닌 각오로.

차선이란 게 무척 중요하단 걸 그러나 서울의 아스팔트엔 지하철 공사로 콜타르만 씌우고 차선을 그리지 않은 곳이 많다는 걸 운전 연수를 받으면서 서서히 깨달아갈 때 사고가 났다. 바로 그런 곳, 차선을 그려놓지 않아 차들이 그저 몇 겹으로 붙어 있는 그런 길에서.

신호등의 색깔이 초록색으로 바뀌자 정면을 응시하고 출발했다. 그 순간 차의 옆구리에서 펑 하고 부딪히는 소리. 어리벙벙해진 수민이 뭐가 뭔지 감조차 못 잡고 있는 사이 차문을 열고 나간 규가 사고 차량 운전자와 몇 마디 이야길 했다. 규가 수민에게 다가와 별거 아니니까 걱정 말라며 괜찮다고 안심을 시키자 그때서야 사고란 게 났구나 하고 인지를 했던 수민.

규가 나서지 않았더라도 그 사고 차량의 운전자는 쉽게 자신의 잘못을 시인했을까. 여자한테, 그것도 초보 운전이란 글자를 대문짝만하게 뒤 유리창에 붙이고 있던 운전자에게. 스무 살 무렵엔 자신이 나중에 운전을 하게 될 거라고 꿈조차 꿔보지 않은 것처럼 여자가 차 사고를 당하고 인간적 대접을 받으려면 반드시 그 옆에 남자란 든든한 산이 버티고 있어줘야 한다는 현실 또한 전혀 생각해보지 못한 일이었다.

"끼어들기를 할 때는 먼저 깜빡이를 켜세요. 그리고 바로 이 순간이다 하는 순간 속도를 높여 재빨리 끼어드는 겁니다."

"앞차가 끼어든다고 놀라서 급브레이크를 밟지 마세요. 추돌 사고의 원인이 됩니다."

"액셀러레이터는 여러 번에 나눠서 밟으세요. 처음부터 속도가 잘 오르지 않으니까요."

이렇게 운전을 하고 있으면 그의 목소리가 들린다. 아슬아슬하게 끼어들기를 하거나, 우회전을 하면서 횡단보도 신호등을 놓치지 않고 보았을 때 수민은 무의식적으로 속삭이곤 한다. 저 이 정도면 운전 잘하는 거죠, 라고.

경춘국도에서 선글라스를 낀 익명의 사내 뒤를 쫓아가지 못하고 도망치듯 달려버린 것은 아직 다 풀고 나오지 못한 사회적 관습에 얽힌 고정관념 때문이었다기보다는 그 남자, 규 때문이 아니었을까.

"전 옛날에요, 옛날이 언제냐면……. 훗, 하여튼 그때 이런 꿈을 많이 꿨어요. 시가전이 벌어졌는데, 강 선생님, 시가전이 뭔지 감이 안 오더라도 그냥 들으세요. 말하자면 전쟁이죠. 제가 막 쫓기는 거예요. 어떤 때는 검은 장갑을 낀 청카바(청 재킷)의 사나이들로부터, 어떤 때는 방망이를 든 얼룩덜룩한 군복을 입은 남자들로부터, 그때 제 앞에 차가 한 대 있어요. 난 그 차를 모는 거예요. 그러니깐 운전을 하는 거죠. ……지금 생각해보면 시동을 켜고 어쩌고 그랬던 것 같지도 않아요. 여자들은 기술 시간도 없었잖아요. 운전대를 이리로 저리로 돌리는 거죠. 그러다 다른 사람들도 태우고……. 깨어나면 온몸에 식은땀이 흐르고, 꿈이었다는 안도와 함께 난 운전을 할 줄 모르는데, 하고 중얼거리곤 했어요. 운전이란 걸 할 수 있다면 좋겠다…… 꿈이 언젠가는 현실이 될지도 모르니깐…… 살아남으려면……."

숨소리마저도 다 감지되는 밀폐된 공간이어서 그랬을까. 눈엣가시처럼 흘러가는 북한강 때문이었을까. 아니면 그저 고마움 때문인지도 몰랐다. 남편도 아니면서 그렇다고 돈과 돈이 오고 간 이해관계가 있는 것도 아니면서 수민이 그 옛날 그렇게 하고 싶던, 아니 꼭 해야 된다고 생각했던 운전을 선뜻 가르쳐준 데 대한 고마움으로 수민은 가슴속 깊은 곳에 감춰두고 아직 한 번도 남에게 고백해본 적이 없는 꿈 이야기를 그에게 했을 것이다.

"수민 씨, 살면서 이게 아니다 싶거나, 이게 사는 건가 싶을 때 차에 기름만 든든히 넣고 달리세요. 아무 생각 하지 말고. 달리고 싶을 때 달리고 쉬고 싶을 때 쉬고, 그렇게. 수민 씨는 속도광의 기질이 보이니깐."

"아녜요. 내가 얼마나 겁이 많은데요. 또 꿈 이야기 한번 할까요? 이건 제가 최근까지도 가끔 꾸는 꿈인데, 오늘따라 제가 왜 자꾸 꿈 이야길 강 선생님 앞에서 하죠? ……전 겁이 많을 뿐 아니라 비겁해요. 꿈에서, 시위대가 저쪽에서 싸움을 하고 있으면, 어디 어디서 싸움이 벌어질 걸 훤히 알고 있으니깐……. 난 슬쩍 빠져나오는 거예요, 그 길들을 일부러 피해. 머릿속으론 왜 이곳에 있게 되었는지 알리바이를 준비하면서. 그런데 공교롭게도 내가 도망가는 길로 시위대의 무리가 달려오는 거예요. 그럼 본의 아니게 선두에 서게 되는 거죠. ……그렇지 않으면 내가 휘적휘적 달아나는 길로 그 머리 짧은 사나이들이 우르르 몰려오든지. ……그건 꿈만이, 꿈에서만이 아닐지도 몰라요."

그리고 얼마나 지났을까, 카페에 들른 그에게 수민이, 나 오늘 혼자서 처음 드라이브란 걸 해봤어요, 라고 홍조 띤 얼굴로 고백 아닌 고백을 하자 그가 양복 안주머니에서 뭔가를 꺼냈다.

"열어보세요. 수민 씨는 혼자서 이런 거 살 용기가 없잖아요. 이런 거 한다고 수민 씨 손가락질할 사람 아무도 없어요."

그가 손짓을 했다. 어서 꺼내보라고. 포장지 안에는, 선글라스가 들어 있었다. 이제는 연예인들만의 전유물이 아니란 걸, 패션이나 액세서리 소품이 아니라 필수품이란 걸 알고는 있었지만 수민에게는 생경하고 어울릴 수 없는 물건이라고 생각해왔던 그 물건이 들어 있었다.

규의 예언처럼 나중에 수민은 스피드광이 되었다. 후진은 하지 못하고 전진만 할 줄 아는. 좌회전 신호를 받고 차를 왼쪽으로 돌리다 앞쪽에 차들이 밀려 있어 서고 말았는데 그만 신호가 바뀌어버렸다. 어쩔 수가 없어 길 한가운데 그대로 서 있었다. 초보니까 알아서 가겠지 하는 심정으로. 그러나 시내버스 한 대가 수민의 앞에 떡 버티고는 경적을 계속 울려댔다. 비키지 않으면 차를 밟아 뭉개기라도 할 것 같은 기세로. 뒤로 조금 물러서면 되었다. 뒤쪽엔 어떤 차도 있지 않았으므로. 그러나 그 조금을 물러날 수가 없었다. 겨우 터득한 게 있다면 차를 반듯이 세우고 운전대는 전혀 사용하지 않고 그대로 뒤로 조금 물러나는 것밖에는. 에라 모르겠다. 후진기어로만 바꾸고 액셀러레이터를 밟았다. 옆 차의 남자가 손가락질을 하며 웃었다. 그 남자에게 소리치고 싶었다. 우리 고속도로에서 한번 붙어볼까, 하고.

세월리란 이름을 신문의 여행 코너에서 처음 본 순간 가슴 한쪽에서 쏴 하는 바람 소리가 났다. 세월리란 그 이름이 주는 어떤 애잔함, 안타까움 같은 것에. 나중에 알고 보니 결국 이곳도 이제 친숙함의 경지에 이른 양평이었지만.

안 가본 데 없이, 너무 거창한 감이 있지만, 우리나라의 곳곳을 헤매고 다녔어도 세월리란 이름만큼 가슴에 파문을 일으키는 마을 이름을 아직 만나지 못했다. 그곳이 어떻게 생겨먹었든 그 이름 하나만으로도 사람들에게 충분히 위안을 줄 수 있으리라.

한창상회에서 좌회전을 한다. 그곳엔 전에 없던 세월리 이정표가 세워져 있다. 이제 사람들은 세월리를 찾아가는 데 수민만큼 헤매지 않아도 될 것이다.

세월리다. 다시 세월리에 온 것이다. 남한강 맑은 물이 넓은 모래톱을 일구며 유유히 흐르는 곳. 마음을 씻을 수 있을 정도로 강물이 맑았다는 세심리와 달 모양을 닮은 마을 월리가 합쳐서 이뤄진 곳. 세월리. 수민은 잔잔한 물결과 세월에 씻겨 곱게 다듬어진 아담한 돌멩이들보다도 그 이름을 더 사랑하는지 모른다. 때 묻지 않은 순결함이 깃든 그 유순함과 소연함이.

얌전히 여태 잠들어 있는 아이를 시트에서 내려, 아이를 안고 세월리 강변에 선다. 눈가로 말간 액체가 흘러내린다. 마음보다도 눈이 먼저 그 슬픔을 알아챘다. 언제쯤, 이곳에 섰을 때 눈물이 볼을 타고 흘러내리지 않을까……

아이가 부스스 눈을 뜨고 먼저 엄마의 얼굴을 확인한 다음 달라진 풍경에 눈길을 준다.

"엄마, 여기가 어디야?"

아이의 물음에 수민은 전혀 엉뚱한 대답을 한다.

"희민아, 오늘이 무슨 날인 줄 아니? 우리 희민이가 세상에 나온 지 꼭 두 해째 되는 날이란다."

세월리가 사람을 슬프게 만든다고, 아이 때문에 목 놓아 울 수도 없는 수민은 침을 꿀꺽 삼키고 나서 심호흡을 한다. 아이를 강가에 내려놓고 수민도 그 옆에 퍼질러 앉아 성냥에 불을 켠다. 잠깐 어질 병이 일고 저 깊은 곳의 그것이 강처럼, 강으로 천천히 내려앉는다. 혼혼하다. 담배 연기가 아이의 파란색 모자를 지나 소리치지도 성내지도 않는 강줄기를 따라 한유롭게 흩어져간다.

서른세 살의 여자란

　기어이 오고야 말았다. 발자국을 세듯이 아주 느리게 걸어왔는데도. 흠칫거리며 가방 속에서 담배를 찾는다. 이제 모퉁이만 돌면 집이 보일 것이다. 집. 대부분의 귀가는 어서 가서 저 어두운 방에 불을 켜야지 하는 조바심에 골목의 이쯤에서 걸음이 빨라지곤 했다. 무더운 여름날조차도 불 켜진 방들을 보면 인실은 마음이 따뜻해졌다. 온 가족이 둘러앉아 유일하게 할 수 있는 일이 텔레비전을 보는 거라 하더라도, 그들은 그렇게 모여 있으므로.

　그러나 결단코 지금은 다르다. 제발 저 다세대주택의 옥탑방에 불이 꺼져 있기를, 인실은 분명 그렇게 빌고 있다. 늘상 그래온 것처럼 적요한 어두움 속에 하냥 남아 있어주기를. 담배에 불을 붙인다. 그러다 그만 사람 그림자가 나타나자 휙 불어 꺼버리고 만다.

　전철역에서 내리면 단 몇 초라도 빨리 집에 불을 켜고 싶어 늘,

열쇠부터 찾아 손에 쥐었다. 종종걸음을 치며 단숨에 계단을 올라 현관문 앞에 서면 손에 들고 있어야 할 열쇠가 오히려 사라져 인실을 난감하게 만들곤 했다.

요란한 소리를 내며 전철이 지나간다. 인실은 어렸을 적 그 노래를 잘 불렀다. 기찻길 옆 오막살이 아기 아기 잘도 잔다. 칙 폭 칙칙 폭폭 칙칙폭폭 칙칙폭폭 기차 소리 요란해도 아기 아기 잘도 잔다.* 기차 소리가 그렇게 요란해도 아기가 어떻게 잠이 푹 들 수 있었는지, 옥수수가 잘도 클 수 있었는지를 이제 안다. 익숙해지면, 습관이 들면 온 집 안을 울리는 기차 소리도 도시의 수많은 소음 가운데 하나가 될 뿐이다. 기찻길 옆 옥탑방. 인실에겐 분명 남편과 아이들이 있지만 저 방에는 새근새근 고른 숨을 내쉬며 잠들 아이는 없다.

담배를 다시 잡고 불을 붙인다. 한 모금만, 한 모금만이다. 담벼락으로 몸을 돌린다. 어두움 속에 그것도 바지를 입고 있으니까. 여자인 줄 모를지도 모른다. 어두움 속에 이렇게 구차한 자세로, 이런저런 변명까지 늘어놓으며 담배를 피워야 하나. 모멸감에 필터를 손톱 끝으로 꾸욱꾹 누르던 인실은, 떠나지 못하고 인실의 주위만 맴도는 담배 연기 속에서 한 여자 선배의 얼굴을 떠올린다. 인실이 대학 1학년 때 3학년이던 선배는 여자 후배들 앞에서 특별히 담배 연기로 도넛을 몽글몽글 만들어내는 시범을 보였다. 도넛 속으로 손가락을 찌르면서, 지어 보이던 선배의 득의만만하던 표정에는 분명

* 윤석중, 〈기차길 옆〉, 2000.

160

이런 말이 실려 있었다. 이 겁쟁이들아, 그만 두려워하고 너희들도 담배를 피워보란 말야. 세상이 달라 보일걸.

인실은 그동안 세상이 많이 달라진 줄 알았다. 그때로부터 십몇 년의 세월이 지났으며, 담배 연기만 들이쉬면 자지러지듯 거친 숨을 토해냈던 그때로부터 이제 인실도 자신 있게 그 도넛들을 만들 수 있게 되었으므로.

아침, 영수가 잠든 인실을 흔들어 깨웠다. 돈 가진 것 있으면 좀 달라고, 잠결이라 그의 얼굴은 보지 못했지만 그의 목소리는 당당했다. 지갑에 3만 원쯤이 들어 있다는 것이 생각났지만 그건 오늘 꼭 쓸 데가 있었다. 인실이 겨우 눈만 뜨고 아무 말도 하지 않자 영수는 중요한 약속이 있어서 그런다며 돈을 어디에 두었냐고 재촉하듯 물었다. 지갑이라고, 인실이 기어들어 가는 소리로 대답하자 그는 방 한쪽 구석에 놓여 있던 가방을 얼른 잡아채더니 지갑을 꺼냈다.

그는 양말을 신으면서 생각이라도 난 듯 말했다.

"오늘 어머니 올라오신다고 하셨어. 9시 버스 타고 오신다고 하셨으니까 시간 맞춰 터미널에 나가봐. 난 아무래도 약속이 길어질 것 같으니까. 네가 시간 좀 내봐."

용무를 마친 영수는 방문을 열고 나가버렸다. 잠이 확 달아난 인실이 상체를 벌떡 일으켰지만 영수의 발걸음 소리는 더 이상 들리지 않았다. 골목을 내려가는 영수를 향해, 동네 사람이 다 듣는 한이 있더라도 소리쳤어야 했는지도 모른다. 나도 오늘, 한 달 전부터 잡아논 약속이 있다고, 당신 약속만 중요한 게 아니라고……. 그렇게 고래고래 소리라도 지를 수 있는 인실이 아니란 건 스스로가 더 잘 알지만.

남편 영수와 대화다운 대화가 사라진 건 하나를 가지면서부터였다. 임신이란 사실을 알았을 때 인실이 느낀 건 아득한 추락이었다. 임신이란 사실이 현장의 누군가에게 발각되는 순간 그걸로 인실의 현장 활동은 끝이었다. 인실은 여전히 남의 이름으로 취업한 위장 취업자였으므로. 그런데 현장은 민주노조라는 기착지를 향한 순풍에 돛을 다느냐, 모진 바람에 그만 암초에 부딪혀 좌초하고 마느냐의 중대 기로에 놓여 있었다.

오랜 고뇌와 망설임 끝에 인실이 영수에게 조심스럽게 인공유산 얘기를 꺼냈다. 그때 영수의 표정을 인실은 아직도 기억하고 있다. 눈썹은 관자놀이까지 치켜 올라가고 입술은 꾹 다물었지만 경련으로 푸들푸들 떨리고 있었다. 흰자위만이 가득한 눈동자는, 어쩜 인간이 그렇게 잔인할 수 있냐, 고 말하고 있었다. 그는 말할 가치조차 없다는 듯 담배를 꺼내 물고는 다른 방으로 총총히 자리를 떠버렸다.

인실의 등으로 차가운 얼음덩어리가 굴러떨어졌다. 아이를 지우고 정작 육체적 정신적으로 고통받을 이는 남자가 아니라 여자인데도 그렇듯 돌변한 그의 냉담한 모습에 인실의 가슴은 까맣게 숯으로 변해갔다. 다시 이야길 꺼낼 기회를 갖지 못한 채, 인실은 현장을 오가고 남편은 술에 절어 집으로 돌아오는 동안 배 속의 아이는 점점 커갔다. 인실은 활동을, 물론 현장 활동만을, 당분간이란 기약할 수 없는 미래로 미룬 채, 퇴직이란 길을 선택했다.

하나가 태어났을 때, 그 아이가 끔찍이도 사랑스러웠지만, 수술대 위에서 핏덩이로 사라질 수도 있었던 아이의 과거의 한때가 떠오르더라도 인실은 그다지 죄책감을 가지진 않았다. 내가 만든 내 아이도 중요하지만 태어난, 태어나지 않은 세상의 모든 아이들도 그만큼 소중하므로. 엄마는 소소한 행복보다는 더 큰 행복을 추구하고자 했던 것이므로.

인실은 아이를 낳기 하루 전까지도 활동가들 모임에 꿋꿋이 참석했다. 하지만 어느 날 문득 당분간이 돌아갈 수 없는 과거로, 현장 활동이 일체의 모든 활동의 중단으로 돌변해 있음을 깨달았다.

칭얼대는 아이를 포대기에 싸서 업고 거실을 서성대던 어느 오후의 끄트머리였다. 저쪽 끝으로 뭔가 붉은 것이 스치고 지나갔다. 붉은 무엇이었을까, 붉은…… 깃발? 아이를 눕히고 인실은 베란다에 다시 섰다. 인실이 그곳에 서는 이유는 건조대에 빨래를 널기 위해서나 된장을 푸기 위해서였다. 그곳에 이사 와서 처음으로 일상적 용무가 아닌 다른 목적으로 그곳에 서서, 아이의 똥 기저귀를 빨아 대고 있는 자신의 모습을 처음 제대로 들여다본 날 언뜻 스쳤던 붉은 기운은 깃발이 아니라 붉게 물들어가는 서녘 노을이었음을, 그리고 참으로 아름다운 저녁노을을 바라볼 수 있는 전망을 가진 집에 살고 있음을 또한 처음으로 깨달은 날이기도 했다. 또 하나가 더 있다. 하나를 낳고 평온했던, 그렇게 느꼈던 잔잔했던 가슴의 평화로움은 진실로는 단조로움과 무료함에 다름 아니라고 누군가 돌팔매질을 하던 날이기도 했다.

지갑에는 1000원짜리 지폐가 한두 장 남아 있었다. 그거라도 남겨놓은 건 차비는 남겨놓을 테니까 나가서 빨랑 또 벌어 오라는 소리인가. 아주 조금, 마치 쥐어짜내기라도 한 것처럼 눈물이 나왔다. 할 수만 있다면 이런 말도 덧붙이고 싶었다. 당신은 도대체 뭐 하는 사람이냐고, 나란 인간은 도대체 당신에게 어떤 존재냐고. 당신의 그 활동이란 걸 위해 활동이라고 이름 붙일 수 있을지도 모르지만, 그 시답잖은 백수 생활을 위해 나는 돈을 벌어야 하는 기계냐고 소리치고 싶었다. 당신도 내 손에 돈을 좀 쥐여줘보라고. 자본주의사회에서 돈을 버는 일이 얼마나 힘들고 치사한 일인지를 당신은 모를 거라고.

오늘 아침을 그렇게 시작했다. 이 집 저 집 에어컨이 있는 집들만 돌아서인지 몸이 영 말이 아니다. 에디슨 덕택에 밤에도 잠들지 못하고 전깃불 밑에서 일을 하다 이제 학생들이 방학이 되어 태양과 함께 일을 해야만 하는 생체 리듬의 변화에서 오는 부적응인지도 모른다. 사람들은 참을 만한데도 에어컨을 켰다. 아니, 사람들은 에어컨이란 서늘한 바람을 누리기 위해 더위를 핑계 대는지도 모른다.

"난 여름이 돼서 에어컨을 켜야 할 때면 마음이 편칠 않아. 언젠가 환경 잡지에서 본 기사가 눈에 아른아른해서……. 전 세계 열대우림의 절반이 파괴되고 있대, 1초에 약 만 평, 10분마다 뉴욕 센트럴 공원만 한 크기가, 날마다는 뉴올리언스만 한 크기가, 매년마다는 영국·스코틀랜드·웨일스만 한 크기가, 그러니까 한반도보다도 더 큰 면적이 지구 상에서 사라져가고 있다더라. 후, 그래도 어쩌겠어? 더운 여름날 후텁지근하고 뜨거운 카페를 넌 상상할 수 있겠니?"

에어컨의 작동과 열대우림의 파괴라는, 상당히 논리적인 추론이 필요할 것 같은 그 둘의 상호 관계까지 걱정하면서도 어쩔 수 없이 에어컨을 켠다는 수민이었다. 인실이 오늘 찾아간 집들의 여자 주인들은 지구의 허파라는 아마존이 파괴되든 말든 너무도 자연스럽게 에어컨이란 기계에서 나오는 바람을 시원스럽게, 일면 자랑스럽게 쐬고 있었다. 자식들이 공부하는 데 최적의 온도 조건을 맞추어 주기 위해.

오늘 낮은 상당히 더웠다. 비상금으로 동전을 모아두던 서랍을 모두 털어 희민의 생일 선물을 사 들고 허겁지겁 수민의 카페에 들어섰을 때 그곳엔 에어컨 대신 선풍기가 돌고 있었다. 손님들이 눈에 띄지 않는 실내엔 어떤 남자와 이야기를 하고 있던 혜숙만이 인실을 맞았다. 정작 당사자인 수민과 희민은 보이지 않았다.

선풍기가 돌고 있던 그 카페도 지금쯤은 에어컨을 켰을 것이다. 수민은 지금쯤 아마존 원시림을 태우는 불길이 극지방 얼음을 녹게 만들어 해안 도시가 잠길 우려가 있다는 과학자들의 발표를 걱정하고 있을지도 모른다. 인실이 에어컨과 히터를 싫어하는 것은 사이먼과 가펑클의 재결합 무료 공연이 벌어졌다는 센트럴 공원만 한 크기의 원시림이 10분마다 사라져서도, 지구의 허파인 아마존의 원시림이 베어져 나간 자리에 소와 말이 뒹굴어서 오래지 않아 인류가 숨을 못 쉬게 될까 우려하는 인류애적 근심에서도 아니었다. 그건 단지 몸에 맞지 않아서였다. 그것들에 쏘이면 속이 울렁거리고 머리통이 산산조각이라도 날 듯 지끈거리기 때문이었다.

담배는 한 모금이 아니라 필터 바로 아래까지 태웠다. 언제나 손만 뻗으면 이렇게 위무받을 수 있는 것을 항상 몸에 지니고 다닐 수 있다는 게 얼마나 좋은 일인가. 햇볕이 뜨거운 한낮에, 명동이나 종로 같은 대로에서 지나가는 사람을 다 쳐다보며 여유 있고 한가하게 이걸 입에 물 수 있다면. 그들도 인실을 범상한 눈으로 쳐다보며.

"10년 만에 복적이란 걸 해서 다시 학교에 가니깐 뭐가 달라졌는 줄 아니? 최루탄 냄새를 도통 맡을 수 없다는 것과 멀쩡한 대낮에 학생회관 휴게실에서 담배를 피우는 여학생을 만날 수 있다는 거야. 그런데 내가 정작 놀란 건 그 여학생이 짧은 머리에 얼굴이 까맣고 운동화에 바지를 입은 옛날 우리들처럼 그렇게 꾀죄죄한 차림이 아니라 짙은 화장에 긴 머리를 늘어뜨리고 귀에는 찰랑찰랑 귀고리가 매달려 있는 그런 멋진, 그야말로 멋진 여자애란 거야. 다른 사람들은 그저 슬쩍슬쩍 다 지나가는데 난 할 일도 없이 커피 한 잔을 빼 들고 몇 번이나 주위를 배회하며 흘끔흘끔 얼마나 쳐다봤는 줄 아니? 촌스럽게. 아니야, 다른 사람들도 그냥 지나치는 척하면서 유심히 보는 눈치긴 했어. 내가 정도가 조금 지나쳤을 뿐이지. 우린 햇빛 한 줌 안 드는 서클룸이나 학회실 아니면 엄두를 못 냈는데 세상이 참 달라지긴 했구나 감격하며. 근데 우습지? 그 여자앨 그렇게 한참 쳐다보고 있으니깐 저 여자애가 정말 제정신인가 싶드라구. 나중에 내 결론이 뭐였는 줄 아니? 오렌지족이구만, 하는 거였

166

단다."

그래, 수민이 네 말이 맞아.

인실은 담배를 비벼 끈다. 여자가 남들의 시선을 전혀 의식하지 않고 담배를 피울 수 있으려면 미친년이거나 오렌지족이 되어야 할 것이다. 극 중 인물이 철저히 되어야 하는 텔레비전의 탤런트들조차도 설사 그녀들이 실생활에서 골초라 하더라도 담배 피우는 연기에 이르면 불만 붙이거나 담배 연기를 폐부까지 빨아들이진 않는 걸 지켜봤던 인실이었다.

담배는 껐는데도 발이 떨어지질 않는다. 집에 불이 켜져 있는지 확인해볼 용기가 나지 않는다. 시어머니는 시골 노인이므로 터미널에 마중 나가는 건 당연한 일일 것이다. 그것이 꼭 며느리여야만 한다는 전제만 없다면.

매도 먼저 맞는 게 낫다는 속담이 있다. 길에서 이러고 있을 게 아니라 한시라도 빨리 집으로 들어가야 한다고 한쪽에서 속삭이면 또 한쪽에서 이대로 어디든 도망가라고, 하루쯤 어디로 달아나도 일상에는 아무런 문제도 일어나지 않는다고 귀띔한다. 미친년도 오렌지족도 아니지만 인실은 다시 담배를 찾는다. 미친년이어도 상관없고 오렌지족이라면 또 어떠랴.

인실이 혜숙과 낯선 사내 앞에서 쭈뼛거리자 혜숙이 처음엔 의아해하더니 고개를 끄덕거리며 겸연쩍게 웃었다.

"언니, 강 선생님하고 인사 안 했어요? 인사하세요. 수민 언니 친구예요."

"처음 뵙겠습니다. 강규라고 합니다."

그가 손을 내밀자 인실은 엉거주춤 악수를 했다. 참으로 오랜만에 사람을 만나 악수란 걸 했다. 그가 누구와 어떤 사이인지도 모른 채 인실은 희민의 생일 파티와 뭔가 관계가 있는 사람인가 보다고 넘겨짚었다.

수민이 나타나질 않자 제일 당황한 건 혜숙이었다. 인실과 강 선생이란 남자한테 미안하단 말을 연발하면서 보이지 않게 입술을 깨물었다. 강, 이란 사람이 혜숙 씨 나는 괜찮으니 걱정하지 말라고 위로를 하는데도 혜숙은 초조한 낯빛을 감추질 못하고 물 잔을 들이켰다. 혜숙이 그렇게 안절부절못하자 인실은 더욱 좌불안석이 되었다. 시어머니를 마중 나가러 가야 할 시간이 점점 다가오고 있었기 때문이다. 마구 달려가서 전철을 타면 그렇게 늦지는 않을 거야. 플랫폼에 서자마자 전철이 온다면 한 5분쯤 늦을 거야. 토요일이니까 고속도로도 분명히 서울 진입로 부근에서 밀릴 거야.

나중엔 이리저리 시간을 가늠하다 약속을 해놓고서도 전화 한 통 없이 나타나지 않는 수민에게 화가 솟았다. 물론 오늘 여기서 보자고 전화를 한 사람은 수민이 아니라 혜숙이었지만. 그러나 선뜻 자리를 박차고 나갈 수가 없는 그 무엇이 그 자리에는 있었다.

수민이 오늘 어떤 심정일지를, 남편도 없이 아이를 낳고 두 돌이 되도록 키운 여자의 마음을 애 엄마인 인실이 헤아리고도 남음이 있어 갈등 속에서도 자리를 지키고 있었다. 하지만 한편에선 시어머니 최 씨의 카랑카랑한 목소리가 귓전을 울렸다. 니가 나를 시에

미로 아나, 발뒤꿈치 때로 아나.

인실이 일어서자 혜숙이 미안해서 어쩔 줄을 몰라했다. 이번 희민의 생일엔 시원한 여름 면 원피스나 하나 사주려고 했는데 결국 인실은 색연필 한 세트를 혜숙의 손에 내밀고 출입문을 밀었다. 계단으로 막 발을 내려놓는 순간 저 아래 수민과 희민이 계단 끝에 나타났다. 혜숙이 언제 봤는지 희민아, 소리치고는 인실의 옆을 지나쳐 쿵쿵거리며 아래로 내려가 희민을 덥석 안았다.

수민은 올라오지 않고 아래쪽에 그대로 있었다. 햇살이 부서지는 한낮의 여름 한가운데 수민은 넋을 잃은 표정으로 서 있었다. 인사를 건네려고 다가갔을 때 인실은 보고 말았다. 그 애의 양 볼에 남은 씻긴 눈물 자국을. 혜숙이 얼른 올라오라고 아무리 성화를 부렸다 하더라도 인실은 못된 며느리는 되고 싶지 않았으므로 눈 딱 감고 전철역으로 죽어라 달렸을 것이다. 인실이 다시 카페 안으로 들어선 건 저런 수민을 두고는, 그리고 그 딸을 두고서는 도저히 발걸음이 떨어지지 않아서였다.

생일 축하의 노래를 불러주는 어른들 속에서 겁을 먹은 듯 수민과 혜숙의 얼굴만 번갈아 쳐다보던 희민인 두 개의 촛불도 제 입으로 불어 끄지 못했다. 희민아, 호, 불어봐! 하고 수민이 아무리 소리쳐도 아직 그런 것에 익숙하지 않은 아이는 멀뚱히 제 어미만 쳐다보다 엄마가, 엄마가 해, 하는 말만 연발했다.

늦은 점심으로 중국집에 가서 짜장면과 탕수육을 먹었고 강 선생이 배갈(고량주)을 시켰다. 어둠이 내려앉지 않았는데도 조금씩은 다

169

들 취했다. 수민의 눈물 자국은 조금씩 지워졌고 인실은 서울에는 며느리만 있는 게 아니고 당신 딸들도 있으니까 하는 말이 입 밖으로까지 튀어나올 뻔했다.

집에 불이 켜져 있는지 확인해보지도 않은 채 열린 대문으로 뛰어든다. 2층쯤에서 올려다본 제 집엔 불이 켜져 있다. 촉수까지 가닿아 있는 담배의 마력 때문인지 가슴이 철렁 내려앉지도 않고 가방 속에서 껌을 꺼내 우물거리면서도 으레 따르기 마련인 굴욕스런 감정도 다행히 생겨나지 않는다. 니가 돈 좀 번다고 지금 유세하나? 내가 오늘 날도 더분데 버스에서 내려 얼마나 고생했는지 니가 알기나 하나? 그렇게 시어머니가 인실을 향해 눈을 부라리며 말들을 폭탄처럼 내쏟는다 해도 견딜 수 있을 것 같다. 지금까지도 그렇게 잘 버텨왔으니까. 그 모든 말들을 한마디 대꾸도 하지 않고 묵묵히 결코 불경스럽지 않은 자세로 순순히 받아낼 그런 자신이.

"어머니, 오셨어요?"

낼 수 있는 최대한의 살가운 목소리로 건넨 인실의 인사에 최 씨는 삼줄같이 뚝뚝한 표정으로 인실을 노려본다. 헉, 숨이 턱까지 차오르려는 것을 말로 토해낸다.

"저녁 드셨어요?"

흰자위를 거두면서 최 씨는 등을 보이고 돌아앉아버린다.

화장실에서 물소리가 난다. 남편이 집에 있었구나. 조금 안심이 된다. 이쪽도 저쪽도 내 땅일 수 없는 비무장지대인 완충지대가 있으니까.

영수는 화장실에서 나오면서 들고 있던 신문을 인실을 향해 요란하게 흔든다.

"너는 어떻게 된 게…… 어머니가 오늘 얼마나 고생하신지 알아? 동생이라도 집에 있었으니 다행이지."

인실은 낯선 곳에 들어선 사람처럼 어깨에 둘러맨 가방조차 내려놓지 못하고 두리번거린다. 최 씨는 드라마를 보고 있는 듯했다. 인실로부터 급히 시선을 거둬들이고 나서는 입귀에 웃음이 실렸으니까. 부엌에는 치우지 않은 밥상이 그대로 놓여 있다. 다행히 반찬 그릇들은 냉장고에 넣었는지 눈에 띄지 않는다. 아들을 위해 당신 스스로 반찬이라도 만드셨나, 집에 있는 그릇들이 다 나온 듯하였다. 갑자기, 아무 탈 없이 아침부터 잘 입고 있던 청바지가 답답하고 무겁게 느껴진다. 세 걸음, 아주 조심스럽게, 방으로 옮겨 옷걸이로 손을 뻗는데 소리가 났다. 혼잣말처럼 그러나 며느리의 귀를 다분히 의식한 입소리였다.

"저 집 며느리는 참 착하기도 하다. 그쟈?"

인실이 얼른 옷을 잡아채는데 남편의 웃음소리가 뒤를 잇는다.

욕실로 들어가 옷도 다 벗지 않았는데도, 샤워기의 물부터 튼다. 샤워 꼭지에서 흘러나온 물이 대야로 흘러넘치자 바로 옆의 변기로 샤워기의 주둥이를 집어넣어버린다. 어쨌든 물소리는 계속 이어졌으므로 영수의 웃음소리도 최 씨의 감탄 소리도 더 이상 들려오지 않는다.

최 씨가 인실을 맘에 들어하지 않는다는 것을 어제 오늘 안 것도 아닌데 마음속에서 뽀글뽀글 소용돌이치는 기포들의 움직임은 쉽사리 가라앉질 않는다. 언제부터였을까. 시어머니와 눈길이 마주치는 걸 저어하고 눈동자의 한 점이 인실의 그것과 맞닿을 때는 속눈썹이 파르르 떨려 오던 게. 하나를 낳고 나서였을까. 별 근거도 없이 인실의 배 속에 있는 아이가 사내아일 거라고 추측하다 못해 확신에 차 있던 최 씨는 아이가 딸이란 걸 알자, 하나가 빠졌구먼, 하면서 혀를 끌끌 찼었다. 뭐 하나가 빠진 아이, 하나가 할머니의 무릎에서 응석을 부린 적이 있었던가.

도란도란 말소리가 들려온다. 무슨 이야길 하는 걸까. 밸브를 오른쪽으로 조금 돌려 물소리를 죽여본다. 그러나 아무 소리도 들려오질 않는다. 한껏 왼쪽으로 수도 밸브를 돌려 물이 콸콸 쏟아지게 하자 다시 들려온다. 외아들과 홀어머니의 정겨운 이야기 소리가.

하나를 낳기 전부터였다고, 인실을 향한 최 씨의 서늘한 눈매는. 그 전 그 전 남편 영수와 함께 처음으로 인사를 나누던 그때부터였다고, 결혼한 지 햇수로 5년이 다 된 오늘에서야, 첫 대면 자리에서부터 곱지 않던 최 씨의 눈굽을 인실은 헤아려낸다. 다니다 팽개친 대학을 명문대를 졸업했다고 하고, 공장에서 보내고 있던 몇 년 세월을 어엿한 사무직으로 업종 전환을 하고, 감옥까지 잠시 들어가 있던 극렬 운동권 출신 이력을 신부 수업을 착실히 받아온 양갓집 규수로, 그렇게 인실의 조건을 대대적으로 바꿔 아들 영수가 미리 소개하였다고 하더라도, 당신은 한순간에 알아보았을지도 모른다. 수수하다 못해 초라한 입성이, 사근사근 녹아나는 배 속 같은 나긋

나긋함은커녕 좀처럼 입을 열지 않는 무뚝뚝한 인상이 시에미의 가슴에 두고두고 못을 박으리란 걸.

그것 아니면 달리 할 일도 없을 것 같아 인실은 입맛이 전혀 동하지 않는 밥상 앞에 앉는다. 최 씨는 여전히 모든 감각을 텔레비전을 향해 열어놓고 있다. 화면은 보이지 않지만 소리만은 선명했으므로 아까와는 다른 드라마란 걸 쉽게 알 수 있었다.

"시에미가 길바닥에서 비명횡사라도 해야 누구 속이 시원할 끼구만."

"어머니!"

최 씨의 말을 제지하던 영수의 시선이 인실의 정수리에 비수처럼 꽂힌다. 아, 이런 게 아닌데. 끝을 날카롭게 벼린 꼬챙이가 앙가슴을 훑고 지나간다.

"남들은 쑥쑥 잘 낳기만 하는 아들 하나 못 논 주제에…… 뭐 그리 잘났다꼬."

가까스로 삼킨 밥알 몇 개가 위 속으로 가지도 못하고 목 근처에서 가던 길을 뚝 멈춰버린다. 젓가락 두 짝이 손가락 끝에서 벗어나 바닥에 떨어졌고 인실의 고개는 그보다도 더 아래로 꺾인다. 최 씨는 혼잣말처럼 목소리를 낮췄지만 인실의 심장은 얇은 여름옷을 뚫고 밖으로 뛰쳐나올 것만 같다.

"어머니도 참, 애야 하나 더 낳으면 그만이죠."

인실은 영수의 얼굴이라도 뚫고 들어갈 기세로 눈을 매섭게 치뜬다. 그러나 다음 순간 인실은 날카롭게 내쏘는 자신의 눈길을 황망히 거둬들였다. 아무래도 잘못 들은 것 같았으므로. 어머니도 참, 둘이면 됐죠, 우리 형편에 셋까지 바라겠어요? 면구스런 웃음과 함께 남편은 분명 그런 말을 했을 터였다.

하나를 낳았을 때 남편은 고추 달린 아들이 아니라서 서운함을 감추진 못했지만 딸도 하나쯤 있어야지 하는 말로 스스로를 위안했다. 하나의 돌잔치도 본의 아니게 전문 뷔페식당에서 열었다. 그곳에 얼굴을 내민 정치권의 지위 고하의 인사를 막론하고 그들이 인실 부부에게 건네는 덕담은 약속이나 한 듯, 다음에는 아들 낳아야지, 였다. 술이 몇 순배 돌아 불콰해진 영수도 그런 덕담이 오고 갈 때마다, 당연히 그래야죠, 다음번엔 아들 놓겠습니다, 라고 상기된 표정으로 고개를 주억거렸다. 그러나 영수가 여러 어른들 앞에서 장담한 그 다음번도 또한 아들이 아니라 딸이었다.

아들을 하나 더 낳아야 한다고 종용을 당하는 현실이 비현실적으로 느껴져 아니 그 현실을 벗어나려는 애면글면한 노력으로 인실은 다른 생각을 해보려 한다. 오늘 낮의 강 선생이란 사람과 수민은 어떤 관계일까. 아무리 기억을 더듬어봐도 학교 선배에 그런 사람은 없었던 것 같다. 학생운동 이후 서로의 장이 달라 수민과 몇 년 못 보기는 했지만 아무래도 운동과 관계가 있는 사람 같지는 않다. 그럼 어디서 무슨 경로로 알게 된 사람일까. 애인? 설마…… 수민이!

"딸은 있어도 그만, 없어도 그만이지만서도 집안에 아들이 없으면 안 될끼구만. 니 죽고 나면 누가 니 제사상에 밥 한 그릇이라도 떠준단 말이고? 남자는 아들이 있어야 어디 나가서도 든든하고 어깨를 필 수가 있는 법이다. 그게 사람이 세상에 나온 도리 아이가? 딸만 있어선 안 된다. 한 살이라도 젊을 때 아를 낳아도 낳아야제. 나도 손자가 없으니까네 죽은 니 애비 보기도 면목 없고 동네 사람들한테 얼굴도 한번 못 내밀고 산다마."

그릇들을 와르르 개수대에 부서 넣는다. 부딪혀서 깨질 테면 깨져봐라. 시어머니가 방금 도리, 도리란 말을 했던가. 사내아이를 낳아야 도리를 한다고? 하나나 두리를 낳고 인실의 피 기저귀를 빨고 하루에 여섯 번씩 미역국을 떠 먹이고 애 기저귀를 빨고 애를 목욕시켰던 친정 엄마……. 그때 남편은, 시어머니는 무얼 했던가.

최 씨는 저 말을 하려고 서울까지 올라왔을 터였다. 인간의 도리를 갖추려면 아들을 낳으라는. 결혼식 폐백 때도 최 씨는 인실의 한복 자락에 대추를 한 움큼만이 아니라 세 움큼쯤 던져주면서 아들을 쑥쑥 뽑으란 덕담을 하고 또 했었다. 두리를 가졌을 때 초음파검사란 걸 몇 번 했다. 그럴 때마다 성별을 빨리 알고 싶다는 궁금함과 알아선 안 된다는 두려움이 공존한 채로 마음속에서 번번이 갈등을 일으키다 입 밖으로 말을 꺼내질 못했었다.

두리를 낳고 울었다. 그 고귀한 생명을 외면한 채로. 영수는 두 번째도 딸이란 걸 알고는 고생했다는 말을 겨우 하고선 담배를 꺼내 들고 병실을 나가버렸다.

두리를 낳을 때가 남편이 무척 힘들어하던 때라는 걸 알고 있었다. 인실과는 일언반구 상의도 없이 야당 국회의원 보좌관을 그만두고 남편은 이런저런 모임을 꾸리기도 하고 나중엔 안면이 있는

175

사람들끼리 사업을 시작했었다. 처음엔 뭔가 되는가 싶더니 전셋집 값을 빼 투자했던 출자금도 건지지 못하고 나중엔 동업자들끼리 의까지 틀어져 툴툴 털고 나와야 했다. 보좌관으로 있던 시절, 남편은 국회의원과 도대체 입장이 맞지 않아 무슨 일을 못하겠다고 인실 앞에서 툴툴거렸다. 그때 인실은 그럼 기성 정치인들이 우리들과 손발이 딱딱 맞길 바랐냐고, 기왕 그쪽으로 들어간 거니까 한꺼번에 바꿀 생각을 하지 말고 천천히 느긋하게 생각해보라고 처음 몇 번 고언을 늘어놓았다. 그러자 그 다음엔 겉으로 표현조차 않더니 끝내는 혼자서 일을 저질러버렸다.

그리고 나서 한참 후 그는 억병으로 취해 들어와 그때 자신의 판단은 경솔했다고, 좀 더 참았어야 했다고 인실을 끌어안으며 느꺼워했었다. 영수는 인실이 반대했던 일을 강행한 뒤로 더는 자신의 진로에 대해서 인실과 사후 약방문으로라도 이야기하려고 하지 않았다. 자존심이 상해서였을 것이다. 인실보다 나이가 다섯 살이나 더 먹은 사람이 매번 실패하는 꼴을 부인에게 보여줘야 하는 것이.

"너 생각은 어떻나? 두리 동생 낳는 거."

영수가 설거지를 하는 인실의 뒤통수에서 묻는다. 느글거리는 그의 목소리를 듣자 생목이 오른다. 손을 펴서 들고 있던 유리잔을 감싼다. 조금만 힘을 주면 손 안에 든 것이 모래처럼 바스라질 것만 같다.

제 어미 아비 옆에서 자라지도 못하는 아이들, 하나나 두리를 한번이라도 생각했다면, 단지 그 애들이 여자란 이유로 대를 이어야 하니 남자아이를 또 낳자는 말은 입 밖에 꺼낼 수 없었으리라. 두 딸을 양손에 잡고 만삭의 배를 밀며 걸어가는 여자를 거리에서 볼 때마다 인실은 무너져 내리는 가슴으로 기도를 올린다. 저 배 속의 아이는 사내이기를. 그래서 두 번째 낳은 딸도 터 잘 팔았다고 귀여움 받고 온 집안의 여자들이 천덕꾸러기로 매도당하지 않기를.

"이 사람이 지금은 이래도 앞으로 크게 될 낀데 그때 가서 아들하나 낳을걸 하고 후회 말고 한 해라도 젊었을 때 아를 낳아야 여자몸에도 좋고, 아도 건강하고, 아들은 꼭 있어야 한다!"

애 기르고 돈을 벌어야 하는 일로 인실의 역할 분담이 결정된 건 언제부터였을까. 두리를 낳고 나서 남편이 생활비 한 푼 건네주지 않았다. 두리의 분유값이 없거나 하나가 사달라는 과자나 껌조차 사줄 돈이 없어 가게에서 떼를 쓰는 아이의 볼기를 때렸을 때, 인실은 악을 쓰며 우는 아이보다 제가 더 큰 소리로 울고 싶었다. 깰 적금이나 부금도 없었다. 영수가 보좌관이던 시절에도 남편의 활동비로 워낙 많은 돈이 들어가서 적금은 엄두도 낼 수 없었다. 아무래도 과외 자리를 알아봐야겠다고 당신이 발이 넓으니까 좀 알아봐달라고 어느 날 힘겹게 인실이 말을 꺼내자 남편은 버럭 화부터 냈다. 그까짓 과외해서 벌면 얼마나 벌며 애들은 또 어떡할 거냐고. 나 나갈 때만 당신이 좀 봐줄 수 없겠냐고, 남편의 비위가 상하지 않도록 사정조로 이야길 했는데도 남편은 그 말이 다 끝나기도 전에 벌컥 현관문을 밀고 나가버렸다.

아이를 기르는 일도, 돈을 버는 일도 발등에 떨어진 불처럼 화급

한 일이 되었는데도 그 모든 것은 인실의 발등에만 떨어졌다. 대학을 졸업한 것도 아니고 돈벌이가 될 만한 특별한 기술이 있는 것도 아니어서 운동을 했거나 하고 있는 사람들이 가장 많이 택하는, 불법인지 비합법인지는 모르겠지만, 과외라는 생계 전선에 나서는 수밖에 없었다.

시어머니가 잠들어 있다. 아무리 뭐라고 을러대도 일언반구 대꾸조차 없는 며느리란 여자에 대해 당신도 어지간히 화가 났을 것이다. 피곤하기도 했을 것이다. 번잡한 서울 땅에서 오지 않는 며느리를 기다리며, 딸네 집에 전화를 하고, 딸 손에 이끌려 아들 집에서 두 다리를 뻗기까지, 아니 뻗으려는 두 다리를 거둬들이고 몸소 팔을 걷어붙이고 일어나 금쪽같은 아들을 위해 저녁을 차리느라고.

영수를 중심으로 한쪽에 최 씨가 누워 있고 다른 한쪽은 비어 있다. 도시에서는 밤이라도 완전한 어둠은 없다. 마치 조명 기술이 일천한 우리나라 텔레비전 드라마나 영화 속의 밤 장면처럼, 불은 분명 껐는데도 더 환한 불빛을 배우들을 향해 내쏘는 것처럼 건너편 어디선가 흘러나온 빛이 최 씨의 얼굴 위에서 어룽거린다. 머리는 하얗게 세고, 주름진 얼굴은 잘 때마저 미간을 펴지 못하고 잔뜩 움츠려 있는, 신산스런 삶을 살아온 우리네 여인들 바로 그 모습이다. 누가 저 여자의 가치관 속에 남성은 여성보다 훨씬 우월한 존재라는 편견을 심어놓았을까. 태어나지도 않은 손자에 대해선 온갖 기원과 축복을 아낌없이 퍼부으면서도 정작 둘이나 있는 손녀들에 대해선 보고 싶다는 말 한마디 한번 쏟아내지 못하도록 누가 저 여자의 뇌를 통제하고 있는 걸까. 두리를 보고서 한다는 첫마디가, 너는 배웠다는 아가 그래 그 남자 여자 가르쳐준다는 검사도 안 해봤냐, 하는 거였으니.

영수는 등을 휘지도 않고, 가슴을 바닥으로 향하지도 않고 얼굴은 하늘을 바라보며 반듯이 누워서 자고 있다. 의젓한 아이처럼, 태양인의 늠름한 후손처럼. 저 남자에게 묻고 싶다. 당신은 스무 살 때 계급제도와 여성의 소외에 대해 어떻게 이해했으며 서른이 넘었을 땐 가부장제 사회란 걸, 책에서가 아니라 이 땅에서 어떻게 몸으로 느꼈으며 지금은 당신 딸들의 미래에 대해 무엇을 보고 있냐고.

욕실 쪽에서 강렬한 빛이 새어 나온다. 그곳으로 다시 들어가 허발이 들린 듯 담배 한 대를 피우고 나자 화릇화릇 일어나는 허기가 발가락을, 허리통을, 가슴께를 목구멍을 들쑤신다. 입술을 깨물어보지만 온몸을 뒤발한 걸신의 욕구는 조금도 잦아들지 않는다. 인실은 담배와 라이터를 호주머니에 챙긴다.

도둑고양이처럼 살금살금 문을 닫고 밖으로 나온다. 시원한 바람한 줄기가 팔 없는 웃통을 한껏 부풀려 올렸다가 제풀에 사그라진다. 세상은 편해졌다. 12시가 넘은 시각에도, 아니 하루의 어느 때라도 은밀하게 은폐된 곳이 아닌, 지나가는 사람을 다 보아가면서 술을 마실 수 있는 24시간 편의점이란 게 생겨났으니까. 그러나 인실의 발길은 포장마차로 향한다. 인실이 지나가는 사람들을 보는 것보다 더 많은 사람들이 인실이 담배를 피우고 술을 마시는 것을 지켜보게 될 것이므로 그들에게 등을 돌리는 것이 더 편하고 안전하다는 걸 안다.

소주잔을 털어 넣으면서 생각한다. 가부장제란 걸 도대체 어떻게 이해하며 생각하고 있는지 대답해야 할 사람은 영수가 아니라 인실이란 걸. 스스로에게 묻는다. 넌 스무 살에 사유재산의 발생과 부권 사회의 형성을 어떻게 이해했으며 스물넷에는 자본주의사회에서 가정과 일터의 분리를 어떻게 받아들였으며 지금 서른세 살에는 가부장제 사회란 게, 그것도 이 땅에서의 그것이 너에게 무엇이냐고.

또 한 잔의 소주를 목 줄기로 넘겨 보내며 생각한다. 책 속의 글들은 왜 그렇게 평면적이었던가를. 사유재산제가 생겨나면서 모권 사회에서 부권 사회로 옮겨 갔고…… 산업혁명을 통해 자본제의 기틀이 확립되면서 공동체는 붕괴되고, 남자와 여자의 일이 점점 분화되어가고 자본가들은 더 많은 이윤 추구를 위해……. 그렇게 씌어 있었다. 그러나 그때 과연 그 문맥들의 숨겨진 의미를 찾아, 일터에서 분리된 여성의 고통에 대해 문제를 제기하고 토론했던 적이 있었던가. 선배들은 봉건제에서 자본제로 이행하던 시기의 도브 스위지 논쟁(Dobb-Sweezy Debate)에는 그렇게도 많은 시간을 할애하면서, 마르크스의 자본주의의 구조적 사멸성에 대해선 침과 피를 튀기면서도, 여성들이 떠맡아야 하는 양육과 가사 노동의 가치와 의미에 대해선 눈곱만치라도 시선을 준 적이 있었던가.

그때까지 이야기를 거슬러 올라갈 필요조차 없는지도 모른다. 참평화와 평등의 세상이 온다면, 노동자도 자본가도 없고 양 떼와 사자가 함께 뛰어노는 그런 세상이 온다면, 남자와 여자 사이의 모든 불평등도 봄눈 녹듯 가실 줄 믿었던 인실의 아둔하기까지 한 심성이 더 문제였는지도 모른다. 이제는 안다. 어떤 부모를 만났느냐에 따라 인간의 한평생이 결정되지 않는 그런 사회가 설사 온다 하더라도 그때에도 남자와 여자의 문제는 남으리란 것을.

포장마차 아줌마가 깡소주는 그만 마시라며 안쓰러운 듯 김이 모락모락 나는 홍합 국물을 인실 쪽으로 내민다. 시물거리며 국물을 한 수저 입에 가져가면서 생각한다. 아니다. 아니라고, 모든 것을 세상 탓으로 돌리고 안도의 숨을 내쉴 것이 아니라고. 이 모든 것은 사회구성체니 생산관계니, 가부장제니 하는 것을 떠나 인간의 문제인지도 모른다고.

그 사람이었다면 여자는 아이를 낳고 기르는 것보다 대사회적인, 더 큰 일이 있다고 부인이 아이를 갖는 것조차 반대했을 터였다. 아들을 낳기 위해 허덕거리는 생활에 또 아이를 낳자는 말은, 아니 그런 발상조차 그의 뇌에서는 불가능했을 것이다.

인실은 한때 좋아했던, 아니 사랑의 감정까지도 실렸던 한 남자를 떠올린다. 세월의 시계를 거꾸로 돌려 다시 그 가슴 떨리던 시절로 돌아갈 수 있다면 이제는 그에게 감히 고백할 용기가 생겨날까. 그때는 차마 할 수 없었던 그 어렵고도 힘든 말을.

소주 냄새가 확확 풍겨대는 인실의 입과는 전혀 조화롭지 않게 웃음이 새어 나온다. 정만 주면 무슨 소용 있나 가고 나면 울고 말 것을, 미워하면 무슨 소용 있나 가고 나면 후회할 것을, 어서 말을 해…… 어서 말을 해.* 그런 노랫말을 가슴 한편에 묻어두고 살던

181

그때의 인실이 못내 그리워져서, 또한 속상하도록 안타까워서.

출렁이는 투명한 소주잔엔 제멋대로인 손질하지 않은 머리와, 잔주름이 고랑을 이어가는 눈꼬리를 한, 30대의 반도 못 산 나이에 벌써 땅거미가 진 인생의 마지막 고개를 향해 가고 있는 여자가 있다. 소주잔을 벌컥 입으로 가져간다. 더 이상은 스스로의 모습을 지켜볼 만한 자신이 없다.

---

* 이주호, 〈어서 말을 해〉, 1985.

누가 있어 나에게
길을 가르쳐준다면

긴 하루였다. 아이에게도 수민에게도. 놀이터에서 그네를 한참 타고 나서도 아이는 잠들 기세가 아니었다. 낮에 치렀던 생일잔치의 흥분이 남아 있던 걸까. 할 수 없이 다시 유아차에 태워 아파트를 세 바퀴쯤 돌자 아이는 엄지손가락을 빨면서 잠이 들었다. 그러나 아이는 방에 눕히는 순간 제 어미의 목을 끌어안으며 부스스 눈을 뜨고 말았다.

아이랑 다시 놀아줄 기력이 남아 있질 않던 수민은 아이가 좋아하는 '핑구' 비디오를 틀어주고는 거실 바닥에 그대로 누워버렸다. 땀을 줄줄 흘리면서도 소파 위에서 콩콩 뛰기를 멈추지 않던 아이는 누워 있는 수민의 머리카락을 잡아당기고, 허리로 배 위로 올라가 뛰어내리는가 하면, 수민의 얼굴을 핥다간 물려고 하였다. 그만, 그만하라, 고 졸린 목소리로 아이를 말리던 수민은 등을 물어뜯기는 통증에 벌떡 일어나고 말았다. 얘가 지금 사람이야 짐승이야, 하는 소리를 꽥 지르며 수민은 아이의 엉덩이에 그만 손을 대고 말았다.

나는 엄마 자격이 없구나. 다른 날도 아닌 아이의 생일날 제 피곤함과 짜증을 못 이겨 아이를 때리다니. 엉덩이 아파, 엉덩이 아파, 하고 우는 아이를 안쓰럽게 바라보다 수민의 얼굴이 어두워지고 말았다. 오늘은 희민이 생일인데…… 엄마가 화내서 미안해, 하면서 아이를 끌어안고서 토닥여줬더니 엄마, 귀엽다, 하며 그 작고 여린 손으로 수민의 얼굴을 아이가 쓸었다.

울음을 그친 아이는 장난감 자동차를 타고 거실을 몇 번 돌더니 결국 방으로 들어가 아고, 죽겠다, 하는 소리와 함께 요 위에 벌러덩 누웠다. 아고, 죽겠다……. 애가 흉내 낼 정도로 잠자리에 들 때마다 그 소리를 읊조렸던가. 누추하고 노곤한 일상을 누구에게든 보상받고 싶은 심리가 무의식 속에 잠재해 있었음을 아이를 통해 깨닫는다.

수민이 〈섬집 아기〉 노래를 불러주자 제 어미가 그러는 것처럼 아이는 엄마의 가슴을 토닥토닥 두드리다 스르르 잠이 들고 만다. 잠이 든 아이의 머리카락을 쓸어주다 불쑥 충동 같은 게 일어 아이의 양 볼에 입을 맞춘다.

세월리에서 하루를 보낼 참이었다. 시적시적 흘러가는 강물을 바라보며 아이와 쭈그려 앉아 예쁜 돌멩이를 고르고 납작한 돌이라도 눈에 띄면 통통통 물수제비라도 띄우다 배가 고파지면 365번 국도를 따라 후리고개를 넘어 봉진 막국수집에 가서 꿩고기가 든 비빔국수라도 먹고, 어둑어둑해지면 강이 보이는 찻집에 앉아 아이한텐 아이스크림을 먹이고 수민은 헤이즐넛 커피라도 한잔 마시고, 밤길을 달려 집으로 돌아올 참이었다. 생크림 케이크 위로 촛불을 두 개 밝히고 생일 축하합니다란 노래를 불러주는 파티 대신 수민이 선택한 생일잔치는 늘상 그렇듯이 떠남이었다.

그러나 차를 돌렸다. 막국수집도, 남한강이 보이는 찻집에도 얼씬거리지 않고 가장 가까운 톨게이트로 들어가 고속도로를 탔다. 늦었지만 아이의 생일 파티에 가기로 마음을 바꾼 건 생일을 맞은 아이 때문이 아니었다.

차를 돌린 건 아이가 이모라 부르는 혜숙이 때문이었다. 피를 나눈 친이모보다도 더 육친 같은 정을 쏟아부어온 혜숙이므로 그 이모란 호칭은 혜숙에겐 아주 맞춤한 것이었다. 명절을 기다리는 아이처럼 혜숙은 손가락을 꼽아가며 희민의 생일을 기다려왔다. 이번 생일은 정말로 제대로 치러주겠다는 혜숙의 어조에는 언니, 이번에는 제발 사고 치지 마 하는 무언의 압력이 스며 있었다. 그럴 법도 했다.

아빠를 본 적도 그 품에 안겨본 적도 없는 아이였지만 아이는 수민이 상상했던 것보다 훨씬 예쁘고 사랑스러웠고 기특하게도 잘 커줬다. 9개월이 지나자 어미 손을 놓고 한 걸음 한 걸음 발을 떼던 아이는 돌 무렵엔 계단을 올라 다녔고, 전화기를 귀에 대고 엄마의 전화 음조를 흉내 내며 종알거리곤 했다. 수민은 아이에 대한 어떤 참지 못할 감정이 일 때마다 아이의 볼에 숨도 쉬지 않고서 입맞춤을 해댔다. 그 기운이 사라질 때까지.

그러나 아이를 기른다는 건 육체의 힘듦을 떠나 텅 빈 영혼에 울려 퍼지는 조곡 같은 고통이기도 했다. 놀이터에서 흙장난을 하다 돌을 입속에 집어넣고 마는 아이를 향해 놀라 소리를 치다가도, 누워 있는 엄마의 머리맡에 제 양말과 신발을 챙겨와 밖으로 나가자는 신호를 보내는 아이의 천연덕스러움에 신기해하다가도, 어린 양 인형을 품에 꼭 넣고 잠이 든 아이의 볼을 어루만지다가도, 문득 마음 저 깊은 곳에서는 바닥을 긁는 콘트라베이스의 낮고도 음울한 곡조가 퍼져나가곤 했다.

떠나야겠다는, 아니 떠나야만 한다는 어떤 거부할 수 없는 힘 같은 것 때문에 어느 날 아침 갑자기 집을 떠난 건 아니었다. 물론 그럴 수도 없었다. 세상 사람 중에, 어느 날 아침 갑자기 계시처럼 영감을 받고 아무 생각 없이, 어떤 준비도 없이 집과 일터를 일주일 정도 비울 수 있는 사람이 몇이나 될까. 이 땅을 한번 돌아보기로, 차가 갈 수 있는 곳은 어디든. 서투른 후진은 하지 말고 전진, 전진만 계속해서.

아이의 돌을 앞두고 수민은 달랑 혼자 여행을 떠났다. 첫날의 기착지를 원주로 정한 것은 친구 하나가 거기에 있어서였다. 고 3 때 같은 반이었던 친구가 그곳에서 교사로 재직하고 있었다. 그 친구는 문과 계열이었는데도 수학을 꽤 잘했다. 더욱이 그 애는 마음이 비단결처럼 고왔다. 수학에 늘 애를 먹던 수민은 그 애의 짝꿍도 아니면서 틈이 날 때마다 의자 하나를 들고 그 애의 옆에 앉아서 수학 문제를 풀어달라고 했었다. 단 1초가 아까웠던 고 3 수험생 시절이었는데도 그 애는 짜증 한 번 낸 적 없이 수민이 냅다 들이미는 수학 문제를 이해가 쏙 되도록 알려주었다.

그랬지만 수민이 학력고사 수학 시험지를 받았을 때 풀 수 있는 문제는 열 문제도 되지 않았다. 2교시신가에 수학 시험을 치르고 나자 점심시간이 있었지만 수민은 밥도 먹지 않고 울었다. 그 애가 한 번도 불평을 한 적은 없었지만, 자존심도 버리고 그 애의 눈치를 살피면서 수학 공부를 했는데 그것이 말짱 수포로 돌아갔으므로.

그러나 정작 땅을 치고 울었던 사람은 수민이 아니라 그 애였다. 그해의 수학 시험은 유난히 어렵게 출제된 관계로 수학을 잘하는 학생조차 평소의 반도 안 되는 점수를 받았기 때문이다. 선생님과 제자 사이였던 그 애와 수민은 결국 수학에서 점수 차가 별로 벌어지질 않았다.

수민은 사람들한테 곧잘 말하곤 한다. 난, 시험 운이 있어요, 라고. 그해 수학 문제가 그렇게 어렵지 않았더라면 십중팔구 수민은 그 대학에 들어가지 못했을 터였다. 그리고 그 애는 지방 국립대학 장학생 정도가 아니라 서울의 국립대학에 당당하게 입학할 수 있었을지도 모른다.

떠나기로 한 아침, 아이의 잠든 모습은 왜 그리 예쁜지. 엄마가 자신의 곁을 며칠 떠나기로 한 것을 알기라도 한 것처럼. 사내처럼 짧은 머리에 치마를 입은 모습이 지상에 하강한 천사와 같았다. 혜숙에게 아이를 맡기고 차에 오르면서 수민은 코끝이 찡해왔다. 넌 꼭 이렇게 살아야 하니? 하는 자신의 목소리를 들으며. 카페 살림까지도맡아 하는 후배인 혜숙에게 아이까지 떠넘기고 수민은 길을 나섰다. 장마전선에 서서히 뒤덮여가는 국토의 구석구석을 찾아.

중학교 사회 선생인 그 애의 퇴근까지는 시간이 남아 있어 치악산엘 갔다. 은혜에 보답하고 죽은 꿩의 전설이 그림으로 그려져 있다는 상원사엔 가보지도 못하고 구룡사 언저리만 서성였다. 하늘과 땅 사이에 뿌옇게 연두색과 갈색만이 존재하고 있었다. 아름찬 원시림의 기상이 느껴지는 숲에 비가 내리고, 세상의 모든 것들은 뿌옇게 가려지고⋯⋯. 구룡사는 하나의 시작이었다. 그 여행에서 의도적으로 찾아 들어갔던 절들 가운데.

친구의 아파트에서 누구의 방해도 받지 않고 밤을 패며 술을 마셨다. 친구는 아직 미혼이었다. 처음엔 오랜만이라 서로를 힐끔거리며 건성건성 안부나 묻고, 그게 끝나자 기억이 나는 여고 동창 하나하나를 끄집어내어 안부를 확인했다. 그러나 그 친구도 수민도 남들 근황은 잘 챙기지 못하는 편이었으므로 그것마저도 이내 시들해지고⋯⋯. 알코올기가 온몸을 휘젓고 다닐 때쯤 그 친구가 술잔을 탁자에 요란하게 내려놓으며 말했다.

"우리 왜 고등학교 때 세계사 선생님 계셨잖아, 빼빼 마르고, 마흔이 넘도록 혼자 사셨던. 난 요즘 가끔 그 선생님 생각이 나. 내가 애들한테 소리 지르면 뒤에서 뭐라고 소곤거리는 줄 아니? 노처녀 히스테리라는 거야. 우리도 그 선생님 보고 쑤군거렸잖아. 무슨 문제가 있어서 결혼을 못했을 거라고. 그 선생님이 흰색 타이츠를 신고 나타나면 어린애처럼 저게 뭐냐고 흉보고, 늘 길게 늘어뜨리고 다니시던 생머리를 보고는 나이 들어 주책이라고 또 난리였잖아…… 수민아, 그 청승맞던 선생님의 긴 머리가 요즘 그리워진다. 왜 늘 파마 한번 하지 않은 생머리를 늘어뜨리고 다녔는지 이제 와서 이해가 가거든. 사람들한테, 우리 같은 철부지 여고생들한테 말하고 싶었을 거야. ……난 당당하다고."

학교 다닐 때 그 친구는 말이 없는 편에 속했다. 그러나 그 밤 친구는 수민보다 훨씬 많은 이야길 했다. 나이 들어 혼자 사는, 그것도 학교 선생님이란 사회적 직분을 가진 여자의 속내를 많이 털어놓았다. 친구의 이야기를 듣다 수민은 묻지 않고는 배겨낼 수 없을 것 같은 의문이 생겨나 털어놓고 말았다.

"너 그럼 섹스 같은 건 어떻게 해결하니?"

"그러는 넌?"

둘은 한참을 웃었다. 아직 혼자인 여자와 한때 둘이었다 이제는 혼자가 된 여자가 눈가에 눈물이 잡힐 정도로 웃었던 건 단지 술기운 때문이었을까. 웃음소리가 사그라들기 전, 수민이 술잔을 털어 넣으며 웃음 속에 말을 보탰다.

"남자가 없어지니깐 필요한 건 딱 그것 하나더라……. 그래봤자 별것도 아닌 거지만."

늘 잠자리가 문제였다. 자고 일어나면 그저 하룻밤일지라도. 친구 집을 나와 보낸 낯선 곳에서의 밤들도 그러했다. 그냥 그건 느낌 때문이었다. 이름난 관광지 근방이 여자 혼자 찾아 들어가 잠들기엔 더 나으리라는. 괴산에서 보은을 거쳐 속리산으로 가기로 했다. 중

189

간에 터벅터벅 따가운 햇볕을 고스란히 받으며 집으로 걸어 돌아가는 어린 통학생들을 태워주느라 몇 번 마을로 들어갔다 나오는 바람에 속리산 근처에 이르렀을 땐 긴 여름 해도 서서히 자취를 감춰 가고 있었다. 국도에서 40킬로미터의 속도를 고수했지만 다급해지자 발이 계속 액셀러레이터로 향했다.

짐을 가득 실은 트럭 하나가 수민의 앞에서 얼쩡거리며 절대 옆으로 비켜나지 않았다. 잠자리를 정하지도 못했는데 날은 어두워지고 앞의 트럭은 수민의 속도를 확 떨어뜨려놓았다. 무수한 갈등 끝에 20여 분 동안 그 차를 따라가다가 사람이 한 번 죽지 두 번 죽냐는 각오로 차를 따돌리고 회심의 미소를 지으며 숨을 막 돌리는 순간, 눈앞에 백차가 보였다.

이건 정말 너무 한다고, 어떻게 처음으로 중앙선을 딱 한 번 넘은 내가 딱지를 떼여야 하냐고, 다른 차들이 수도 없이 안전거리를 무시하고 중앙선을 넘나들 땐 나타나지도 않던 사람이 하필 이 길목에서 지키고 있다가 등장할 게 뭐냐고, 굴뚝같이 억울함이 치솟았지만 사정하고 싶지는 않았다. 어차피 사는 게 그런 게 아닌가 싶어서. 수민이 그 대학에 들어갈 수 있었던 것은, 그 친구가 상경을 포기했던 것은, 한쪽은 운이 좋았고 한쪽은 그렇지 못해서였듯이. 그러니 굴왕신같이 살던 사람이 착한 일을 해서 나중엔 아들딸 낳고 행복하게 잘 살았더라는 권선징악의 동화를 어렸을 때부터 귀가 닳도록 듣는 것이고, 어떤 어려움 속에서도 정의는 반드시 승리하고 정의의 화신인 주인공은 끝까지 살아 마침내 영광의 그날을 맞이

한다는 할리우드식 영화는 끊임없이 양산되고 있는 것 아니겠는가. 세상은 그 정반대일 때가 더 많으므로.

"앞지르기 위반 구역에서 앞지르기를 하셨습니다. 면허증 좀 보여주시죠."

잘못한 건 사실이었으므로 그가 스티커만 얌전히 떼어주었다면 수민은 수고하세요란 인사쯤은 예의로 했을 터였다. 면허증을 돌려주면서 그가, 여자니깐 천천히 다니세요, 어쩌구 하는 소리를 하는 순간 수민은 액셀러레이터를 마구 마구 밟아댔다. 그저 염려로 받아들일 만한데도 성적 차별로 받아들인 게 속도광이 될 내성이 있었던 걸까.

속리산 유스호스텔이 눈에 들어오자 살았다 싶었지만 단체 손님들이 들어와 방이 없었다. 할 수 없이 속리산 관광 호텔로 갔지만 하루 방값이 6만 4000원이었다. 안전하고 편안함에 대한 프리미엄이라고 하지만 그건 너무 비쌌다. 다시 유스호스텔로 차를 돌려 사정해봤지만 없는 방이 생겨나진 않았다. 할 수 없이 여관으로 들어가기로 했다. 슬쩍 들여다본 여관방들은 하나같이 싸구려 룸살롱 같은, 허름하고 범죄적인 분위기를 풍기고 있었다. 호객 행위를 하는 사람들에게 이끌려 방까지 들어갔다 가슴이 철렁해서 몇 번을 나와야 했다. 혼자 차를 끌고 여행을 하는 여자에 대한 그네들의 호기심도 만만치 않았다.

나중엔 모르겠다 싶어 아무 데나 들어갔다. 어디든 들어가 발만 뻗는다면 소원이 없을 듯싶었다. 있을지도 모르는 만일의 사태에 대비해 언제라도 뛰어내릴 수 있는 바깥쪽 이층으로 방을 달라고 했다. 나중에 알고 보니 그 여관에 그 밤 투숙한 손님은 수민 혼자뿐이었다. 옆 여관에 든 수학여행 학생들은 밤새 시끄러웠고 앞집 슈퍼는 수민의 귀에 들릴 정도로 텔레비전 소리를 크게 틀어놓았다. 차를 열 시간이 넘게 운전을 했는데도 쉬 잠이 오질 않았던 건 그러한 주변 환경 탓만은 아니었다. 눈을 감고 잠이 든 것 같은데도 복도 쪽에서 나는 작은 소리 하나에도 신경이 바짝 곤두서곤 했다. 출입문의 잠금 장치는 아니나 다를까 고장이 나 누구라도 언제든지 맘만 먹으면 문을 벌컥 열고 들어올 수 있는 구조였다.

비싸더라도 호텔로 갈걸, 그랬으면 좀 더 편한 밤이 됐으련만. 돈 몇 푼 아끼려다 더 큰 사고 나는 것 아닌가. 여관 카운터엔 아줌마도 아닌 젊은 남자가 앉아 있었는데…… 그렇게 있을 수 있는 모든 것을 상상하고, 두려워하다가, 수민은 자신에게 물었다.

너를 지금 무서움에 떨게 하는 정체가 무엇이냐고. 도둑이 들어와 돈을 빼앗아 가는 것? 그런 건 무섭지도 않았다. 그냥 적선하는 셈 치고 주면 되니까. 그럼 무엇인가? 무엇이 너의 잠에 훼방을 놓고 있는가.

남자라면, 남자가 여관방에서 홀로 잠이 든다면 수민이 했던 온갖 주책맞은 상상은 하지 않았을 것이다. 그 밤, 수민은 자신이 여자란 사실을, 의지에 반하는 행동을 누군가 하더라도 맞서 싸울 힘, 그야말로 육체적 힘이 기우는 여자란 사실을 새삼 깨닫는다. 그렇담, 여자는 홀로 여행할 수 없단 말인가.

잠을 포기하기로 했다. 그 다음날도 일정에 따르면 꽤 많은 시간 운전을 해야 했지만 그건 지켜도 그만, 안 지켜도 그만이었다. 어차피 난 길에서 죽을 팔자니까, 라고 자기에게 암시를 주고 나자 모든 것이 훨씬 홀가분해졌다. 장난삼아 텔레비전을 켜니 유선방송이 나왔다.

〈한명회〉란 드라마를 건성으로 보고 있는데 어느 순간 암흑 천지가 되었다. 손을 더듬어 안내 데스크에 전화를 했지만 받지 않았다. 여관을 알리던 네온 불빛도 꺼져버리고 온갖 사물은 어둠 속에 웅크리고 있었다. 전기가 나가던 순간, 이제 정말 무슨 일이 벌어지는구나, 하고 쿵쿵거리며 뛰던 심장은 어둠에 눈이 익어가자 누그러졌다.

그 밤과 새벽, 수민은 창밖에 나타나는 어둠의 여러 색깔을 경이로움으로 지켜보았다. 숯덩이처럼 검은 색에서 푸르스름한 이끼 색까지 어둠은 빛만큼이나 다양한 스펙트럼을 가지고 있었다.

속리산에서 그 밤을 그렇게 혹독하게 치르고 나자 다른 밤들은 훨씬 쉬웠다. 변산 쪽에선 그렇게 깔끔한 방은 아니었어도 속리산의 여관만큼은 떨지 않아도 될 정도였고 마지막 밤이었던 구례 화엄사 쪽에선 비싸지 않은 깨끗한 모텔에서 잤다.

내소사, 쌍계사, 천은사, 화엄사, 합천의 해인사까지 이름난 절들을 의식적으로 찾아 들어갔다. 그리고 대웅전 바닥에 엎드렸다. 부처님 앞에 어떻게 예절을 갖춘 절을 해야 하는지는 몰랐지만 그건 중요하지 않았다. 어차피 수민이 엎드려 절을 한 대상은 부처님이 아닐지도 몰랐으므로. 그렇게 찬 마룻바닥에 이마를 맞댄 것은, 기승스럽게 일어나는 생각들을 회피하기 위해 일부러 자신에게 어깃장을 부린 건지도 모른다.

제발 저의 화두를 풀어주십사, 도대체 희민이는 제게 무엇입니까. 이 아이를 낳고 예까지 길러왔습니다. 그러나 도저히 더 이상은 자신이 없습니다. 어떻게 둘이서 만든 생명을 어미 혼자서 떠맡고 책임질 수 있습니까. 자신 있다고, 했던 제 자신의 약속을 거둬들이고 싶습니다. 이 아이를, 이 아이를…… 어떻게 해야 합니까.

그러나 대웅전 마룻바닥을 물러 나와 삼성각의 좁고 비탈진 계단을 올라갈 때면 차마 꺼낼 수 없어 화강암 돌계단 같은 것으로 꼭꼭 눌러두었던, 그것이 치받치고 올라오려고 하였다. 아이 하나만도 충분히 벅차…… 다른 것은 감당할 수조차 없는데……. 강 선생, 규라는 남자는 나에게 무엇인가 하는 그 질긴 울음 끝에 나오는 토악 같은 물음이.

그 긴 여행에서 돌아오던 날의 흥분과 조바심을 수민은 아직도 잊지 못한다. 화엄사에서 88고속도로를 타고 해인사로 향했다. 팔만대장경을 건성으로 구경하고 나자 이제는 돌아가야 할 때라는 자각이 들었다. 아니 그것보다는 수중에 남은 돈이 달랑 5000원이라는 깨달음이 더욱 현실적이었다. 일단 가는 데까지 가보자. 해인사를 나서자마자 속도를 높여 국도를 달렸다.

전국을 이리저리 헤집고 다녀도 절대로 여행 노선에 넣지 않는 금단의 땅이 수민에게는 있다. 따뜻한 남쪽 지방, 변산과 지리산이 바로 수민이 가 닿을 수 있는 남방한계선인지도 모른다. 더 아래쪽으로는 차마 갈 수가 없다. 이제 철호와 그의 고향은 지나가버린 삽화가 되었는데도 그 편으로는 갈 수가 없다. 그곳엔 수민이 즐겨 찾는 유서 깊고 아름다운 풍광 속에 들어찬 절집들이 많았고 거기다 상다리가 부러지게 차려 나온다는 맛깔스러운 음식들이 있다는 걸 누구보다 잘 알지만 그곳으로는 갈 수가 없다. 가슴이 질정 없이 무두질을 해대므로.

계기반 바늘이 반 조금 못 미치게 가리키고 있었다. 그만큼 남은 기름과 돈 5000원을 가지고 도박을 했다. 아이를 한순간이라도 빨리 보고 싶은 마음에서였다. 우선 청주까지만 가보자고, 거기 사는 후배에게 전화를 하든지 아니면 면목 없지만 혜숙에게 은행 구좌로 돈을 좀 넣어달라고 하든지 하겠다고. 그날은 무척 더웠다, 고 지금도 기억한다. 기름 때문에 에어컨도 틀 수 없었다. 창문을 모두 내린 채 아스팔트를 뜨겁게 달구는 열기를 고스란히 몸으로 느끼며 조금이라도 기름을 아끼기 위해 낼 수 있는 최대한의 속도로, 시간당 130에서 140킬로미터로 가속페달을 밟고 또 밟았다. 시간이 지날수록 참을 수 없는 건 흘러내리는 땀보다는 굉청을 울리며 지나가는 대형 트럭이나 컨테이너가 내는 굉음이었다. 시원함과 고요를 순간순간 선택하며 수민이 그날 오후에 다다른 곳은 청주가 아니라 서울이었다. 단돈 1000원과 기름을 주유해달라는 계기반의 사인과 함께.

카페에 먼저 들렀다. 혜숙이 아일 데리고 거기 있을 것 같아서. 가게를 보던 아르바이트 학생은 혜숙이 아일 데리고 근처의 대학으로 바람을 쐬러 갔다고 일러주었다. 수민은 달렸다. 그 넓은 대학 교정을 다 뒤져서라도 아이를 한순간이라도 빨리 안아보기 위해. 무엇 때문에 그렇게 아이와 떨어져 있었냐고 자신을 힐난하며.

한참을 뛰어다니다 본관 앞 나무 그늘 아래에 있는 아이를 보았다. 내 아이가 맞나 침을 꿀꺽 삼키며 다시 쳐다보았다. 어떻게 아이를 놀래줄까. 엄마를 발견하면 아이는 아장아장 엄마 품으로 달려오겠지. 마음이 너무 급해 넘어지면 어떡하지.

"희민아, 희민아!"

수민이 이름을 부르며 아이 쪽으로 달려가도 아이는 못 듣기라도 한 것처럼 멀뚱하니 쳐다보기만 하였다. 수민이 코앞으로 다가가자 아이는 오히려 이모를 숨차게 부르며 혜숙이에게 손을 내밀었다. 혜숙은 당황한 듯 그 손을 잡았고 난감해진 수민이 아이의 뒤통수만 만지작거렸다. 아이는 그렇게 무관심한 모습으로 통렬히 엄마의 부재를 꼬집었다. 그건 어른들이 하는 몇 마디의 말보다도 수민의 가슴에 가시로 박혀 들었다.

그랬음에도 수민은 다시 길을 떠났다. 열흘도 못 되어, 아이가 다시 엄마 품에만 파고들려 할 때 이번엔 좀 더 긴 여행을 떠났다. 혜숙이 내민 아이의 돌 사진을 가방에 챙기고서. 떠나기 전 규를 만났다. 규를 만나고 나서 떠나야겠다고 결심했는지도 모른다.

마지막 섹스의 기억을 털어버리기 위해 수민은 익명의 남자를 택한 것이 아니라 이름도 얼굴도 나이도 직업도 아는 남자를 택했다. 그러나 그 남자가 세상을 어떻게 보고 있는지, 무슨 이상을 품고 생

196

을 살아가고 있는지, 생을 사는 데 가장 높은 가치를 어디에다 두는지는 알아보지 못했다. 그의 세계관, 가치관, 인생관이 수민과 같은 것인지 어쩐 것인지 비교 분석해보지는 못했다. 다만 수민이 그에게서 아는 게 있다면 그 앞에서 콧물과 눈물을 범벅이 되도록 쏟아내어도, 잠들 수 없는 한밤중이나 새벽녘 누군가에게 삶의 남루를 내보이고 싶을 때 그에게 전화로 긴 수다를 늘어놓아도 다음에 다시 만났을 때 부끄러움이나 후회로 시선을 피할 일이 없다는 것들이었다.

작년 아이의 돌 무렵 그렇게 수민은 떠나고 돌아오기를 반복했다. 어미가 없는 날들을 아이는 혜숙과 함께했다. 그 긴 시간 동안 카페와 아이를 돌보는 일을 어떻게 동시에 해낼 수 있었는지 지금까지도 그건 물어볼 수가 없다. 12시가 넘어야 문을 닫을 수 있는 카페와 이제 막 밥을 먹기 시작한 아이 사이에서 유난히 더웠던 작년 여름에 그 애는 구슬땀을 흘리고 또 흘렸을 것이다. 그러고도 그 여름이 다 가도록 삼계탕 한번 끓여주지 못한 수민이었다.

혜숙은 수민의 대학 2년 후배였다. 그 애는 생색나지도 않는, 남들은 별로 하고 싶어 하지 않는 궂은일들을 묵묵히 해내던 그런 후배였다. 밤새껏 대자보를 써서 붙인다든가, 술이 취한 후배들의 뒷바라지를 해준다든가 하는 따위의 일들. 덩치가 큰 조직 사건에 관련돼 검찰이 발표한 계보 그림의 아래쪽에 그 애의 사진이 박힌 신문을 통해 수민이 학생운동을 정리한 후 끊겼던 그 애의 근황을 알았고, 출감한 후 바람이 전하는 통신에 따르면 남쪽 어느 도시로 노동운동을 하러 떠났다고 하였다.

자취방 창 밑에 중발들을 놓고서 양파나 고구마를 기르던 정 많고 세심하던 그 애가 때론 보고 싶기도 했다. 하지만 그 애의 연락처나 아니면 수민의 연락처도 전해지거나 전해줄 수가 없었으므로 그리움의 영역에 머물러 있을 수밖에 없었다. 그러던 그 애가 어느 날 수민을 찾아왔다. 기적처럼!

〈코코모〉란 노래를 틀어놓고 셰이커를 흔들며 가당찮게도 톰 크루즈 흉내를 내며 피냐콜라다를 만들고 있던, 벚꽃잎이 분분히 흩날리던 봄날이었다. 악지 세게 달라붙던 꽃샘추위가 물러가고 이제 제대로 된 봄이 막 시작하려는 때 수민은 때 이른 더위를 느끼고 있었다. 그날 오전 수민은 백화점 임산부 전문점 코너로 달려갔고 화려한 꽃무늬의 반팔 원피스를 망설임 끝에 샀다. 처음 입은 임신복이 주는 묘한 감정, 쑥스럽기도 하고 자랑스럽기도 하고 슬프기도 한 그 감정들을 탈색하느라고 그날 영화 〈칵테일〉까지 끌어 들였는지도 모른다.

그 애는 여러 번 언니, 라고 불렀던 듯하였다. 마침내 참지 못하고 주방을 넘어와 실팍한 수민의 허리를 감싸 안은 걸 보면.

"언닌, 여전히 사는 게 재밌나 봐."

순하게 웃으며 그 애가 처음 수민에게 건넨 인사말에 수민은 그저 푸슬푸슬한 웃음으로 화답했다.

다들 정리하는 분위기라 자신도 짐을 꾸려 서울로 왔다고, 그러다 아는 선배를 만났고, 그야말로 꼬임에 빠져들어 자석요를 파는 피라미드 조직에 들어갔다고 했다. 아니다 싶어 발을 빼려는데 그 몇 달 사이 끌어 들인 빚이 자신이 평생 번 돈보다 훨씬 많더라고, 세상살이도 시틋해지고 악머구리 같은 세상 미련도 없어 머리나 깎고 산으로 들어갈까도 했다고. 아무리 그렇다 하더라도 속세의 빚은 갚아야 어딜 가도 두 발 뻗고 잠이 들 수 있을 것 같아 언니를 찾아왔다고.

그건 수민이 사업이란 걸 시작하고 처음 있는 일이었다. 운동하던 사람들이 세상 속으로 나올 때 떨쳐버리지 못하는 아마추어리즘 같은 것을 염오해오던 수민이었다. 모든 것이 교환가치로 평가되는 자본주의 세상에서 장사를 한다는 것은 제 안에 있는 돈을 풀어 남을 주기 위함이 아니라 이윤을 남기기 위함이라는 자본의 논리를 따르기로 한 수민이 손익분기점을 넘어서 흑자로 돌아서자 제일 먼저 한 일은 자본금을 대준 엄마에게 원금의 이부로 계산한 이자를 송금하는 일이었다. 아마추어리즘을 경계한다는 것은 다른 면에선 화해할 수 없다고 결론지었던 자본주의 노동력의 상품화라든가, 인격이 배제된 채 돈과 돈이 거래되는 유통 구조의 논리에 일단 순응하기로 한 것이다. 그래서 서빙하는 아르바이트 학생들이나 물품 거래처 같은 곳에서 뭔가 제대로 움직여주지 않을 땐 결코 정이라는 이름으로 어물쩍 넘어가지 않았다. 그러나 수민도 처음부터 그런 일을 잘 해냈던 건 아니다. 그렇게 하지 않으면 수시로 가져가는 철호의 활동비를 감당할 수가 없었고 이윤은커녕 빚잔치만 벌이게 될 꼴이었다. 어느 누구도 아닌 자신이 살아남기 위해, 사업을 시작

199

했다는 소문만으로 여기저기서 손을 내미는 지인들이나 단체에 돈을 내줄 수가 없던 내막도 어느 순간 관성으로 변해버렸던 건지 모른다.

그날, 아이가 태어나면 혹시 생길지 모르는 일말의 사태에 대비해 모아두었던 적금을 털어 아무런 조건 없이 혜숙의 손에 쥐어주었다. 빚 다 갚고 세상을 새처럼 주유하고 떠돌든, 탈속해서 새로운 세상을 살아보든, 너 하고 싶은 대로 원 없이 한번 해보라고.

그 돈을 들고 나간 혜숙은 빈손이 되어 그 밤에 수민에게 돌아왔다. 잘 곳이 없다고, 그날부터, 철호가 나가고 혼자 살던 수민은 아이가 태어나기 전에 새 식구를 하나 맞아들이게 되었다.

가끔 생각한다. 혜숙이 없었으면 어떻게 됐을까 하고. 무언가 하나는 분명 포기해야 했을 것이다. 가게를 팔아치우든지 아이를 아예 어디 맡기든지. 아무래도 수민은 가게를 팔아치우는 쪽을 택했을 거라고 그렇게 스스로를 진단해보고 씁쓰레하게 웃곤 한다. 이미 모든 걸 다 포기하고 가진 아이였으므로 세상에 그 무엇도 아이하고는 분명 바꿀 수 없었을 것이다.

지금 돌이켜보면 철호와 결혼할 때 수민의 머릿속엔 엄마란 단어는 없었던 것 같다. 더더욱 철호도 아이 문제는 꺼낸 적도 없었고. 언젠가 좋은 세상이 오면, 그런 전제는 서로 달아보았던 적이 있었던 것도 같다. 가능하지 않을지도 모르니까 분명 농담을 주고받는 것처럼 실없이 웃어가며.

스물두세 살쯤에 여자애들이 몇 명 모여 이런 이야기를 나눴던걸

200

선명히 기억하고 있다.

"결혼은 하더라도 애는 낳지 말아야 해. 적에게 인질밖에 더 되겠니? 혁명 유자녀들이 많이 생겨날 테니까 그 애들을 데려다 길러야 해. 애가 있으면 어떻게 사업을 하겠니? 레닌과 크룹스카야도 끝까지 애가 없었잖아."

그때 수민도 긍정의 의미로 고개를 끄덕거렸었다.

세월이 야속한 건지 아니면 속닥거리던 그 여자들이 무모했던 건지는 알 수 없지만 그 여자애들의 대부분은 결혼을 했다는 소문을 이렇게 저렇게 흘려들었고, 결혼을 한 여자들은 자연스러운 섭리로 아이가 생겨나 엄마들이 되었다는 이야기도 또한 얻어들었다. 결국은, 지키지 못할 약속을 어마어마한 단어들을 사용해가며 남발한 꼴이 되고 만 것이다.

수민은 하마터면 끝까지 약속을 지킬 뻔했다. 사소한 실수로 우연히 아이가 수민의 몸속에 둥지를 틀지만 않았어도. 그 일은 결혼이란 형식으로 철호와 수민이 결합한 지 꼭 만 4년째 되던 해였다.

철호와 이혼을 하고, 아니 더 정확히 말하면 이혼을 당하고 나서 수민에게 남은 것이라곤 주체할 수 없는 자유뿐이었다. 철호는 원시적 축적 구조가 불가능하도록 수민이 벌어들인 돈을 가져갔었다. 둘이서 월말 결산을 끝내고 나면 수민은 철호에게 생활에 필요한 최소한의 돈을 다시 타는 식이었다. 수민은 철호가 그 돈을 구체적으로 어디에 쓰는지 물어본 적이 한 번도 없었다. 알아봤자 좋을 것도 없는 사안이므로. 그와 살던 때는 적금을 들 돈도 없었지만 들어야겠다는 생각조차 못했다. 철호는 자본주의사회에서 은행에 돈을 맡기는 사람보다 더 어리석은 사람은 없다고 은행의 낮은 이자율에 늘 코웃음을 쳤었다. 그가 허리케인처럼 한순간에 돈을 휘몰아 가지고 떠날 때 불만은 있었지만 불평은 할 수 없었다. 그것이 수민이 수행해야 할 임무였으므로. 그런데 그와 이별을 하고 나자 순수익이 오롯이 수민의 몫이 되었고, 월말 결산을 하고 나면 다음 달에는 무엇을 새로 들여놓을까, 어디에 재투자를 할까, 하는 것이 수민에게 새로 생겨난 고민이라면 고민이었다. 음악 전문점이란 색채를 강하게 하기 위해 국산 컴포넌트 오디오에서 그동안 축적한 지식으로 마크 레빈슨 앰프를, JBL 스피커를 들여놓았다. 그리고 무겁고 칙칙한 소파에서 가볍고 세련된 수입품 청동 의자와 테이블로 교체했다. 그가 떠나고 나자 니치의 분위기는 80년대에서 90년대로 숨차게 한 시대를 건너뛰었다.

수민이 누리게 된 주체할 수 없는 자유 속에는 물론 물질적 소비의 자유만 들어 있는 것은 아니다. 이런 자유도 들어 있다. 꼭꼭 걸어두었던 마음의 빗장 문을 열고 세상의 아이들을 향해 맘껏 웃을 수 있게 된 자유. 보편적인 인간들은 전철이나 버스 아니면 길을 가다가 처음 보는 아이일지라도 아이가 자신을 향해 씩 웃어 보이면 그 어린것의 손을 잡아 흔들어주거나 볼을 문지르며 웃어준다. 아이들이 미소를 보내지 않더라도 세상에는 아이가 눈앞에 들어오기만 하면 웃는 사람들도 많지만. 특히 모성애가 본능이라는 여자들은 더더욱 그런 행동을 나타내기 마련이다. 몇몇 예외적인 인간들이 있긴 하겠지만.

언제부턴가 수민은 아무리 예쁜 아이가 제 앞에서 별 사랑스런 짓을 다 한다 해도 웃음이 나오지 않았다. 전철이나 버스에서 아이를 포대기에 업거나 멜빵으로 가슴에 매단 엄마가 피곤한 듯 아이를 어르며 제 앞에 서 있더라도 절대로 엉덩이를 들고 일어나지 않았다. 이제 생각해보면 처음으로 수술대 위에 누워 아이를 지우고 나서부터 그런 증상이 생겨난 것 같기도 하다.

전철에서 만삭의 여자가 배를 밀며 수민의 앞에 선 적이 있었다. 그때 수민은 자리를 양보하지 않았다. 그때 수민의 옆엔 철호가 있었고, 한참 잠을 자다 일어난 철호가 벌떡 일어나며 미안한 듯 그 여자에게 얼른 자리를 내어주었다. 전철에서 내려 집으로 돌아오는 길에 철호가 화난 목소리로 비판이란 걸 했다. 당신 정말 해도 너무 하더구만. 아이를 가진 여자가 그렇게 앞에 서 있는데 끝까지 자리를 다 지키고 있고!

수민이 뭐라고 할 말을 찾지 못하자 그가 한마디 덧붙였다.

"인간성 하고는……."

그래, 나 인간성 더럽다, 하고 고래고래 소리를 지른다면 싸움으로 번질 것이 뻔했으므로 수민은 아무 말도 하지 않았다. 왜 수민이 그래야만 했는지 말해봤자 이해하지 못할 것이므로.

중절수술을 한 번 할 때마다 그에 비례해 아이를 가진 여자들에 대한 적대감이 늘어갔다. 아이는 절대 낳을 수 없다는 철호의 고매한 논리엔 차마 반격을 가할 수 없었으므로, 세상에서 제일 행복한 여자들인 엄마란 이름을 가진 여자들을 질시하고 그들을 향해 욕을 퍼부어댔다.

결혼이란 합법적 틀을 거치면서 수민은 스스로가 얼마나 다른 세계 속에서 살아왔는지를 깨달아야 할 때마다 무척 당황스럽고 혼란스러웠다. 그때마다 학교 중앙 도서관의 비상계단, 매미 소리 요란하던 노천강당의 잔디밭, 가정대 뒤 숲 원탁에서 재잘거리던 그 목소리들이 들려오곤 했다.

결혼한 여자들은 대부분 시댁 문제란 것 때문에 괴로움을 겪는다더라, 특히 시어머니와의 관계에서. 한 친구가 그렇게 말하면 그 말이 끝나기도 전에 또 한 친구가 응수한다. 뭐가 걱정이야? 시어머니도 의식화시키면 되잖아. 맞아, 맞아. 시어머니랑 여성문제 세미나를 하면 되겠다. 여자애들은 하나같이 박수를 치고 깔깔거렸다.

지금 생각해보면 비현실적인 감마저 느껴진다. 현실을 전혀 몰랐던 이상주의자들의 수다란 사실에서가 아니라 거의 날마다 최루탄, 사과탄, 지랄탄 속에서 보내며 어떤 날은 어디가 어딘지도 모르게 두드려 맞기도 하고 또 어떤 날은 굴비처럼 엮인 채 끌려 들어가 김밥말이와 원산폭격 같은 것들에 시달렸으면서도, 남들이 잘 가지 않는 학교 구석구석을 찾아 들어가 담배를 피워 물며 그런 낭만 어린 대화를 나눴던 계집애들이 있었단 사실 자체가.

수민은 철호에게서 급진적 혁명가의 냄새보다는 인류 전체의 복지 실현을 목적으로 한다는 인도주의자적인 냄새를 맡곤 했다. 이를테면 레닌이나 모택동이 아니라 슈바이처 박사나 테레사 수녀같이 피부색과 계급과 민족과 국가를 떠나 온 세상의 어렵고 힘든 사람들과 함께하려는 성향을 가진 박애주의자의 영혼이 그에겐 있었다. 온 세상의 모든 아이는 예쁘고 사랑스럽다는 철학을 가지고 있으면서도 결코 자신의 아이는 용납할 수 없단 걸 봐도.

그는 신부나 중이 되는 게 어울리는 사람이었다. 그도 사실 늘 그렇게 고백했었다. 운동을 하지 않았더라면 신부나 중 중에 하나가 되었을 거라고. 수민은 그런 성자와 살기엔 너무 현실적이었는지도 모른다.

시어머니와 여성문제 세미나를 한다고 깔깔거리며 무람없이 웃던 여자애들은 어떻게 시댁과의 관계를 풀어내고 있을까. 만약에 그 애들한테 우리가 옛날에 그런 이야기를 한 것 기억나니? 하고 하나씩 캐묻고 다닌다면 아마도 하나같이 열없게 웃을 것이다. 우리가 그런 적이 있었니? 되물으며.

시어머니는 꼭 당신 아들이 아닌 며느리에게 슬며시 묻곤 했다. 왜 애를 낳지 않냐고. 분명히 며느리가 아이를 원치 않아서일 거라고 확신을 하던 분이셨으니까. 그 문제에 대해서도 철호는 완벽하게 모범 답안을 작성해서 수민에게 들이밀곤 했다. 처음 한두 해는 아직 계획이 없다는 것이었고 세월이 더 지나자 이제는 부모님이 그것도 믿지 않으실 것 같다면서 철호는 아이가 생기지 않는다, 라는 답을 수민에게 제시했다. 그러나 한 번도 수민은 아이가 생기지 않는다란 말을 어른들한테 한 기억은 없다. 거짓말은 하고 싶지 않았으므로.

수민이 시댁에서 가장 곤욕스러운 건 시어머니가 당신 손주들 자랑을 하고 또 할 때였다. 할머니란 존재는 손주들이 한 마디 대꾸한 그럴듯한 대답에 감탄하며 그것을 몇 번씩 반복하여 남에게 들려주며 자랑하고픈 속성을 지니고 있기 마련이고 시어머니도 그런 평범한 할머니들 중의 하나였다. 수민의 얼굴을 뻔히 들여다보고 하는 그런 말들에 수민도 함께 환한 얼굴로 웃어줄 수가 없다는 데 차라리 문제가 있다면 있었다. 쓴웃음을 짓는 수민을 보고 시어머니는 그렇게 생각했을지도 모른다. 저것은 애들 재롱에 웃는 것을 못 봤어. 저렇게 애들을 싫어하니 무슨 애를 낳아 기르겠어?

세상의 모든 아이들을 좋아하는 철호답게 그는 어린 조카들과도 잘 어울려 놀아주었다. 레슬링을 하며 거실 바닥을 구르는가 하면 다정한 목소리로 아이들에게 동화책을 읽어주었고 아이들이 아무리 귀찮게 굴어도 결코 화내는 법이 없었다. 그런 그의 모습을 지켜보며 수민이 느낀 건 풀릴 수 없는 의문이었고 적의였다.

그를 미워하지 않기 위해 수민은 할 수 있는 노력을 다했었다. 정신과 의사와 점쟁이를 찾아가는 것만 빼고. 그를 미워하지 않게 해달라고 누군가에게 울면서 빌었고, 술을 마셨고 그리고 우주를 생각했다. 이 무변광대한 우주 속에서 정말이지 인간은 티끌도 안 되는 존재라며. 무자식이 상팔자란 속담을 가슴에 새기며 살았고 미국에는 일부러 자식을 낳지 않고 부부만의 생활을 중요시하는 딩크족이란 인간들이 있다는 것을 상기하기도 했다.

중절수술을 한 번씩 할 때마다 아이를 가진 여자들에 대한 적대감이 커지는 만큼 내 아이를 낳고 싶다는 열망도 그만큼 커져갔다. 처음엔 빨리 떼어내고 싶은 혹처럼 창피하던 것이 횟수를 거듭할수록 아이를 죽이는 것은 내가 죽는 것이란 죄의식과 자괴감에 시달려야 했다. 한번은 수술을 받으러 가서 산부인과 데스크에 앉아 있는 간호사에게 기어이 묻고 말았다. 여자가 언제까지 임신이 가능한 거죠? 상대편 여자는 그것도 모르는 한심한 여자라는 듯 퉁명하게 대꾸했다. 그거야 배란기까지죠.

건강한 남자와 여자가 만나 결혼이란 걸 하고 조심스럽게 아이를 기다리고 그리고 고대하던 아이를 기쁨 속에 낳고 그 아이를 애지중지 키우고……. 그런 자연스런 인간의 일상이 수민에겐 결코 찾아들 수 없었다. 그렇다고 철호에게 내놓고 불평을 한 적도 없었다. 그래선 안 된다, 그래선 안 된다는 것을 알고 있으므로. 그래서 수민이 택한 건 우회로였다. 심각하지 않게 농담처럼, 만약에 우리에게 아이가 있다면, 이런 최대한의 가정을 섞어서. 그렇게 여러 굽이 돌아 말을 꺼내도 철호는 늘 단호한 어조로 말을 끊어버렸다. 좋은 세상이 오기 전엔 애고 뭐고 없어! 이렇게 같이 사는 것만도 어디야? 지금도 고생하는 사람들이 얼마나 많은데.

오랜 기다림 끝에 마침내 부부의 연을 맺은 사람들이 있었다. 남편은 오랜 수배 생활과 감옥살이 끝에 세상 속으로 나올 수 있었고 그런 남편을 오랫동안 기다려온 부인이 있었다. 그러나 그들의 재회는 오래가지 못했고 그들은 짧은 만남 끝에 다시 기약 없는 긴 이별을 해야 했다. 남편에게 다시 수배가 떨어지고 홀로 남은 부인은

끌려가 고문 끝에 그만 유산하고 말았다, 는 신문 기사를 보던 날 수민은 하루 종일 아무것도 할 수가 없었다. 여전히 자행되는 광포한 공권력의 횡포에 몸을 떨었다가 아이를 잃어버린 그 부인의 가눌 길 없는 슬픔이 수민의 온몸으로 전해져 눈시울을 붉혀야 했다. 그러다 어느 순간 몹시도 불경스러운 생각이 머릿속을 화살처럼 지나갔다.

그래도 이 부부는 아이를 가지려고 노력했었구나. 만인을 위한 세상이 오기 전까지 우리 아이는 절대 갖지 말자는, 나와 당신의 아이가 아니라 온 세상의 아이를 사랑하자는 그런 맹세 따위는 하지 않았구나. 아이를 유산한 부인에게는 죄송스럽기 그지없지만 수민보다는 행복할지 모른다고 그녀가 부럽기까지 하였다. 어찌 됐든 밥값은 했으니까.

어느 명절에 시어머니랑 시댁 어른들을 찾아뵌 적이 있었다. 하나같이 그분들은 수민을 향해 따져 물었다. 왜 너희들은 아직 애가 없냐고. 그러자 시어머니가 죄송하다는 듯 읊조렸었다. 애가 아직 밥값을 제대로 못하고 있습니다.

철호는 이 세상 어떤 남자보다도 단호하고 강한 남자였다. 그 바윗돌을 향해 주먹을 휘두를수록 수민의 주먹만 생채기가 나고 피가 흘렀다. 그는 웃으면서 말하곤 했다. 그렇게 애 낳고 싶으면 다른 남자나 알아봐. 그래서 수민도 체념을 했을 것이다. 다른 남자를 찾는 일을. 대신 그 배란기란 걸 한번 믿어보기로 했던 것이다.

남들은 그저 피식 웃고 지나칠 신문 가십면을 수민은 여러 번 읽고 또 읽어 외울 정도가 되었고 철호의 눈에 띄지만 않는다면 스크랩까지 해두고 싶을 정도였다. 영화 〈에일리언〉에서 여성 전사 역을 맡았던 미국 여배우 시고니 위버는 영화에 전념하기 위해 아이를 미뤄오다 만으로 마흔 살 되던 해 딸아이를 낳아 역시 전사답다란 평을 주위 동료로부터 들었고 그 선배 격인 수전 서랜던도 사십이 넘어 아이를 낳았다는 그런 기사들. 어처구니없게도, 그렇지만 수민에겐 너무 절실했으므로, 괄호 안에 들어가 있는 그녀들의 나이는 만 나이일 거라고 스스로를 다독거리곤 했다.

마흔이 넘어 아이를 낳은 여자에게 감탄하고 있을 때 찰리 채플린은 일흔셋에 아이를 낳았다는 어떤 비디오의 대사를 보고는 그걸 확인하기 위해 되돌려 보면서 임신과 출산에서만큼 남녀의 차별이 유별나는 대목도 없다는 것을 새삼 깨달을 때의 그 허탈함이란.

제 아이가 생겨나자 익명의 아이들에 대한 근거 없는 적대감은 한순간에 사라지고 말았다. 아니 희민을 자궁 안에서 키우던 때부터 수민도 세상의 모든 아이들을 사랑할 수 있게 되었다. 웃고 있는 아이들을 보면 웃음이 나오고 울고 있는 아이들을 보면 수민의 눈에도 눈물이 그렁그렁 맺혔다. 모두가 소중한 우리 아이들인 것을. 희민으로 하여 세상의 아이들과 어미들에 대한 적의는 사랑이란 이름으로 바뀌고 자신의 몸은 불모의 땅이 아니란 걸 공표했지만 그건 너무나 뼈아픈 결단과 희생의 대가였다.

혜숙이 어지간히 익숙해진 솜씨로 페퍼민트를 한 잔 만들어주며 예정일을 며칠 앞둔 수민에게 물었다.

"언니, 태어날 아이의 호적은 어떻게 할 거야?"

웬 호적?

이혼을 하면서 호적에 관한 복잡한 경로를 거쳤으면서도 수민은 아이의 호적에 대해서는 생각조차 한 적이 없었다. 아마 막연히 그렇게 생각했을 것이다. 내가 책임지기로 하고 낳는 아이니까 무엇이든 내 이름 밑으로 할 것이라고, 무지하게도.

"언니, 그거 알아? 언니 밑으로 아이를 올리면 아버지에 대한 사항은 전혀 기록할 수가 없어. ……호적이란 평생 따라다니는 거잖아. 그리고 그게 무슨 의미인지, 우리나라와 같은 나라에서……."

아이는 눈물이 많다. 그렇게 서럽게 울어댈 때마다, 그건 어미의 자궁 속에서 습득한 거라고 수민은 제 입술을 깨물고 만다. 철호와 이혼이란 과정을 거치면서, 그리고 또 마지막엔 아이의 호적을 둘러싸고서 수민이 눈물샘에서 퍼 올린 그 셀 수 없이 많은 두레박들.

아빠란 이름을 불러볼 수조차 없고 아직 제대로 한번 본 적도 없는, 호적에만 등재된 아빠란 존재. 수민은 그런 아이가 너무 안쓰러워 아이가 요구하는 것은 뭐든 들어주었다. 업어달라고 하면 허리가 끊어져도 잠들 때까지 등 위에 올려놓고, 신발을 챙겨 들고 나가자고 시위를 하면 아무리 몸이 천근만근이라도 아이의 손을 잡고 나가고, 엄지손가락을 너무 빨아 손톱이 문드러져도 아이가 한사코 빨겠다고 하면 어쩔 수 없이 그대로 두고……. 버릇없는 아이가 될지도 모른다는 불안감은 오히려 부차적인 것이었다.

전화벨 소리가 들린다. 오랜 시간 동안 울렸는지도 모르겠다. 거실로 달려나가 양옆에서 빨간 불이 명멸하는 송수화기를 서둘러 든다. 딸꾹, 하는 소리만이 저 너머에서 들린다. 가슴 한쪽이 철렁 무너진다. 천둥 치던 밤의 긴장이 살아나려 한다. 수민이 이런 긴장된 느낌을 좋아하지 않는다는 것을 누구보다도 잘 아는 규는 이렇게 전화하지 않는다. 그렇다면…… 아이의 생일날인 오늘, 혹시, 그날 밤처럼 그가……. 수민의 입안이 바짝 탄다.

"……나야……."

알 수 없는 긴장으로 여보세요, 라고 내지르는 소리의 뒤끝이 세차게 올라갈 때쯤 상대방은 그제서야 입을 연다.

"……자니?"

"아니, 아직. 너 술 마셨니?"

두 남자 누구도 아니다. 인실이다. 한밤중 인실의 느닷없는 전화에 수민은 본능적으로 인실의 둘째 아이 두리의 생일이 언제인가를 가늠해본다. 그러나 두리는 희민보다 한두 달 생일이 앞선다. 오늘 희민의 생일잔치에서 인실의 얼굴빛이 좋지 않았던 것이 이 밤 불길해진다.

대답 대신 멀리서 쿵 하는 소리가 들린다. 어슴푸레해진 기억들을 끄집어내어 그것들이 정말로 얼마나 빛이 바래었나 확인을 하고 있던 수민은 기습한 현실에 번쩍 정신이 난다.

"인실아, 너 무슨 일 있니? 거기 어디야? 내가 지금 나갈게."

수민의 어조가 급해진다.

"아냐, 괜찮아. 술…… 술, 조금 마셨어. 낮에는 네가 울고…… 밤에는 내가 또…… 사는 게 이런…….”

"야! 너 거기 어디야?"

수민은 안다. 인실은 함부로 사는 게 어쩌구 하는 애가 아니란 걸. 그렇기 때문에 더욱 겁이 난다. 송수화기를 쥔 손에 땀이 밴다.

"있지, 수민아…… 아들 낳으면…… 길러준대……. 당신 손으로.”

"너 지금 무슨 소리 하는 거야? 나, 금방 갈 수 있어. 지금 내가 갈게.”

"……아들 낳으면…….”

"인실아! 인실아!"

좀 전보다 훨씬 크게 쿵 소리가 나고 인실의 소리는 더 이상 들리지 않는다.

기로에 서 있을 때 유일하게 상담을 했던 친구가 인실이었다. 배 속의 아이를 어떻게 했으면 좋겠는가 하고. 인실은 철호만큼 단호했다. 남편이 그렇게 반대를 한다면 절대로 애를 낳지 말라는, 내가 너라면 절대로 애를 낳지 않겠다는 게 인실의 입장이었다. 우리의 이상에 비하면 자식이란 아주 작고 초라한 거란 말을 덧붙이며.

인실의 앞에서는 차마 말하지 못했지만 너는 이미 엄마가 되어보았으니까 그런 말을 할 수 있는 거라고, 애를 낳을 수 없는 여자의 심정을 네가 알 리 없다며 수민은 돌아서면서 입술을 깨물었다. 그 충고를 해주던 때에도 인실의 배 속엔 둘째 아이가 들어 있었다는 걸 나중에 알았다.

누가 있어 나에게 길을 가르쳐준다면. 세상을 오래 살아 지혜가 풍부하고 그렇다고 탈무드 같은 지혜만 가진 사람이 아닌, 이 땅 갈라진 한반도의 현실을 누구보다도 잘 아는, 그런 현실을 타파해보려고 앞장을 선 남자의 옆에서 한평생을 같이 했던, 그런 사람에게 수민이 자문을 구해본다면 뭐라고 대답했을까.

우리 처지에서는 애를 낳을 수 없대요. 애를 하나 낳아 쏟아부을 정성과 시간과 노력이 있다면 다른 이들을 위해 써야 한대요. 하지만 전 제 아이를 낳고 싶어요. 그 아이는 지금 제 배 속에서 자라고 있어요. 이럴 때 어떡하면 좋죠? 어떻게 해야 하나요? 남편과 아이 중에서.

수민이 부러워해 마지않는, 애를 둘씩이나 낳은 여자가 이 밤 머리끝까지 술에 취해 건 전화를 끊고 나서 수민은 냉장고로 가 매실주를 꺼낸다. 그 여자가 무사히 집까지 갔을까 하는 근심 사이사이로 우리의 인생은 어떤 물줄기를 따라 흘러가고 있는 건가 하는 물음을 던진다. 안주도 없이 술잔을 비워내며 수민은 인실이 못 다 했던 말, 사는 게 이런 거니, 하는 말을 입 밖으로 만들어내며 담배에 불을 당긴다.

로자, 로자를 꿈꾸던 여인

"……부족한 제가 전철에 타신 승객 여러분께 한 말씀 드리겠습니다. 예, 예, 여기 군인 아저씨도 있지만 말입니다. 예, 예, 군인들은 이 나라를 튼튼히 지켜야 합니다. 그리고 우리는 예, 예, 이북과 통일하려면 서로 양보해야 합니다. 예, 예, 우리끼리 서로 싸우면 절대 통일되지 않습니다. 예, 예, 우리끼리도 싸우면서 무슨 이북의 김일성이하고 통일을 하겠습니까? 예, 예, 전철의 자리는 노약자에게 양보해야지요. 예, 예, 저기 파란색 잠바 입은 아저씨, 이 할아버지에게 자리 좀 내주시겠습니까? 예, 예, 고맙습니다. 제가……."

빈자리에 엉덩이를 붙이려던, 오십은 너끈히 돼 보이는 '파란색 잠바를 입은 아저씨'는 머쓱해져서 소리 나는 쪽을 향해 날카로운 눈길을 한 번 보냈다. 그리고 나선, 재수 없다는 듯 큰 걸음으로 다른 칸으로 건너가버린다.

전문적인 연설 교육을 받은 사람처럼 울림 좋고 우렁우렁한 목소리의 주인공은 이제 제 다리가 불편해 그런다며 중학생쯤으로 보이는 아이에게 자리를 내달라고 당당히 요구한다. 자리를 빼앗긴 사내아이도 그를 흘금흘금 훔쳐보다 그에게서 멀어지고 만다. 이제 자리까지 차지한 그 사내는 우리나라 정말 문제 많다며 성수대교와 삼풍백화점이 왜 무너졌겠냐며 그것도 사람들이 양보를 안 해서 그런 것이고 이래가지고 무슨 통일이 되겠냐고 일갈을 터뜨리지만, 전철 안의 사람들은 이제 더 이상 그의 말에 귀 기울이려 하지 않는다. 전철이 굴러가면서 만들어내는 여러 소음들 중 하나로 묵묵히 받아들이고 있을 뿐이다.

"예수 천당, 불신 지옥, 독생자 예수 그리스도께서 말씀하셨습니다. 나는 길이요, 진리요, 생명이니 나로 말미암지 않고는 구원에 이를 수 없다고 하셨습니다. 예수 믿지 않으면 지옥 불에 떨어집니다. 예수 믿고 구원 받으십시다. 예수 믿고 영원히 죽지 않는 천당에 갑시다!"

횡설수설한 게 흠이라면 흠이었지만 맷집 좋고 울림 좋던 목소리의 주인공이 무대에서 슬며시 사라지자 성경을 한 손에 들고 머리를 단정하게 쪽을 쪄 넘긴 젊은 여인이 잉걸불 같은 눈빛으로 사람들 사이를 지나다닌다. 그 여인이 사라진 반대 칸에서 앉은뱅이 거지가 까만 고무로 감발한 하체를 밀며, 외면하려는 승객들에게 체머리를 흔들며 동냥 바구니를 내민다.

정신병적 징후를 가진 사람들이 많다는 걸, 철호는 요즘에 와서

부쩍 버스나 전철을 탈 때마다 느끼곤 한다. 멀쩡하게 뵈는 사람이 어느 순간 익명의 사람들을 향해 삿대질을 하고 고함을 친다. 내가 그놈을 꼭 찾아야 된단 말이여! 그래서 내가 이렇게 찾고 다니잖아! 두고 보라구!

정작 철호가 놀라는 것은 얌전하게 앉아 있다 한순간에 게거품을 물며 누군가를 향해 분노나 적의를 드러내는 그런 사람들이 아니다. 그런 사람이 가까이 있는데도 오불관언하고 있는 다수의 승객들, 그 무관심과 외면이 두렵다. 근심 어린 시선은 고사하고 호기심의 눈길조차 주기에 인색한 이 시대의 시민들은 침묵으로 다중의 힘을 과시하고 있는 것이다.

얼마 남지 않은 것 같다는, 울울한 상념만이 머리를 뒤덮는 최 선배의 병문안 길을, 그들은 더욱 철호의 머릿속에 매지구름이 가득 차도록 만들어놓는다. 온몸의 기운을 다 짜내어 들려주던 최 선배의 이야기가 새삼 머릿속을 어지럽힌다.

"이제 생각해보면, 우리는 너무 인간 위주로 생각을 도모해온 게 아닐까. 무슨 말이냐 하면, 이 사회에서 살아가는 인간들의 삶의 구조 자체가 너무 열악하므로 우린 인간들의 삶을 향상시키는 데 그 우선적 과제를 두어왔지. 옳은 생각이야. 이 세상의 모든 것은 인간을 위해 복무하는 거니깐. 그런데 말이야, 인간이 정말로 잘 살려면 조금 시야를 넓혀서 이 천지 만물 우주 속에서의 인간을 보아야 하지 않을까. 결국 이 우주의 인과관계가 끊기면 인간은 존재하지 않을 테니까. 이제는 인간만이 이 우주에 살고 있다는 아집에서 벗어나 곰이나 호랑이 같은 동물도, 소나무나 금강초롱 같은 식물도 이 우주의 구성 요소라는 걸 인정하고 세상 만물이 이 광대무변한 우주 속에서 더불어 살아나간다는 사고로 인식을 전환해야 할 때가 온 것 같다……. 괜히 또 내 말 오해하지 말고 내 진심을 헤아려라."

아무리 발달한 현대의 과학 문명도 몸 안에 퍼져가고 있는 암세포를 어찌할 수 없다는 체념인가, 아니면 근래에 읽던 불교철학의 영향인가. 형은 범우주 속의 인간을 이야기했다. 마지막으로 형이 했던 말, 내 말 오해하지 말라는, 속에 담긴 뼈를 철호는 감득할 수 있다. 형의 뒷말은 분명 이렇게 이어졌을 터였다.

그렇다고 내 말이 지금까지 했던 우리 운동의 방향이 전부 잘못됐다고 하는 말이 결코 아니라는 건 너도 잘 알 거다. 물론 부분적인 잘못도 있었겠지. 운동에 회의하던 많은 사람 중에 이런 생각을 하다가 도나 기에만 빠지는 친구들도 여럿 봤으니까. 그렇다고 또 환경 운동만이 전부고 다른 건 다 필요 없다고 하는 것이 아니라는 것도 너 알지? 이 자연을 자연이지 못하게 하는 것은 자본주의의 벗어날 수 없는 이윤 구조에 있다는 건 엄연한 사실이니까. 더 많은 돈을 벌기 위해 몇백 년 된 삼림을 남벌하고 강으로 몰래 폐수를 흘려 보내는 사람은 모두 이윤을 남기려는 자본가들이니까. 내가 가장 하고 싶은 말은 인간을 위한다는 이유로 행하는 개발이란 것이 진정으로는 인간과 이 우주를 파괴할 수도 있다는 거야. 다른 말로 하면 과학이 모든 것을 해결해줄 수 있으리라고 맹신하지 말자는 거지. 너도 알다시피 운동을 하지 않았더라면 난 지금도 실험실을 지키

217

고 있을 거다. 과학이 과연 누구를 위하여 복무해야 하느냐 하는 문제에서 결국은 이 길을 택했지만 과학이 아무리 발달한다 하더라도 한번 파괴되어버린 자연과 우주의 질서는 온전히 재생하기 힘들 거라는 거야.

"이번 역은 시청, 시청역입니다. 내리실 문은 왼쪽입니다. 디스 스탑 이즈 시티……."

안내 방송을 들으며 철호는 전철을 잘못 탄 것을, 인천행 전철로 갈아타려면 신촌에서 신도림 방면으로 탔어야 했다는 것을 깨닫는다. 왜 이렇게 굴곡진 길을 택했던가.

왼쪽 문으로 다가서면서 철호는 등 쪽에서 뭔가 끈끈한 점성 물질이 그를 끌어당기고 있음을 느낀다. 무쭐하게 전해져오는 그 느낌을 향해 철호는 발을 재우친다. 혹시나 하는 기우도 일절 비끼지 않은 채. 왼쪽의 출입문이 열렸을 때 철호는 그 존재 앞에 서 있는 자신을 발견한다.

오른쪽 입귀에 침이 약간 묻어 있다는 것을, 규칙적으로 찍어대는 고갯방아에 옆 사람이 상당히 불편해하고 있다는 것을 전혀 모른 채 달고도 곤한 잠에 빠져 있다. 그러나 그 모습엔 어젯밤에는 뭐 하다 저 꼴일까 하는 농담도 떠오르지 않을 정도로 겨운 삶의 일각이 내비친다.

이름을 불러서 저 다디단 잠을 깨워야 하는지, 부른다면 무엇으로 불러야 할지 몰라 서성이고 있을 때 출입문 닫겠습니다, 하는 방송이 들려온다. 지금 저 열린 문으로 총알처럼 뛰어나가지 않으면 몇 정거장 더 지나야 갈아탈 곳을 다시 찾을 수 있다.

강하게 이끌리는 어떤 자장 안으로 들어온 듯한 느낌이 전해진 걸까. 눈도 뜨지 않은 채 그녀는 주먹으로 입가를 훔치곤 쓰윽 눈을 떴다. 그러나 꿈을 꾸고 있다고 느낀 건지 다시 눈을 감아버린다.

"인실……."

철호는 그 옛날처럼 인실이라고도, 그렇다고 이름 끝에 씨라는 의존명사를 붙이지도 못하고 뒷말을 흘렸다.

"여기가 어디죠?"

인실은 그가 자신을 알아본 예전의 친구가 아니라 잠에서 깨어나 맨 먼저 눈에 들어온 낯선 타인처럼 주위를 두리번거리며 물었다.

"을지로입구."

그녀는 철호의 대답이 떨어지기가 무섭게 벌떡 일어난다. 그러곤 들릴 듯 말 듯 소곤거린다. 한 바퀴를 돌았군요, 라고.

그녀는 많이 말랐다, 옛날보다. 마지막으로 본 게 언제였을까. 현장 활동 하면서? 서로 지역도 달랐으므로 큰 집회 때 몇 번 스친, 그것이 마지막이었을까. 서로의 결혼식 때도 찾아가지 않았었다. 나중에 복적을 한 수민이 인실의 연락처를 드디어 알아냈다며 흥분했었고 서로 전화 연락도 하고 만나는 것 같은 눈치였지만 철호는 인실의 전화 목소리조차도 들어본 적이 없다. 그럼 이게 몇 년 만인가. 10여 년은 족히 될 듯도 싶었다.

"오랜만이네요."

"예……."

전철 안의 사람들의 시선이 일순 철호와 인실에게로 쏠린다. 이 거 누구누구 맞지? 그래, 나 누구누구야! 하고 청을 놓아 인사하는 소리에 철호도 전철에서 잠이 깬 기억이 있다. 남자는 한 아이의 아빠가 되었고 여자는 때마침 걸려온 휴대폰으로 통화를 하며 왕성한 커리어 우먼의 냄새를 풍기고 있었다. 야, 반갑다. 이거 얼마 만이야? 살아는 있었네. 살아 있으니 이렇게 만나기도 하구 좋구나. 그 쪽 일은 좀 어때? 하고 스스럼없이 손을 내밀어 덥석 악수를 하던 그 남녀들처럼 그렇게 할 수는 없는 걸까. 그러기엔 우리가 너무 늙어버린 걸까, 아니면 그 옛날로부터 너무 멀어져 있는 걸까.

　"어디서 내리세요?"

　"1호선으로 갈아타야 되는데……."

　철호가 뒷말을 흐린다.

　"어디서 내리는데?"

　철호는 타인에게 길을 묻는 사람처럼 예의 바르고 공손하게 묻고 대답하는 게 어색해져서 말을 그만 중간에서 갑자로고 만다. 인실도 그런 철호에 격을 맞추려는 듯 대답 대신 출구로 가서 선다. 뱅뱅 도는 게 지겨워지기라도 한 듯 그녀는 고개를 가볍게 흔든다.

　철호가 대학 3학년 때쯤 전철 2호선이 개통된 것으로 기억한다. 술을 진탕으로 마시고 헤어진 다음 날, 한참 자고 일어났더니 원점이데, 하고 아침 인사를 건네 오던 친구들이 있었다. 그래서 다시 잤지, 뭐, 꼭 나를 위해서 빙빙 돌게 만든 것 같아. 부은 눈두덩을 누르며 그 애들은 푸접 좋게 웃었었다.

내릴 곳을 놓쳐버린, 그건 철호도 마찬가지이지만, 이 친구를 따라나서야 할까. 스물한 살 때쯤 어떤 선배가 술좌석에서 철호에게 그랬다. 너한테 딱 맞는 여자애를 내가 알아봐뒀다구. 너처럼 경직되고, 단순 무식하게 과격하고, 개기는 것 끔찍이 싫어하고 운동밖에 모르는 애가 있는데, 걔 별명이 뭔 줄 아냐? 로자! 로자란다. 왜 내 친구 수형이 알지? 걔네 팀에 있는…….

철호는 연애 같은 건 관심에 없다고 그만두시라고, 당장이라도 정식으로 소개를 해줄 것처럼 덤벼드는 선배에게 정색을 하고 말했다. 그래, 철호 너답다 하고 선배가 고개를 끄덕이며 철호의 어깨를 툭툭 쳤지만, 혹 모른다. 학생운동에서 남는 것은 여자와 병든 육신밖에 없다는 그 선배의 평소 지론대로 자연스럽게 어울릴 수 있는 적당한 기회를 물색하고 있었는지도. 그 선배가 난데없이 불거져 나온 학내 유인물 사건으로 덜컥 구속만 되지 않았어도, 아니면 수민의 적극적인 공세로 연애란 걸 시작하기 전 철호가 누군지 훤히 아는 그 애한테 먼저 접근을 시도했더라면…….

전철 문이 열리자마자, 저 가볼게요, 하고 인실은 도망치듯 뒤도 돌아보지 않고 전철 밖으로 튀어 나간다.

지상으로 발을 옮기지도, 플랫폼으로 들어서는 전철로 몸을 밀지도 못하는 인실의 뒷모습을 지켜보던 철호가 그녀의 어깨를 쳤다. 그때 인실의 눈에 물기가 있었다고 느낀 건 착각이었을까.

"이거 탈 거죠?"

둘은 막 문이 닫히려는 전철 문에 가까스로 뛰어든다.

계단 끝, 지상으로 발을 딛는 순간 인실은 두 팔로 가슴을 덮는다. 으스스 소름이라도 돋는지 그녀는 손바닥으로 팔 줄기를 쓴다. 홍수도 끝나고 이제 가을이 왔는데, 여름은 벌써 지나갔는데…… 계절은 이렇게 쉽게 오고 가는데, 인실만이 찬 바람을 낯설어하고 있다. 머지않아 잎 진 나뭇가지 사이로 칼바람이 휘몰아치면, 그때도 그녀는 생급스럽게 날 선 바람이 찾아왔다고 멀뚱할 것만 같다.

현란한 젊은이의 거리인 이곳에서 그녀는 대꼬챙이 같은 몸을 오들오들 떨고 있다. 그때나 지금이나 귀 위로 바싹 올려 자른 머리는 추워 보이다 못해 초라해 보이기까지 한다. 상고머리로 바싹 자른 머리가 청일한 아름다움을 주던 때가 있었는데. 철호는 잠바를 벗어 잔뜩 옹송그리고 있는 그녀의 등에 덮어준다.

저 술집을 기억한다. 아니 남아 있는 술집 중에 몇 되지 않는 저 술집이야 늘 기억하고 있었던 곳이고 진실은 저 술집 구석에 앉아 노래를 부르던, 로자라 불리던 그녀를 기억한다. 후배들에 둘러싸여, 소주를 한잔 타악 걸치고, 눈을 감던 그녀를. 늘 그곳에 들르면 누군가는 만날 수 있었으므로 철호는 그날도 누군가를 찾으러 그곳에 갔을 터였다. 그녀가 눈에 화살처럼 박혔다. 선배에게 그 말을 듣고 나서였을까. 독일 공산당의 어머니 로자 룩셈부르크를 딴 별명을 누가 처음 그녀에게 붙였을까 궁금해하며, 서점에 가서 여러 책들을 뒤져 독일 공산당 창시자인 그녀에 대한 많지 않은 기록을 외웠다. 긴 코, 짧은 인중, 깊고 겸손해 보이는 큰 두 눈, 거칠어 보이는 머릿결, 외모마저도 그 아이와 무척 닮았다고 생각하며, 참 잘 지은 별명이라고 고개를 끄덕였었다. 싸움터에서도, 도서관 앞 잔디밭에 앉아 있는 그 많고 많은 학생들 중에도, 그리고 이렇게 어둠침침한 술집에서도 그녀는 환한 등을 달고 철호의 눈길에 나타나곤 했다.

너는 햇살 햇살이었다
산다는 일 고달프고 답답해도
네가 있는 곳 찬란하게 빛나고
네가 가는 길 환하게 밝았다

너는 불꽃 불꽃이었다
갈수록 어두운 세월
스러지는 불길에 새 불 부르고
언덕에 온 고을에 불을 질렀다

너는 바람 바람이었다
거센 꽃바람이었다
꽃바람 타고 오는 아우성이었다
아우성 속에 햇살 불꽃이었다

너는 바람 불꽃 햇살
우리들 어둔 삶에 빛 던지고
스러지려는 불길에 새 불 부르는

불꽃이다 바람이다 아우성이다*

　그녀가 불꽃처럼 눈을 빛내며 햇살 같은 웃음을 지으며 후배들을 끌어안고 〈민주〉를 목이 터져라 외쳐 부르던 그 술집 앞을 지금 그녀와 걸어간다. 그녀는 알고나 있을까. 그 언젠가 그 술집에서 찾아야 할 사람이 아무도 없었는데도 담배 한 대를 피우며 입속으로 그 노래를 따라 부르며 문밖에서 철호가 그녀를 훔쳐보고 있었다는 것을.

　이 거리로 다시 오긴 왔지만 술까지 마실 생각은 없었다. 그 모든 감정은 수민을 만나기 전의 그것이었으므로. 설사 그 감정의 여진이 있었다 하더라도 무얼 어쩌겠는가. 시곗바늘을 거꾸로 돌릴 수는 없지 않은가. 차나 한잔 마시고 헤어질 생각이었다. 인사성으로 철호가 어디로 갈까요? 하고 묻자 우리, 술 마시죠란 대답이 의외로 시원하게 나오는 바람에 술집 골목을 더듬게 되었을 뿐이다. 그 옛날 술집들은 한두 집을 빼고 거의 모두 사라져버렸으므로 소주방이란 이름의 90년형 술집을 택하는 수밖에 없었다. 허기사 그때의 술집을 찾아내어 들어가면 또 무슨 의미가 있겠는가. 이제 와서 새삼이 나이에.

　"여전하죠?"

　서로 예를 갖춰 술잔을 채워주고 인실이 묻는다.

* 신경림, 〈햇살〉.

"그렇죠, 뭐."

일견 퇴행하는 듯한 역사를 되돌려보려는, 결코 꺾일 수 없는 인간의 의지를 속으로 삼키며 철호는 과장하듯 심상한 어투로 대답한다.

"어떠세요?"

"잘 모르겠어요. 그냥 하루하루 살아가고는 있는데, 후, 말이 아니죠."

자조 섞인 웃음과 함께 인실이 술잔을 털어 넣는다. 애들 때문에 얼른 일어서야 할 것 같다는 말을 인실이 먼저 꺼내지 않으므로 철호도 염려를 달아 물어볼 수가 없다. 우리는 늘 귀가를 걱정하지 않았던 친구들이므로.

"큰애 이름이……?"

"하나예요."

"애가 하나뿐인가요?"

"아니에요, 그 밑에 딸아이가 하나 있어요. 이른바 딸딸이 엄마죠."

그녀는 자학처럼 딸딸이 엄마란 소리를 내뱉었다.

"그럼 애 아빠는…… 보좌관 그만두셨단 이야기는 들은 것 같은데."

"뭐, 저도 잘 몰라요. ……요즘 힘들죠? 이 사람이나 저 사람이나 모두 민주투사였던 것처럼 나서는 것도 그렇고, 모두들 힘든 시절은 힘든 시절이었지만 우리가 스크럼이라도 한번 짜면 그 많은 학생 중에 1프로나 2프로가 평균 아니었던가요? 우리가 뭐 보상이나 대가를 바라고 운동을 했던 건 아니지만 조금 세상이 바뀌었다고 목소리를 높이는 사람들을 보면……. 또 그럴 거예요. 조금 또 어려워지면 다들 또 내가 언제 그랬냐 싶게 수그러들겠죠."

인실은 슬쩍 화제를 돌려놓을 뿐만 아니라 목소리까지 높여 사람들을 비판의 도마 위에 올려놓는다. 비아냥거림과 힐난의 화살을 남편만이 아닌 다른 사람에게도 돌리고 싶다는, 제 작은 집 작은 가정만이 아닌 큰 세상을 보고 그것을 향해 이야기하고 싶다는, 의지의 표현이기라도 한 건가.

그녀는 이제 슬쩍 화제를 돌리는 게 아니라 또박또박하고 당당한 목소리로 묻는다.

"6·27 지자제 선거에 대한 분석을 어떻게 정리하고 있나요? DJ는 어떻게 할 것 같아요?"

철호의 수박 겉 핥기 식 설명에도 인실은 한마디도 놓치지 않으려는 듯 눈을 빛내며 듣는다. 그 반짝이는 눈동자를 들여다보며 철호는 이 사회에서 여자들이 평생 운동을 한다는 게 얼마나 만만찮은 일인가 하는 생각을 한다. 한때 로자라 불리던 이 여인도 지금 이렇게 일상에 매여 안돌이 지돌이 같은 산길을 가듯 추연한 삶 속에 놓여 있다. 기억이 맞다면, 로자는 사민당 정부의 군인들에 의해 베를린의 어느 강에 던져지는 최후의 삶을 맞이할 때까지 결혼이란 제도 속으로 편입하지는 않았다. 남자들도 결혼해서 마누라 있고 자식들 생겨나면 굴레가 되기 쉬운데 가부장제 사회구조 속에서 하물며 여자들은……. 여자들이 평생 운동을 제대로 하기 위해서는 혼자 살아야 할 거라고, 술잔을 입안으로 털어 넣는 인실을 철호는 안쓰럽게 쳐다본다. 그래서 애초에 철호 자신도 결혼 같은 건 하지 않으려고 하지 않았던가. 그런데 어쩌다 결혼이란 걸 해서 결국 이렇게 원점으로 돌아오기까지 그 여정이 얼마나 간난신고했던가.

철호는 인실이라면 수민의 소식을 알지 모른다고, 분명 알고 있을 거라는 확신이 든다. 수민뿐만이 아니라 아이에 대해서도, 이번 아이의 생일은 어떻게 지냈는지 앞에 있는 인실이라면 알지도 모른다. 아직까지 연락을 취하고 있는 수민의 몇 되지 않는 친구 중의 하나니까. 그러나 이야길 차마 꺼낼 수가 없다. 그 옛날처럼 불꽃같이 눈빛이 타오르면서 향후의 정치적 전망을 묻는 사람한테 수민의 이야기는 더구나 아이 이야기는 도저히 물을 수가 없다.

저녁 회의에 참석하기 위해서는 지금쯤 일어나야 한다는 걸 알면서도, 자꾸 술잔을 입으로 가져가는 인실에게 철호는 그만 가봐야겠다는 말을 선뜻 할 수가 없다. 끝을 놓기에는 미련이 아직 남아 있기라도 한 듯.

신도림역까지 전철을 타고 가면서도 둘은 별말이 없다. 수수롭게 출입문 옆에 바투 서 있는 인실을 보며 철호는 때 이른 겨울을 느낀다. 겨울, 이제 곧 찬 바람 몰아치는, 시련의 시절이 또 어김없이 오겠구나. 저 짧은 머리가 겨울이 오기 전에 귀를 가리고 뒷목을 덮을 수 있을까.

겨울은 늘상 철호에겐 시련이었다. 대형 공안 사건은 늘 겨울에 터졌고, 운동권은 동면에라도 들어간 듯 대응 능력이 없었고, 그리고 수민과의 이혼이 이 겨울에 있었다. 더욱이 올겨울은 내년 국회 의원 선거를 앞두고 있으므로 권력을 가진 측에서는 분명 또 모종의 사건을 만들어내리라는 것은 불을 보듯 뻔한 노릇이기도 하다.

내릴 곳이 가까워지자 철호가 호주머니를 뒤져 명함을 한 장 꺼내 인실에게 내민다.

"연락하세요."

"다음엔…… 제가 꼭 술 살게요."

인실에게 가볍게 목례를 하고 출입구 쪽 한 무리의 사람들 옆으로 붙어 설 때 철호의 귓가에 급한 목소리가 울린다.

"수민이한테 연락 좀 해보세요."

철호는 전철 문이 열리자마자 사람들 틈으로 빠져나가면서, 뒷모습을 점도록 지켜보고 서 있는 가을 햇살 같은 한 여자의 시선을 느낀다.

세월, 그 앞에 서면

신세계백화점이 그곳에 있는 건 알았다. 그런데 그것 말고도 두 개나 큰 백화점이 그 거리에 들어서 있다. 언제 이 거리가 이렇게 변했을까. 이 거리를 떠나 있던 시간이 그렇게 길고도 멀었던가. 이 거리를 떠올리면 그대로 연상이 되는 서울이란 거대한 공룡의 악취가 나는 배설기관 같은 그런 모든 것들이, 재벌이 만든 깨끗하고 화려한 백화점에 확 씻겨 나간 듯도 하다.

이제 이 영등포역에서 밤늦게 공중전화를 사용할 때도 뒷사람에 신경 쓰지 않고 상대방과의 전화 통화에만 모든 신경 줄을 세워두어도 괜찮은 걸까. 수민이 아직 이 근방에 있을 무렵 이 사람 저 사람의 입에 오르던 이야기가 생각난다. 긴장된 통화를 끝내고 부스를 나오던 선배 앞으로 어깨가 떡 벌어진 사나이가 어깨를 잔뜩 뒤로 젖히고서 칼을 쓰윽 들이대더라던. 인적이 끊긴 것도 아닌 그냥 밤에. 물론 수민의 선배는 여자였고 그 이야긴 인구에 회자시킬 수 있을 만큼 어찌어찌 큰 해는 입지 않았다. 하지만 이 거리의 역 앞에 몇 되지 않는 공중전화와 앞사람을 흘깃흘깃 쳐다보며 차례를 기다리며 죽 늘어서 있는 사람들의 긴 그림자를 볼 때마다 수민은 저도 모르게 그 선배를 떠올리곤 했다. 껌을 딱딱거리며 씹고, 거리에 침을 타악 뱉어가며, 조금만 수가 틀리면 시비를 걸 양으로, 지나가는 사람을 한 사람씩 치쩬 눈으로 노려보면서 먹잇감을 구하고 있는 어깨라 불리는 사내들. 그들 앞을 지나칠 때면, 수민은 들고 있는 스포츠 신문의 제호가 밖으로 드러나지 않도록 안으로 꾸깃 접어 힘을 꽉 주고 시선을 정면으로만 향한 채 이 길을 통과해내곤 했었다.

음악 소리를 좀 줄였다 아예 꺼버린다. 그렇게 슬픈 곡조가 아닌데도 이상하게 들을 때마다 눈물이 찔끔거릴 정도로 영혼에 긴 공명을 만들어주는 방겔리스의 음악은 이 거리에선 어울리지 않을 듯싶다. 그건 너무도 고고하게 저 높은 곳만을 향하고 있는 듯하므로. 이 거리에선 끈끈하고, 떼려야 뗄 수 없는 징그러운 정에 대한 노래, 주현미나 태진아의 노래가 더 어울릴 성싶다. 몸에 배어버린 관성은 강렬한 호기심보다도 더 무서운 것일까. 수민은 시선을 똑바로 향하고 옆으론 눈길조차 주지 않고 운전대를 잡고 있다.

차는 신도림과 구로의 공단들을 지나 서쪽으로 달린다. 대학 다닐 때 공장 활동이란 걸 구로의 방직공장에서 했었다. 하루 종일 서서 끊기지 않고 잘 감겨나가도록 이 실 저 실로 뛰어다니며 봐주는 것이 수민의 일이었다. 점심때면 공장 한구석, 어떤 고참이 피곤하지? 하면서 가져다준 포장용 상자의 골판지 위에서 세상 모르고 잠이 들곤 했다. 그러나 그때 수민은 예정된 한 달도 채우지 못하고 나와야 했다. 관리자가 꼭 주민등록증을 가져오라고 신신당부를 했으므로. 지금도 선명히 기억나는 건 세상 태어나서 처음으로 그 애들과 함께 기숙사 안의 샤워실에서 샤워를 할 때였다. 대중목욕탕에 들어가면 누구나 당연히, 그것도 자연스럽게 옷을 벗고 들어서는 것인데도 수민은 그때 샤워실 앞에서 심하게 쭈뼛거렸다. 벌거벗은 맨몸뚱이에 나는 여대생이라고 새겨져 있는 것도 아닌데. 수민의 정도가 지나쳤던지 그 애들의 눈빛이 이상하게 변한다 싶을 때 수민도 훌훌 옷을 벗었다. 물줄기는 시원하다 못해 춥기까지 하였다. 아, 그 안에서 그 애들은 하나도 부끄러워하지 않고 달리며 소리치며 서로 머리카락을 잡아당기며 장난을 치며 놀았다. 그렇게 힘들게 노동을 했는데도, 가만히 있는 것도 힘에 부치는데도 그 애들은 깔깔거리며 쉬지 않고 떠들었다. 발가벗은 채로. 옆에 있던 스무 살 중반의 고참 언니가 수민을 가리키며 키득거렸다. 얘, 넌 얼굴보다 몸이 하야니깐 나중에 남편한테 사랑받겠다야, 얼굴은 검고 몸이 하얀 사람이 남편한테 사랑받는댄다야, 그러면서 덧붙였다. 나 좀 봐, 나도 얼굴은 연탄이어도 피부는 되게 하얗지?

그 고참은 지금 남편한테 사랑받으면서 잘 살고 있을까? 얼굴은 까맣게 잊어버렸지만 그녀가 했던 말만은 아직도 머릿속에 남았는데. 그때 기숙사에서 한 방을 썼던, 검정고시를 공부한다고 틈만 나면 책을 보던 그 애는 고졸 학력을 가지게 되었을까. 틈입자처럼 잠깐 들어갔다 빠져나와 다시 찬란한 캠퍼스로 돌아왔던 그해 여름.

어질병이 일어 비상등을 켜고 차를 갓길에 세운다. 운전대에 고개를 처박자 그의 손이 수민의 어깨 위를 가볍게 누른다.

"내가 운전할까?"

"아니…… 아직은."

길은 알아도 당신 마음의 지도를 알 수 없으니……, 규의 중얼거림을 한 귀로 흘리며 다시 길 위에 나선다. 따뜻한 가을 햇살이 수민의 어깨 위로 내려앉는다. 어떤 이유에서건 그가 아니었더라면 이곳으로 올 생각도 하지 못했을 터였다. 늘 한 번은 오고 싶던 곳이었지만. 역에서부터 시작하여 일직선으로 그 도시의 중심을 관통해 있는 길을 버리고 일부러 외곽 쪽으로 에도는 길을 택해 들어가기로 마음을 먹는다. 마음의 준비가 필요하므로. 그러나 오히려 당혹감은 더 빨리 찾아왔다. 벼 이삭이 살랑거리던 논뙈기는, 포도밭으로 유명했던 밭뙈기는 가뭇없이 사라지고 그 위엔 고층 아파트 숲이 솟아 있다. 이 도시에 조성된다는 신시가지란 바로 이런 거였구나……. 저기 지나가는 전철에 서 있는 사람도 더 이상은 확 트인 들판을 볼 수 없겠구나. 인천행 전철이 공단을 지나 여기 포도밭을 지날 때쯤 수민은 늘상 숨통이 트여오곤 했었는데.

"상전벽해군요. 포도 넝쿨 아래 평상에 앉아 도토리묵에 동동주를 마셨던 게 엊그제 같은데."

그는 무심히 아파트 숲을 둘러본다. 수민이 없어져버린 들판과 잘려 나간 추억을 되새기고 있을 때 그는 아파트 숲을 돌아보며 전문가적 견해로 신도시의 설계와 아파트들의 배치 간격과 구조 따위를 생각하고 있을지도 모른다.

어느 날 카페에 들른 규가 그의 사무실로 통화하는 소릴 들었다. 돌아가는 이런저런 일들을 점검하고 지시하는 가운데 유독 한 단어가 수민의 귀에 쏙 박혀왔다. 부천. 수민이 물었다. 부천에 현장이 있냐고. 부천 중동 쪽에 재개발 상가 건물 설계를 맡았다고 그는 별 생각 없이 수민의 의문을 풀어주었다. 수민답지 않게 규의 현장 일에 관심을 나타내자 그도 고개를 갸웃하며 물었다. 거기 아는 사람 살아? 아니, ……그냥. 수민이 말을 흘리자 규가 선선히 제안을 했다. 며칠 내로 그곳에 한번 가야 되는데 같이 바람도 쐴 겸 가보겠냐고.

차가 공단으로 접어든다. 소용돌이치는 세월 속에서도 공장들은 여일하게 자리를 지키고 있다. 그 거리의 골목 하나하나도. 이곳에서 여섯 군데의 공장을 전전한 수민이었다. 가장 오래 있었던 곳이 7개월쯤이었으니 그야말로 전전인 셈이다. 거리가 한적하다. 수민이 공장을 다니던 때도 점심시간을 제외한 낮은 이렇게 한가했었다. 다들 공장에서 일을 해야 했으니까.

춘의사거리가 가까워오자 가슴이 두근거린다. 그 집이 아직도 남아 있을까. 이곳에서 자취방을 네 번쯤 옮겼는데도 유독 그 집만이 기억의 켜 저 안쪽에 고스란히 남아 있다. 세 달에 한 번 이사하는 게 평균이었는데 6개월을 넘겨 살아서였을 것이다. 아니, 수민이 지금까지 살아본 집 중에서 부엌이 가장 작아서일지도 모른다. 또 있다. 이사하던 날, 선배를 통해 알게 된 여성 노동자랑 단둘이서 야근을 끝내고 리어카로 짐들을 옮겨서 그랬는지도 모른다. 그것도 내리 퍼붓는 비에 온몸을 철철 적시고서. 오늘 밤 아니면 시간이 없으니까 기어이 이사를 해야겠다고 수민이 우기자 그 애가 특유의 시니컬한 미소와 함께 말했었다. 꼭 그렇게 살아야겠어?

그 애가 세 들어 살던, 원미산 아래 허름한 집에, 수민은 일요일이면 자주 놀러가곤 했었다. 길거리에서 고무줄이며 애들 장난감을 파는 아버지, 집을 나간 어머니, 중학교를 졸업하고 카센터에서 일하는 큰동생, 학교 다녀봤자 별것도 없을 것 같다면서 중학교를 중퇴한 막냇동생 그리고 집안의 유일한 여자이자 야간 상고를 어렵게 나왔던 그 애.

봄이 되면 붉게 피어나던 원미산의 진달래, 그 산 중턱에서 바라본 들판과 낮은 집들 그리고 그 너머의 공장 굴뚝들. 무슨 일론가 한밤중에 그 애 집을 찾은 적이 있었다. 지둥 치게 울어대던 개구리 소리, 그 함성 같은 노랫소리는 도시에서 자란 수민에겐 그야말로 동요에서나 나옴 직한 광경이었다. 그런 길을, 불빛 한 점 없이 캄캄한, 들리는 거라곤 천지에 가득 찬 개구리 소리뿐인 그 길을 혼자서 걸어가고 있었다. 저기를 돌면 불빛이 보일 거야, 저기까지만 그러면서 손에 힘을 주고 달릴 자세를 취했다가는, 단지 밤길이 무서워 겁을 잔뜩 집어먹고 달린다는 게 스스로에게 촌스러워 스르르 주먹을 풀고서 걸음을 옮겨 놓는데 뒤에서 소리가 들렸다.

그 밤의 일이 얼추 10년이 다 돼가는 지금까지도 선명한 것은 점점 커지는 어지러운 소리와 함께 미구에 닥칠 일들에 대해 튕겨 나오는 상상력으로 터질 듯한 공포감에 휘몰렸기 때문이다. 형사들일까, 현장 활동이 들통나기라도 한 걸까, 난 드러내놓고 한 일도 없는데……. 여성 활동가에 대한 공권력의 성적 학대는 일제강점기부터 있어온 일이고 수민이 대학을 다닐 때에도 청량리 경찰서 여대생 성희롱 사건이 있었고 그리고 바로 그 도시의 경찰서에서 성고문 사건이 있었다. 동네 불량배들일까, 본드를 흡입하러 원미산에 올라가는 강도일까, 가진 것 다 내놔, 그리고 그 다음엔……. 다리가 후들거렸다. 그 어떤 가정도 강간이란 말의 좀 더 근사한 표현인 성폭행을 벗어나지 못했다. 모든 있을 수 있는 상상의 흐름은 그곳으로 향했다. 그러면 어떻게 대처해야 하는가. 소리를 지르고…… 그들은 소리조차 막아내는 물리적 힘이 있을 텐데……. 비를 몰고서 서서히 하늘을 까맣게 물들이는 먹구름처럼 머릿속에 꽉 들어차오는 공포감으로 수민이 흡 하고 거친 숨을 토해냈을 때 소리가 들렸다.

춘의사거리다. 이 거리의 이름만은 내내 잊어버리지 않았다. 구로, 인천, 안양, 수도권의 공단이란 공단은 죄다 휩쓸고 다녔지만 아직까지도 거리의 이름을 기억하고 있는 곳은 이곳 하나뿐이다. 그 세월동안 이 거리는 무엇을 보았으며 또 어떤 것들을 떠나보냈을까.

빵을 사 먹던 무궁화제과점이 여전히 문을 열고 사거리의 건물들도 거의 그 시절 그대로다. 산천은 의구한데 인걸은 간데없다. 다만 거리가 왜소하고 초라해 보인다는 느낌만이 스친다. 깨끗한 거리와 새로 생겨나는 건물들 속에 둘러싸여 살아서, 공단과는 아주 거리가 먼, 그런 곳에 살고 있어서 그럴까. 마주 보이는 길을 따라 쭉 가면 그 애가 살던 집, 원미산이 있다. 올봄에도 여전히 그 산은 고운 진달래를 피워 올렸을까.

"만순아!"

뒤에서 쫓아오던 사람은 그 애와 그의 남동생이었다. 살았다는 안도감보다 어이없음이 먼저였다. 넌 무슨 애가 그렇게 걸음이 빠르니? 따라잡는 데 한참 걸렸잖아. 그 애가 숨을 몰아쉬며 옆으로 오자 수민이 대뜸 물었다. 넌 이 길 밤에 혼자 다니면 안 무섭니? 무섭긴 뭐가 무서워? 맨날 다니는 길인데, 너 우리가 혹시 강도나 되는 줄 알고 긴장한 거 아냐? 하하! 만순이 너 같은 애가 세상에 무서운 게 뭐가 있다고?

수민이란 이름 대신 만순이라 불리던 그 여자는 뒤에서 수런거리는 남자의 말소리에 너무 무서웠다는 말을 그땐 차마 할 수 없었다. 세상에 무서운 게 없어야 하는 만순이었으므로.

그 골목은 그대로 있다. 그러나 수민이 살던 자취방은 제법 구색을 갖춘 갈빗집으로 변해 있다. 그럴 만도 하다고 돌아서려고 할 때 수민이 살던 집은 그 집이 아니라 바로 뒷집이었다는 것을 알아챈다. 그 집 마당에 주인 할아버지가, 그때에도 머리가 하얗게 셌던 할아버지가 수돗가에 쭈그리고 앉아 뭘 손보고 있다. 집도 하나도 변하지 않고 그대로다. 대문을 막 밀고 들어가면 정면에 주인네 부부가 사는 안채가 있고 ㄷ자형으로 안채의 오른쪽과 왼쪽에 줄줄이 방들이 붙어 있었다. 수민은 대문에서 가장 가까운 맨 끝 방에서 살

236

았다. 부엌이자 욕실이 2인용 소파보다도 더 작았고 여름에 샤워를 할 때면 그림자가 부엌 밖으로 드리워지고 튕겨 나간 물방울들이 솥 위에서, 냄비 위에서 미끄럼을 타던 곳. 그나마 수도가 있고 수챗구멍이 있음을 감사했던, 보증금 50만 원에 매달 5만 원을 주며 살았던 곳.

남묘호렌게쿄를 읊는다는 일본의 어느 종교를 믿던 할머니의 모습은 눈에 띄지 않는다. 칠이 벗겨진 대문 안으로 고개를 수민이 내밀자 할아버지가 의혹의 눈길을 던진다. 도둑질하다 들킨 사람처럼 얼른 대문에서 멀어져 담벼락을 끼고 왼쪽으로 돈다. 그리고 감전이라도 된 듯 그 자리에 우뚝 서고 만다.

그 방, 수민이 살던 그 방이 거기 있다. 분홍색 나일론 커튼 대신 하늘하늘한 망사 커튼이 둘러져 있다. 눈 주위가 먹먹해온다. 불쑥 엄마, 난 이모랑 놀게 하고 손을 흔들던 아이 생각이 난다. 그 애와 함께 여길 올걸……. 그리고 손을 꼭 잡고 이야길 해줄걸, 엄마가 옛날에 살던 방이란다, 여기가.

추운 겨울날이었다. 집주인 할머니가 부엌문을 억세게 두드렸다. 놀라서 나가봤더니 다짜고짜 문을 열고 방 안으로 들어왔다. 가슴이 철렁 내려앉으며 무슨 일이 터진 걸까 하고 최근에 생긴 일들을 더듬어보며 수민이 이런저런 알리바이를 머릿속으로 급히 짜고 있는데 탐색하는 눈길로 방 안 구석구석을 살피던 할머니의 눈빛이 한 곳에 멈췄다.

할머니가 와락 이불을 걷어냈다. 그 짧은 순간, 제발! 하고 수민은 누군가에게든 빌고 있었다. 보던 문건을 이불 아래다 자주 감추곤 했으므로. 할머니의 눈동자가 먹이를 본 호랑이의 그것처럼 빛났다. 봐! 처녀가 여기다 이걸 감추고 쓰고 있다니깐! 할머니가 찾아낸 먹이는 전기장판이었다. 할머니는 이달 전기세가 얼마나 많이 나왔는지 아느냐면서 일장 설교를 늘어놓았다. 그러나 들어줄 만했다. 이제 다시는 전기장판을 안 켜겠다는 수민의 다짐도 소용없이 할머니는 그 장판을 둘둘 말아 압수해 가버렸다. 이사 갈 때 주겠다며……. 그 전기장판은 지금은 비키니옷장이 아닌 수민의 아파트 안방의 장롱 깊숙한 곳에 들어가 있다.

전기장판마저 뺏긴 그 겨울, 얼마나 추위에 오들오들 떨며 보내게 될까 하는 우려와 달리 이 집에서 난 겨울은 따뜻하다 못해 절절 끓었다. 게을러서 피우지도 않던 연탄불을 할 수 없이 피우고, 출근하기 전, 퇴근하고 나면, 빠뜨리지 않고 꼬박꼬박 제일 먼저 연탄불을 살폈다. 야근에 철야까지 하고 기진맥진해서 이 골목에 들어서면 연탄불이 꺼졌겠구나 하는 걱정에 온몸이 굳어졌다가도 번개탄을 옆에 놓고 솥단지를 들어 올려보면 그 아래 아직도 빨갛게 타고 있는 연탄불을 발견했을 때의 그 오달진 기쁨이란. 누구인지 이 방에 구들장을 놓은 사람에게 수민은 그때 경의를 표했다. 누우면 엉덩이 쪽만 절절 끓었지만 연탄이 열몇 시간을 견뎌주었으니까.

그 애하고는 어떻게 헤어졌던가. 수민이 이 지역을 떠나 다른 곳으로 옮기면서 그렇게 됐을 것이다. 아니다, 그렇지 않았던 것도 같다. 이곳을 떠나 다른 공단으로 가기 전에도 그 애와의 연락은 두절

되었다. 다퉜었다. 좀처럼 감정을 드러내지 않는 그 애가 감정의 파고를 높여 수민에게 돌진해 왔다. 영등포에 사는 그 애의 친구 집을 같이 방문하고 나서였다. 방 한 칸에 그렇게 알뜰하게 살림이 놓여 있던 걸 그 전에도 그 후로도 본 적이 없다. 냉장고, 텔레비전, 오디오 등등 살림에 필요한 모든 것이 방 하나에 빙 둘러서 짜 맞춘 것처럼 놓여 있었다. 공장에서 만난 대리와 결혼하여 행복한 신혼생활을 보내고 있는 친구를 보며 그 애는 분명 부러워하는 눈치였다. 수민도 처음엔 그 애의 그런 심정에 어지간히 맞장구를 쳐주다 말미쯤에 가서 저렇게 사는 게 다는 아니잖아 하는 말을 내뱉고 말았다.

그 애는 평소처럼 그냥 넘어가주지 않았다. 그럼 더 어떻게 살아야 하는 거냐고 독기 있는 목소리로 물어왔다. 너도 우리 공장 대리 봤잖아, 중간에 서서 얼마나 우릴 쥐어짜니? 친구가 지금 그런 관리자와 결혼해서 넌 좋다고 생각할지도 모르지만 저 행복이 어디서 나오게 됐는가를 알아야 하는 것 아니겠니? 그럼 만순이 너는 지금 관리자가 아닌 평범한 노동자랑 결혼해야 정말 행복하다는 이야길 하고 싶은 거지? 그래, 그래서 힘을 합쳐 같이 싸워야지, 수민의 대답은 자못 결연했다. 그러는 넌 그럼 그야말로 평범한 공돌이 신랑 만나서 결혼할 수 있다는 거야? 당연하지, 그럼! 기가 차다는 듯 할 말을 잃어버린 그 애가 하늘을 보고 혀를 찼다. 그 이후로 서먹서먹해졌을 것이다. 그 앤 그렇게 결론지었을지도 모른다. 만순이 저 애는 진정으로 내 친구가 될 수 없다고.

그 애의 이름은 정혜였다. 그리고 시간이 지난 뒤 알았다. 그 애가 나에게 얼마나 소중한 존재였는가를. 그때는 눈앞에 어떤 목적만이 있었으므로 인간의 아름다움을 미처 알아볼 새가 없었다. 넌 하필이면 이름을 골라도 만순이가 뭐니? 만순이가…… 촌스럽게. 그러면서 그 애가 피식 웃었었다. 일부러 촌스러운 걸로 고른 거야. 그래야 면접에서 무사 통과잖아. 진짜 내 이름은…… 수민이야, 이수민.

지금 저 방에는 누가 살까. 나는 절대 아니라고 그 시절 그렇게 마음속으로 외쳤지만 결국은 현장을 들쑤셔놓고 노동자들에게 말못할 상처를 준, 활동가란 이름의 그 시대가 낳은 인텔리가 아니었을까. 난 정말로 그들의 친구가, 누이가, 언니가 되고 싶었는데.

"혼자서 밥해 먹기가 귀찮아 삼겹살만 구워 상추에 싸 먹었거든. 그거만큼 간편한 것도 없잖아. 일주일쯤 그렇게만 먹었어. 하루는 고기를 구워 입에 넣는데 속에서 헛구역질이 나오는 거야. 누가 봤으면 입덧하는 여자인 줄 알았을 거야. 속에 있는 걸 꾸역꾸역 다 토해내면서 처음엔 찔끔찔끔 눈물을 흘리다가 나중엔 막 울었어. 사는 게 이게 뭔가 하고. ……요즘 난 퇴근하고 집에 가면 양희은의 테이프를 들어. 너무 들어 테이프가 늘어날 정도로. 찔레꽃 피면 내게로 온다고 하는 노래가 너무 좋거든."

이런 이야길 그때 정혜에게 했더라면 지금까지도 난 그 애의 친구가 될 수 있었을지도 모른다. 강한 사람이 아니었는데. 그때나 지금이나. 별거 아닌 말에도 하루 종일 속상해하고 조그만 것에도 곧잘 눈물이 방울져 내리는 지금의 나처럼 그때도 별수 없이 작은 일에만 분개하는 그런 잔약한 사람이었는데.

삼겹살 사건 이후로 일요일이면 가끔 밥을 사 먹곤 하던 식당이, 세 달에 한 번씩 파마를 하던 미장원이, 샴푸나 비누를 사곤 하던 슈퍼가 골목에 그때처럼 거기 있다. 뒤로 돌아 그 집 앞으로 다시 걷는다. 옥상 위에 빨래가 만국기처럼 정연하게 색색으로 쭉 걸려 있다. 일요일이면 뭉쳐놓았던 빨랫감들을 찾아내어 비눗물 속에 담가놓고 바득바득 문질러 옥상으로 올라가 비누 향이 상큼하게 번지는 옷 대야를 내려놓고 수민은 먼저 횃대를 바로잡곤 했다.

집 앞에 생겨난 갈빗집을 지나 큰길에 나서면 차도 건너편으로 시장이 있다. 수민은 그때 공장까지 걸어 다녔다. 저 시장 앞을 지나, 버스로 세 정거장이 되는 길을 버스를 기다리고 어쩌고 하는 게 싫어, 혹 버스에서 아는 사람이라도 만날까 봐, 그 버스 노선은 공단 구석구석을 경유하였으므로, 아침저녁으로 걸어 다녔다. 처음엔 35분쯤 걸렸다. 그러다 다디단 아침잠에 점점 굴복하게 되면서 30분, 25분, 나중엔 20분이면 공장 정문에 가 댈 수 있었다. 아무리 늦어도 수민은 결코 달리진 않았다. 조금 달리다 보면 숨이 턱에 차올라 걸음발이 더 한없이 늦춰졌으므로. 그냥 걸었다. 그런 어느 날, 뒤에서 어떤 남자가 헉헉거리며 쫓아오더니 수민에게 몇 마디 수작을 걸고는 저만큼 사라졌다. 무슨 여자가 그렇게 걸음이 빨라요? 경보 경기라도 나가나, 따라오느라고 한참 걸렸네.

공장 문 앞에 이르면 땀방울이 눈으로 뚝뚝 떨어졌고, 쥐어짜면 물이 나올 만큼 속옷은 젖어 있고 인사도 못할 정도로 거친 숨을 쉬어야 했다. 경기를 끝낸 경보 선수처럼. 88올림픽 때 그 선수들을 텔레비전에서 본 적이 있다. 아파트의 소파에 앉아, 약간은 우스꽝스런 자세로 트랙을 도는 긴 다리의 그녀들을 보면서 그 여름날 헐떡거리며 뒤를 쫓아왔던 그 남자 생각이 났다.

겨울에 다니던 공장은 너무 멀어서 회사 통근 버스를 타고 다녔다. 그 공장은 밤 10시는 기본이었고 새벽 1, 2시에 끝날 때도 많았다. 가게들도 다 문을 닫은 새벽 3시에 회사 버스에서 내려 터벅터벅 집으로 가고 있었다. 지친 육신 위로 공단의 날 선 겨울바람이 막무가내로 밀고 들어오는데도 외투를 여밀 기운조차 없이 그저 무거운 발만을 힘겹게 떼고 있을 때였다. 아가씨, 멋있는데. 나랑 데이트라도 할까. 남자의 목소리였다. 황량하기 그지없는 길 위엔 그와 수민뿐이었다. 지칠 대로 지친 수민은 어떤 공포감도 들지 않았다. 조금 빠른 걸음으로 길을 건너 집으로 돌아와 문을 꼭 잠그고 시계를 맞춰놓고 누웠다. 잠이 쉬 오지 않았다. 그 남자 때문이 아니라 너무 피곤한 탓에.

경보 선수 같던 남자나 겨울바람 부는 곳에서 스친 남자는 모두 묻지 않아도 노동자들이었을 것이다. 그들은 지금 어디에 있을까. 여자한테 말 좀 걸었다 반응이 없자 깨끗하게 물러서던 착한 남자들. 이곳을 벗어나진 못했으리라. 아니다. 꼭 그런 것만은 아니다. 그들도 분명 사회적으로 성공했을 수도 있다. 부지런한 마누라를 만나 세탁소라도 차렸을지도 모르고 돈을 조금 모아 슈퍼나 식당 같은 걸 개업하여 그렇게 소원이던 사장님이 되었을지도 모른다.

그러나 그 남자들이 차린 동네 슈퍼는 24시간 체인점이나 대형 할인 매장 때문에 문을 닫았을 것이며 동네 식당은 옆에 들어선 분수가 있는 근사한 레스토랑이나 갈빗집에 손님을 다 빼앗겼을 거라고, 수민은 생각한다. 용케 기름밥을 먹지 않게 되었다 하더라도 그 남자들은 성공하지 못했을 것이다. 그때는 이론경제를 알고 있었지만 지금은 실물경제를 알게 된 수민은 그렇게 알아서 괴롭다. 진리가 너희를 자유롭게 하리라던 성경 말씀은 수민에겐 결코 적용되지 않는다. 알아서 미칠 정도로 괴로울 뿐이다. 여기 어딘가에 아직도 활동을 하기 위해 남아 있는 옛 동료나 선배나 후배들이 있다는 것을 알고 있으므로. 그중 한 사람이 철호인 것도.

"병원에 다녀왔어?"

"……."

"도대체 어떡하려고 그러는 거야? 난 애 때문에 내 일에 발목이 묶이고 싶지 않아."

"내가 키우면 되잖아요. 당신은 전혀 상관없이."

"지나가는 소도 웃겠다. 당신 이름으로 돼 있는 이 집, 팔자는 것도 아니고 담보로 급한 일에 돈 좀 쓰자고 할 때도 절대 그럴 수 없다고 길길이 뛰던 당신 같은 사람이 무슨 애를 낳아서 길러! 당신이란 여자가 추구하는 삶은, 이웃이 굶어 죽든 말든, 자기 혼자 잘 먹고 잘 사는 것 아냐? 그런 당신이 무슨 인간의 숭고한 사랑을 안다고 감히 엄마가 되려고 그래! 다 관둬! 그만두자고!"

가끔 카페에서 술잔을 기울이며 철호가 말하는 '당신 같은 여자'

는 어떤 여자였을까, 하고 궁금해한다. 술집으로 돈을 번 엄마의 피를 물려받은 여자, 밤늦게 시끄러운 음악에 맞춰 춤이나 추는 여자, 술이나 마시고 눈물이나 쏟는 리버럴한 여자, 언제 저 여자가 대열의 선두에서 각목을 들고 설친 적이 있나 할 정도로 눈이 크고 겁이 많은 여자.

수민의 엄마가 사준, 수민의 이름으로 된, 아파트를 담보로 해서 돈을 좀 빌릴 수 있을까 하는 제안을 철호가 조금만 늦게 했다면, 수민이 임신 사실을 안 뒤쯤에, 수민은 철호 앞에 담보 정도가 아니라 당신 맘대로 팔아도 상관없다고 집 등기와 인감마저도 내놓았을 것이다. 아이의 해맑은 웃음소리가 있는 그런 가정만 가질 수 있다면. 세상일은 늘 그렇게 어긋나기 마련인가. 아니면 늘 그렇게 어긋나는 게 정상적인 세상일인가.

그와 헤어지고 나서 두 번을 보았고 딱 한 번 전화로 목소리를 들었다. 3년 동안 단 두 번을. 두 번 다 그는 분명 술에 취해 있었다. 비틀거리는 육신을 골목 담벼락에 기대어 담배를 피우고 있는 그를 보았다. 그의 눈앞에는 수민의 카페가 있었다. 그가 방문한 횟수가 더 되는지는 확인할 길이 없지만 그가 수민의 눈에 띈 것조차도 수민은 우연이라고 해야 할지 필연이라고 해야 할지 판단이 서질 않았다.

처음 그를 본 건 작년 여름께였다. 어두운 골목 입구에서 꺼억꺼억 토사물을 뱉어내고 있는 그를 보며 수민이 느낀 건 머리끝까지 차오르는 분노였다. 주체할 수 없는 화가 솟아오르면서 눈가엔 눈물까지 그렁그렁해졌다. 분기와 함께 와짝 두려워졌다. 그가 카페 안으로 금방이라도 들어올까 봐, 자는 모습이 깨물어주고 싶도록 예쁜 희민이를 그가 보게 될까 봐, 아이를 그곳에 두고 싶지 않았다. 아니다, 그건 거짓말일지도 모른다. 아이를 그에게 보여주고 싶은데 그가 코앞까지 왔으면서도 계단을 밟고 올라오지 않은 채 발길을 돌릴까 봐 걱정이 되었다는 게 진실인지도 모른다. 어찌 됐든 수민은 아이를 차에 태우고 그 앞을 지나갔다.

또 한 번은 올봄이었다. 차분하게, 객관적으로 그를 만나려고 마음의 준비를 하고 있었는데 그는 애꿎은 담배만 피우다 결국 올라올 엄두조차 내지 못하고 돌아갔다. 그 밤 수민은 사과꽃 향기가 나는 아이 옆에서 소리 없이 울었다. 그 눈물의 의미가 무엇이었는지, 철호에 대한 회한 섞인 감정의 분출이었는지 아니면 스스로의 삶이 슬퍼서 쏟아낸 것인지는 지금도 알 수가 없다. 그리고 희민의 생일을 앞두고 그의 전화를 받았지만 이제 수민은 더 이상 울지 않는다.

차 옆에 붙어서 담배를 태우는 규가 사이드미러로 보인다. 수민의 젊은 날의 순결했던 영혼이 깃들어 있는 곳을 순례하며, 호흡이 긴 수민의 이야기를 들으며 규는 무엇을 생각하고 있는 걸까. 이 거리를 잊지 않으려는 듯 먼 데서부터 가까운 곳까지 그의 눈길이 세심하게 더듬는다.

그가 차에 오르자 수민은 중앙선을 넘어 차의 방향을 바꾼다. 이제 결정을 해야 한다. 직진을 해야 할지 우측으로 꺾어야 할지를. 결정. 세상엔 왜 그렇게 판단하고 결정할 일이 불쑥불쑥 그렇게도 자주 튀어나오는가.

우회전을 한다. 수민이란 이름을 한 번도 불러주지 않던, 촌스럽다면서도 늘 만순아, 하고 부르던 친구 정혜가 살던 원미산은 직진 길에 있다. 정혜를 찾아보고도 싶었다. 그렇지만 자신이 없었다. 그 애에게 더 큰 실망이나 배신감을 줄까 봐. 꿈에서 그 애를 만난 적이 있다. 진달래가 곱게 핀 원미산을 같이 오르는 꿈에서. 그 산이 여태 거기 있을까. 개발제한구역은 개발이란 이름으로 분명 그곳에도 아파트를 세웠을 것만 같다. 여기서 멀지도 않다. 차로 3분 정도만 가면 개구리가 밤새 울던 그곳, 정혜가 살던 집에 갈 수 있다.

그러나 개구리와 벼 이삭을 몰아내고, 맑은 물을 담고 있던 약수터의 흔적을 묻어버리고 그 자리에 우뚝 섰을 아파트 숲을 눈으로 직접 확인하고 싶지가 않았다. 아니, 그보다는 혹시 그 산이 기적적으로 여태 거기 남아 있어 정혜의 소식을 어찌어찌 안다 하여도 그 다음엔 어쩔 것인가.

잘 살아, 정혜야. 어디에 있든. 언젠가 시장에서 안경을 끼고 키가 우뚝한 여자가 내 앞으로 걸어오는 걸 보고 가슴에 출렁 물결이 일었단다. 정혜, 정혜 너로구나, 하고. 가까이 다가간 그 사람은 물론 네가 아니었지만, 살다 보면 어느 굽이에선가 한 번쯤은 만날 수 있을 거야.

정혜의 목소리가 들려온다. 이곳은 너 같은 사람들이 자가용을 끌고 와 젊은 시절 한때의 열정을 추억하는 그런 곳이 결코 아니야. 너희들은 그렇게 철새처럼 하나둘 떠났지만 우리는 평생 이곳을 한 발자국도 벗어날 수 없어. 그게 네가 누누이 말하던 엄연한 사회적 계급적 현실이지. 다시는, 다시는 회한이나 더듬기 위해서 이곳에 나타나지 마. 난 수민의 친구가 아니라 정만순이란 이름을 가진 여성 노동자의 친구였으니까.

춘의동을 벗어나자 규에게 운전대를 맡긴다. 그는 중동 현장에 들렀다. 서울 쪽으로 방향을 잡는다. 구로와 영등포를 벗어나자 여의도의 빌딩 숲이 나타난다. 이대로 계속 가면 강남이, 압구정이 나올 것이다. 수많은 층, 경계가 이곳에 있다. 온갖 소음과 공해가 밀집돼 있는 공단 지역이 있는가 하면, 화이트칼라들의 섬이 있다. 그리고 비행기도 절대 그 하늘 위론 지나가지 않는, 조용하면서도 공원이나 녹지대가 많이 조성된 쾌적하고 살기 좋은 중산층의 주거지역이 있다.

그는 올림픽도로를 계속 달린다. 수민의 집 쪽으로도 그의 집 쪽으로도 빠져나가지 않고 그는 묵묵히 운전대를 잡고 있다. 그가 빠져나온 곳은 도농삼거리였다. 그는 지금 어디를 가고 있는가? 화라도 난 사람처럼 입을 꾹 다문 채 수민 쪽은 쳐다보지도 않고 앞만 보고 운전을 하는 그를 바라보며 수민은 멋있구나, 하고 생각한다. 그는 어스름이 깔리는 북한강 가를 달린다. 그가 차를 세우고 헤드라이트도 미등도 모두 끈 채 창문을 조금 열고 담배에 불을 붙인다. 가까운 데서 또 먼 데서 물소리가 들려온다.

"……나 미국에서 공부할 때 한 여학생과 같이 살았어. 꽤 오랫동안. 결혼? 글쎄……, 난 한국 남자니깐 그런 형식을 물론 염두에 두고 있긴 했겠지. 그 여잔 순수 앵글로·색슨계의 백인 여자였고, 동양철학이나 문화에 관심이 많았던 지적이고 순수한 여자였어. 그쪽 집안이나 우리 집안의 반대는 원래 예상했던 거라 문제 될 것도 없었고."

할 수만 있다면 그의 말을 막고 싶다. 왜 저 이야길 지금, 수민 앞에서 하고 있는가. 수민은 점점 더 그가 두려워진다.

"처음엔 동양과 서양 문화의 공통점을 발견하곤 신기해했지. 가령 이런 거. 우리가 꿈인지 생시인지 알아보려면 제 살을 꼬집어보는 것처럼 영어에도 pinch란 단어를 써서 그런 상황을 표현한다거나 하는 것들……. 그런데 시간이 갈수록 반대로 살아온 문화가 얼마나 다른지, 우리는 티브이가 지지거리고 상태가 안 좋으면 다들 비가 온다고 하는데 걔네들은 눈이 온다는 표현을 쓰는 것처럼 문화와 환경이 다르다는 게 그렇게 무서운 건지, 내가 배꼽을 쥐고 웃는 상황에서 그녀는 내가 왜 웃는지를 모르는 거야. 그 반대 상황도 마찬가지고. 서로를 원한다는, 간절히 필요로 한다는 것만으로는 사랑이 지속될 수가 없더군. 우리의 해결 방식은 늘…… 발정기의 짐승처럼 그렇게 엉겨 붙는 것이었어. 그때는 문화고 언어고 나발이고가 필요 없으니까. 그 끝은…… 공허했지. 공허. 가슴엔 사막이 내려앉고. ……어느 날 눈을 떴는데 나오는 게 온통 네 개의 철자로 된 단어들뿐이었지. 머릿속엔 똥이 아니라 욕만이 가득해서 그 욕들을 뱉다 그만 우리말이 튀어나오는 거야. 한번 시작하니까 멈춰지질 않더군. 방언처럼. 내 앞의 그녀는 미친놈 쳐다보듯 어이없어하고.

결국 며칠 뒤 술에 만취한 그녀가 우리의 아파트에 자신의 백인 남자친구를 데려와 자는 걸로 끝났어."

어떤, 그 누구의 사랑이든 별리는 슬프다. 설사, 사회적인 도덕의 잣대에 의해 손가락질을 받는 그런 사랑이라 하더라도. 물소리마저 뚝 끊겨 있다.

"난 한때 이 나라가 다시 뒤를 돌아보고 싶지 않을 만큼 시큰 타이어드 오브, 정말 지긋지긋했어. 정통성 없는 독재정권, 항거하다 쓰러지는 젊은 영혼들. 그 사이에서 강의실, 도서관, 설계실로 쳇바퀴 돌 듯 하루하루를 무력감 속에 사는 나. 그러다 어느 날 구호 한번 따라하지 못하고 시위대의 꽁무니만 멀찌감치 바라보다 생각했지. 이 나라를 떠나야겠다고. 그냥 어디로든. 이 땅이 아니라면 그 어디든. 그래서 일부러 언어도 생김새도 다른 이국의 여자를 골라 사랑을 했는지도 모르겠어. 그런데도 어쩔 수가 없더군. 그 뿌리란 건 말야. 모국어가 하고 싶어, 마늘 냄새 요란한 김치를 눈치 보지 않고 사 먹고 싶어 결국 그 여자를 떠난 걸 보면. ……나중에 그녀가 우리 다시 한번 시작해볼 수 없을까 하고 애원했지만 내가 도리머리를 했던 걸 봐도."

끊겼던 물소리가 다시 들리지만 수민은 언제부턴가 이 안온한 실내에서 자신이 후들후들 떨고 있었음을 발견한다.

"수민이, 나를 똑바로 보고 지금부터 내 말을 잘 들어봐. 내 말을 이렇게 재고 저렇게 재고 할 필요도 없어. 그냥 저 흐르는 물처럼. 감정이 흐르는 대로 내 말을 들으면 되는 거야. 오늘 내가 무엇을 느긴 줄 알아? 수민인 누구보다도 정직하고 치열하게 삶을 살아왔다는 사실이야. 수민이란 한 인간이 정말 아름답다고 생각해. ……수민 씨, 나랑 결혼해주실래요?"

가슴 한쪽의 견고한 벽이 와르르 무너져 내린다. 이러려고 당신과 함께 부천에 간 건 아니라고, 뭔가 오해를 한 것 같다고 해명을 하고 싶은데 입이 움직여주질 않는다. 수민은 그의 얼굴을 외면하고 차문을 열고 강 앞에 선다.

아주 오래전 어느 날, 전화 한 통 없이 새벽까지 들어오지 않는 남자가 걱정이 되어 큰길가에 나가 서 있었다. 어둠에 눈이 익었을 때 건너편의 도로 턱 위에 웅크리고 있는 어떤 물체를 보았다. 수민이 어떤 예감에 어두움 속으로 그것을 향해 달려갔을 때 웅얼웅얼 소리가 났다. 강물 속으론 또 강물이 흐르고…… 내 맘속엔 또 내가…… 서로 부딪치며 흘러가고…… 강가에는 안개가…… 안개가*……. 그 남자는 이렇게 청혼했었다. 너 진지하게 대답해! 너 한평생 나랑 동지로 살아갈 자신 있어? 수민이 그거야 당연한 거 아니냐는 듯 씽긋 웃기까지 하며 고개를 끄덕였을 때, 이거 중요한 거야. 내가 다시 묻는다. 너 지금 가지고 있는 신념 변치 않고 한평생 나랑 같이 살아갈 자신 있어? 그래에, 그렇다니깐. 우리 결혼이 조직적으로 요구되고 있어. 우리 결혼하는 걸로 하자. 그 남자가 억병으로 술에 취해 의식도 없이 홍얼대던 그 북한강이 내 눈앞에 있는데 난 또

* 정태춘, 〈북한강에서〉, 1985.

한 명의 남자로부터 청혼이란 걸 받았구나, 훨씬 더 근사하고 정중하게.

수민이 고개를 들었을 때 그의 부드러운 손이 수민의 볼과 입술을 흐르는 강물처럼 스쳐 간다.

자유란 늘 달리 생각하는
사람의 자유

전철 안은 평소보다 붐빈다. 비가 와서 그럴까. 인실은 우산을 접고 가방에서 신문을 꺼낸다. 신문을 막 펼쳐 드는데 소리가 들린다.

"이잉, 자리도 없잖아. 이잉."

아이의 투정 소리에 인실의 고개는 본능적으로 소리 난 곳을 향한다.

하나 또래의 큰아이는 몸을 비틀며 잔뜩 짜증이 나 있고 돌잡이로 보이는 작은아이는 손으로 눈을 자꾸 비비는 것이 잠이 오는 모양이다. 아이의 엄마는 어깨에 가방을 메고 한 손에 우산을, 또 한 손은 작은아이의 손을 잡고서, 눈으로는 어디 자리가 없나 하고 이쪽 저쪽을 초조하게 더듬고 있다.

그러나 자리를 차지한, 기득권을 가진 사람들은 눈을 감고서 아이의 울음소리와 엄마의 애타는 심정을 무시하려 한다. 삶의 노곤함을 이유로 젊은 사람은 젊은 사람대로, 나이 든 사람은 나이 든 사람대로.

"으아앙!"

큰아이가 드디어 울음을 터뜨린다. 작은아이를 품에 안은 엄마가 처음엔 큰애를 달래다 나중엔 너 정말 조용히 안 할 거니? 하며 화를 벌컥 낸다. 그러자 아이는 바닥에 발을 쭉 뻗고 주저앉아 성질껏 울 기세다. 이번에 엄마는 그런 아이를 무시하고 모른 체한다. 그러자 아이는 제 엄마의 치마를 잡아당기며 아아앙, 하고 엄마의 눈을 찾는다. 곱게 화장한 엄마의 얼굴에 땀이 흐른다. 너 정말 이럴 거니? 엄마는 아이 손에 잡힌 치마를 잡아당기며 낮게 으르렁거린다.

인실은 안다. 저 엄마는 지금 제 아이에게 화를 내고 있는 것이 아니라 타인들에게 그리고 제 자신에게 화를 내고 있다는 걸. 이 늦은 시각 어떤 외출에서 돌아오는 길일까. 애를 둘이나 데리고, 남편도 없이. 혹, 남편이란 존재가 아예 없는 건 아닐까. 애 데리고 혼자서 놀이공원 같은, 가족들이 많이 모이는 곳에는 가기가 꺼림칙해. 저 여자는 남편도 없이 애 데리고 혼자 나와 무슨 청승인가 할까 봐. 담배 연기와 함께 뱉어내던 수민의 목소리가 들린다.

남편이 있는 여자라면 시댁의 제사 같은 데 다녀오는 길인지도 모른다. 저렇게 고운 화장과 세련된 옷차림을 하고서 물과 불이 있는 부엌 주위에서 벗어나지 못했으리라. 그런데 함께 있어야 할 남편은 어디 갔을까. 일을 핑계로 어른들에게 잠깐 얼굴만 비추고 어디론가 다시 훌쩍 떠나버리기라도 한 걸까. 인실의 남편이 그러는 것처럼.

하나가 세 살, 두리가 젖먹이였다. 먹고살려고 일을 찾아 휘황한 이 도시의 밤거리를 헤매기 시작한 게. 영수에게 밤에만 아이들을 봐줄 수 없냐고 간청했지만 그는 내가 노는 사람이냐며, 일언지하에 거절했다. 아무리 이곳저곳을 알아봐도 낮이 아닌 밤에 아이들을 돌봐주는 놀이방이나 어린이집은 없었다. 24시간 편의점이란 곳은 있지만 24시간 아이를 돌봐주는 기관은 없었다.

할 수 없이 애 둘을 봐줄 동네 아줌마를 물색해야 했다. 애는 둘씩이나 되고 그렇다고 많은 돈을 줄 수도 없는 형편에 이 사람 저 사람 조건을 따질 형편도 못됐다. 집에서 멀지 않고 얼굴이 선량해 보이는 한 여자로 결정했다.

엄마하고 늘 붙어 있던 하나는 쉽게 떨어지려 하질 않았고 두리는 엄마 품에서 떨어질 때면 경기를 일으킬 정도로 심하게 울었다. 그러나 어쩔 수 없었다. 그 아이들과 세상을 헤쳐 나가려면.

남들이 말하는 것처럼 조금만 견디면 적응할 수 있을 거라고 믿었는데 하나는 갈수록 엄마의 손을 놓지 않으려 했다. 하나야, 왜 가기 싫어? 하고 물으면, 싫어, 싫단 말야 하고 아이는 도리머리를 했다.

그날은 가르칠 애가 몸이 아프다고 하여 평소보다 이른 시간에 아이들을 찾으러 갈 수 있었다. 그 집 대문을 들어서는 순간 인실은 얼굴이 하얗게 질리고 발이 얼어붙었다. 골목을 들어서면서 들리던 아이의 울음소리가 하나였다는 걸 확인해서만이 아니었다. 하나의 울음소리 중간에 튀어나온 남자의 거친 목소리 때문에. 이년아! 그만 좀 울어! 여기가 뉘 집이여! 어이구 지긋지긋해! 집구석이라고 들어와보면 애새끼들이나 빽빽거리고 있고. 네 이년 들어오기만 해봐! 애새끼들을 맡기고 어느 연놈의 집에 가서 처박혀 있는겨 지금!

하나 소리보다 조금 큰 아이의 목소리가 들렸다. 울지 마, 하나야. 언니가 업어줄게. 초등학교에 다니는 그 집 딸이었다. 울지 마! 이년아! 남자의 성난 소리가 담장을 넘었고 그리고 둔탁한 소리가 들렸다. 그 남자가 애를 때렸다고 느낀 순간 인실은 저도 모르게 그 집 현관문을 두 주먹으로 두드렸다.

밑 질긴 울음 끝에 나오는 딸꾹 소리와 함께 아이는 엄마, 엄마, 이제 가지 마, 하고 인실의 바지 자락을 본능적으로 붙잡고 늘어졌다. 아이들의 짐들을 꾸려 나오는데 아줌마가 현관으로 쏜살같이 달려왔다. 술은 입에 대지도 못하는데 오늘따라 저 양반이 저렇게 술에 취해 들어왔네, 어쩌구 하며 변명을 늘어놓는 그 여자를 한 번 쏘아보아주고 유아차에 아이 둘을 싣고 그 집을 나오는데 굵은 빗줄기가 인실의 머리 위로 툭 떨어졌다.

다른 때 같았으면 아이들이 비를 맞을세라 숨도 안 쉬고 뛰었을 것이다. 그러나 뛸 기력조차 없었다. 그럴 수만 있다면 인실도 유아차에 타 누군가의 손길에 의해 어디로든 가고 싶은 심정이었다. 그리고 인실은 그때까지 참고 참았던 눈물 보따리를 그날 그 빗속에서 원 없이 풀 수 있었다.

내릴 역이 다가와 내리면서도 선심 쓰듯 자리를 내어주는 중년의 여자 덕택에 두 아이와 엄마는 자리에 앉긴 앉았다. 눈물 자국이 비낀 볼을 하고서 큰아이는 금방 잠이 들었고 작은아이를 품에 안은 엄마도 눈꺼풀이 무거운 듯 스르르 눈을 감는다. 인실도 눈이 감기려 한다. 그러나 인실은 안간힘으로 잠을 몰아낸다. 귀중한 시간을 잠으로 허비할 수 없어 신문의 활자에 눈을 주지만 생각은 또 저 멀리 달아나고 만다.

밤늦게 아이들을 겨우 찾아 집에 들어가보면 남편은 벌렁 누워 잠이 들어 있곤 했다. 저렇게 집에 들어왔으면 아이들이나 좀 찾을 것이지, 하는 원망이 입 밖으로 튀어나오려다가도 피곤에 겨워 자고 있는 영수의 얼굴을 보면 그마저도 슬그머니 달아났다. 아니, 인실은 서서히 포기하는 법을 배우고 있었다. 약도를 그려가며 몇 번 설명해줘도 그는 한 번도 관심을 가지고 아이들을 맡긴 집을 알려고 하지 않았다.

남편은 인실의 돈벌이를 한 번도 포기한 적이 없었지만 인실은 그를 포기해야 했다. 남편으로서, 아버지로서 그가 해내야 할 일들을. 그렇게 만든 결정적인 계기는 차라리 싱거운 사건이었다.

영수가 모처럼 밤에 나가지 않겠다고 하길래 두 아이를 그에게 맡기고 일을 나갔다. 불안하긴 했지만 그는 다른 사람도 아닌 그 아이들의 아버지란 사실을 상기할 때마다 위안이 되었다. 두려움을 삼키고 집에 들어선 순간 하나는 혼자서 그 늦은 시각까지 켜놓은 텔레비전을 멀뚱히 지켜보며 엄마를 기다리고 있었고, 울다 잠든 두리의 기저귀는 똥으로 범벅이 돼 있었다. 더 이상 이 사람에게 그 어떤 것도 기대하지 말자, 잠이 든 영수의 얼굴을 내려다보며 인실은 몸을 떨며 속으로 소리쳤었다.

인실이 내려야 할 역이 가까워온다. 곤히 잠든 두 아이들과 엄마를 인실은 안타까운 듯 다시 한번 바라다본다. 저렇게 잠이 든 아이들을 데리고 어떻게 지하철의 그 많은 계단을 오르내릴까. 아이가 하나뿐이라면 들쳐 업고 달리기라도 할 텐데. 저 두 아이를 데리고…… 어찌 이 빗속을 뚫고 갈까.

친정 엄마가 처음부터 하나와 두리를 둘 다 데리고 간 것은 아니었다. 어느 날 딸네 집에 김치며, 된장, 고추장을 주저리주저리 들고 상경한 엄마는 딸에게 진정으로 필요한 것은 김치 가닥이나 된장한 숟가락이 아니라 아이들을 돌보아주는 거라는 걸 몸으로 깨달았다. 어려서 떨어지기 쉬울 것 같아 인실은 두리를 그 노쇠한 몸에 딸려 보냈다.

두리가 가고 나자 어찌 된 게 하나는 제 엄마 품을 더욱 벗어나려고 하질 않았다. 하나는 제 아빠에게 어떤 투정도 요구 사항도 내보이지 않았다. 그건 늘 엄마인 인실의 몫이었다. 두리를 보내고 먹고 사는 수단인 공부를 좀 더 체계적으로 할 생각이었다. 대학에 들어가자마자 영어에서 손을 뗐던 인실은 어떨 땐 중학교 영어도 아리송할 때가 있었다. 처음엔 아이를 옆에 두고 책을 보았는데 그건 도저히 불가능하다는 것이 곧 밝혀졌다. 엄마의 교재 연구 시간을 위해서 하나는 낮에 동네 놀이방에 가고 밤에는 동네 아줌마네 집으로 향해야 했다. 하지만 아이는 엄마와 떨어져 있는 동안 주로 잠을

257

자고 엄마가 돌아오는 시간부터 말짱해졌다. 그러나 엄마랑 같이 놀자고 성화를 부리는 아이 옆에서 지친 인실이 저도 모르게 잠이 들곤 하자 아이는 다른 행동을 보였다. 오줌을 잘 가리던 아이가 어느 날 밤부터 이불 위에 지도를 그려댔다. 자기 전에 소변을 누이고 자는데도 어김없이 그런 일이 생겼다.

아이가 아무리 그렇다고 밤일을 그만둘 수는 없었다. 손을 내밀 곳은 친정 엄마밖에 없었다. 엄마는, 두리도 이제 말을 배우기 시작하니까 지 언니가 있으면 같이 놀고 잘됐다고, 인실을 위로하려 들었지만 인실은 누구보다도 잘 알고 있었다. 그건 딸의 도리가 아니란 것을.

철호는 그래서 아이 낳는 것을 반대했을 거라고 인실은 전철역 계단을 오르면서 생각한다. 수민이 어떻게든 아이를 기르겠다고 장담을 하지만 옆에서 그런 수민을 지켜본다는 게 너무 고통이 될 거라는 것을 미리 감지한 그는 그래서 수민을 말렸을 것이다. 아이는 부모가 같이 길러야 하는 거라며. 돈 벌랴, 애 키우랴, 남편 뒤치다꺼리하랴, 마누라가 너무 힘들게 버티고 있다는 것을 알면서도 자신은 부인과 가족을 위해 쓸 시간과 기운이 전혀 남아 있지 않다는 것을 미리부터 간파하고 있었을 것이다. 생명을 지우는 데서 오는 무책임보다 낳아 기르면서 평생 지고 갈 그 무책임이 그는 더욱 두려웠으리라. 더욱이 여자가 애나 가정에만 파묻히길 원하지 않는 그로선.

인실은 깨닫는다. 인실에게 늘 소중한 수면 장소였던 지하철에서 왜 요즘 들어 두 눈 부릅뜨고 신문이나 책을 꺼내 보려고 안간힘을 쓰고 있는지. 시청역에서 그를 만나고 나서부터였다. 언젠가, 다시 그를 어디에서든 만나게 된다면 침을 흘리고 정신없이 잠든 그런 모습이 아니라 삶의 줄을 팽팽하게 당기고 있는 여자로 보이고 싶다는 욕구 때문이었음을.

그의 얼굴을 한번 본다면 사막 같은 이 인생을 건너는 법을 알 것도 같았다. 그러나 인실은 자신이 없었다. 혹여 그를 만나고자 하는 욕구 속에 다 이루지 못한 어떤 갈망 같은 게 남아 있지는 않을까 하는 자괴감 때문에, 그리고 떠오르는 수민의 얼굴 때문에……

그 밤, 인실은 누군가 그랬다는 것처럼 자신의 양 겨드랑이에서 날개가 생겨나는 듯했다. 서로 문제를 제기하고 토론하는 식이 아닌 일방적인 물음과 대답이긴 했지만 남편과도 하지 못한 6·27 지방선거에 대한 분석과 차기 국회의원 선거에 대한 전망을 그에게 들으면서 인실은 행복했다. 그리고 그가 옛날 하던 방식대로 모든 것을 낙관적으로만, 이를테면 우리의 투쟁으로 향후의 모든 것이 달라질 것이란 식으로 결론을 내리지 않았는데도 인실은 그것이 더 긍정적인 힘을 갖는 거라고 믿었다. 사실, 우리가 이만큼 싸우면 정권은 이만큼 궁지에 몰리고, 야당은 이만큼 견인될 것이고 민중의 정치의식은 이만큼 높아질 거라고 믿었던 때는 과학적이지 않으므로 차라리 엄밀한 의미에서 낙관적이지 않았는지도 몰랐다.

마음 저 깊은 곳에서만 흠모의 정을 가졌다 놓쳐버린 사람과 그 밤 술을 마시고 있어서라기보다는, 조금 때가 낀 감은 있지만 입김

을 불어 닦으면 다시 뽀얗게 살아날 것 같은 예전의 제법 논리적이
란 평을 들었던 자신의 모습이 살아날 것 같아……. 불행하다고 믿
었던 자신의 삶이 어쩌면 방향 전환을 할 수 있을지도 모른다는 어
떤 예감으로 그 밤 인실은 행복했다. 불행은 납이나, 물먹은 솜처럼
무거운 반면, 행복이란 얼마나 가볍고 뽀송뽀송한가, 새의 깃털이나
막 시침한 솜이불처럼.

　철호를 생각하자 마음에 따뜻한 불기운이 일어난다. 그러자 잠든
아이 둘을 양옆에 끼고 있던 전철 안의 여자도 집에 무사히 잘 갈
거라는 안도가 스민다. 언젠가 인실이 무슨 이유에선가 하나와 둘
만의 외출을 해야 했던 적이 있다. 다른 노선의 전철을 갈아타야 하
는 곳에서 걷기 싫다고 생떼를 쓰던 아이는 음료수 자판기가 눈에
들어오자마자 언제 그랬냐는 듯 한달음에 달려갔다. 그러나 그 자
판기는 동전만 통용되었고 인실의 지갑엔 그날따라 지폐뿐이었다.
아이는 저거, 저거 하며 악지로 떼를 쓰는데 동전은 없고 이러지도
저러지도 못하고 있을 때 인실 또래의 남자가, 동전이 부족하세요?
하며 동전 몇 개를 인실의 손 위에 올려놓아주었다. 그러고는 엄마
한테 떼쓰지 말아라 하며 하나의 머리를 쓰다듬곤 총총히 사라졌
다. 그 아이들의 엄마도 인실이 만난 것처럼 그렇게 친절한 사람들
을 만나게 되리라.

　전철역 계단이 끝나는 곳에는 언제나처럼 포장마차가 늘어서 있
다. 무심코 그곳으로 가려는 발걸음을 잡아챈다. 손가락이, 온몸이
후들후들 떨려와 인실은 주먹을 꼭 쥔다. 가방을 뒤져 그의 명함을

260

꺼낸다. 함께 여는 세상…… 노동자 회관. 소장 장철호. 재생 용지의 글자 하나하나가 살아 꿈틀거리는 듯하다. 장, 철, 호, 하고 그의 이름을 한 자 한 자 소리내어 부르는 인실의 어깨로, 등으로, 가슴으로 그의 냄새가 가라앉는다. 강건하고 결곡한 그의 체취가. 추운 등을 덮어주던 그의 따뜻했던 손길이.

건너편에 공중전화가 보인다. 그에게 전화를 해볼까. 절 좀 도와주세요, 하고 간곡히 사정이라도 해볼까. 그에게 전화를 걸어야겠다는 생각에 몇 번 저 공중전화 앞에 선 적이 있다. 그러나 전화카드를 넣고 송수화기를 들었다 내려놓고 다시 들었다 내려놓고 그러다 카드를 잡아 뺐다가, 뒷사람이 나타나면 얼른 도망쳐 나오기 일쑤였다. 어렵사리 전화기에서 시선을 돌리며 인실은 낮은 목소리로 노래를 만들어낸다.

"……바삐 움직이는 사람들 속에 너의 모습이 사라질 때 오래전 그날처럼 내 마음엔. 언젠가 우리 다시 만나는 날엔 빛나는 열매를 보여준다 했지. 우리의 영혼에 깊이 새겨진 그날의 노래는 우리 귀에 아직 아련한데*……."

우연인지 필연인지 그를 만난 곳은 시청역이었다. 유행가 가사처럼 꼭 그렇게, 아직도 어딘가에 있을 그 무언가를 찾고 있는 그 앞에서 두 아이의 엄마로만 변해버린 자신이 얼마나 초라했던가.

주황색 포장마차 차일이 두 눈 가득 들어오자 이빨이 맞쪼이며

---

* 김창기, 〈시청 앞 지하철역에서〉, 1990.

우두둑 뒤틀리는 소리가 난다. 포장마차를 우산으로 가리고 눈마저 감는다. 오늘은 집에 가서 꼭 해야 할 일이 있다고 나머지 한 손을 움켜쥐고 집 쪽으로 내달린다.

하나마저 내려가고 나자 인실은 실로 오랜만에 깊은 잠에 들 수 있었다. 그러나 깊은 잠은 생각보다 오래가질 않았다. 길거리를 걷다가, 전철 안에서, 그리고 어쩌다 텔레비전을 보다가도 하나 또래의 아이들을 보면 저도 모르게, 우리 하나구나, 하고 가슴이 세차게 뛰었다. 그리고 포대기에 싸여 있는 두리만 한 아이를 보면 달려가 덥석 안아주고픈 욕구가 화르르 타올랐다. 모든 집들의 창에 불이 꺼진 밤늦은 시각 집에 들어와, 발만 뻗으면 금방이라도 잠이 들 것 같은데도 잠이 오질 않았다. 눈앞에는 아이들의 얼굴이 어른거리고 귀로는 아이들의 말소리, 웃음소리가 들려왔다. 잠을 자는 것도, 잠을 자지 않는 것도 아닌 채로 아침을 맞고 나면 머리는 무겁고 손발은 인실의 의지를 벗어나 있었다.

도저히 이대로는 안 되겠다 싶어 아이들을 데려오자고 작정을 했다가도 아침이면 벗어날 수 없는 현실이 목을 죄어왔다. 잠이 오지 않는 어느 밤에 술 생각이 났을 것이다. ……세상에 술만 한 위안이 없음을 깨닫게 되기까지는 오랜 시간을 필요로 하지 않았다. 슬플 때나 기쁠 때나 아플 때나 건강할 때나 늘 함께하겠다고 서약했던 남편보다도, 주먹을 치켜올리고 동지가를 부르며 평생 이 길을 같이 가자고 피로써 맹세했던 동지들보다도, 술은, 잠들지 못하는 밤 인실의 말동무가 돼주었고 편안하게 쉬게 해주었다.

숨을 헐떡이며 집으로 올라와 인실은 젖은 옷도 갈아입지 않고 서랍을 뒤진다. 책상 서랍이 아닌 옷장에 딸린 서랍을. 그 안에서 남이 볼세라 까만 비닐로 싼 물건을 꺼낸다. 비닐 끝을 잡고 흔들자 누렇게 된 신문 조각들이 쏟아져 나온다. 한번 그곳으로 들어간 뒤로 주위의 눈길을 받아본 적이 없는 그것들이 경쾌하게 팔랑거리며 방 안으로 내려앉는다.

1915년 1월 15일, 베를린의 밤은 꽁꽁 얼어 있었다. 실패로 돌아간 스파르타쿠스단의 무장 봉기와 그에 뒤이은 검거 선풍이 수도의 밤공기를 차갑게 얼리고 있었다. 출감한 지 두 달 만에 다시 체포된 로자는 군용 트럭의 화물대에 거칠게 내팽개쳐졌다. 소위 계급장을 단 장교 하나가 사병 하나를 이끌고 화물대에 올랐다. 사병이 라이플 개머리판으로 로자의 머리를 두어 차례 내리쳤다. 로자는 가느다란 의식의 안쪽에서 숨을 할딱거리며, 파닥거리는 몸뚱이를 차디찬 겨울바람에 내맡기고 있었다. 소위의 눈길이 로자의 얼굴에 박혔다. 목표물이 아직도 살아 있다고 판단한 소위의 집게손가락이 피스톨의 방아쇠를 끌어당겼다. 하나의 불꽃이, 국제 노동운동의 휘황한 불꽃 하나가 사위는 순간이었다. 란트베르 운하의 리히텐슈타인 다리 위에 멈춘 트럭에서 여자의 몸뚱어리가 물속으로 내던져졌다. 장미가 만발한 5월 어느 날, 여자의 시체가 운하 위로 떠올랐다. 얼굴을 쉽게 알아보지 못할 정도로 부패해, 장미라는 뜻의 이름이 오히려 참혹해져버린 로자의 시체가.

두 아이들과, 바닥을 드러낸 생활비 사이에서 씨름하던 두리의 백일 무렵, 신문에서 커다란 활자로 씌어진 그녀의 이름, 로자 룩셈부르크를 보는 순간 인실의 눈엔 눈물이 맺혔다. 로자야, 로자 형, 로자 언니, 사람들은 인실을 그렇게 불렀다. 다른 친구나 선배들처럼 그건 본명을 드러내지 않기 위한 하나의 방법이었을 뿐이다. 그 이름을 처음 부른 사람이 누구였는지 지금은 기억도 나지 않지만 그 사람조차도 그렇게 로자에 대해선 많이 알진 못했으리라. 여자이고, 로자란 이름이 우리 이름처럼 부르기도 편하고, 거기다 독일 사회주의 운동의 유명한 지도자였다고 하니까 별생각 없이 그저 대강 얽어맺을 것이다. 1870년에 태어난 로자와 동갑내기 혁명가인 레닌에 대해선 달달 외우고 있던 사람들이었지만. 그 차이는 무엇이었을까. 레닌은 성공해서 권좌에 올랐고 로자는 결국 실패해 비참한 최후를 맞이했다는 것?

신문 구절을 외우다시피 읽으며 로자란 별명은 자신에게 전혀 어울릴 수 없었다는 것을 인실은 뒤늦게 깨닫는다. 150센티미터도 채 안 되는 키에 한쪽 다리를 약간 절기까지 했다는, 인실과는 너무 다른 그 여자의 외양 때문이 아니었다. 노동자를 지도할 대상으로만 보았던 레닌에 비해 그녀는 노동자 계급의 자발성을 강조하였고 레닌이 극단적 중앙집권제를 불가피한 것으로 생각할 때 그녀는 자유의 특권화 즉 타인의 억압을 담보로 한 자유에 대해, 그건 프롤레타리아 독재가 아니라 한 줌밖에 안 되는 정치가들의 독재라며 우려를 나타냈었다. 감탄할 만한 지성과 놀라운 통찰력 그리고 믿었던

264

이상에 온몸을 고스란히 내던질 정도의 실천력을 가지고 있던 그녀의 이름은 결코 인실의 별명이 될 수 없었다. 그건 그녀에 대한 모독이었다.

그녀도 결혼이란 걸 했었다. 폴란드 출신이었던 그녀는 당대 사회주의 운동이 가장 활발하게 진행되고 있던 독일을 활동 근거지로 삼기 위해 독일 국적이 필요했다. 그래서 그녀는 결혼을 했고 그리고 그 남자와는 예식장을 나오면서 헤어졌다. 그러나 이상을 위해 위장결혼까지 감행한 이 철의 여인이 쓴 것이라고 좀처럼 믿기지 않는 편지를 세상에 남겨놓았다. 그건 그녀의 동지이자 연인이었던 레오 요기헤스에게 보낸 편지다.

오, 내 사랑, 난 결코 내 아이를 가질 수 없을까요? 내 걱정이 뭔지 아세요? 나는 나이가 너무 많은 데다 전혀 매력적이지 않아요. 내 사랑, 당신이 나와 함께 우리 둘만의 방에서 살고 일하게 된다면, 더 바랄 게 뭐 있겠어요!

인실은 신문 조각을 내려놓으며 어쩔 수 없이 수민을 떠올린다. 이렇게 100년에 하나 나올까 말까 한 강인한 여성도 사랑하는 남자의 아이를 낳고 싶어 했는데 하물며 수민이야. 얼마 전 수민과의 전화 통화가 떠오른다.

"세상에, 홍수가 끝나자 남한강 주변에 눈물겹게 복구 작업을 하는 농민들 논밭으로 전국 각지에서 수백 명이 몰려들었대. 쓰러진 땅콩 줄기 세워주려고? 천만의 말씀! 수석 채취하려고. 수석 애호가들에게 홍수는 일생일대의 좋은 기회래. 상류에서 괴석이 떠내려오고 강물 밑바닥에 수만 년 간 잠들어 있던 기석이 세상으로 나오니깐. 그래서 남의 고구마밭을 돌밭으로 만들고 있대."

수민의 말을 듣는 순간 인실은 웃음을 터뜨렸었다. 그것도 어이가 없어 터져 나오는 실소가 아닌 슬픈 현실을 아우르는 그녀의 걸쭉한 입담 때문에. 수민은 그런 재주가 있다. 슬픈 현실을 웃음으로 치환하고, 뒤로 넘어져도 코가 깨지는 현실을 재치 있게 비유하는 그런 귀신 같은 재주가.

대학 4학년 때였다. 학생운동을 정리하면서 시위 주동으로 마감할 사람들을 스트러글의 약자를 써서 스트팀이라고 불렀는데 그때 인실은 철호와 잠깐 그곳에서 일을 했었다. 어느 날, 철호가 자신의 가방에서 선물 꾸러미 같은 것을 꺼내더니, 한편으로는 쑥스러운 듯 또 한편으로는 자랑에 겨워, 이거 우리 애인이 사준 거야, 하면서 동료들 앞에서 포장지를 풀었다. 그 안에는 한겨울 추위도 매섭지 않을 보온 메리야스 내복이 들어 있었다. 수민은 그런 애였다. 결코 자신의 감정을 숨기려 들지 않는.

수민은 늘 남편 걱정을 입에 달고 다녔다. 우리 남편은 술을 너무 많이 마시는 것 같애, 따위의. 남자들 다 그렇잖아, 하고 시큰둥하게 인실이 대꾸하면 아냐, 그래도 우리 남편은 필름이 끊기기까지 한다니까. 젊었을 때하고 같니? 평생 운동하려면 몸을 좀 돌보면서 해야 하는데 이건 통 그렇지가 않아. 술 좀 안 마시면서 사람 사업 할 수는 없을까. 그놈의 술을 마셔야 흉금을 털어놓을 수 있는 거야? 하기사 나도 옛날에 술에 절어 살았지만, 그 업보를 어쩔 수 없나 봐. 이렇게 지금 술장사 하고 있는 것 보면. 수민은 그런 식이었다. 남편 흉이나 불만으로 시작했다가 어느 순간에 보면 인실이 듣기에는 충분히 남편 자랑으로 들릴 만한 소리로 변해 있었다. 수민도 알았을까. 수민이 그렇게 수다를 떨 때 인실의 뒤엉키는 심정을, 친구의 늘어지는 행복에 박수를 보내야 하는지 아니면 질투의 감정을 느끼는 게 온당한지 줄다리기를 하고 있는 친구의 마음속 풍경을.

그동안 아이를 낳고 싶다는 수민이와 아이를 낳을 수 없다는 철호의 입장 사이에서 인실이 일방적으로 철호의 편만을 들었던 건 수민을 향한 질시의 감정이 섞여 들기라도 했던 걸까.

"인실아, 난…… 참회하는 마음으로 우리 희민일 길러. 가끔 가위에 눌려. 배 속에 우리 희민이가 들어 있는데 내가 수술대에 누워 있는 거야. 놀라서 깨어 잠든 우리 희민이 손을 잡고 펑펑 운단다. 이 아이를 죽이지 않은 건 얼마나 잘한 일이었나 하고. 내가 지금까지 살면서 내린 여러 가지 판단이나 선택 중에 가장 잘한 일 같애. 가끔 그런 생각이 들어. 어쩌다 저 아이는 내게로 와 나는 저 아이의 어미가 되고 저 아이는 내 새끼가 되었을까. 누가 저 천사를 내게 보내주었을까. 저 아이가 없었다면 난 달 표면을 걷는 우주인들처럼 무중력 상태로 둥둥 떠다녔을 거야. 우주와 나를 연결해주는 끈 하나. 저 아이를 내게 보내주신 이여! 고맙습니다, 정말 고맙습니다……."

울먹이던 수민의 목소리가 들린다. 사랑하는 사람의 아이를 낳고 싶어 하는 건 어쩌면 동물적 본능인지도 모른다. 그러나 철호의 손을 들어주었던 건 어쩌면 순전히 인실의 개인적인 이유인지도 모른다. 자유란, 늘 달리 생각하는 사람의 자유란 로자의 명제처럼 평범한 사람들이 이 생을 살아가는 방식, 자식을 낳아 기르고 그것들이 크는 것을 지켜보며 만족해하는 그런 삶이 아니라 뭔가 다른 것, 자신이 꿈꾸고 있는 이상을 위해 한평생을 헌신하다가 죽어가는 것, 그러면서 난 정말 행복했구나 하고 느낄 수 있는 그런 자유의지를 가진 인간이 되길 소망했기 때문인지도 모른다. 그 꿈은 지금 어디에서 표류하고 있으며 무엇이 인실의 그 꿈을 꺾이게 만들었을까.

사랑하는 사람의 아이를 낳고 싶다는 인간의 동물적인 본능도 사회라는 관계 속으로 들어오면 너무나 왜곡되고 기형적인 모습으로 변해가고 있는지도 모른다. 시앗을 봐서라도 꼭 자기 핏줄을 타고난 자식을 얻어야 하고, 그리고 무슨 수를 쓰더라도 한 가족에 아들 하나씩은 있어야 하고……. 이쯤 되면 자식은 사랑의 산물이 아니라 욕심이나 집착일 것이다. 전철을 타고 가면 만나는 사람들, 자리가 하나 나오면 다중의 힘을 이용하여 온 가족이 전철을 예약이라도 한 것처럼 모두 자리를 차지하고 앉아 만족감에 희희낙락하는 모습들. 그 소름 끼치는 가족 이기주의. 텔레비전에서 가끔 방영하듯 그런 우리와는 대조적으로 남의 나라 아이들을 데려다 정성껏 길러주는 서양 사람들. 그 벽안의 사람들은 어떻게 자식들에 대한 그 지독한 욕심을 버리고 그렇게 모질게도 마음을 비울 수가 있었을까.

문득 인실은 이런 문제에 대해 철호가 어떻게 생각하고 있을지 궁금해진다. 그는 최소한 사람의 자식이, 어미 품에서 나온 지 13분 만에 달리는 법을 배우는 말처럼 그렇게 저절로, 하루아침에 자란 다고 믿고 있지는 않으리라.

　현관문을 두드리는 소리가 난다. 언제부터 난 소리였을까. 신문 조각을 얼른 비닐에 담아 서랍에 넣는데 열쇠 돌리는 소리가 들린 다. 인실이 달려갔을 때 영수는 제 손으로 문을 열고 들어서고 있다. 그러나 다행히, 영수는 집에 있으면서 문도 안 열어주고 뭐 하냐고 인실을 향해 힐난하지 않는다. 그는 오히려 기분이 좋아 보인다. 그 의 손이 쓰윽 인실의 가슴을 더듬는 걸 봐도.

　"너도 지금 들어왔구나. 어서 옷 갈아입지 그래."

　그의 목소리엔 자상함이 넘쳐 있다. 밖에서 무슨 좋은 일이라도 있었던가.

　영수의 끈적끈적한 눈길이 옷을 갈아입는 인실의 맨살에 꽂힌다. 축축한 외출복을 벗고 간이복으로 갈아입으려는데 영수가 인실을 와락 껴안는다. 인실은 그대로 그에게 몸을 맡긴다. 사랑한다거나, 너는 내 거라든가, 하는 사랑의 말도 전혀 없이 마치 챔피언이 타이 틀을 지켜내기 위한 의무 방어전처럼 치르는 부부간의 관계. 영수 가 인실의 귓불을 핥아도, 가슴을 애무해도 인실이 느끼는 감정은 슬픔이다. 사랑이란 감정 표현의 어떤 다른 방법도 알지 못하는 사 내의 의례적인 애무 그리고 그것을 묵묵히 지켜보는 여자. 이렇게 살아가고 이렇게 늙어가는가. 인실의 눈엔 삶의 비애가 눈물로 가득 고인다.

영수는 갑자기 하던 행동을 중지하고 불을 켠다. 인실이 알몸 위에 얼른 이불을 덮는데 그가 들고 온 노란 봉투에서 책을 하나 꺼낸다.

"이것 좀 봐."

인실은 귓불을 타고 흐르는 눈물을 주먹으로 쓰윽 훔치는데 인실 옆에 누운 영수가 인실을 흔든다.

"오늘 내가 후배들하고 약속이 있었는데, 글쎄 어떤 녀석이 자기도 이 책 보고 딸딸이를 면했다고, 나한테 한 권 사주더라. 히히, 이 책에 노하우가 다 들어 있대. 우리도 이 책을 보고……."

딸딸이란 말에 귀가 갑자기 열린 인실이 남편의 손에 들린 책의 겉장을 뺏다시피 해서 살폈다.《아들 딸 맘대로 골라 낳는 법》. 슬픔이란 감정은 차라리 호사스런 건지도 몰랐다. 인실은 정신없이 옷을 다시 찾아 입었다. 그리고 벌거벗은 남편을 그대로 두고 현관 쪽으로 달려간다.

"아니, 갑자기 왜 그러는 거야?"

"갑자기 갈 데가 생각났어요. 기다리지 말고 주무세요."

어이없어하는 남편의 시선을 뒤로하고 가을비 뿌리는 거리를 인실은 정신없이 내달린다. 마침내 포장마차의 주황색 차일을 걷으면서 인실은 지금까지 참았던 숨을 한꺼번에 토해낸다.

270

떠나는 사람은 언제나

"언니, 언니이이, 전화 좀 받아봐."

오지 않는 잠을 겨우겨우 청하다 잠에 떨어진 수민은 좀처럼 눈을 뜨려 하지 않는다.

"언니! 전화 좀 받으래니깐."

수민이 그러거나 말거나 혜숙은 무선 전화기를 수민의 귀 밑에 내려놓는다.

"여, 보, 세, 요."

눈도 뜨지 못한 채로 수민이 뜨직뜨직 말을 건넨다.

"이거 주무시는데 죄송합니다만…… 저 하나 아빱니다."

한순간 정신이 번쩍 든다. 인실의 집에 전화를 하며 간혹 그의 목소릴 듣긴 들었지만 그가 수민네 집으로 전화를 건 것은 처음 있는 일이다. 그것도 이렇게 이른 시각에, 무슨 일이 생긴 걸까? 왠지 모를 불안감에 가슴이 후드득 요란하게 뛴다.

"저기, 혹시 우리 하나 엄마 거기 있나 해서요."

"아니요, 없는데요."

"그럼 저, 혹시 무슨 연락 같은 거라도……, 어젯밤에는 분명 집에 있었는데……."

그의 어조는 무척 조심스러웠지만 무엇 때문인지 자존심이 상해 있는 것처럼 수민은 느낀다. 이렇게 이른 시각에 잘 알지도 못하는 아내의 친구에게 전화를 걸어야 한다는 사실 때문일까, 아니면 온다 간다 말도 없이 사라져버린 아내 때문일까.

"그럼, 하나 외할머니 댁에는 연락해보셨어요?"

"아니…… 아직."

"저도 자신은 없지만 한번 찾아볼게요."

너무 이른 시각이란 걸 알았지만 시골은 가지 않았을지도 모른다고 위안을 하면서 수민은 인실의 친정으로 전화를 한다.

"아, 하나 할머니세요? 저 인실이 친구 수민이에요. 별일 없으시죠? 거기 하나 있나요? 예, 아니…… 제가 하나한테 뭘 물어볼 게 있어서요. ……으응, 하나로구나. 아줌마야. 잘 있었어? 그래, 두리하고도 잘 놀고? 그래, 아줌마가 엄마랑 한번 우리 하나하고 두리 보러 갈게."

하나는 전화를 받으면서 엄마야? 하고 외할머니한테 화들짝 묻고는 아니라는 걸 알았는지 금방, 바람 빠진 풍선처럼 그렇게 목소리에 풀이 죽어버렸다. 아침부터 아이를 슬프게 만들었구나. 그런데

도대체 이 애는 연락도 없이 어디로 사라진 걸까. 이 무서운 서울에서. 갑자기 온갖 불길한 상상들이 꼬리에 꼬리를 문다. 별일 있을라구. 다른 사람도 아닌 인실이가. 그래도 사람 일이란 모르는 법인데. 엎치락뒤치락하는 생각들로 잠은 이미 확 달아나버리고 눈으로 담배를 찾고 있는데 뒤에서 소리가 난다.

"인실 언니한테 무슨 일이 생긴 거야?"

제 방으로 들어간 줄 알았는데 혜숙이 문 옆에 서서 묻는다.

"……없어졌대."

자는 희민일 한동안 물끄러미 내려다보던 혜숙이 수민의 옆으로 자리를 잡고 앉는다.

"언니, 이건 그냥 느낌 같은 건데……. 전에 보니까, 인실 언니 손가락이 푸들푸들 떨리더라. 그거, 수전증이란 거 아닐까? 알코올중독자들에게 나타난다는……."

"설마, 인실이……."

수민이 그럴 리가 없다고 고개를 가로젓는데 희민이가 몸을 뒤치며 손을 내뻗는다.

"안 가! 안 가……."

수민과 혜숙은 인실에 대한 걱정은 순간 놓아버리고 잠꼬대하는 희민일 보며 가는 한숨을 교환한다.

아이에게도 변화가 생겼다. 희민이도 이제 두 돌이 지났으니까 놀이방이나 어린이집에 보낼 때가 된 게 아니냐고 혜숙이 조심스럽게 이야기를 꺼냈지만 수민은 자신이 없었다. 엄마나 이모하고 떨

어지려고 할까, 요즘에도 간간이 이불 위에다 지도를 그리곤 하는
데 긴장이 돼서 갑자기 똥오줌도 가리지 못하게 되면 어쩔까 하는,
그런 걱정 때문만은 아니었다. 그보다는 아빠 없이 큰 아이가, 다른
아이들은 당연히 아빠란 존재가 있을 텐데, 어린것이 혹시 그런 데
서 상처를 받으면 어쩔까 하는 걱정이 보다 근본적인 것이었다. 그
러나 혜숙의 생각은 달랐다. 아빠가 외국에서 공부하고 있다고 계
속 거짓말을 할 수도 없고 이런 문제는 어차피 부딪쳐야 할 문제이
므로 수민도 아이도 현실을 직시해야 한다는 것이었다. 괴로웠지만
혜숙의 말을 따르기로 했다.

수민은 말할 것도 없고 그렇게 확신하듯 수민을 설득하던 혜숙조
차 아이를 처음 놀이방에 보내놓곤 정말 잘한 일인지 못한 일인지
모르겠다며 서로 얼굴을 마주보며 울가망해 있는데 규에게서 전화
가 왔다. 희민이 생각이 났다며.

규랑 그곳에 가서 아이를 기다렸다. 현관문이 열리고 다섯 살은
돼 보이는 아이가 엄마! 하고 뛰어나와 제 엄마 품에 안겼고 눈길
가득 불안에 떠는 희민이가 두리번두리번 엄마를 찾으며 그 뒤를
이었다. 입구까지 달려가는 그 짧은 순간 철문이 다시 닫혀 아이가
다칠까 봐 엄마를 찾는 아이보다 수민의 마음이 더 불안했다.

"희민아!"

분홍색 배낭을 멘 아이가 엄마! 하며 구르듯 달려왔고 규를 보더
니, 아저씨도 왔잖아, 하며 씩 웃었다. 아이는 그날 반나절 사이에
수다꾼이 돼 있었다. 수민이나 규가 묻지도 않은 말을 혼자서 쉬지

274

않고 재잘거렸다.

"엄마가 가고 울었어."

"으응, 바람이 부네."

"햇볕이 덥다."

"엄마, 나 학교에 갔어."

"근데 선생님이 뚝 하고 그치라 그랬어."

놀이방에서 메준 배낭이 아이의 그 여린 등에 힘겨워 보여, 엄마가 들까, 하는데도 싫단다. 그럼 우리 희민이 노느라고 힘들었을 테니까 엄마가 안아줄까 했더니, 나 걸을 거야, 희민이 혼자서도 할 수 있어, 하며 앞장 서서 걷는다.

이렇게 우리 아이가 커가는 거로구나, 반나절 사이에도 아이는 저만큼이나 크는구나, 하는 생각이 들자 수민의 코끝이 찡하게 울려왔다. 수민이 고개를 숙여 코끝을 훔치자 그가 수민의 손을 가만히 잡았다 놓았다.

"재밌었어? 재미없었어?"

"재미없었어."

"아냐, 금방 재밌어질 거야. 내일 또 갈 거니?"

"아냐, 안 갈 거야."

그날 규는 아이를 백화점에 데려갔고 셋이서 하얀 벤치에 앉아 딸기 아이스크림을 빨았다. 그날 이후로 수민은 아침마다 아이와 전쟁을 치른다. 놀이방에 가지 않겠다는 아이에게 엄마는 은행에 간다고 속여 아이를 데리고 나와 놀이방에 떨구기도 하고, 엄마 가게에 갈 건데 하고서 손을 잡고 나와 그곳으로 밀어넣기도 했다.

수민이 아이의 가슴을 토닥토닥해주자 잠든 아이의 얼굴은 환해진다. 그 모습을 보고 수민과 혜숙은 싱긋 웃음을 주고받는다. 발밑이 보이지 않는 이 캄캄한 세상에서도 아이가 있어 웃을 수 있구나.

아이의 머리맡에는 '개구리 왕눈이'가 그려진 슬리퍼가 한 켤레 놓여 있다. 아이의 옷이나 물건을 지나칠 정도로 넉넉한 치수로 사는 수민이었다. 애 발에 크다 싶었지만 내년까지 신으라고 큼지막한 슬리퍼를 신겼다. 그랬더니 횡단보도를 건너다 길 한복판에서 슬리퍼가 그만 벗겨져 수민의 가슴을 철렁하게 만들었다. 새로 산, 제 발에 꼭 맞는 슬리퍼를 신고 놀이터에 나가고 싶어 아이는 안달이 났지만, 야속하게도 비가 계속 내리자 아이는 그걸 머리맡에 고이 모셔두고 잠이 들었다. 아이의 노란 슬리퍼를 내려다보면서 그렇게도 항상 큰 치수의 아이 용품을 사왔던 것은, 넌 너의 물건을 물려줄 동생도 없는데 너라도 실컷 써야지, 하는 수민의 한탄이 스며든 행동은 아니었을까 하는 자각이 생긴다. 기다림과 축복 속에 아이를 낳고 길러볼 수 있다면…….

"언니, 그건…… 마음을 정했어?"

집게손가락으로 방바닥에 세모, 네모를 그리며 잠 못 들어 실핏줄이 선연한 수민의 눈길을 피하며 혜숙이 묻는다.

수민은 그저 희미한 웃음을 흘리며 담배를 들고 거실로 나선다.

손님이 없던 오후에 임희숙의 엘피를 올려놓고 커피를 홀짝이고 있을 때 전화 한 통 없이 불쑥 규가 나타났다.

"이제 저 제발, 어느 날 긴 잠에서 깨어보니 세상이 온통 낯설고 아무도 내 이름을 불러주는 이 없어 나도 내가 아닌 듯해라* 하는 노래는 그만 들을 수 없을까?"

"……누군가 말을 해다오. 내가 왜 여기 서 있는지. 그 화려한 사랑의 빛이 모두 어디로 갔는지. 멀리 돌아보아도 내가 살아온 길은 없고 비틀거리는 걸음 앞에 길고 긴 내 그림자.**"

수민은 규가 그러거나 말거나 목청껏 노래를 따라 불렀다.

"도대체 이건 상식이 통하질 않아서 작업을 할 수가 있어야지."

그는 담배를 입에 물며 맥주를 달라고 했다.

"이번에는 누구예요? 법규를 들먹이는 구청 직원이에요? 아니면 예술을 모르는 건축주예요? 그것도 아니면 귀찮게 원고 청탁을 하는 잡지사 기자예요?"

그가 별로 말하고 싶지 않은 듯 술만 축내고 있을 때 그의 사무실 대리가 수민의 카페로 전화를 걸어왔다. 소장님 거기 계시냐고, 휴대폰도 꺼놓으신 것 같다고. 급한 일이어서 그러는데 소장님이 급히 와주셨으면 좋겠다고.

아이를 찾으러 가야 할 시간이 가까워오는데 그는 낮술에 점점 취해갔다. 수민이 카페를 보기로 한 날이어서 혜숙도 제 볼일을 보러 나가버린 터라 수민은 이러지도 저러지도 못하고 있었다. 놀이방 선생님한테 조금 늦겠다고 사정을 하고 그를 떠메다시피 해서

* 백창우, 〈잊혀진 여인〉, 1988.
** 위와 같은 곡.

277

차에 태워 그의 사무실에 데려다주었다. 그를 내려주고 아이를 찾으러 놀이방에 갔을 때 아이는 서럽게 울고 있었다. 수민이 문을 열자 울먹울먹한 소리로 쟤가 때렸어, 하며 놀이방 집 주인 아들을 가리켰다. 오른쪽 뺨에 상처까지 입었지만 그때까지 봐준 것만도 고마워 사가지고 간 롤케이크를 건네고 나오는 수밖에 없었다.

아이는 나오자마자 차가 다니는 아파트 광장에 털썩 누워버렸다. 엄마가 조금 업어줄까, 안아줄까 해도 고개만 저어댔다. 엄마가 늦게 와서 그래? 미안해, 엄마가 일찍 오려고 그랬는데 일이 좀 있었거든. 우리 희민이, 엄마가 늦게 와서 화났구나. 아이는 금방 눈물을 터뜨릴 것처럼 눈을 척 내리깔더니, 말, 하, 기, 싫, 어, 라고 했다.

수민은 제 귀를 의심했다. 말하기 싫어? 방금 이 어린아이가 한 말이 맞는가. 아이를 강제로 안다시피 해서 얼른 차에 태우고 집으로 돌아오는데 아이가 태어나서 처음으로 뱉어낸 말하기 싫어, 란 말이 길거리의 간판조차도 모두 그렇게 씌어진 듯 머릿속에서 떠나질 않았다.

놀이방 집 아이가 제 아빠 자랑을 하자 싸움이 난 건 아닐까, 난 왜 아빠가 없을까, 다른 애들은 다 있는 것 같은데. 아니면 그 애랑 엄마 아빠 놀이를 하는데 아빠한테 엄마는 어떻게 해야 하는지 몰라 화가 난 건 아닐까. 외국의 여배우들은 애 아빠가 누구인가도 밝히길 싫어하면서 당당히 애도 잘 낳던데 도대체 그런 애들은 어떻게 키우는 걸까? 그녀들은 용감한 걸까, 무모한 걸까. 규의 청혼을 받아들인다면 이 아이는 행복할 수 있을까.

혜숙이 조간신문을 집어 와 거실의 탁자 위에 올려놓고 아이가 자고 있는 안방으로 총총히 사라진다. 소파에 자리를 잡고 담배에 불을 붙이는데 담배의 느낌이 눅눅하다. 아니나 다를까, 밖에는 부슬부슬 처량하게도 가을비가 내리고 있다.

밤사이 일어난 일이 조간신문에 실릴 리도 만무하지만 혹시나 하는 심정으로 신문을 펼친다. 앞쪽의 정치면은 머리기사만 읽고 빠른 속도로 넘긴 뒤 사회면으로 눈길을 빨리 돌리려는데, 아래쪽의 네모난 광고면이 스치는 순간 가슴 저 깊숙한 곳에서 무언가가 쿵 하고 울린다. 그 다음엔 설마 하고 다시 들여다본다. 그러곤 신문을 조용히 내려놓고 만다.

노동 열사 최영도 님이 오늘 흙으로 돌아갑니다. 한평생을 이 땅의 고통받는 노동자들과 함께하려 했으나 이제 이승을 하직해야 하는 자리에 동지 여러분이 함께하여주시면 서둘러서 떠나야 하는 안타까운 그의 발걸음이 조금은 가벼워질 것입니다. 노동 열사 최영도 장례위원회.

영도 형의 죽음을 그 누구도 아닌 내가 신문광고를 통해 아는구나. 내가 이렇게 변했구나.

설악산에 첫눈이 왔단 뉴스보다도, 지금쯤 붉게 물들었을 용대리 휴양림의 잎갈나무 숲보다도 인간에 대한 관심이 없었고, 소식을 알려 하지 않았구나.

왜 아무도 가르쳐주지 않았을까. 형이 몹쓸 병과 사투를 벌이고 있다고, 이 땅의 삶이 얼마 남지 않은 것 같으니 한번 들여다보라고, 그 누군가 지나가는 말처럼이라도 수민에게 흘렸을 법한데도. 난 왜 알려고 하지 않았을까. 한때 우리들이었던 그에 대해서.

그가 물었다.

"너, 이 자식, 이수민, 너 말야 너, 니 남편 장철호 사랑하냐? 진심으로 말야, 진심으로……."

"……."

"대답해봐! 짜샤. 너! 너 남편 없이 살 수 있냐?"

"……."

"너, 너 남편 사랑하지? 그럼, 너 남편이 하라는 대로 해! 그게 옳은 길이야. 너희 남편 같은 사람 몇 안 돼. 너 지금 내 말 듣냐? 너희는 어떤 이유로든 갈라지면 안 돼. 요즘 운동하다 헤어지는 부부들 많다. 나도 알어! 하지만 너희 부부만은 안 돼! 왜? 내가 말이다, 내가, 가슴이 너무 아프니까. 철호 그 자식이 겉으로는 꼿꼿해 보여도 속으로는 정이 많은 놈이야. 너도 그거 알지? …… 너 지금 내 말 듣냐?"

남편과 헤어지기 전 마지막으로 영도 형을 만난 자리에서 형은 수민의 두 손을 잡고 사정했었다. 왜 나한테만 변화할 것을 요구하냐고, 그 형의 면전에서 따지는 대신 수민은 내내 침묵을 지키고 있었다. 부질없는 짓이란 걸 알았기에. 아니, 다른 사람이라면 몰라도 형한테는 그렇게 따질 수가 없었다. 그때 수민이 운동을 하는 사람에 대한 평가 기준이 있었다면 우습게도 애를 낳냐, 안 낳냐였고 형은 그때까지도 자식이 없었으니까.

첫 번째로 애를 지우던 때 수민의 지도선은 애를 가진 여자였다. 그분은 수민을 안타까워하다 못해, 애를 지울 수 없을 만한 건강 조건 때문에 어쩔 수 없이 애를 낳은 것에 대해 수민에게 상당히 미안해했고 누워 있는 수민에게 그 비싼 사골을 사가지고 와 고아 먹으라고 했다. 그러나 수민은 결코 먹고 싶지 않았다. 사람들에 대한 미움이, 그러나 결코 드러내놓을 수 없는 그 감정이, 머리끝까지 가닿아 있던 때이므로. 그분이 수민의 자취방 부엌을 뒤져 들통을 찾아내 직접 그 사골을 뭉근하게 끓이지 않았더라면 수민은 그것이 썩도록 손도 대지 않았을 터였다.

마지막으로 영도 형을 만나기로 한 것은 형에 대한 인간적 신뢰 때문이었다. 철호와 이혼하기 전에도 수민은 사람들에 대한 믿음이 그믐달처럼 가늘어지다 못해 불신의 움이 트고 있었지만 유일한 예외가 있다면 바로 최 선배였다. 그는 말로 운동을 하는 사람이 아니었다. 그의 몸이, 삶이 곧 운동이었다. 수민은 묻고 싶었다. 형은 왜 애 안 낳아요? 다들 아무리 힘들어도 애는 낳잖아요. 운동하는 사람들도 종족 보존에 대한 애착이 은근히 대단하더라구요. 애를 낳으면 한 명의 운동 인자가 느는 거라는 사람까지 있잖아요? 심지어 여자들은 운동하느니 차라리 2세를 잘 키워 운동 전선에 내보내는 게 더 현명하다는 사람들도 있지요. 근데, 형은 왜 애 안 낳는 거예요? 소정 언니는 전적으로 동의했어요?

하지만 물을 수 없었다. 유치하기도 하고, 굳이 그 형의 입을 빌려

281

대답을 듣지 않더라도 수민은 그가 할 답변을 이미 알고 있었다. 내 자식만이 소중한 것이 아니라 태어난 그리고 아직 태어나지 않은 온 세상의 아이가 귀하고 존대받아야 하는 거라고, 우리는 그런 세상을 만들 의무가 있는 거라고. 그 의문에 대한 정답은 철호로부터 귀가 닳도록 들은 것이었다.

그 자리는 결국 영도 형하고의, 한때는 뜻을 같이했던 사람들과의 마지막 자리가 되고 말았다. ……그리고 3년이란 세월이 흐른 것이다.

수민은 이제 또 다른 결정을 앞에 놓고 있다. 오늘의 그 자리에 가야 되나 말아야 되나 하고. 먼발치에서라도 아름다웠던 한 인간의 마지막 길을 지켜보고 싶긴 했다. 그게 도리이리라. 그러나 그곳에 가면 어쩔 수 없이 부딪쳐야 하는 사람들, 수민을 향한 그들의 어색한 눈길, 수민이 느껴야 하는 일종의 죄의식 같은 것들과 두려움 없이 맞설 수 있을까. 넌 뭐 하고 살았냐?고 묻는 그들의 눈길을 온전히 되받아서 너희들만큼이라고는 말하지 않겠지만 나도 사는 게 힘이 들었어, 라고 당당히 대답할 수 있을까.

수민은 차를 끌고 인실의 집 쪽으로 달린다. 인실이 지금쯤 어디 있을 거라고 짚이는 데가 있어서도 아니다. 다만 이렇게라도 하지 않으면 답답함이 더할 것 같아 무작정 그 애 집 쪽으로 달려보는 것이다. 그러면서도 신문에서 보았던 영도 형의 발인 시각을 상기한다. 인실이 이 애를 빨리 찾아야 할 텐데, 마음이 급해져 빗속에서도 자꾸 액셀러레이터로만 발이 간다.

수민이 인실의 집에 당도했을 때 빗줄기는 가늘게 변해 있다. 혹시나, 하는 기대로 옥탑까지 단숨에 올라가 현관문을 두들겨보지만 남편 영수조차 나간 듯 문은 열리지 않는다.

이 애를 어디 가서 찾는담.

한밤중에 사라진 친구. 옛날에 이런 일이 생겼더라면 비상이 걸렸을 것이다. 책과 자료와 문건들을 치우고, 몸을 피해야 할 사람들은 도망을 가고, 어디서 누구를 만났다고 입을 맞추어 그 알리바이를 달달 외워야 하고. ……한 친구는 정말 재미있는 친구였는데 무슨 투쟁위 위원장쯤 되는 감투를 본의 아니게 쓰고 있었다. 알리바이를 맞추고 맞추었다. 어디 커피숍에서 누굴 만나 무슨 이야길 했고, 또 어디서 누굴 만나……. 그것들을 수첩에 줄줄 적어가던 그 친구가 한숨을 푹 쉬며 하는 말, 에이, 난 운동 못하겠어! 하루에 열몇 개나 되는 약속과 장소를, 그것도 하루 이틀이 아니라 다섯 달이나 되는 것을 다 어떻게 외우냐? 머리 나쁜 사람은 운동도 못한다니깐. 야, 정말 이 알리바이대로라면 밥 먹고 똥 쌀 시간도 없겠다, 고 투덜거리던 그 친구를 생각하니 피식 웃음이 나온다. 웃음. 그래, 지금 그런 상황은 아니니 웃어도 되는지 모른다. 남편과 두 아이를 가진 서른세 살의 여자가 집을 나갔으면 이제 어떻게 해석을 해야 하는가. 가출? 무엇 때문에? 차 안에서 담배를 한 대 태우고 수민은 일어선다. 오늘까지도 만약 소식이 없다면 경찰에 가출 신고를 해야 하나. 경찰에?

어디 멀리 간 것은 아닐 거라는, 사실은 그랬으면 하는 마음에서 수민은 인실의 집 주위부터 뒤져본다. 동심원을 그리며 한 골목, 또 한 골목을. 그러다 퍼뜩 그 전화, 전화가 생각이 난다. 희민의 생일 날 밤늦게 인실이 술에 취해 걸었던 전화! 혹시…… 수민은 밤에 포장마차가 있었을 자리나 동네 술집 근처를 좀 더 열심히 찾는다.

그러다, 얼마나 흘렀을까. 수민은 들고 있던 우산을 그만 떨어뜨리고 만다. 아닐 거라고, 흔들어대는 고개와 달리 발은 그쪽으로 달려간다. 어떻게 이런 일이!

인실은 잠들어 있다. 아직 문을 열지 않은 상가의 셔터 앞에서. 온몸이 후줄근하게 비에 젖은 채로. 처음에 수민은 이게 도대체 무슨 상황인지 어떻게 된 노릇인지 가닥이 잡히질 않았다. 숨을 쉴 때마다 인실의 입에서 풍겨 나오는 역한 술 냄새……. 그리고 귓전에 울리는 혜숙의 말. 언니, 그거 수전증이란 것 아냐? 그럼 인실이?

인실을 흔들어 깨우지만 좀처럼 일어나려고 하지 않는다. 정말이지 누가 업어 가도 모를 정도로 술에 취해 잠들어 있는 인실에게 수민은 처음으로 화가 치민다. 너 왜 이러니, 도대체? 좀 일어나란 말야! 뺨을 내리친다. 얼마나 아플까, 하는 후회는 그 뒤에 찾아온다. 그러나 인실은 통증조차 느끼지 못하는 듯했다. 할 수 없이 차를 가지러 가면서, 의식도 없는 인실에게 수민은 소리친다. 너 꼼짝 말고 여기 있어!

골목이 익숙지 않아, 비좁은 골목에 세워둔 차를 피하느라 시간을 지체하면서 수민은 입술이 바싹바싹 탄다. 너 침착해야 돼! 진정하라구! 하는 입소리를 만들어가며 인실 쪽으로 차를 가져갈 때 소리가 들렸다.

"이 아줌마, 어젯밤도 여기서 샜구만. 한동안 안 나타난다 싶더니 제 버릇 개 주겠어? 무슨 여자가……. 에이 기분 나빠서, 하필이면 꼭 우리 가게 앞이야! 누구 장사 망칠 일 있나, 내 참!"

인실이 등을 의지하고 있는 가게는 세탁소였다. 세탁소 아저씨는 말로만이 아니라 굵은 소금 한 바가지를 퍼 와 잠들어 있는 인실의 주위로 쫙쫙 뿌려댄다.

수민은 저 남자와 아침부터 싸워야 할지, 죄송하다고 사죄를 해야 할지, 판단이 얼른 서질 않는다.

"죄송합니다. 제가 얘 친구 되는데요. 전에도 이런 일이 있었나요?"

"말도 말아요. 어디 한두 번이어야지. 남자도 아닌 여자가 술을 마시면 곱게 마셔야지, 이거 원!"

수민의 위아래를 훑어보며 그는 코를 팽 하고 풀어젖혔다.

혹 이런 일이 다시 있으면 이쪽으로 연락 좀 해주세요 하고 그에게 부탁을 할까 하다 수민은 그만둔다. 인실의 몸은 생각보다 가볍다. 얘가 언제 이렇게 갑삭해졌을까. 수민은 눈물이 핑 돈다. 인실을 태워 집으로 가지 않고, 그냥 목적지도 없이 수민은 달린다. 사실 잠이 깨지도 않은 애를 아무리 부지깽이처럼 말랐다 하더라도 옥탑 위까지 데리고 올라갈 자신도 없었으므로.

조수석에 다리를 뻗고 누운 인실이 몇 번 몸을 뒤치며 끄응 소리를 낸다.

"······여기가 어디야?"

"나도 몰라."

차 안에 가득한 술 냄새로 수민도 머리가 지끈거려오는 참이기도
했다.

"너, 언제부터야?"

"······."

수민의 목소리에 서릿발이 일었는데도 인실은 아직도 뭐가 뭔지
영문을 몰라 했다. 제가 왜 수민의 차에 탔고 어떻게 탔는지도.

"정말 왜 이렇게 사는 거야 다들······, 왜?"

인실은 수민이 뱉은 말의 갈피를 잡아보려고 애를 쓰는 눈치였으
나 밀려오는 잠에는 어쩔 수 없는지 스르르 눈을 감고 만다.

미정이가 며칠 전 카페로 찾아왔었다. 그 애는 눈부시게 멋있어
졌다. 짧은 치마에 또각거리는 굽 높은 구두, 어두운 보라색 입술,
웨이브가 진 부드러운 단발머리. 수민은 미정의 그런 모습을 처음
보았다. 미정의 후배 되는 혜숙도 별일도 다 있다는 듯, 미정이 눈을
피해 입을 벌리고 어어 하는 시늉을 하기까지 했다. 가정에 티끌만
큼도 안중에 없는 태식과 이혼을 했노라고, 이제는 내 삶을 찾을 거
라고 미정은 수민 앞에서 당당하게 선언했다. 그 애는 웃는 것도, 말
하는 것도, 심지어 앉는 자세까지도 달라져 있었다. 교태스럽게, 한
마디로 성적 매력이 느껴지도록.

그 애의 이야길 듣다가 수민은 너무 매몰찬 것 같아 끝까지 참고
내뱉지 않으려던 질문을 하고 말았다.

"네가 당당하게 사는 건 좋은데 근데 왜 나한테 와서 그 선언을 해야 하는 거지?"

"언니가 잘 살고 있다는 소문이 들려서."

"이혼녀로 당당히 자식 키우면서 잘 살고 있다고?"

"뭐 그런 거 아니겠어?"

"너 내 말 잘 들어라. 넌 네 스스로가 멋있어졌다고 느낄지 모르지만 지금 내가 보기에 타락하고 있는 것 같다. 그래, 알아. 네가 겪었을 고통 내가 왜 모르겠니? 그렇더라도 네가 이렇게 나오면 안 돼. 태식이가 인간 말종이어서 헤어진 건 아니잖아. 너, 솔직히 말할까. 불안해 보여. 왼쪽으로 기울었다 어느 날 갑자기 오른쪽으로 방향을 탁 선회하는 거, 그거 현기증 나는 일이야. 태식이와 생각이 다르고, 그가 애오라지 운동만 하느라고 처자식 못 챙겨 네가 이혼을 했다 하더라도 동네방네 떠들며 그를 미워하진 말아라. 인연이 안 됐나 부다 생각하고, 그를 그냥 인정해줘. 그래야 너도 편해질 거야."

그렇게 밉다고 소리치고 다니는 것도 다 쓸어내지 못한 애정의 잔해라는 걸 인정이라도 하듯 굵은 눈물이 미정의 손등으로 뚝뚝 떨어져 내렸다. 그러자 이러는 게 아닌데, 난 이렇게 말할 자격이 없는데 하는 자책이 수민에게 찾아왔다.

"힘들면 찾아와. 나도 소문만큼 잘 살지는 않지만 얼굴이라도 맞대면 좀 나아지지 않겠니? 그리고 친정에 계속 얹혀살 생각하지 말고, 애하고 둘이서만 살 생각도 하지 마. 같이 살 좋은 친구를 찾아

봐. 후배도 좋고."

혜숙이 수민을 향해 곱게 눈을 흘겼지만 수민은 혜숙의 자랑을 미정 앞에서 한참이나 늘어놓았었다.

혜숙이 없었더라면, 오늘 아침 술에 취해 길바닥에 나동그라져 있을 사람은 인실이 아니라 수민이었을지도 모른다. 이혼을 하고 혼자서는 도저히 살 자신이 없어 친정 엄마한테 갔었다.

"미친년, 잘났다. 장 서방이 애 지우라면 지울 것이지, 애가 뭐가 좋다고, 넌 무자식이 상팔자란 소리도 모르냐? 니 애비 없이 니들 셋 기른 게 징글징글하기만 한데, 딸은 어미 팔자를 꼭 닮는다더니 니가 꼭 그 짝이구나. 니 새끼니까 니가 기르든 말든 니 알아서 해! 뭐 뜻이 같고 한길을 향해 가는 사람이니깐 틀림없이 잘 살 거라고 큰소리 땅땅 치며 결혼하던 것이 그래 그 꼴로 이 집구석에 들어와!"

그래도 잘 살 거라고 믿었던 큰딸에 대한 배신감이 엄마한테 그렇게 어마어마한 폭력적 언사를 내쏘도록 다그쳤겠지만 당하는 수민으로서는 도저히 견뎌낼 수가 없었다. 친정도 내 쉴 곳은 못 되는구나. 수민이 몸으로 치러낸 깨달음이었다.

의식이 돌아온 인실이 물부터 찾는다. 가게에서 사다 준 생수를 벌컥벌컥 마시는 인실을 보며, 사는 게 이런 건가 하는 삶의 비애가 수민마저 목마르게 한다.

환하게 웃고 있다. 사진 속의 영도 형이. 살아 있을 적 그 모습 그대로 이 세상을 떠나고 싶다는, 그러니 나를 저세상으로 떠나 보낼 때 너희들도 울지 말고 웃으라는 형의 바람인가. 그러나 그의 흐벅지게 웃는 얼굴을 대하는 순간 인실은 수민의 손을 놓고 달려가 그 자리에 그대로 주저앉아 왈칵 눈물을 폭포처럼 떨구고 만다.

수민이 향을 피우고 물러났을 때 혜숙과 함께 이곳으로 먼저 온 희민이 엄마, 하고 소리치며 달려온다. 희민을 끌어안으며 수민은 방금 전까지 희민일 안고 있던 사람이 철호였음을 알아본다. 혜숙은 어디로 간 걸까? 눈으로 혜숙을 더듬고 있을 때 검은 양복을 입은 철호가 수민 앞에 선다.

수민의 입술이 바람에 흩날리는 갈꽃처럼 잠시 흔들린다. 이 사람과 이렇게 가까이서 마주한 게 언제였던가. 며칠 날을 샌 듯 초췌한 옛 사람의 모습이 수민의 가슴을 썰려 나가게 하지만 수민은 그를 향해 선선히 손을 내민다. 미움도 원망도 담겨 있지 않은 눈으로, 그저 선배의 장례식에서 만난 옛 동료를 향해 반가움이 약간은 깃든 그런 인사를 그에게 보낸다. 언제 이렇게 모질어진 걸까. 옛날의 수민이라면 철호를 아예 외면하든지 아니면 호들갑스럽게 손을 흔들며 악수를 청했을 것이다. 이 사람을 떠나보내고 보낸 세월이 그렇게도 아픔이었던 걸까.

저쪽에서 이 기이한 상봉을 지켜보던 한 사람이 손수건을 꺼내 눈물을 훔친다. 이제 다시는 돌아오지 못할 길을 가려고 하는 망자의 부인이다.

소문내지 말고 조용히 치러달라는 고인의 뜻대로 노제 같은, 으레 있기 마련인 행사도 모두 생략하고 행렬은 장지로 향한다. 인실이 한사코 장의차에 타겠다고 했으므로 수민도 차를 버리고 인실의 옆에 앉는다. 그 옆에 희민이, 혜숙이 앉고 그리고 철호도 선도 차량을 버리고 그 차에 올라탄다. 차가 출발하기 전 영도 형의 부인인 소정 언니가 수민에게 미끄러질 듯 달려오더니 쉴 대로 쉬어 소리조차 나오지 않는 목소리를 짜내어 물었다.

"애가 희민이니?"

수민이 고개를 끄덕거리자 소정은 아이의 얼굴에 와락 볼을 비비며 느꺼워 울었다.

"수민아…… 잘한 거야. 잘했어."

"언니!"

"언니!"

"언니이! 어떡해! 언니, 어떡해!"

방울방울 눈물지는 그런 눈물이 아닌 소리치며 통곡하는 호곡이 혼자 남게 될 언니를 둘러싸고 세 여자들 입에서 터져 나왔다. 어깨가 출렁이고, 눈물과 콧물이 범벅이 되어 흐느끼는 울음이. 그렇지 않아도 뜨악해 있던 아이가 우는 엄마와 이모를 따라 으아앙 하고 울음을 터뜨린다.

"희민이…… 정말 예쁘다. 아줌마가 한번 안아줄게."

소정이 아이를 껴안고 그 여자를 또 세 여자가 껴안고 한 덩어리가 되어 운다. 치열했기에 소중했을 젊은 날 영도 형의 고뇌와 애정이 깃든 대학 교정을 차량들이 천천히 한 바퀴 도는 동안에도 그 여자들은 청춘의 회한보다는 울음을 택했고, 차가 서울을 빠져나오느라 한참을 지체한 후 고인이 마지막 누울 자리인 마석을 향해 경춘 국도로 들어설 때까지도 질긴 울음을 그칠 줄 몰랐다. 그렇게 여자들이 내내 삶의 한스러움을 눈물로 추스르는 동안 울다 지친 아이는 철호의 품에서 곤하게 잠이 들었다.

잿빛 하늘, 잿빛 가족

잘못 들어선 것 같아 몸을 돌리려던 참이었다.

"어서 오세요."

귀에 익은 목소리다. 카운터 안쪽에서 시디를 고르고 있던 혜숙이 인기척을 느끼고 고개도 들지 않고 인사를 보낸다.

철호가 알고 있던 니치가 아니다. 언제 이곳이 이렇게 가벼우면서도 화려한 색조로 변신을 한 걸까. 철호가 황황히 실내를 훑고 있는데 기둥 뒤에서 여자의 웃음소리가 난다.

"니치란 이름은 너무 양키 냄새가 나니까 토속적인 분위기인 누님네로 바꾸는 거예요. 아셨죠? 누님!"

쟁반을 들고 얼굴을 드러내는 수민으로 하여 철호는 그 웃음소리의 주인을 알아낸다. 수민은 한순간에 웃음기를 거두질 못하고 눈꼬리에 웃음을 흘리며, 오셨어요? 하고 손님 대하듯 철호에게 인사를 보낸다.

철호는 어지럽기까지 한 실내에서 그만 시선을 거둬 아이가 있음 직한 내실에 시선을 박는다. 아이는 잠이 들어 있을까. 아니면 장난 감을 가지고 놀고 있을까. 저렇게 작고 답답한 곳에서.

혜숙이 아이의 손을 잡고 영안실로 들어서던 순간 철호는 어떤 거부할 수 없는 이끌림 같은 것이 전해져 옴을 느꼈다. 혜숙이 신발 을 벗고 올라가 최 선배의 영정 앞에 고개를 숙이자 아이도 혜숙을 힐끗힐끗 보며 그렇게 고개를 숙였다. 인사해, 희민아. 아저씨한테. 혜숙은 준비된 원고라도 읽는 듯 빠른 속도로 철호를 아저씨라고 희민에게 소개했다.

희민아, 아저씨가 한번 안아줄까란 말을 어렵게 꺼내며 철호가 팔을 벌렸을 때 아이는 무르춤하면서도 까만 눈동자로 철호를 뚫어 져라 보았다. 희민이를 번쩍 안았을 때 아이의 분홍색 외투가 잔물 결을 치며 파장을 이루었다. 솜털이 보송보송한 그 말간 볼을 거칠 거칠한 제 볼에 가져가면서 깊은 호수 같은 아이의 눈을 들여다보 자 뜨거운 불덩어리 같은 것이 저 깊은 곳에서 올라오고 있었다. 네 가, 네가 내 아이로구나.

"희민인 요즘 놀이방에 다녀요."

혜숙이 유자차를 내려놓으며 철호 앞에 앉는다.

"영도 형 장례식이 엊그제 같은데……. 벌써 겨울이네요."

간간이 들리는 수민의 웃음소리에 혜숙이 쑥스러운 미소를 지으 며 뿌연 창밖으로 시선을 던진다.

293

입장과 노선이 다르다고, 너는 적보다 더 나쁜 놈이라고 재떨이를 던지며 동물처럼 으르렁거리며 싸우던 친구나 선배들도 모두 한자리에 모였다. 화투판도 포커판도 벌어지지 않은, 돈 버는 이야기도, 새로 산 차에 대한 이야기도 없이 망자를 지키는 밤이었다. 술이 들어가자 어떤 친구는 꺼억꺽 피 울음을 토했고 또 어떤 후배는 주먹으로 시멘트 바닥을 쾅쾅 쳐댔다. 그렇게 모처럼 서로의 얼굴을 마주 보며 둘러앉은 그들이 입을 열었다.

이제 정말 다시 시작해야 하는 것 아니냐고, 역사는 다 끝났다, 이제 우리에게 희망은 없다 어쩌구 하는 것들은 다 나약한 인텔리들이 호들갑을 떠는 것 아니냐고, 먹고살기 팍팍한 거야 누군들 그러지 않겠냐고, 그렇게 고생하던 형은 이렇게 번듯한 조화 하나 없이 저세상으로 가는데 우리는 이게 뭐냐고, 어떻게 해야 형이 생전에 다 못한 뜻을 기리며 사는 것이 되겠냐고, 그들은 서로 다른 입으로 한결같은 이야길 했다.

철호의 눈에도 물기가 얼비쳤다.

"난 형한테 못 할 짓을 너무 많이 했어. 형은 이제 4학년이니까 등록금이 필요 없다고 그걸 고스란히 나에게 주고는……. 형이 그 봄에 도서관에서 학우여! 소리치며 밧줄을 타는데 내가 얼마나 땅을 치고 통곡했던지."

"고민만 있으면 형하고 술을 마시자고 엄살을 부린 게 다 오늘의 업을 부른 것 같다."

"형이 공장 다닐 때 이야긴데, 어떤 사람이 늘 빨간 러닝에 팬티만 입고 다니드래. 그래서 저놈이 활동간가 하고 접근을 하고 봤더니, 그냥 노동자였단다. 그래서 나중에 너는 왜 몽땅 속옷이 빨갛냐하고 물었더니, 인마 멋있잖아 하드라나."

사람들은 웃기도 했다. 떠나는 사람은 좋았던 추억만 두고 가므로. 그리고 인간인 이상 왜 한계나 문제가 없었을까마는.

"우린 자식새끼들도 다 있는데 형은 핏줄 하나 남긴 것 없이 저세상으로 갔으니……."

웃음 끝에 누군가 장탄식을 했고 사람들의 시선이 약속이라도 한 듯 한쪽 벽에 기대고 쓰러져 있는 형수의 초췌한 얼굴과 가녀린 어깨에 박혔다. 철호는 순간 형수의 어깨 너머로 한 여자의 얼굴이 스쳐 지나갔다. 그리고 그때 알았다. 저 문 안으로 들어오는 사람이 행여 그 여자가 아닐까 하는 기대감으로 그 사람을 내내 기다리고 있었다는 것을.

영도 형을 땅에 묻고 서울로 돌아와 정해진 수순처럼 사람들은 술집으로 향했다. 아이를 안은 수민이 혜숙과 함께 술집 앞에서 사람들에게 먼저 가봐야 될 것 같다고 인사를 하려고 할 때 옆에 있던 인실이 수민의 팔목을 거세게 붙들며 흔드는 것을 철호는 술집 창문으로 보았다.

인실의 목소리는 들리지 않았지만 수민더러 술좌석에 합류하라는 듯 완강하게 턱으로 술집을 가리키고 있었다. 인실은 제대로 곱게 물 한번 들지 못하고 헐벗어버린 활엽수처럼 그렇게 가을을 훌쩍 넘어 겨울의 한가운데 있는 마른 나무 같았다. 옷은 너무 얇았고,

빗살이 들어가지 않는 머리카락은 서로 엉겨붙어 있었다. 눈은 충혈된 채로 부어올라, 손가락으로 툭 건드려도 무너져 내릴 것 같은 불안함이 온몸에 넘실거렸다. 그러나 모두 망자와 함께 하루나 이틀 밤을 뜬눈으로 지샌 사람들이라서 그런 인실의 모습은 초췌한 사람들 속에서 도드라져 보이지 않았다는 게 다행이라면 다행이었다.

인실과 수민의 실갱이는 사람들이 음식을 주문할 때까지도 계속됐다. 수민이 결국 인실의 눈바램 속에 술집 문을 밀자 인실은 온다 간다 인사도 없이 총총히 사라져버렸다.

누구라도 쉽게 입을 열 수 없는 무거움이 그 술자리엔 있었다. 가벼워질 대로 가벼워진 세상을 침묵으로라도 거슬러보려는 의지처럼. 한 야당 의원의 전직 대통령 비자금 폭로에 이어 문제의 전직 대통령이 비자금은 5000억을 조성했고 남은 돈은 1700억뿐이라며 국민 앞에 무릎 꿇어 깊이 사죄드린다며 혼신의 눈물 연기를 선보인 것이 바로 엊그제인데도 술자리 사람 누구도 그 씹기 좋은 안주를 입에 담질 않았다. 그런 세상의 잡것들은 이런 자리에선 거론할 가치조차 없다는 듯. 그 진중함이, 이제는 눈을 씻고 찾아봐도 찾을 수 없는 그 진지함이 철호를, 사람들을 취하게 만들었다. 누군가 입을 열어 이런 말을 했다. 우리 오늘 영도 선배의 이 안타까운 죽음을 잊지 않고 그리고 남은 유족들에게 삶을 지탱할 용기를 주기 위해 선배의 뜻을 기리는 모임을 만드는 게 어떻냐고.

오랜만에 어떤 이의 반대도 없이 만장일치로 통과가 되었다. 임원진을 구성하면서 친구 하나가 한쪽 구석에 앉아 소주잔만 비우고 있는 수민을 보고 말했다.

"우리 총무는 수민이 시키자."

"그래, 난 가진 건 돈밖에 없으니깐."

"수민아, 총무는 돈을 내는 게 아니라 돈을 걷는 거야."

처음으로 선배가, 친구가, 후배들이 웃었다.

지금부터 시작이라고 사람들이 수민의 등을 떠밀었고 좀 취한 듯싶은 수민이 사람들의 돈과 제 돈을 합해 술값 계산을 하고 나올 때 철호가 수민을 붙잡았다.

"한번 만날 수 없을까? 아이랑 함께."

그날이 벌써 얼추 두 달이 가까워온다. 그사이 철호는 눈코 뜰 새 없이 바빴다. 새롭고 자주적인 노동자 조직이라는 민주노총 출범식이 있었고 참회의 눈물 바람도 가망 없이 비자금 사건으로 앞서의 전직 대통령이 구속 수감되었고, 12·12 및 5·18 사건 특별 수사 본부는 또 한 사람의 전직 대통령을 구속 수감하였다. 얼마 후엔 헌정 사상 처음으로 전직 대통령이 법정에 설 터였다. 그러나 그 모든 건 완급과 수위가 적절하게 배치돼 있는 듯싶었다. 철호조차도 그 모든 사실에 대해 흥분으로 들뜨기보다는 그랬어? 하는 식의 반응을 나타내는 걸 보면 떨칠 수 없는 어떤 치밀한 각본의 냄새가 본능적으로 맡아진다고 해야 할까.

내실에서 나오는 수민의 손엔 아이 대신 작은 손가방이 들려 있을 뿐이다. 철호가 수민을 따라 주차장으로 내려가는 동안 수민의 손가락 사이에 낀 차 열쇠가 금속성 소리를 냈을 뿐 둘은 아무도 입을 열지 않았다.

철호가 옆에 탄 것이 부담스럽기라도 한 걸까. 끼어들지 말아야할 곳에서도 속도를 높여 차선을 바꾸고, 속도를 서서히 줄이라는 주황색 신호등 앞에서 수민은 질주를 해버린다. 가능하면 정지를 안 하고 달리려는 듯하지만 모든 신호등에는 빨간불이 있기 마련인 것을. 빨간 신호등 앞에서 수민이 라디오를 튼다. 뉴스가 나오자 얼른 다른 곳으로 돌릴까 하다 철호를 슬쩍 보고는 그냥 그대로 둔다.

"전두환이 대국민 성명 발표하는 것 봤소?"

"······아니요."

무슨 말을 더 할 듯하던 수민은 고개까지 흔들며 단호하게 말한다.

그는 앞서 전례를 밟은 누구처럼 눈을 내리깔면서 악어의 눈물을 흘려 보이지도 않았으며 대국민 사과란 표현 대신 대국민 성명을 발표하였다. 그의 표독스럽기까지 한 단호함은 철호가 대학을 다니던 시절이나 서른이 넘은 지금에나 여전하다고, 참 대단한 사람이라고 철호는 혀를 끌끌 찼었다. 수민이 그걸 봤다면 분노와 울분이라는 같은 정서를 지니고 살았던 그때로 잠시 돌아가 둘 사이의 불편한 분위기가 조금은 편안해질 것 같았다. 그러나 수민은 철호 쪽을 보지도 않고 정면만을 응시하며 아니요, 라고 대답한다.

아침, 베란다에서 담배를 피우며 철호는 달력을 새삼 쳐다보았다. 파도가 밀려오는 바닷가는 가을과 함께 떠나갔고 그곳엔 나뭇가지에 흰 눈을 무겁게 이고 있는 소나무 한 그루가 외롭게 서 있었다.

이제 올해도 얼마 남지 않았구나. 그 회한처럼 잿빛으로 낮게 가라앉은 겨울 아침이었다.

눈발이 희끗희끗 차창 앞을 스친다. 엊그제 천둥 번개가 치고 날이 몹시 춥더니만……. 눈이 내리기 위한 전주곡이었던 셈인가. 눈길을 창밖에 던져놓은 채로 철호가 입을 연다.

"우리 오늘 애 데리고 광릉수목원에 가면 어떻겠소? 차도 있으니까."

"평일에도 그곳은 이제 밀리더라구요. 이제 유명한 관광지가 돼놔서……."

그곳이 때가 덜 묻기 전, 눈이 장하게 온 날이면 철호와 수민은 전철을 타고, 버스를 타고 광릉수목원엘 갔었다. '출입 금지'란 푯말이 어김없이 붙어 있는 삼림욕장의 개구멍을 찾아 들어가 노루 발자국이 찍힌 그 울연한 삼림 속, 둘은 그 눈밭에서 어린애들처럼 뒹굴었다. 가끔 그곳이 생각났다. 수련회가 있어 사람들과 포천 방면으로 가다가, 노란 은행잎이 포도 위를 구를 때면.

"그럼 어디가 좋을까……."

"백화점은 어때요?"

수민은 무심코 말을 뱉어내고 후회하는 게 역력하다. 자본주의 유통 구조의 꽃인 백화점에, 그것도 아이랑 함께 가자는 소리에 철호의 미간이 반사적으로 좁혀지기라도 한 걸까.

어떤 말도 다시는 하지 않을 듯 수민의 꽉 다문 입술을 보면서 철호는 주먹이 하나 지나갈 만한 이렇게 가까운 거리에 있으면서도 서로의 마음이 향하고 있는 그 거리를 생각해본다.

　수민이 광릉수목원은 차가 밀려서 가기 싫다고 한 것은 어쩌면 진실이 아닐지도 모른다는 생각이 희끗 눈앞을 스치는 눈발처럼 지나간다. 철호와 함께 그곳만은 가고 싶지 않다는 의지인지도……. 거기엔 철호와의 추억이 너무 많이 남아 있는 곳이므로. 그래서 따뜻한 봄날 아이를 데리고 그곳 전나무 숲 속에 갈까 하다, 신록이 우거진 여름 거기 통나무 의자에 앉아 연못의 실한 잉어 떼를 아이와 함께 지켜볼까 하다 번번이 그만두었을지도 모른다.

　아이와 어디로 가서 어떻게 놀 것인지 결정하지도 않은 채 철호는 수민과 함께 놀이방 입구에 선다. 뭔가 특별한 계획을 먼저 짜놓고 만날 궁리를 해야 하는, 아이와 아버지의 특별한 관계. 수민이 아이의 겉옷을 입혀 데리고 나오자 철호는 물고 있던 담배를 급히 비벼 끈다. 아이에게 보여주려던 눈발은 그쳤지만 철호의 머리 위엔 여전히 잿빛 겨울 하늘이 놓여 있다.

　"인사해, 희민아. 엄마 친구야."

　"어, 오늘은 구 아저씨 아니네."

　철호는 아이가 말하는 구 아저씨란 사람이 누구인지는 모르지만 아이에게 시간을 내어준 고마운 사람일 거라고 생각한다.

　"아저씨도 엄마 친구야. 우리 전에도 한번 만났었지? 오늘은 아저씨가 우리 희민이랑 놀아줄게."

　"사람들이 나랑 맨날맨날 놀려고 그래."

　"아저씨랑 뭐 하고 놀까?"

"……가게."

아이는 제 엄마 눈치를 슬슬 살피더니 몸을 돌려 가게로 뛰어간다.

"희민아, 차 조심해야지!"

아이는 바람에 도는 바람개비처럼 팔랑거리며 바람 속을 달려간다. 아이가 참 예쁘고 튼튼하게 자라주었구나. ……수민이 혼자서 저렇게 키우는 동안 고생이 많았겠구나, 라고 처음으로 수민과 아이를 연결해본다. 철호는 수민과 자신이 함께 보낸 날들이 서로에 대한 깊은 열정으로, 축복 속에 결혼을 하고 그런대로 행복하게 살아온 세월이었다고 생각한다. 가끔 수민이 지나가는 말로 우리는 애 가지면 안 되겠죠 하는 말을 하긴 했지만 철호는 설마 그런 무모한 짓을 하리라고는 생각지도 않아서 귀담아듣지 않았었다.

그때 철호가 맡게 된 일의 성격상 안전하고 안정적인 가옥 구조가 필요했었다. 수민의 집은 그럴 만한 경제적 능력이 되었고 그것도 비교적 이른 나이에 결혼을 하게 된 배경 중의 하나였다. 수민과 철호는 결혼으로 하루아침에 외견상 신분이 상승하여 31평 전세 아파트의 주민이 되었다. 굳이 60평짜리 압구정동 현대아파트가 아니더라도 거실은 어느 책에서처럼 왕복 달리기를 할 수 있는 길이가 될 정도였다. 그게 문제였다. 수민이 본래 자신이 속해 있던 계급으로 돌아간 게. 결혼하고 3개월쯤 지나 수민은 운동을 더 이상 하지 못하겠노라고 했다. 운동이란 스스로 한계를 정하고 하면 제대로 된 운동이 될 수 없는 것인데 지금 나더러 공장에 다시 들어가라고 하면 이젠 죽어도 못 들어갈 것 같다고, 그렇게 살 자신이 없다고. 그때 철호는 운동을 포기하겠다는 여자와는 더 이상 살 의미가 없었으므로 헤어질까를 깊이 생각해봤다. 헤어질 결심을 하니 그녀와 말을 하는 것은 고사하고 잘 때 옆으로 스치기만 해도 신경이 바짝 곤두섰다. 수민의 상심을 모를 리는 없지만 초심을 잃어버린 사람과는 상대할 가치가 없다고 판단했었다.

그런데 어느 날 밤 수민이 술기운을 빌려 울며 애원을 했다. 운동을 직접 하지는 못하겠지만 당신이 하는 일을 옆에서 돕겠다, 제발 한 번만 기회를 달라, ……당신 없이는 못 살겠다고. 나라는 인간이 도대체 뭐라고 한 인간이 이렇게 울며불며 사정을 하는데, 그 진심을 뿌리칠 수 있냐고, 부들부들 떠는 수민의 손을 거둬주었다.

될 나무는 떡잎부터 알아본다고 했던가. 헤어지고 나서 생각하니 차라리 그때 헤어진 것만 못했다는 후회가 일었다. 그때는 최소한 아이는 둘 사이에 끼어들지 않았으므로. 돈을 벌겠다고 자청해 나선 것은 수민이었는데도 단 한 번도 웃는 얼굴로 철호에게 활동비를 준 적이 없다. 항상 마지못해서, 어쩔 수 없이 철호에게 돈을 건네주었다. 철호가 기억하는 바로는, 수민의 그런 태도를 자신은 한 번도 드러내놓고 지적한 적은 없었다. 돈을 벌기가 힘들어서 그럴 테지, 하고 그녀를 이해하려고 노력했던 철호였다. 수민이 아이를 낳겠다고 버팅길 때 철호는 그것이 수민의 결정이라곤 도저히 믿어지지 않았다. 당신같이 이기적이고 다른 사람을 돌아보지 않는 여자가 어떻게 자기 한 몸을 희생해서 애를 길러! 그런 말을 내질

렀던가.

철호는 주위에서 무수히 봐왔었다. 열심히 활동하던 부부 가운데 출산과 육아 문제로 여자가 주저앉게 되고 그것이 또한 남편의 발목까지도 붙잡던 일들을. 항상 자신의 주장을 내세우다가도 결국에 가서는 철호의 의견을 옳은 것으로 받아들이던, 그렇게 살아온 수민이었다. 그래서 철호는 결국엔 수민이 자신의 의견을 받아들일 줄 알았다. 그러나 이번만은 전혀 예상치 못하게도 수민은 자신의 주장을 거둬들이지 않았다. 그것이 철호의 마지막 자존심을 다치게 했다.

가게로 뛰어든 아이는 좀 생각하는 눈치더니 하나를 집어 든다. 이제 보니 동네 구멍가게는 아이들의 손이 잘 가는 것으로 앞을 진열해놓고 있다.

"엄마, 나, 이거 아저씨가 사줬다!"

아이는 발바닥 모양의 사탕을 들어 올리며 제 어미에게 끝소리가 올라가도록 의기양양하게 신고를 하지만 뒤이어 나오는 수민의 목소리는 그 기를 충분히 꺾고도 남음이 있다.

"너 이리 줘봐! 이거 수입품인데! 엄마가 이런 수입품은 좋지 않은 거라 그랬지?"

"애가 먹고 싶어서 고른 모양인데, 이번 한 번만 먹게 해주지 그러오."

"안 돼요! 수입 과자는 얼마나 몸에 안 좋은 건데요. 너 이리 줘봐. 엄마가 다른 것 사줄게."

아아앙, 아이는 드디어 울음을 터뜨리고, 철호는 당황해서 어찌

할 바를 모른다. 그러나 철호가 왜 모르겠는가. 수민이 아이한테가 아니라 철호에게 화를 내고 있다는 것을. 지금까지 아이에 대해 관심 한번 가져보지 않은 아비가 이만큼 키워놓으니까 이제 와서 아비의 권리를 찾고 싶어서 나타난 것에 대한 서운함과 분노임을. 그러나, 아비의 권리? 그런 걸 염두에 뒀더라면 이런 식으로 나타나지도 않았을 것이다. 다만 이렇게 얽혀든 떼려야 뗄 수 없는 핏줄의 인연 때문이란 걸.

수민은 쓰레기통에라도 당장 던질 기세였던 발바닥 사탕을 아이의 입에 다시 물리며, 이번뿐이야, 너! 엄마랑 약속! 하며 새끼손가락을 걸고 엄지손가락을 눌러 도장을 찍는다.

"오다가 보니까 산이 있던데……."

"날씨도 추운데요……."

수민이 말은 그렇게 하면서도 아이와 손을 잡고 앞장을 선다. 횡단보도에서 아이는 어디서 배웠는지 손을 번쩍 들고 길을 건넌다. 겨울의 한가운데 뛰어든 계절도 모르는 노랑 병아리 같다.

아이는 산의 초입부터 힘들어, 힘들어, 하며 걸을 생각을 안 한다. 철호가 몇 발자국 앞으로 뛰어가, 아저씨 잡아봐라, 하면 겨우 몇 발자국을 옮길 뿐 흙바닥에 그대로 벌렁 드러누워버린다.

"놀이방에서 노느라 힘들었을 거예요. 거긴 두 돌 지나고 똥오줌 가리는 애들부터 유치원 다니는 애들까지 다 있어서 큰 애들 틈에서 눈치 보며 노느라 제 딴엔 꽤 힘들 거예요."

수민이 처음으로 철호에게 조단조단 이야길 한다. 그 사이 철호에 대한 그리고 자신에 대한 화가 좀 누그러지기라도 한 걸까.

"희민아, 이리 와."

수민이 쪼그려 앉아 등 쪽으로 손을 벌리자 아이는 냉큼 달려와 그 등허리에 업힌다.

철호는 거리에서나 전철에서 애를 가진 여인네들을 보면 수민이 지금쯤 애를 어떻게 키우고 있을까 상상한 적이 있다. 수민은 절대 촌스러운 방법으로 아이를 기르지 않을 거라고, 사람들이 다 보는 전철에서 젖무덤을 드러내놓고 아이에게 젖을 먹인다거나, 처네를 둘둘 말아 아이를 업는다든가 하는 그런 방법들은 사용하지 않을 거라고. 그러나 지금 수민은 꽤 묵직해 보이는 아이를 제 등허리에 업고 산을 오른다.

"희민아, 위험하다! 너 그러다 뒤로 꽝 한다! 손으로 엄마 목을 안아야지."

등 뒤에서 제멋대로 추석이는 아이에게 수민이 말한다.

"이렇게!"

"커억커억, 그렇게 조이면 엄마가 숨을 못 쉬지."

"그럼 엄마, 이렇게."

"그래, 우리 희민이 착하구나."

아비 없이 자라는 아이는 어떻게 성장할까 하고 제 어미의 등에 업혀 산을 오르는 아이를 보며 생각한다. 결손가정에 문제아가 생겨난다는 사회의 일반적인 통념을 믿지 않는 철호지만 분명 아이의 성장에 어떤 식으로든 영향은 미치리라. 수민은 지금까지 다른 사

305

람들에게 아이의 아빠에 대해서 어떻게 설명을 해왔을까. 유학 중이라고? 돌아가셨다고? 그건 어차피 수민이 넘어야 할 산이지만 아이를 업고 이 야트막한 동네 뒷산을 오르는 것도 수민에게는 힘들어 보인다. 아비가 없다는 이유로, 그런 사실이 너무 가련하여 수민이 아이에게 더 살갑게 대하는 것도 철호로선 안타깝다. 아무리 힘들더라도 걸을 수 있다면 이만한 산은 걸어 올라가게 해야 한다고 믿는 철호로선. 그러나 철호는 그 말을 할 수가 없다. 아이에게 엄친이 없는 현실을 누구보다도 잘 알고 있는 사람은 그 누구도 아닌 수민일 터였다.

"애가 잠이 든 모양인데……. 내가 좀 안을까?"

등에 업힌 아이를 철호가 보듬는다.

철호를 지탱해주는 게 있다면 자존(自尊)이다. 스스로를 존중하고 세상의 모든 사람을 존중하는 것. 수민이 기어이 애를 낳겠다고 했을 때 그 뜻을 받아들인다면 그녀와 사는 내내 자존심이 훼손되리라고 철호는 판단했다. 아이를 하나 낳아 기르다 보면, 하나는 외로워 아이한테 좋지 않느니 어쩌고 하며 또 애를 낳자고 할 것이고, 아빠의 의무라며 아이들과 놀아주길 요구할 것이고, 그러다 나중엔 제 앞가림이나 잘하고 남들을 생각해도 되지 않느냐는 말이 나오리란 걸 철호는 알고 있었다. 집안이나 돌보며 자식새끼들이나 끼고 노는 그런 가장으론 늙고 싶지 않다, 여기까지가 내 무너질 수 없는 자존심의 경계다, 그리고 철호는 수민과 헤어졌다.

아이를 안고서 성큼성큼 산을 내려가는 철호의 뒤를 수민이 터벅

터벅 따라온다. 수민은 지금 무슨 생각을 하고 있을까. 철호가 아이의 아버지라는 부정할 수 없는 사실에 대해서 그대로 인정을 하자고 자신을 다잡고 있기라도 할까. 문학 소년이었던 철호가 고교 시절 국내 시화전을 위해 썼던 시의 한 구절이 귓전을 때리는 겨울바람처럼 철호를 매정하게 스쳐 간다. 우리 모두는 결국 서로에게 완벽한 타인이다……. 한때 가족이라 불렸던, 예전엔 함께 있다는 것만으로도 가슴 벅찼던 수민과 철호는 이렇게 서로 다른 생각과 꿈을 가진 완벽한 타인들로 결국은 변한 것이다. 사춘기 소년의 객기로 쓴 시 한 구절이 씨가 되기라도 한 것처럼.

수민이 문을 열어준 집은 언뜻 보아서 처음 신혼을 보내던 때의 그만한 크기의 아파트 같다. 수민은 이제 옛날로, 자기 계급으로 돌아간 것이다. 집이 있고, 차가 있고, 먹고살 만큼 돈이 나오는 가게가 있고, 사랑스런 아이도 있고……. 남편을 잃은 대신 그녀는 모든 것을 얻었다. 아니 냉정하게 말하면 신념을 팔아 이 모든 물질적인 행복을 얻었을 뿐이다.

수민이 아이를 받아 방에 눕히고선 쭈뼛거리며 서 있는 철호에게 힘들게 웃음을 만들어가며 말한다.

"……저, 차나 한잔하고 가실래요?"

"아니, 나 약속이 있어서 가봐야겠소."

철호가 말을 다 마치지도 않고서 신발을 신고 현관문 앞에 선다.

"가끔 아이를 보러 와도 되겠소?"

"……."

말이 없는 수민의 의사를 알아챈 철호가 획 돌아선다. 엘리베이터를 기다리는 동안 둘은 서로 눈이 마주치길 저어하며 서 있다. 그가 엘리베이터에 오르자 수민은 인사도 없이 그를 묵묵히 바라보고 있다.

　수민은 꽝 소리가 엘리베이터 안까지 들리도록 문을 닫는다. 철호는 이제 어디로 가야 되나 잠깐 더듬어본다. 선반 일을 하다 기계에 몸이 들어가 병원에 실려 가 있는 유명이한테 먼저 가봐야 할 것 같았다. 급하게 뛰어간 작은 병원에선 큰 병원으로 옮기라며 늦어도 여덟 시간 안에는 수술을 받아야 한다고 했다. 그런데도 정작 큰 병원에서는 장사에 도움이 안 되는 산재환자라 이제 막 스물을 넘긴 팔팔 뛰는 청춘을 스태프들이 갖춰지지 않았다, 병실이 없다는 이유로 그 여덟 시간을 훨씬 넘기고도 아직까지 응급실에 그냥 방치하고 있었다. 지금도 속절없이 링거나 맞고 있을까. 머리와 이빨이 깨지고 팔근육이 잘려 나갔는데 링거가 다 무슨 소용인가.

　정 안 되면 병원노련의 아는 사람을 찾아보든지 의사인 선배나 동료들을 찾아 뛰어다니기라도 해야 할 것 같다. 사람부터 먼저 살리고 볼 일이므로. 연줄 없고 돈 없는 노동자가 다치면 어디 한 군데 제대로 하소연할 데라도 있겠는가, 생각하다 수민의 그 여유로운 삶이 떠오른다. 역시 두 사람은 물과 기름처럼 섞이기 힘든 관계였는지도 모른다.

　철호는 전철역 쪽으로 걸음을 급하게 옮긴다. 초록색 칠이 벗겨져 나간 놀이터 벤치 위에 앉아 있던 사내가 그런 철호의 뒤를 따른다.

슬프거든, 강을 마셔라

코끝이 매워서였을까, 아니면 집 떠남이 주는 기분 좋은 스트레스 때문이었을까, 혼곤한 잠에 다다르지도 못하고 수민은 의식을 찾고 만다. 그리고 본능적으로 옆의 아이에게로 몸을 돌려 이마에 손을 대본다. 열이 느껴진다. 감기약 때문인지 머리카락에 땀이 젖어 있다. 손과 발도 뜨뜻하다. 이불을 가슴까지 덮어주며 머리카락을 다시 한번 쓸어준다. 몇 시쯤 되었을까.

손을 뻗으면 닿을 수 있는 바로, 그 거리에 일부러 시계를 두고 잤는데도 시계는 쉬이 잡히지 않는다. 늘 시간이 궁금한 거로구나. 수민은 새삼 그 사실을 확인한다. 도시에서나 깊은 숲속에서나, 잠을 잘 때나 걸어 다닐 때나, 집에서나 가게에서나, 텔레비전을 보다가도 샤워를 하다가도.

언제부터였을까, 달력과 시계를 사 모으는 자신을 발견하곤 시간에 대한 집착의 지층이 무의식 속에 꽤 두텁게 잠재해 있다는 걸 알 았던 때가.

서른이 넘고 나서였을까, 이혼을 하고 나서였을까, 세상을 원점으 로 돌아가 다시 살 수만 있다면 하고 긴 한숨을 토해내던 때가. 지나 온 세월 잘못 살아왔다고, 참회의 눈물을 흘릴 정도는 아니었다. 그 렇지만 지금 이것이 내가 원하던, 바로 진정 나로 사는 것인가 하고 회한에 잠겨 달력을 넘기고, 빠르지도 느리지도 않게 항상 그 간격에 맞춰 움직이는 시계의 초침을 망연히 보기 시작한 때가, 그리고 화해 할 수 없는 감정의 격랑을 지켜보던 때가 그 무렵이었을 것이다.

어떤 날은 하루라도 빨리 마흔이 되고 쉰이 되고 예순이 되어 귀 밑머리에 새치가 아니라 온통 머리가 하얗게 센, 삶이 주는 의무를 어찌어찌 다 치러낸 파파 할머니가 돼버리길, 그리하여 세상에 대 해, 사람에 대해, 그리고 스스로에 대해 가망 없는 기대가 사라져버 리길 간구하기도 했다. 또 어떤 때는 이제 겨우 서른에서 몇 살 더 먹 었을 뿐인데 세상의 모든 이면도로와 골목길마저도 속속들이 다 알 아버린 사람처럼 심드렁해 있다면 그것 또한 세상을 수민보다 하루 라도 많이 산 이들에게 죄스러운 것 아니냐고 자성도 했다. 그러다가 도 이제 서른이 넘고 보니 세상이란 또 그렇게 직선 몇 개로 그을 수 있는 단순한 것이 아니란 것 때문에 미로의 한복판에 선 듯했다.

이상한 공기가 느껴진다. 무언가 빠진 듯한 소연한 기운. 수민은 그 애가 누웠던 아이 옆자리를 본다. 베개만 횅뎅그렁하니 놓여 있 을 뿐 사람은 없다. 소리를 죽여 문을 닫고 거실로 나온다. 거실에 있던 찬 기운이 일시에 수민을 덮친다. 그러나 수민은 예기치 않은 그 공격에 그대로 몸을 맡긴다. 잠든 동안 놓아버렸던 모든 감각과 지각을 깨우기 위해.

국가기관인 산림청과 민간 업자가 운영하는 휴양림은 입구에서 부터 달랐다. 서울에서 일찍 떠난다고 떠났지만 여기저길 헤매고 다니느라 밤 10시가 넘어 입구를 통과할 수 있었는데 그곳을 지키던 분이 문 앞으로 걸어나와, 이수민 씹니까? 하며 90도로 허리를 숙여 인사를 하여 수민을 황송스럽게 만든 것이 그 시작이었다.

2층으로 된 아담한 통나무집. 물론 산림청의 통나무집은 욕실과 부엌이 따로 없었지만 이곳은 욕조가 딸린 샤워실이 있고 싱크대는 물론이고 수세미 솔, 세제에 냄비 등속까지 다 갖춘 부엌이 있다. 밥을 푸려다가 주걱을 안 챙겨 왔네 하고 서랍을 열어보면 주걱이 나왔고, 국을 뜨려다 혹시 하고 서랍을 열어 보면 국자가 거기 있었다. 전기밥솥, 냉장고, 텔레비전 그리고 나무 식탁과 의자들까지. 붙박이 옷장 안에 옷걸이까지 걸려 있는 것을 보고 수민은 편리함에 감탄하다 못해 은근히 부아가 치밀려고 하였다.

2만 원과 6만 원이란 숙박비의 차이, 국영과 사기업이라는 운영 주체의 상이함이 불편함과 편함을 가르고, 일상과 낭만을 구획 짓는다. 여기서 경쟁이란 말을 꺼내는 건 차라리 누추한지도 모른다. 웬만한 사람들, 문명의 이기에 너무나 익숙해 있고, 대가를 치르더라도 낭만을 사고 싶은 수민과 같은 부류의 사람들은, 돈을 더 주고라도 시설을 잘 갖춘 이런 곳에서 하룻밤을 자고 싶을 터이므로. 하기는 산림청에서 운영하는 휴양림이 이런 정도의 시설을 갖추기를 희망한다면 그건 자본주의 체제의 냉엄함을 모르든지 우리나라 행정의 무사안일과 복지부동을 아직 깨닫지 못한 순진한 발상일 터였다.

삐걱삐걱 몸을 재우치는 나무 계단을 밟고 다락으로 올라간다. 어젯밤도 인실은 저 다락에서 자겠다며 어린아이처럼 떼를 썼다. 그러나 그곳은 아무래도 방보다는 추울 거라고 수민이 극구 말렸다. 작은 천장으로 건너편 소나무 숲이 한눈에 들어오는 그곳에서 누군들 자고 싶지 않을까마는.

그러나 그곳에도 그 애는 없다. 다시, 이번에 쿵쾅쿵쾅 소리를 내며 거실로 내려온다. 욕실에도 없다. 거실 창문의 커튼을 제친다. 하얗다 못해 파리하기까지 한 그믐달이 눈 쌓인 소나무 숲 위에 떠있다. 자다 말고 어디로 간 걸까. 새하얀 그믐달을 보고 마음이 동해 숲으로 산책이나 나간 걸까.

어젯밤에 수민이 재떨이를 다 치웠는데도 재떨이에 꽁초 세 개가 납작 눌려 있는 걸로 보아 인실은 눈 쌓인 숲길의 유혹을 떨쳐내지 못하고 이 새벽 통나무집을 나선 듯했다. 냉장고 위에 올려두었던 88라이트는 흔적조차 보이지 않는다. 그러나 몰랐던 듯하다. 수민의 외투 속에 마일드 세븐 한 갑이 꼭 숨어 있었다는 걸.

하얀 그믐달을 향해 담배 연기를 내뿜다가 수민은 방으로 들어가 아이의 옆에 눕는다. 낯선 길을, 그것도 절벽과 고개가 많은 강원도 길을 야간 운전까지 하느라 수민은 피곤했다. 설핏 잠이 들었다고

312

느낀 순간, 아이가 엄마를 찾으며 칭얼댄다. 잠결에도 어젯밤 아이가 엄마를 찾으며 울다 속에 있는 걸 토한 기억이 나서 그래, 엄마, 엄마, 하며 아이를 부지런히 어르다, 번개처럼 떠오르는 생각에 손과 입이 그대로 멈추고 만다. 수민은 아이의 고른 숨소리를 확인하곤 거실로 나와 냉장고 문을 왈칵 제쳤다. 다행히 냉장고 안의 모든 것은 잠자리에 들 때처럼 그대로 있다. 그러나 혹시, 하고 캔 맥주를 꺼내 본 순간 수민은 울화통이 치밀어 빈 깡통을 힘껏 우그러뜨리고 만다.

잠든 아이를 다시 한번 확인하면서도 수민은 갈등에 휩싸인다. 엄마를 저렇게 찾는데, 자다가 잠이 깨, 낯선 곳에서 엄마조차 없다면……. 수민은 입으려던 외투를 다시 벗는다. 감기까지 걸려, 자면서도 옆을 더듬으며 엄마를 확인하는 아이를 두고 어디로 간단 말인가. 고개를 흔드는 순간, 비 오는 아침 내려진 세탁소 셔터 앞에서 그대로 잠들어 있던 인실의 모습이 눈앞을 스친다. 이곳은 적막하기 그지없는 겨울 숲속이니까 아이의 울음소리가 분명 들리리라.

휴양림 안은 곳곳에 가로등이 켜져 있지만 수민은 차 트렁크에서 랜턴을 꺼내 든다. 애가 도대체 어디로 간 걸까. 매점으로 서둘러서 내려가다 수민은 그만 쿵 하며 눈길에 엉덩방아를 찧고 만다. 게걸음으로 다다른 매점은 그러나 불이 꺼져 있다.

그럼 어디로 간 걸까. 인실의 새벽녘 실종은 분명 술과 관련이 있을 거라는 예감에 수민은 벌써부터 몸이 후들후들 떨려온다. 지금은 가을도 아니고, 한겨울이다. 그것도 서울과 기온 차이가 무려 10

도 정도가 나는 강원도의 숲에서, 그날 아침처럼 술을 마시다 그대로 쓰러져 졸기라도 하면……. 얘를 어디서 어떻게 찾아야 하나. 친절한 관리실 아저씨의 도움을 받아야 하는가. 수민은 이러지도 저러지도 못하고 차로도 5분 남짓 들어왔던 정문을 향해 달려간다. 눈이 쌓인 길은 환해서 좋았지만 서두를수록 미끄러지기 일쑤다. 도대체 어디서부터 이 여행이 어긋난 걸까.

첫날, 42번 국도를 따라 평창의 비행기재를 지나 여량, 아우라지 강 가에 섰다. 북한강과 남한강이 만나는 양수리처럼 구절천과 임계천, 양과 음 두 물줄기가 만나 아우러지는 정선아리랑의 고향. 그러나 아우라지를 그렇게 물어물어 찾아가 차를 세우고 그 강가에 섰을 때, 수민이 느낀 건 실망감이었다. 양수리처럼 장대하지도 세월리처럼 서럽지도 않은 그건 우리 국토의 어디서나 볼 수 있는 평범하기 그지없는 강이었으므로, 이게 그 유명한 아우라지야? 하는 소리가 수민의 입 밖으로 튀어나오고 말았다. 나 좀 건네주라고 사정할 아우라지 지장구 아저씨는 보이지 않고 사람을 실어 나를 성싶지도 않은 나룻배 한 척만이 모래톱에 놓여 있었을 뿐이다.

그러나 강은, 밤낮으로 배기가스를 마셔야 하는 고속도로 다리 아래로 흐르는 것이든, 굽이굽이 돌아가는 국도 옆의 야트막한 산허리를 감도는 물줄기든, 늘 그렇듯 사람을 각성시킨다. 그 말 없는 흐름 속에 물 흐르듯 흘러가라는 무언의 아우성이 있다. 두 무릎을 땅에 꿇고, 두 팔을 땅에 대고, 그리고 머리마저 땅에 대는, 오체투지의 자세로 세상을 보라고 한다. 네 사랑마저도 흘러갈 터이니 어찌 꿈이 아니랴 하며 낮게 낮게 속삭이기도 한다.

　장거리 여행에 지친 아이는 모래톱에 내려서자마자 겨울 시린 바람 속에도 외투조차 거부하고 숨차게 까르르 웃으며 강가를 내달렸다. 밤만 되면 감기 때문에 고생한다는 사실도 까맣게 잊은 채. 아이의 손에 쏙 들어가는 곱고 만질만질한 수석을, 이건 희민이 거, 이건 엄마 거, 이건 혜숙이 이모 거 하고 아이와 머리를 맞대고 고르다 수민은 어느 순간 등줄기에 비수가 그어지는 듯한 섬뜩함을 느꼈다. 수민의 등 뒤로 내리꽂히는 인실의 눈길. 수민은 저도 모르게 말을 뚝 그치고 말았다. 엄마, 이것은? 아이가 까만 돌 하나를 집어 들고 수민의 눈앞에서 흔들었지만 수민은 건성으로 대꾸했다. 친정에 들러서 아이들을 데리고 갈까 하고 수민이 인실에게 물었었다. 인실은 번거롭게 그러지 말라고, 애를 둘씩이나 데리고 어떻게 여행을 즐기냐며, 혼자서 자유를 맘껏 누리고 싶다고 웃기까지 하였다. 그걸 인실의 진심으로 받아들인 걸 수민은 후회했다. 수민의 여행 제의에도 선뜻 결정을 내리지 못하던 인실의 마음을 헤아렸어야 했는데.

　인실은 수민의 말문이 한순간에 닫히자 등을 보이며 돌아서서 아우라지 처녀상 쪽으로 걸어갔다. 겨울 해는 서둘러서 서쪽으로 떨어지고 사위는 시나브로 어두워져오고 있었지만 수민은 발목을 부여잡는 뭔가 때문에 쉽게 발길을 떼지 못했다. 눈이 올라나 비가 올라나 억수장마 질라나 만수산 검은 구름이 막 모여든다, 는 정선아리랑 노랫가락이 태백산맥의 매 봉우리를 지나 이 강 앞에서 소용돌이치며 구슬프게, 애절하게 흐르는 듯해서 그랬을까. 그러다가 완전한 어둠 속에 놓이기 전에 서둘러 돌아가야 한다는 현실보다는 두려움 때문인지도 몰랐다. 인실이 브론즈 조각상을 향해 가고 있는데도 강 속으로, 여울지는 물속으로 빨려 들어가고 있는 것 같은 환영이 수민의 눈앞을 자꾸 스쳐, 아이를 차에 서둘러 태우고 빵빵거리는 경적을 그 강 자락에 흘려 보낸 것은.

나전역을 지나 기차 굴이 있었다. 밤에 본 그것은 기차가 저 굴 안으로 들어가는 순간의 어두움이나 밀폐감 대신 아이의 기차놀이 장난감처럼 앙증맞을 정도로 귀여움을 느끼게 했다. 그러나 얼마 지나지 않아 수민의 이런 환상을 깨뜨리는 사건이 터지고 말았다. 검문소가 있었다. 속도를 줄이고 무심히 지나치려는데 서라는 것이었다. 처음엔 여자들과 아이만 타고 있는 차라 장난이라도 걸 심사인 줄 알았다. 신분증을 보자고. 길은 점점 어두워지고 왼편의 강 자락마저 희미해지는데 이게 무슨 80년대식 발상인가 싶어 기다리다 말고 경적을 신경질적으로 여러 번 눌렀다. 그러자 거기에 대한 응답은 다른 또 한 명의 젊은 헌병이 뛰어나와 기다리랬잖아요? 하고 날카롭게 쏘아보는 것이었다. 어딘가에 전화를 걸어 주민등록번호 확인이 끝나자 죄송했습니다란 소리 한마디 없이 그 잘하는 경례 한 번 없이 한참 만에 그들은 운전면허증과 주민등록증을 돌려주었다.

"우리 차가 너무 더러워서 그랬나? 강원도 차들은 하나같이 더럽던데……."

무릎 위에 놓인 인실의 손가락들이 라흐마니노프의 피아노 협주

316

곡을 연주하는 피아니스트의 그것들처럼 사정없이 푸들거림을 본 수민이 입가에 미소까지 입히며 말했다.

"난 신분증이란 것도 없는데……."

수민이 본 것은 어둠 속에 자신의 몸뚱이를 한껏 작게 하고서 눈만은 앞에 도사리고 있을지도 모르는 무수한 적들을 향해 희번덕거리고 있는 한 마리 짐승이었다. 넌 아직도…… 그렇게 살고 있니? 수민의 기억으론 머리카락 보일라, 꼭꼭 숨겨두었던 자신의 사진이 박힌 주민등록증을 처음으로 꺼내 보였던 것은 제주도로 신혼여행이란 걸 떠나던 공항 수속대에서였다. 오랫동안 여러 가지 다른 이름으로 살아왔던 수민에게 주민등록증의 비닐 속 사진이 정말 나인가 하는 낯설음은, 머리털 나고 처음으로 타본 비행기보다도 더 강렬했었다.

신분증 없다고 널 해칠 사람은 아무도 없어, 하고 말하려다 그 또한 부질없는 췌사라 여겨져 지켜볼 앞차의 꽁무니도 없는 허허로운 밤길을 정신없이 달리고 또 달렸다.

"수민아, 나 술 생각이 나……."

강원도를 지키고 있는 장승처럼 산허리 하얀 눈밭에 서 있는 옥수수 단을 무수히 휙휙 지나쳐, 매정할 정도로 계속 나타나는 검은 산들의 얼어붙은 고갯길을 오르느라 수민은 입소리처럼 웅얼거리는 그 말을 알아듣질 못했다.

"인실아, 너 방금 뭐라 그랬어?"

차가 영동고속도로로 진입하고 나서야 수민이 재우친다.

"아냐……."

영동 2호 터널을 막 벗어나자 비가 내리기 시작했다. 앞차의 등이 코끼리의 상아처럼 구부러져 보였다. 큰 보름달이 늘어났다 구멍도 났다 어쩔 땐 찢어져버리기까지 하는, 강물에 비친 야경처럼 밤비는 불빛을 흐트러뜨려 노란 중앙선을 지우고 노출을 오래 해서 찍은 도시의 야경 사진처럼 눈앞으로 죽죽 붉은 줄들이 그어지는 착시 현상을 일으켰다. 모든 길의 선두는 시쳇말로 늘 똥차인 것처럼 수민도 제 무거운 몸을 이끌고 트럭보다 더 버벅대며 뒤에 몇 대의 차를 이끌고 대관령보다 더 높은 영동 1호 터널을 올랐다.

시선은 와이퍼가 밀어내는 부채꼴 반경 안의 무수한 동심원의 세계에 고정했다. 긴장으로 가끔 손에 밴 땀을 바지에 쓱 문지르기까지 할 정도로 힘이 들어간 어깨와 손목이 뻐근했다. 그러다가 '둔내'란 이정표가 보이면서 이제 그 반대로 한바탕 열병을 치르고 난 뒤처럼 어깨와 손목의 맥이 풀리려 했다. 그때 인실이 다시 입을 열었다.

"우리, 저기서 술 좀 사 가자."

폭풍우와 싸우는 심야의 망망대해에서 구원처럼 나타난 등대 불빛처럼 오른편에 쉼터가 나타났다. 그 불빛을 애오라지 기다렸던 사람처럼 인실은 손을 들어 가리켰다.

목적지에 도착해서 맥주를 마시면서도 인실은 별말이 없었다. 첫날은 그렇게 술을 마시고 잤다. 아니 정확히 말하면 자기로 했다. 인실과 수민 사이에 희민일 누이고 둘이 이불을 덮고 누웠다. 이른 아침, 희민이 쉬를 한다고 해서 눈을 떴을 때 인실은 베란다에 나가 담배를 피우고 있었다. 춥지 않니? 하고 인사성으로 물었지만 인실은 닫힌 창문 탓에 들리지 않은 건지 말하기가 싫었던 건지 그저 묵묵히 담배 연기만을 소나무 숲으로 내보내고 있었다. 인실이 제대로 잠을 못 이루고 밤을 팼는지 어쨌는지는 알 수 없지만 어찌 됐든 아무 일도 일어나지 않았다. 그렇다면 여행 이틀째였던 어제의 여로에 문제가 있었던가.

시원한 물맛이 일품인 가리왕산 샘물로 목을 축이고 나서야 수민은 여인네의 비녀나 세모시 치마를 떠올리게 하는 기이한 옥색의 물줄기가 수민의 옆을 내내 따라왔음을 알았다. 수민은 기분 전환을 위해, 운전면허를 딸 때 S자 시험을 치는 것 같은 굴곡진 길에는 컨트리나 컨트리와 록이 크로스오버된 음악이 제격이란 생각에 크리스털 게일이며 잭슨 브라운의 노래들이 들어 있는 테이프를 덱에 밀어 넣었다. 노래를 따라 하다가 수민은 흘끔흘끔 인실의 표정을 살폈다.

"너, 이런 음악 들을 만해? 우리 가요 틀어줄까? 노찾사나 뭐……."

"……난 괜찮아. 너 듣고 싶은 거 들어."

가게에서도 가끔은 우리 노래를 틀어놓을 때가 있다. 한영애나 시인과 촌장이나 조동진이나 동물원과 김광석 같은. 그런데 왜 차를 타면 가요를 별로 듣게 되지 않는지를 곰곰이 따져본 적이 있다. 그때는 아마 자동차란 물건 자체가 서양 문명의 산물이므로 박자나 멜로디도 서양의 것이 맞아서일 거라고 생각했다. 그렇다고 누군가 그럼 우리 가요도 서양 음악의 12음계에서 온 것이 아니냐고 따져 묻는다면 할 말은 없다.

구절양장의 고갯길 끝엔 사북이 있다. 수민이 사북이란 이름을 처음 들은 건 중학교 사회 시간이었다. 경제개발오개년계획 사업의 하나로 태백선 철도가 놓여 전철화됨으로써 신흥 탄광도시가 된 곳이란 설명과 함께. 그리고 대학에 들어와서 사북사태란 낯선 진상보고서를 읽었다. 그때 수민이 읽은 것 중엔 모든 '사태'들에 대한 기록들이 얼마나 많은 양을 차지했던가. 성남사태, 사북사태, 광주사태, 부산미문화원방화사태 등등.

고한이란 이정표가 가리키는 대로 좌회전을 했다. 길 양옆으로 광부들의 사택인 듯싶은 규격화된 집들이 낡은 성냥갑처럼 늘어서 있다. 그래서였을까, 어느 추운 겨울날 따뜻한 남쪽이 절절하도록 그립다는 〈캘리포니아 드리밍〉이 흘러나오고 있는 테이프를 수민이 눌러 꺼버린 것은. 고한읍은 물도 잿빛으로 흘렀다. 까맣게 뒤발을 해서 번호판조차 보이지 않는 택시가 검은 길을 달려가고 그 차의 양옆으론 폐가가 된 사택들이 을씨년스럽게 황량한 겨울 언덕배기를 부둥켜안고 있었다. 겨울이어서 그럴 거라고, 수민은 낮은 한숨을 쉬었다. 봄이나 여름쯤엔 이 거리의 풍경도 달라질지 모른다고 스스로에게 의미 없는 위안을 하면서.

정암사. 탄광촌을 지나 이르게 되는 피안의 절집.

"엄마는…… 또 절이잖아, 에이."

차에서 내려주자마자 아이는 절하는 시늉을 하며 입을 놀렸다. 에이라고 내뱉는 소리가 너무나 귀여워 털목도리를 여며주며 볼에 입을 맞추는데, 좋구나, 하는 낮은 목소리가 바람에 실려 왔다. 탄광촌을 지나오면서 차창으로 담배 연기도 내보내지도 못하고 담뱃갑만 만지작거리며 고개를 숙이고 있던 인실의 얼굴이 조금 펴지는 것 같았다.

적멸궁 앞의, 살아서 2000년을 살고 죽어서 1000년을 산다는 아름찬 주목을 올려다보며 강원도 일대에서 세 사람이 두 팔을 벌려야 안을 수 있는 수천 그루의 주목이 무차별하게 잘려 나갔다는, 그리고 그렇게 잘려 나간 주목은 실내 장식품으로 가공되어 수억 원을 호가한다는 주간지 기사를 떠올렸다. 그 지명 속엔 정선군 고한읍 고한 1임반도 끼어 있었음을. 가방에서 주목 단주를 꺼내 들며 이것은 그렇게 처참히 잘려 나간 주목의 몸뚱이로 만든 것이 아니길 기원하다 뒤늦은 깨달음을 얻었다. 여름에 만난 그 남자, 용대리 휴양림의 풋내기 산림청 공무원이 왜 그렇게 수민에게 주목을 주목하여 가르쳐주었는지.

진신사리처라 불상을 모시지 않은 적멸궁에 수민이 엎드려 절을 하자 아이도 엄마의 흉내를 내며 절을 했다. 인실이 문밖에서 그런 모녀를 물끄러미 바라보고 있었다. 단청이 벗겨져 고풍스런 멋을 내는 공포를 올려다보며 수민은 인실의 시선을 애써 피했다. 절집에 와서 오체투지하고 절을 올리는 수민을 인실은 어떻게 생각할까, 궁금해하며. 인실은 처음부터 수민이 계획해놓은 여행 노정에 별 관심을 보이지 않았다. 늘 그렇듯 이번 여행에도 여러 군데의 절집을 집어넣으면서 수민은 고민을 했었다. 인실이 보는 앞에서 부처님께 절을 올려도 되는가 하고. 이해할 수 없을 거라고, 인실이든 철호든, 그 누구라도 예전의 수민을 알던 사람이라면. 종교는 인민의 아편이라고, 누누이 역설했던 수민이.

이야길 해야겠다고, 이런 서먹서먹한 느낌은, 길동무로서의 자세가 아니라고 수민은 마음자리를 결정했다. 어느 날 솟구치는 눈물을 어찌할 수 없어서 그가 부처든 예수든 마호메트든 그 앞에 엎드렸을 때 마음이 강처럼 편안해졌다고, 그래야만 한다는 당위의 세상에 더 이상 살지 않고 마음이 이끌리는 대로 마음의 길을 따라가기로 했다고.

"인실아, 나…… 재혼하면…… 어떨까?"

인실은 그 다음에 으레 나오기 마련인 누구랑? 하고 묻지도 않았다. 그저 알 듯 말 듯 고개를 끄덕일 뿐이었다.

"……강 선생님이랑."

무슨 말을 할 듯하다 인실은 나, 눈 좀 붙일게 하며 의자를 뒤로 젖히고 눈을 감았다.

아, 수민은 알 것 같다. 어디서부터 이 여행이 어긋거렸으며 인실이 이 밤 왜 뛰쳐나갔는지. 인실아, 제발, 인실아, 제발, 하는 입소리에 관세음보살이 어느새 스며든다. 어젯밤 그렇게 서로의 눈을 피해가며 솔직하게 말하지 못한 게 결정적인 잘못이었다.

인실아, 제발, 나무 관세음보살, 인실아. 입속말을 수민은 밖으로 내뱉는다.

"인실아! 인실아! 인실아!"

차가운 수민의 얼굴 위로 눈물이 흘러내리고 손전등의 불빛이 흔들거린다.

"인실아! 인실아! 인실아!"

어디 있니? 제발, 좀 나와다오. 이 추운 날 어느 구석에 있니? 정문이 가까워져오고 있다. 저곳에 가면 사라져버린 친구를 찾아달라고 신고를 해야 한다. 인실아, 너를 실종자란 이름으로 부르게 하진 말아줘.

"누, 구, ……수, 민, 이니?"

얼마나 지났을까, 소리가 들렸다. 소리 나는 곳으로 수민은 불을 비춘다. 오만 인상을 쓰며 그 빛을 거부하는 인실이 거기 있다. 어김없이 한 손엔 소주병을 들고 눈 쌓인 바위에 철퍼덕 주저앉아, 눈동자에선 어떤 기운도 느껴지지 않는 퀭한 빛의 그녀가 거기 있었다.

외줄 위의 세 여자

"통 기억이 안 나. 새벽에 내가 어땠는지……."

인실의 더듬거리는 목소리는 뒤쪽의 아이가 그 말을 기다리기라도 했던 듯 비웃듯이 내지르는 흥, 하는 소리에 잠기고 만다. 알아듣지 못하는 노래 듣기를 거부한 아이가 내 노래, 내 노래 틀어줘! 하며 강력하게 항의성 발언을 하는 바람에 수민은 노래마을의 동요 테이프를 마지못해 밀어넣었다.

아이는 콧방귀를 뀌듯 흥! 소리를 내며 깔깔거리고 웃는다. 수민은 평소라면 〈고무줄놀이〉 노래를 돌리고 돌려 흥, 소리를 아이와 사정없이 내지르며 운전대를 두드려댔을 것이다. 그러나 지금 수민은 불안하다. 심심해서 던져본 돌멩이가 연못 속 뭇 생물의 오금을 못 펴게 하듯이 흥, 하고 내뱉는 철없는 아이의 천진스런 장난에도 마음이 편치 않을 한 여자 때문이었다.

"너, 그거 알았니? 나도…… 나도…….."

오늘 새벽 인실은 수민을 알아보고도 긁힌 레코드처럼 나도, 나도란 말을 몇 번이나 반복했다.

동해고속도로엔 비가 내린다. 꺼억꺼억 울며 바다, 바다가 보고 싶다던 인실의 절규 같은 하소연이 없었더라면 지금쯤 세 여자는 월정사 일주문에 들어섰을 터였다. 흰 눈으로 나뭇가지가 처억척 휘어져 있을 무성한 전나무 숲을 지나 천년 세월을 한자리에 여여 (如如)하게 지키고 있는 9층 석탑 앞의 석조 보살상과 눈인사를 주고 받았을 것이다. 비 오는 날은 월정사 풍광이 최고이고, 눈 오는 날은 오대산 풍광이 최고란 말이 있지 않던가.

동해2터널을 지나자 바다가 슬쩍 보이기 시작한다. 비가 뿌리는 청회색의 바다는 어디까지가 바다이고 어디서부터 하늘인지 가늠할 수가 없다. 7번 국도를 처음부터 탈걸 그랬나 하는 후회가 든다. 7번 국도를 처음부터라고? 허리가 잘리지 않았으면 7번 국도의 시작점은 함경북도 나진쯤 되었을까. 갈 수 없는 땅은 그만두고라도 갈 수 있는 그 위에서부터, 분명 그곳은 통일 전망대쯤이 되겠지만, 저 아래까지 한 일주일쯤 잡아 조금씩 음미하듯 이 길을 달려봐야겠다고, 또 마음속에 기록을 한다.

"수민아, 그때…… 그때…… 나도, 나도…… 좋아했었어."

얼음덩어리가 등허리께로 굴러가지는 않았다. 그러나 저 깊은 곳 신경 줄이 콘트라베이스의 둔중한 소리처럼 퉁 하고 튕겨 나갔다. 그 사실을 알았던 것도 같고, 몰랐던 것도 같다. 철호는 자랑처럼 내뱉곤 했었다. 날 좋아했던 여자들이 얼마나 많았는데, 근데 감히 나에게 접근을 하지 못했지, 라고. 그런 말을 들을 때 수민은 눈곱만치도 질투 같은 게 솟아나질 않았다. 철호가 가끔 찰리 채플린의 걸음걸이를 수민 앞에서 흉내 내며 걸어 보이기도 한 것처럼, 주위에서 흠모의 눈길을 보내는 여자들이 많았다고 그의 입으로 조금은 우쭐해져서 자랑했지만, 수민은 오히려 오직 자신만이 그의 그런 비밀을 알고 있다는 데서 내밀한 기쁨을 맛보곤 했었다. 그야말로 속 깊기로 유명한 철호였으므로.

이제야 온전히 이해할 것 같았다. 인실이 왜 그렇게 수민에게 아이를 포기하고 철호의 뜻을 따르라고 했는지. 그리고 자신의 몸이 기름진 옥토가 아니라 풀 한 포기 나지 않는 황무지였으면 좋겠다고 흘리듯 말을 했는지. 철호는 어쩌면 수민보다는 인실과 더……. 수민은 그 다음 문장을 완성할 자신이 없었다. 그걸 인정하는 것은, 다 지나가버린 세월이었다 하더라도 그와 함께 보낸 10여 년의 그 많은 낮과 밤들을 거품으로 허깨비로 만들어버리는 것이므로.

"엄마, 쉬이, 쉬이……."

"그래? 잠깐만."

차를 세우고 아이를 차에서 내려 안는다. 아이는 수민 품에 꼭 들어와 엄마 목을 끌어안는다.

"자, 우리 예쁜 희민이 쉬야 하자. 쉬이…… 쉬이……."

별 기척이 없다. 아이는 수민의 선글라스 낀 눈을 말뚱말뚱 쳐다보며, 어, 엄마가 안 보이네, 하며 딴청을 부린다.

"너 쉬야 안 할 거야?"

"안 나와."

옷을 여며주자마자 아이는 바람개비처럼 낯선 바닷가 마을을 아무 데나 달린다. 그런 아이를 뒤쫓아 차에 강제로 집어넣다시피 해서 제 의자에 앉힌다.

새벽, 겨울 숲의 바람보다 더 차갑게 인실이 자조의 웃음을 띠며 소주병을 입으로 가져갔다.

"수민이 너만은 잘 살길 원했다. ……철호는 가부장적 권위는 없을 사람일 테니까. 난 너희 부부가 정말 행복하게 잘 살길 원했어. 평등하고 인간적인 부부가……."

"……다 지난 이야기지. 우리 운동이 발전해서 교차로의 신호등에 일제히 초록색 불이 들어오는 것처럼 세상이 환해질 거라고 생각했는데……."

"수민아, ……어쩌다 난 이렇게 된 걸까. 술이 없으면 잠들 수 없고, 손가락은 이렇게 후들후들 떨리고…… 밤새 술 마시곤 아무렇게나 길거리에서 쓰러져 잠이 들고."

흔들리는 고개를 따라 인실의 입술이 경련을 일으키듯 실룩거렸다.

"인실아, 너 그거 기억하니? 네 별명이 독일 공산당의 어머니 로자 룩셈부르크였다는 거. ……난 지금도 농촌활동을 떠나는 대학생들을 보면 네 생각이 나. 네가 보였던 그 소박하고 헌신적이던 모습이. 너는 기억하고 있을지 모르지만 87년 노동자 대투쟁 때였어. 누가 내 앞으로 다가와 손을 쏙 잡았어. 어! 하고 내가 아는 척하려고 할 때 너는 같이 온 노동자들이랑 저만치 가면서 뒤를 돌아다보며 나를 보고 싱긋 웃었지. 네가 그때 나에게 얼마나 용기를 줬는지 아니? 인실이는 드디어 해냈구나. 인실이는 정말로 노동자가 됐구나. 나도 한번 해보자 하고. 인실아, 넌 나의, 우리의 모범이었어. 지금도 난 너를 보면 내가 너무 멋대로 살고 있구나, 그런 미안함이 있어."

물 마시듯 벌컥벌컥 소주를 쏟아부으며 주억거리고 있던 인실의 고개가 순간 들렸다.

"수민아, 철호를 깨끗이 잊을 수 있다면…… 철호가 희민이 아빠란 사실만을 그저 담담히 받아들일 수 있다면…… 결혼해. 나야 이 꼴이라 하더라도 수민이 너, 너라도…… 행복해야지. 너라도……."

인실은 온몸으로 퍼져가는 알코올 기운으로 혀가 점점 굳어지고 있었다. 이 추운 곳에서 이러다 어느 순간 나무토막처럼 푹 쓰러지면 안 될 텐데. 다급해진 수민이 인실이 들고 있던 소주병을 낚아채려 할 때였다. 수민의 손길보다 인실이 먼저 소주병을 들어 나발을 불더니 너무도 빠른 동작으로 빈 병을 발밑의 나무 둥치에 부딪혀 깨뜨렸다.

인실이 손에 쥔 동강 난 병목을 제 팔목에 가져다 대고 그으려고 한다고 느낀 순간 수민의 머릿속은 하얗게 탈색이 되었다. 수민은 어떻게 해야겠다는 생각도 없이 인실에게 달려들었다. 그리고 두 여자는 눈 쌓인 한겨울의 숲에서 굴렀다.

인실과 나뒹굴어버린 다음 수민이 점점 기력을 잃어갈 때 얼굴

옆으로 휙, 무언가가 스치고 떨어졌다. 그때 아무것도 듣지 못하고 있다 갑자기 귀가 열리기라도 한 것처럼 어둠 속 어딘가에서도 툭, 하고 떨어지는 소리가 났다. 수민이 몸을 일으켰을 때 말라버린 나뭇가지 하나가 쌓인 눈 위에 시체처럼 누워 있었다.

눈으로 온몸이 후줄근히 젖어 있었다는 것도 그제야 알았다. 그러자 방에 혼자 두고 온 아이 걱정이 와짝 들었다. 겨우 몸을 추스린 수민이 휴양림의 경비 아저씨를 깨워 달려왔을 때 인실은 그때까지도 잠들어 있었다. 아저씨의 등에서 인실을 내려 통나무집에 눕히기까지 아이가 인실처럼 그렇게 세상 모르고 잠들어 있었다는 게 천만다행이었다.

동해고속도로도 끝이 나고 7번 국도로 들어서긴 했는데 바다는 그네 위의 춘향이 속속곳처럼 감질나게 살짝 한 번 보여주고는 좀처럼 그 모습을 드러내지 않는다. 왼쪽이 분명 바다긴 바다일 텐데. 그러다가 동해를 지나 삼척으로 가는 길목에서는 거짓말처럼 말끔하게 갠 날씨가 되었다. 그토록 기다렸던 그 바다가 왼편에 나타난다. 맹방국민학교를 지나 플래카드들이 여러 장 펄럭인다. '결사투쟁 근덕면. 삼척 원전건설 백지화. 진도 4.2 지진에 핵발전소 폭발한다. 핵발전소 막아내어 청정해역 지키자.'

"엄마, 나 쉬이……, 쉬이……."

이번엔 목소리가 조금 다급하지만 벌써 세 번째라 수민은 더 이상 양치기 소년의 거짓말을 믿지 않는다.

"희민이, 너 또 밖에 나가고 싶어 그러지?"

"쉬이, 쉬이."

자식을 이길 부모가 있으랴. 수민은 차를 세운다. 옷을 내려주기가 무섭게 이번에는 아이가 기세 좋게 오줌발을 세운다. 선글라스를 벗어 아이의 눈을 내려다보았다. 이 아이의 짙고 검은 동공을 들여다보고 있으면 죄스러울 때가 많다. 저 아이에게 나는, 우리는 어떤 세상을 물려줄 수 있을까.

초곡리. 소나무 숲 사이로 밀려드는 흰 파도를 보았다, 싶었는데 인실이 어느새 소주병을 들고 있었다. 어디서 또 소주가 난 걸까. 수민이 차를 세우고 아이의 엉덩이를 씻어주고 있을 때 인실은 가게에서 소주병을 쓸었나 보았다. 공중전화는 하나같이 고장이 나 있고, 다른 군입질거리들은 먼지가 재처럼 하얗게 가라앉아 있지만, 소주만은 어디서든 늘 반짝반짝 빛나고 있는 것이 국도 변 가게들의 풍경이므로.

"바다…… 바다구나."

인실이 물을 마시듯 소주를 밀어 넣으며 목 잠긴 소리로 내뱉는다. 이제 더 이상 수민의 눈치조차 보지 않는다. 수민은 전혀 안중에도 없는 인실의 태도에 오히려 마음이 느긋해진다. 그래, 마시려면 마셔! 바람이 솜을 날려버리는 것처럼, 단숨에 들이켜봐!

"남편이 며칠 전 술이 억수로 취해 들어왔었어. 친정에 내려가 혼자 애들을 보고 왔단다. 그동안 자기 고민에 빠져 아빠 노릇을 제대로 못한 게 애들한테 너무 너무 미안했대. 두 애들한테도 잘해주지 못하면서 은근히 아들을 바라던 것도 부끄럽고……, 울면서, 남편이 울면서, ……그동안 나한테 미안했대. 자기랑 사느라 고생이 너무 많다구……. 이제 다시 태어나는 사람으로 살겠대. ……사법고시 준비를 해볼 거래."

수민은 뭐? 라는 외마디 소리와 함께 차를 급정거하고 만다.

"사법고시 준비할 거래."

인실은 이제 우물우물거리지도 않고 남의 일 이야기하듯 말을 하고선 다시 소주병을 입으로 가져간다.

그런 인실을 보며 수민은 너무도 희극적인 비극에 실소가 나오려는 걸 어금니 사이로 틀어막는다. 초점 잃은 눈빛으로 깨진 소주병을 들고 손목을 그으려고 하던 새벽녘 인실의 모습이 수민의 눈앞에 선명한 사진처럼 떠오른다.

"아무리 생각해봐도 자신이 제일 잘하는 건…… 공부하는 것 같대. 이제는 뭔가 전문인이 되지 않으면 안 되는 시절이래. 그래서 눈 딱 감고 고시 준비를 하기로 했대. 이미 합격한 후배들이나 친구들 이야기를 들어봐도 한 2, 3년 하면 가능성이 있을 것 같다구, ……그동안 자기를 좀 도와달래. 지금까지 그래왔던 것처럼."

수민은 인실이 마시는 소주병을 낚아채 벌컥벌컥 들이켜고픈 충동이 든다. 이제는 잠이 들어 엄지손가락을 세차게 빨고 있는 저 아이가 등 뒤에 없다면 벌써 그렇게 했을지도 모른다.

"그게 말이나 되는 소리니? 사람들이 도대체 왜 그렇게 이기적인 거야? 세상을 바꿔보겠다던 사람들이 말야. 옆에 있는 사람들은 도와주기만 하는 사람들이야? 마누라가, 자식새끼들이 지금 어떤 희생을 치르고 있는지도 모르는 주제에. 내가 보기엔 넌 더 이상 과외 선생 노릇도 못해. 너 현실을 좀 직시해! 너 지금 상태가 어떤지, 널 좀 보란 말야!"

"술? 걱정하지 마. 끊으면 돼. 남편도 마음을 다잡고 해보겠다는 데……. 난, 남편을 한 번도 미워해본 적은 없어. 원래는 착하고 순수했던 사람이니까. 시대가 남편을 그렇게 만든 거라고, 미워하고 증오할 건 세상이지 남편이 아니라고."

"인실아 난, 그 도래할지 어쩔지조차 모르는 장밋빛 미래고 뭐고 다 필요 없어! 난, 지금, 세상의 그 무엇보다도 귀중한 친구가 이렇게 비참해지는 게 싫어. 인실아…… 넌 나에게 둘도 없는 친구야……. 이제 그만 자신을 속여. 더 이상 자신을 죽이지 마."

지난여름, 우리나라에 마지막 남았다는 서커스단이 아파트 숲 공터에 둥지를 틀었다. 아이와 그 앞을 지나칠 때면 박제된 커다란 코끼리와 목이 쇠사슬에 걸린 작지만 노쇠해 보이는 원숭이 네 마리가 사람들을 유혹했었다. 아이에게 좋은 기억이 될 것 같아 꽤 후덥지근했던 여름밤, 미덥진 않지만 어쨌든 냉방 완비라고 씌어진 그 낡은 비닐 천막 속으로 아이와 들어갔었다.

그 가설무대에 들어선 순간 수민이 느낀 건 슬픔이었다. 마술사가 흰 비둘기를 모자에서 날려 보낼 때도, 여인이 들어 있는 상자를 마술사가 톱으로 썰었지만 그 여인이 웃으며 말짱하게 걸어 나올 때도. 그것이 빠른 손놀림에 따른 눈속임이라든가, 상자 속에 들어간 여인이 온 사력을 다해 몸을 뱀처럼 구부린 결과라든가, 하는 이제 속지 않을 만큼 그 배면의 진실을 알고 있다는 연유에서만 기인한 것은 아니었다. 그 슬픔은 그보다 더 기저에 흐르는, 다람쥐처럼 뱀처럼 몸을 저렇게 만들기까지 그들이 기울였을 정성, 아픔, 눈물이 수민에게 전류처럼 흘러와 삶의 뒷모습을 알아버린 그런 슬픔이었을 것이다.

아이는 좋아하는 강아지 몇 마리가 나와 재롱을 부리는 순간에도 별 감흥을 나타내지 않았다. 그보다는 땅바닥에 발을 딛고 있는 조립용 의자, 간이 화장실에서 나는 지독한 악취, 끊임없이 들어오고 나가는 사람들로 정신이 없는 듯하였다. 서커스에서 빼놓을 수 없는 약장사는 예나 지금이나 어김없었다. 바뀐 것이라면 지금은 만병통치약 대신 성능 좋다는 카메라를 번호가 당첨된 이에게만 만원에 판다는 것뿐이다. 축하합니다, 란 고성과 함께 사회자가 번호표 끝자리를 부르자 당첨된 사람들은 함박웃음을 지으며 만 원짜리를 꺼내 들고 달려 나갔다. 제2의 압구정이라 불린다는 이 아파트에서 자신이 받아 든 종이에 씌어 있는 번호를 보고 저렇게 좋아라 달려 나가는 것은 아마도 향수일 거라고, 속임수를 몰라서 저 약 아닌 약들을 사겠는가 하고 수민은 생각했다. 수민도 슬몃 손에 쥐고 있는 번호표를 보았다. 하지만 수민이 쥐고 있는 번호는 끝까지 불러주지 않았다.

그날 밤 서커스의 마지막은 외줄 타기였다. 한 여자가 떨어질 듯 말 듯 아슬아슬 외줄 위를 걸어갔다. 그리고 한 여자가, 또 한 여자가 외줄 위로 나타났다. 그들 셋은 그 외줄 위에서 공과 루프로 묘기를 부리더니 마지막엔 두 여자의 어깨를 밟고 한 여자가 올라간 뒤 그녀들은 함께 외줄 위에서 몇 발짝 발을 떼었다. 외줄 위에서 하나가 된 세 여자. 아이 몰래 흘러내리는 눈물을 손등으로 찍어내고 그녀들을 다시 봤을 때 그들은 홀연히 무대 뒤로 사라져가고 있었다.

지금 세 여자가 바다와 함께 달리고 있다. 우리 셋에게 외줄은 무엇이었을까. 철호였을까. 철호가 인실과 짝을 이뤘더라면 훨씬 행복했을지도……. 인실이 수민처럼 좀 더 적극적이어서 철호와 잘됐더라면 이리도 위태롭게 길 위에 서 있지 않았을지도 모른다.

몇 달 후, 신문 사회면에서 그녀들을 다시 보았다. 몸이 자유자재로 구부러지는 텀블링 곡예를 할 때나, 수민이 인정 삼아 그녀들의 사진이 찍힌 책받침을 하나 샀을 때도 어떤 표정조차 실리지 않아 차라리 처연했던 외줄 위의 두 자매. 딸들에게 밤무대 곡예사 일을 시켜 아동학대 혐의로 입건된 적도 있던 그녀들의 아버지가 이번엔 서커스단에 팔아넘긴 대가로 매달 60만 원을 뜯어 가 구속되었다는 기사였다. 그 여자들의 외줄은 딸들을 팔아 술을 마셨을 비정한 아버지였을까.

갈남리란 이정표 뒤에 영덕 114킬로미터, 울진 36킬로미터라는 이정표가 나타난다. 10분도 되지 않아 차 번호판들이 강원에서 경북으로 바뀌었다. 사람들의 말투도 달라졌을 것이다. 끝소리가 살짝 올라가는 강원도 말투에서 억센 경상도 사투리로.

망양휴게소에서 차를 세운다. 눕히면 눈을 감고 일으켜 세우면 눈을 뜨는 자동인형처럼 차가 멈추자 깨우지 않아도 아이는 거짓말처럼 눈을 뜬다. 어른들도 좀이 쑤실 자동차 여행에 저렇게 혹독하게 단련된 아이가 기특하면서도 안쓰럽다. 내리막 고갯길에서도 속이 불편하다고 투정 한번 부리질 않은 아이를 보며, 어쩌다 버스라도 한번 타면 창밖으로 속에 있는 것을 다 토해놓고 눈물을 찔끔거리던 수민의 어린 시절이 흑백사진처럼 떠오르곤 했다. 지독한 겨울 감기에 걸렸는데도 좋은 공기를 쐬면 괜찮아질 거라는 편리한 변명을 하면서 아이를 차에 태워 길을 떠나온 건 차 한번 타기 힘들었던 제 어린 시절에 대한 보상 심리일까.

엄마, 여기가 어디야? 아이는 눈만 뜨면 또 그렇게 같은 질문을 던진다. 수민은 대답 대신 아이더러 잠든 인실을 깨우라고 눈짓을 보낸다. 인실이 부스스 눈을 뜨더니 마른 목소리로, 바다구나, 한다. 인실에게 바다는 무얼까. 모든 것을 놓아버린 듯한 무심함일까, 아우성치며 외치는 분노일까.

아이를 데리고 화장실에 들어가 볼일을 보는데 파도 소리가 들린다. 창문조차 없는 퇴창으로 밖을 보니 흰 파도가 물거품을 일으키며 몰려오고 있다. 삐걱거리는 소리가 금방이라도 무너져 내릴 듯한 승주 선암사의 그것이 볼일 보기 가장 불안한 화장실이라면, 뚫린 흙벽 너머로 잎 진 나무와 붉은 산이 한눈에 들어오는 안성 청룡사의 해우소는 가장 아스라한 산의 전망을 가진 화장실일 것이다. 그렇다면 망향 앞바다에 자리 잡은 이곳은 대한민국에서 바다 풍경이 제일 멋진 화장실일 거라고 수민은 생각한다.

세 여자는 조금씩 조금씩 어두워지는 바다에 선다. 파도가 한 번

덮칠 때마다 아이는 파도보다 엄마를 바라보며 야! 하고 소릴 지르며 까르르 까르르 높고 고운 소리로 웃는다. 포말이 인실의 얼굴과 수민의 얼굴에 끼친다. 상쾌하고, 시원하고, 장대하다. 인실이 웃는다. 길 떠나 처음으로 보는 그 애의 웃는 모습이다. 그렇게 웃어, 인실아. 인실의 목소리가 높게 울린다. 아니, 그 애는 지금 노래를 부른다. 바람아 쳐라 물결아 일어나라, 하고 큰 소리로 노래를 부른다.

"나에게 로자란 별명은 합당치 않았어."

바다와 조금 더 가까워지는 바위로 몸을 옮기더니 인실이 주문처럼 말을 던진다.

"가당찮게 로자라니? 그 여잔 자신의 이상에 순결했지……."

"너무 그러지 마, 넌 학생운동도 성실히 수행했고……. 거기다 노동자 대중과의 현장 사업도 잘했잖아. 난 그저 현장만 기웃거리다 나온 철새에 지나지 않지만……."

"그래, 후훗, 잘할 뻔했었지……. 하지만 아냐. 나도 도망치듯 현장을 나온 사람이란 말이야."

아, 그런 이야긴 그만하고 싶었다. 남에게 드러내 보이고 싶지 않은 부끄러운 기억들, 누구를 만나도 선뜻 꺼내거나 털어놓을 수 없는 가슴 저 밑바닥의 상처들. 그러나 삶은 그때 이후로 흐르지 않은 물처럼 멈추어버린 것일까. 그 겨울 춘의사거리 무궁화제과점의 슈크림 빵이 180원이었다고 기억한다. 그런데 얼마 전 아이에게 주려고 빵을 사는데 봉투에 든 슈크림 빵이 두 개 1000원이란 걸 알고 한순간 깜짝 놀랐던 것처럼. 왜 이리도 삶의 매 순간은 그곳에 정지

336

해 있는 걸까. 그때 작업복을 대신하여 입었던 셔츠, 짧은 청치마, 빨간 조끼를 아직까지 옷장의 한쪽 구석에 모셔논 것도 그런 이유에서일 것이다.

"우리 사회에서 로자 같은 여자가 나오려면 홋, 100년은 기다려야 할까. 이런 세상에선 희민이나 하나 두리가 커도 로자처럼 자유로운 인간은 될 수 없을 거야. 유교적 구습과 자본주의적 가부장제가 만나 기형적인 모습으로 뒤틀린 우리 사회에서는……. 내가 진정으로 로자가 되길 원했다면, 결혼제도 속에 편입하지 말았어야 했어. 우리는 서구의 이성과 합리주의 그리고 민주주의 이념을 교육받은 세대야. 나는 모든 인간은 평등하다고 믿는 그런 머리를 가지고서 조선시대 같은 가부장제에 적응하려고 하는 거야. ……수민아, 이런 속에서 분열된 정신을 갖지 않는다면 그건 도리어 이상체질일 거야."

수민은 인실의 말이 주는 의미들보다 그 말을 쏟아낼 때마다 풍겨 오는 술 냄새가 안쓰러워 견딜 수가 없다. 저런 말들이, 인실의 마음속 깊은 곳에 채곡채곡 쌓여 있던 저 말들이 술의 기운을 빌리지 않고 맨 정신으로, 두 눈 부릅뜨고 나왔으면……. 아, 저 애가 진실로 로자로 다시 태어났으면…….

"인실아, 난 희민일 갖는 것만으로 만족하고 싶어. 난 아이를 통해 삶의 다른 가치에 눈뜬 셈이야. 내가 사랑했던 사람도, 내가 믿었던 이상도 이 아이보다 중요하진 않아. 내게 아이는 내가 이룰 수 있는 유일한 우주일 거라고 믿고 싶어."

인실이 소주병을 내려놓고 희민의 머리를 쓰다듬으며 낮은 소리로 읊조린다.

"나도 너처럼 자유인이 되고 싶어……."

포항 70킬로미터, 영덕 24킬로미터라는 이정표가 나온다. 피곤하다. 차가 허공에 붕 뜨는 것 같은 착각이 순간순간 든다. 그러나 처음 가는 낯선 길이라 해서 80킬로미터의 속도를 늦추지는 않았다. 아무런 생각 없이 달리는 게 이 순간 수민이 취할 수 있는 최선책이라도 되는 양.

인실은 수민의 손을 한 번 잡다 놓더니 슬며시 잠이 들어 있다. 눈이 피로하다. 노란 중앙선이 파도처럼 출렁거리는가 하면 검은 산들이 수민의 차를 향해 돌진해 오기도 한다. 그는 지금 무엇을 하고 있을까? 설계 도면을 뚫어져라 바라보며 담배를 축내고 있을까? 그가 할 일이 무척 많은, 바쁜 사람이란 걸 누구보다도 잘 아는 수민이다. 건축 잡지의 원고 마감이 내일인데 글이 써지지 않아 미치겠다고 전화기를 붙잡고 하소연을 할 때는 꼭 투정을 부리는 아이 같다.

그를 생각하자 며칠 전 놀이터에서의 그의 모습도 함께 떠오른다. 프로젝트 하나를 넘겨 조금 여유가 생겼다며 수민을 찾아왔었다. 그는 수민과 둘만의 시간을 갖고 싶어 했지만 놀이방에서 돌아온 희민은 엄마 옆에서 떨어지려고 하질 않았다. 할 수 없이 셋이서 근처 놀이터에 갔다. 수민이 잠깐 먹을 것을 사가지고 돌아와보니 아이가 구름다리 옆에 벌렁 누워 아파, 아파, 하며 울고 있었다. 아이를 얼른 끌어안고 눈으로 그를 찾았다. 저쪽 벤치에 앉아 담배를 피우고 있던 그가 그때사 헐레벌떡 이쪽으로 달려왔다. 구름다리를 아이가 하나씩 잡고 낑낑대며 오를 때마다 수민은 대견하기도 했지만 늘 바짝 신경이 쓰여 그 옆에서 한 발자국도 떠날 수 없었다.

저 어둠 끝에 서서 그가 손을 흔드는 한계령의 기적 같은 것은 일어나지 않으리란 걸 수민은 이제 안다. 더 이상 그런 마술을 부려줄 만큼 여유 있는 사람이 아니란 것도. 아이와 제대로 놀아주는 게 힘에 부치는 그로선.

경주 46킬로미터, 포항 16킬로미터. 새로운 이정표에 경주란 지명이 오른다. 길은 캄캄해 보이질 않고 가까운 곳 어디라도 잠자리를 찾아보려 했지만 마뜩한 곳은 보이지 않았다. 차가 허방에 빠진 듯 어지럽고 아슬아슬하지만 수민은 내처 달리기로 마음먹는다.

"피곤하지? 오늘 매상은 괜찮았니?"

"어휴, 언니는 지겹지도 않아? 그놈의 매상, 길 떠나서도 확인하게⋯⋯. 언니가 인실 언니랑 여행 간 것 강 선생님은 모르시나? 언니, 희민이랑 여행 갔다니까⋯⋯ 언제까지 그렇게 떠돌 거냐고. ⋯⋯이제 그만큼 돌아다녔음 지겹지도 않냐구⋯⋯."

"거기 왔었니?"

"아니, 전화로. 목소리가 좀 취한 것 같았어."

"⋯⋯."

"언니, 희민이 감기는 어때? 지금도 그렇게 콧물이 많이 나와? 가래는 좀 줄었어?

"낮에는 그런대로 괜찮은데 밤이면 힘들어해. 그래도 차에서는 신기할 정도로 꿋꿋하게 잘 견뎌내."

"언니, ……신문 봤어?"

"너, 나 길 떠나면 세상하고는 문 닫는 거 알잖아. 라디오 뉴스도 안 듣는데 신문은 무슨."

"언니, ……철호 형이 간첩단 사건에 연루돼 구속됐어."

"……."

가닿을 수 없는 그리움

《자기의 땅에서 유배당한 자들》,《갇힌 자들을 위한 기도》, 그런 책 제목들이 불쑥 생각이 났다. 오래전에 잠시 책꽂이에 머물다 사라져버린 책들이.

점심으로 나온 무생채를 고추장에 비벼 먹으면서 한 사람의 얼굴이 떠올랐다. 사람들이 자꾸 새색시, 새색시 해서 낯간지럽다며 오늘 저녁은 또 무얼 하지 하고 해가 서쪽으로 뉘엿뉘엿 질 참이면 긴 홈 웨어를 끌고 아파트 입구의 간이 시장으로 걸어 나가던 여자. 이 동네는 다 좋은데 제대로 된 시장이 없는 게 제일 불편 사항이라니깐, 하며 손에는 무 하나 달랑 들고 들어와 채칼에 쓱쓱 비비던 그 여자.

이것 좀 봐, 무 속살 너무 하얗지. 뒤통수만을 보인 채 책상 앞에 앉아 있는 철호를 향해 그 여자는 부엌에서 큰 소리로 부르곤 했었다. 뒤에서 소릴 치거나 말거나 철호는 하던 일을 계속했고, 아얏, 하는 외마디 비명이 치솟으면 그때사 의자에서 벌떡 일어났다. 이 수민, 네가 하는 일이 그렇지 뭐, 그 여자는 남에게라도 하듯 제 손 가락을 향해 혀를 끌끌 차며 놀란 철호를 향해 씩 웃어 보이며 중얼거리곤 했다. 언제 나는 이 망할 채칼을 졸업하고 칼로 싹싹싹 장단에 맞춰 고운 채를 썰어보나. 채칼을 원망할 뿐 남편의 완강한 뒷모습을 바라보며 혼자서 저녁을 준비해야 하는 재미없음에 대해선 조금치도 원망의 눈길이 들어 있지 않았다.

그녀는 그 뒤로 장단에 맞춰 무를 가늘고 곱게 썰게 되었을까. 철호와 사는 동안은 채칼에서 벗어나질 못했는데…… 이곳에 오면 만사가 이런 식이다. 손에 붙잡고 있는 책보다 두고 온 사람들을 생각하는 것. 가뭄에 콩 나듯 어쩌다 한 번씩 들어오는 라디에이터의 열기에 감질나서 밸브를 다 잠가버렸나 하고 중얼거리는 것처럼. 철호의 생애에 처음이자 마지막으로 30평이 넘는 아파트에 살던 그때, 수민은 생활비가 없다며 추운 겨울에도 안방 하나만을 남기고 모든 난방 밸브를 틀어 잠갔다. 그러던 어느 날 관리비를 내러 은행에 갔다가 다른 사람들 관리비 내역서를 어깨너머로 훔쳐본 그녀는 놀라운 사실을 발견하고 말았다. 중앙난방식 아파트라 어느 집에서 얼마나 쓰나에 전혀 상관없이 평수로 나눠 일괄적으로 계산된다는 것을. 그녀는 다 지나버린 겨울을 원망했다. 반팔로 가볍게 지낼 수 있었는데 괜히 내복까지 끌어안고 살았다면서. 다시 겨울이 오기를 별렀지만 봄이 되자 철호는 그 집을 나와야 했다.

이제 그녀는 다시는 추위에 떨지 않아도 되리라. 한겨울에도 한여름처럼 따뜻하고 언제든지 더운물이 콸콸 쏟아지는 넓고 쾌적한 아파트에서 살고 있으므로.

구형을 받고 또 선고가 있고 나면 이제 정말 살 집인 어느 교도소인가로 찾아 들어가야 하리라. 그렇게 되지 않았으면 하고 재판에 실낱같은 희망을 걸어보지만 귀에 걸면 귀걸이 코에 걸면 코걸이인 세상에 진실이란 것이 과연 통할지 철호는 체념을 하기로 마음을 다잡는다.

새벽녘 곤한 잠에 떨어져 있었다. 혼자 자고 있었다는 게 차라리 다행이었다. 벨 소리에 나가봤다니 회관에 급한 일이 생겼어요, 하는 다급한 외침에 누군지 확인하지도 않고 엉겁결에 문을 열어주고 말았다. 그 순간 확 밀려드는 사람들. 눈앞을 스쳐 가는 종잇장. 구속영장이라는. 거기엔 철호의 이름이 타이핑되어 있었다. 건장한 사내들에 의해 팔이 짓눌린 채 정말이지 '어디론가'로 끌려가면서 이게 무슨 일인가, 어떤 일, 어떤 사람과 관련이 된 걸까 분석을 해봐도 도통 잡히는 게 없었다. 그것보다는 내가 이렇게 잡혀 온 걸 사람들이 알아낼 수 있을까, 날마다 민방위 훈련을 거듭하던 때도 아닌데 난데없는 사라짐을 제대로 이해해줄까, 하는 걱정이 더 앞섰다. 약속 시간에 상대방이 5분이 지나도 나타나질 않으면 그 자리를 떠서 주위를 살펴보아라, 집 근처에 주차돼 있는 차들의 번호를 평소에 유심히 지켜보고 어느 날 낯선 차가 골목에 주차돼 있는지 살펴라, 들어가도 괜찮으면 커튼을 묶어놓고 상황이 안 좋으면 커튼을 풀어놓아라, 따위의 수칙에 익숙해져 늘 온몸의 모든 기관이, 모든 세포가 긴장해서 살던 때가 아닌 것은 분명한데.

눈도 가리지 않고, 구타로 실신한 몸도 아닌 제 몸뚱이로 걸어 안기부 조사실에 들어섰을 때 섬광처럼 드는 생각은 얼마 전에 터졌던 간첩 사건과 나를 연관시키는 건 아닐까였다. 충북 영동에서 암약했다는 정석문 간첩 사건. 그 간첩이 만났다는 재야 단체의 인사들. 그리고 그를 만났다고 신고하지 않은 몇 사람들이 국가보안법상 불고지 혐의로 구속되었다던 신문 기사.

내가 간첩이 되는가.

철호를 에워싸고 그들은 웃었다. 빙 둘러싸고 한쪽 입술만을 살짝 올려 차갑고 싸늘한 미소를 짓는 그들을 보는 것보다 차라리 얻어터져 피 흘리고 싶었다.

"구속영장의 이유가 뭐요?"

"장 선생, 잘 생각해보시지. 우리가 말하지 않아도 그거야 장 선생이 더 잘 알 거 아니요?"

철호는 그들에게 장 선생이 되었다, 이 자식이 되었다, 형씨가 되었다, 수시로 달라졌다.

털이 하나도 남김없이 뽑혀 통닭구이가 되거나, 담배꽁초가 붕붕 떠다니는 욕조 물에 고개를 처박히거나 온 몸뚱이가 허물 벗겨진 뱀의 형상이 되거나 하지는 않았다. 다행이도. 그러나 그들은 잠을 재우지 않았다. 스무 명에서 서른 명쯤 되는 그들은 교대로 눈을 붙이면 되겠지만 철호는 혼자서 그들 모두를 상대해줘야 했다.

매트리스 위에 아침마다 들여보내주는 뜨거운 식수통을 올리고 그곳에 책을 올린다. 따뜻한 책상. 무인도에서 살아남은 로빈슨 크루소를 생각한다. 어렸을 적 어떤 어려운 환경 속에서도 역경을 순경으로 바꿔나가던 그 사나이의 이야기를 읽으면서 얼마나 감격했던가.

아이는 지금 어떤 책을 읽고 있을까? 수민은 잠이 들려는 아이의 머리맡에서 어떤 책을 나직나직 읽어줄까? 아이를 생각하면 모든 것이 의문이다. 제 어미가 세 달 동안 먹이를 날라다 키워준 은혜에 보답하기 위해 그 날들만큼 어미에게 그렇게 먹을 것을 물어다 준다는 효성스런 까마귀들처럼 아이도 그렇게 제 어미를 위할 수 있을까.

조사실 구석의 나무 침대에서 잠깐씩 눈을 붙이면서, 볼따귀에 불찌가 일고 머리 위론 별이 몇 개 횡횡 지나가고 공기 속으로는 육두문자가 퍼져 나갔다. 그때마다 철호는 그 느낌을 떠올렸다. 아이가 제 품 안에서 잠들던 포근한 느낌을. 아무리 맞대고 있어도 더한 아쉬움이 남던 그 발그레한 볼.

쓰던 무전기를 어디다 됐는지 불기만 하면 된다고 달래고, 협박하고, 숨겨둔 곳을 찾는다고 이곳저곳을 끌고 다닐 때도 철호는 단내를 풍기던 아이의 입과 그 작고 여린 솜털을 생각했다. 사상이나 그것보다 더 숭고한 무엇이 있다 하더라도.

북한 쪽이 남한의 재야 인사들에게 무전기를 전달하려 했다는, 생포 간첩이라는 정석문의 진술에 모든 수사의 초점을 맞추고서 철호도 무조건 그렇게 진술해주길 요구했다. 그러나 철호의 완강한 태도에 너 하나쯤은 죽여도 아무 이상이 없다는 협박용으로 은근히 권총이 들어 있는 방탄조끼를 여며 보이기도 했고 몽둥이로 온몸을 개 패듯 두드려대기도 했고 축구공처럼 여러 명이 한꺼번에 발길질을 해대기도 했다. 선거를 앞두고 늘상 그렇듯 그들은 그렇게 몸을 풀었다.

참을 수 없는 건 굴욕이었다. 철호의 사생활을 훤히 꿰뚫는 그들은 왜 이혼을 했냐, 너 같은 서방을 누가 좋아하겠냐고 이죽대었고 지금이라도 맘잡고 마누라랑 자식새끼들 돌보며 오손도손 새로운 인생을 살면 오죽 좋겠냐며 그들이 아는 삶의 진리를 장황하게 설교하기도 했다.

이번 아이의 생일도 놓쳐버렸다. 이번 여름엔 또 무슨 일이 있었던가. 무슨 일인가가 터졌을 텐데도 이제 기억조차 나지 않는다. 그리고 겨울이 오기 전에 철호는 아이의 크리스마스 선물을 샀다. 12월의 문턱만 넘어서면 거리의 모든 스피커에선 캐럴이란 게 울려 퍼지는 걸 누구보다도 못마땅해하던 철호였다. 백화점에선 산타 분장을 하고 선물을 배달하고 제과점마다 케이크를 산더미처럼 쌓아놓고 호객 행위를 하는 걸 보면 이방의 도시에 와 있는 듯한 착각마저 일었다. 서방인들의 기념일에 왜 우리가 이렇게 들뜨고 흥분해야 하는지 분노마저 일던 그날을 맞기 위해 철호는 선물이란 걸 사 봤다. 그것도 아주 미리. 아이의 품에 쏙 들어갈 예쁜 인형을 사줄 참이었다. 그러나 그건 생각보다 여의치 않았다. 철호는 검은 머리에 검은 눈을 하고서 보기 좋게 살이 오른, 아이와 닮은 그런 인형을 찾았다. 우리 아이가 그걸 품에 안고 잠이 들면, 떡 하나 주면 안 잡아먹지 하고 으르렁대는 호랑이가 나오고 그 호랑이를 피해 해님과 달님이 된 착한 남매가 나오는 그런 꿈을 꾸게 되길 소망하며. 그러나 완구점의 인형들은 하나같이 노란 머리에 파란 눈을 하고서 비쩍 마른 팔등신 서양 미인들이었다. 나중엔 봉제 공장 미싱사인 회관의 선민이에게 쓰다 버린 기레빠시(자투리)로 그런 인형을 하나 만들어달라고 부탁할까 하는 어처구니없는 생각까지 할 정도였다. 그러다 결국 포기해버리고 토실토실한 곰 인형을 하나 샀다.

그 새끼 곰은 지금까지도 철호의 책상 위에 있을까. 이왕 내친 김에 남들이 하는 것처럼 미쳐보자고 한 손엔 케이크를 하나 들고 또 한 손엔 곰 인형을 들고 아이에게 찾아가려던 철호의 꿈은 산산조각 나고 말았다. 북한에 다녀온 날짜를 대라구! 무슨 지령을 받고 공작금은 얼마를 받았어? 남한에서 접선하는 공작원이 누구야! 그들은 단 한순간도 쉬지 않고 철호의 귀에 퍼부어댔고 철호는 머릿속으로 〈고요한 밤 거룩한 밤〉의 가사를 아직 다 기억하고 있는지 대뇌를 다 끄집어내어 먼지떨이로 털고 있었다.

무죄와 무기 사이. 무슨 영화 제목 같다. 이제 기소가 되고 검사의 구형이 있고 그러고 나서 재판 결과가 나오리라. 무죄를 받아 두 발로 당당히 세상 속으로 걸어 나가든지 아니면 평생 이 감옥 저 감옥을 배회하며 무기형을 살게 되리라. 어느 쪽으로 동전이 던져질지. 인생은 늘 이것 아니면 저것이었다. 회색의 자유인을 용납하지 않으며.

일어나 쇠창살 너머의 바깥을 본다. 바깥? 운동장이 보인다. 그리고 15척 흰 담이 있다. 모두 인간을 옭아매고 사상의 자유를 말살하는 우리일 뿐인 이곳. 철호는 부질없게도 마음속에 소망 하나를 가져본다. 실낱같은 희망이 끊겨, 형이 확정되고 다른 교도소로 옮겨가게 된다면 쇠창살 너머일지라도 산이 보이는 곳에 둥지를 틀었으면 하는.

"시동 꺼야지."

"뭐?"

수민이 제 귀를 의심해 다시 묻는다.

"시동 *끄라구!*"

우리 아이가 이렇게 컸구나, 아이를 제 의자에서 내려주면서 엉덩이를 토닥여주자 아이는 혀를 내밀어 수민의 볼을 핥는다. 아이가 〈라이언 킹〉 비디오를 보고 그런 장난을 걸어올 때마다 그러지 마라, 고 짜증을 내왔던 수민이었지만 오늘은 아이의 혀놀림에 쿵, 쿵, 요란하게 뛰던 심장이 조금은 평소의 속도를 찾아가는 듯싶다.

차에서 내리자 아이는 언제나처럼 쫄랑거리며 뛰어간다. 앞장을 서서 달려가, 엄, 마, 빨, 리, 와! 라고 한 자 한 자 힘을 줘 소리친다. 끝이 보이지 않는 담이 눈앞에 나타나자 심장은 예의 그 속도를 찾아내 금방이라도 몇 겹의 옷을 걷어내고 튀어나올 것만 같다. 아이는, 빨리 오라니깐! 하고는 뒤통수를 보이며 달려간다.

아이야, 아이야 지금 네가 달려가고 있는 곳은…….

차가운 담벼락, 서 있는 나무들조차 생명감이 없어 을씨년스럽기만 하다. 아이의 손을 잡고 몇 걸음 가지 못해 육중한 정문이 있다. 신분증을 제시해야 들어갈 수 있는 철문. 접견 장소로 가면서 수민은 또 후회를 한다. 아이는 두고 올걸. 아이는 그런 불안한 엄마의 심정을 이젠 눈치챈 듯 조심스럽게 묻는다.

"엄마, 여기가 어디야?"

"여기? 엄마의…… 친구가 있는 곳."

"으응?"

아이가 무슨 말을 했는지 들리질 않는다. 이제야 갇힌 그를 만나러 왔다. 그는 조사 중이었다. 근 50일간을. 조사 중이더라도 만날 수는 있었을 것이다. 내 남편 얼굴만이라도 꼭 보아야 한다고 산지사방을 쫓아다녔더라면. 그러나 수민은 그렇게 하지 않았다. 간간이 실리는 신문이나 잡지를 통해서 그의 근황을 알았을 뿐이다. 수민은 철호의 부인이 더 이상 아니므로.

수민이 철호의 부인으로 남아 있었다면 그가 갇혀 있는 동안 수민은 어떻게 지냈을까. 내 남편 면회시켜달라고 안기부나 검찰의 담벼락에 서서 세상을 향해 고래고래 소리치고, 변호사에게 가혹행위를 당했다고 변론을 부탁하고, 구치소에서 날마다 면회를 허락한다면 날마다 달려와 그와 얼굴을 마주하고, 그의 체온이 남은 옷을 받아 안고 어깨를 들먹이며 그 옷에 얼굴을 묻었을 것이다.

누런 갱지의 면회 신청서 용지에 재소자란 말이 보인다. 그가 죄를 지었는가. 간첩 혐의는 빠지고 이적표현물 소지로만 기소가 되었다는 그에 대한 신문 기사를 보았다. 10년 전쯤 그에게 이런 일이 터졌다면 영락없이 간첩으로 둔갑되어 세상에서 격리되었을 터인데 이나마라도 된 것은 세상이 좋아진 거라고 안도의 한숨을 쉬어야 하는 건지, 아니면 아직도 생포 간첩이란 사람의 진술 하나만으로 새끼줄에 굴비 엮듯 사람들을 줄줄이 안기부로 끌고 가 혐의를 들씌우려는 구태의연한 작태를 계속하고 있는 이 문민정부란 것에 침이라도 타악 뱉고 진저리를 쳐야 하는지 수민은 혼란스러웠다.

재소자 성명에 장철호라고 쓰자 그 다음은 관계를 묻고 있다. 유리판 아래의 샘플엔 지인이라고 씌어 있다. 수민은 망설인다. 철호와 수민이 지금은 무슨 관계인지. 지인이라고 쓸까 하다 친구라고 쓴다. 친구, 수민의 남자친구, 철호의 여자친구. 우리는 참 좋은 친구 사이야, 라고 서로의 등을 토닥여주던 때가 언제였던가.

창구의 직원은 무슨 관계냐고 재차 묻는다. 친구, 친군데요. 수민이 더듬거리자 그는 무슨 친구냐고 묻는다. 세상에 친구면 친구지 무슨 친구도 있는가. 수민은 아랫입술을 깨물며 학교 친구라고 답해준다. 그는 수민과 아이를 번갈아 보더니 아이의 이름을 묻는다. 장희민이라고 대답하자 그는 무슨 생각을 했는지 고개를 끄덕끄덕한다.

건너편 유리 장식장 안에 재소자에게 넣을 수 있는 영치물들이 물건값과 함께 적혀 있다. 아이비과자는 250원, 목욕 타월은 120원, 양말은 800원이다. 그는 지금 무엇이 필요할까? 그는 자기 물건을 한 번도 제 손으로 사 본 적이 없는 사람이었다. 모두 수민이 사다 주었고 그는 그저 수민이 고른 와이셔츠를, 양말을, 속옷을 군말 없이 입었다. 백화점을 몇 번 배회하다가 그 옆 시장에서 산 스웨터를 내밀어도 그는 좋다 싫다 군말이 없었다. 그러나 지금의 철호는 수민이 넣어주는 어느 물건이라도 맘에 들어하지 않을지도 모른다.

민원 안내문엔 넣을 수 없는 물건으로 비누가 들어 있다. 비누를 조각하여 총을 만들고 그 총에 구두약을 바른 후 교도관을 인질로 잡아 탈옥을 시도하던, 이젠 고전이 된 미국 영화를 이곳 교도소장이 감명 깊게라도 본 탓일까. 그렇다면 교도소 반찬이 형편없다고 불평하는 남자친구를 위해 쇠창살에 삶은 계란을 으깨어 건네주던 그 영화의 여주인공 흉내라도 내어 보게 계란이라도 하나 삶아 오는 건데. 끌끌 혀를 차다 자꾸 영화라는 비현실로 도망치려는 자신을 가까스로 붙잡는다.

그의 취향을 더 이상 좌지우지할 수 없는 수민은 영치물 대신 영치금을 넣어준다. 공안 담당 교도관이 수민 앞에 나타난다. 그가 아이의 머리를 쓰다듬으며, 이 아이가 장철호 씨 아인가요? 하고 묻는다. 수민은 아이가 들었을까 봐 화들짝 놀라 대답 대신 그를 노려본다. 그는 자신의 직분과 역할에 어울리지 않게 선한 얼굴을 가진 남자였다. 수민이 노려보자 그는 얼마간 당황한다. 그리고 묵묵히 담 안의 다른 담으로 수민을 인도한다. 이렇게 몇 겹으로 사람을 가두어야 하는가. 문득 올봄에는 아이를 데리고 동물원에는 가지 못할 것 같은 예감이 든다.

가방을 사물함에 넣고 접견실로 들어간다. 사무적인 일들을 처리하느라 정상으로 돌아갔던 심장의 운동은 다시 그 박동음이 점점 더 빨라진다. 종알거리던 아이도 긴장한 눈치로 말이 없어지고 행동이 굼뜨다. 아이를 안아 볼에 입을 맞춘다. 괜찮을 거야. 다 괜찮을 거야.

겨울 솜옷 한복이 금지된 뒤 규격 동복 지급이 늑장을 부려 미결수들이 홑겹 관복에 덜덜 떤다는 신문 기사를 보던 날 수민은 하루종일 울적했다. 언니, 왜 오늘따라 기분이 안 좋아? 하고 묻는 혜숙에게 왜 그 사람은 하필 이런 때 갑자기 자살을 하고 그러니? 하고 그날 아침 신문의 다른 면을 커다랗게 차지한 요절한 포크송 가수를 핑계 댔다. 그러고는 한밤중에 아이의 볼기를 세차게 때렸다. 더워, 더워, 하며 자다가 벌떡 일어나 창문을 열어젖히는 아이한테 화가 났다. 너 이러다 감기 걸려 고생한다고 아이를 어르는 시늉 한번하지 않고, 눈에 넣어도 아프지 않을 아이의 그 어여쁜 볼기를 손바닥으로 털썩털썩 때리며, 너는 이 겨울에 바깥에서 추위에 떠는 사람이 얼마나 많은지 아니? 하고 눈을 부라리며 소리쳤다. 남편이나 자식이 감옥엘 들어가면 한겨울에도 불 한 번 안 피우고 살았다는 사람들을 생각하며, 전 제 손으로 조절이 불가능한 중앙난방 아파트라 어쩔 수 없네요, 핑계 대며 울다 지친 아이를 끌어안았다.

그는 저 안 깊숙한 곳, 그 추운 곳에서 복도를 따라 오리라. 그는 이 추위를 어떻게 지냈을까. 그도 홑겹 관복에 떨지는 않았을까. 아이가 엄마 추워, 추워, 나가자, 하며 손을 끈다. 아이를 정녕 춥게 만드는 것은 기온이 아닐 것이다. 처음 접해보는 싸늘한 냉기와 음산한 공기가 아이를 얼어붙게 했을 것이다. 이제 추위는 한풀 꺾인 셈인데도 수민도 덜덜 떨린다. 그를 만나면 무슨 얘기를 해야 하나.

문이 열린다. 수민의 심장이 한순간 얼어붙는다. 그리고 그가 들어온다. 그는 혼자가 아니다. 날카로운 눈빛의 교도관이 그의 옆에 있다. 수민과 아이를 알아보고 전혀 기대치 않았다는 듯 놀라는 빛이 역력하다. 두 개의 아크릴 창과 쇠창살 너머의 그는 웃는지 화난 건지 수민은 그의 얼굴을 면바로 볼 수가 없다. 그가 잘 보이도록 아이를 번쩍 들어 올리는데 그의 목소리가 들린다.

"……오느라 고생했소."

그의 목소리를 듣자 참고 있던 눈물이 기어이 손등으로 뚝 떨어진다.

"……고, 생, 이 많죠? 희민아, 인사해야지."

"싫어. 나 갈 테야. 엄마, 가앙."

"희민아, 우리 전에 만났었지? 희민이 옷이 참 곱구나."

"조선의 아이 같죠?"

불쑥 예전의 말버릇이 살아 나오고 말았는데 옆에서 기록을 하는 교도관이 수민을 표독스럽게 노려본다. 그래, 적고 싶으면 적어라. 빨간 치마에 분홍색 저고리의 투박한 개량 한복을 입은 아이는 낮은 코, 통통하게 살찐 볼, 가늘고 길게 째진 눈으로 하여 닥종이 인형의 모델 같은, 어디선가 한 번은 스쳤을 법한 조선의, 한국의 아이니까.

그의 목소리는 국제전화처럼 한 박자가 느리게 전달된다. 그는 쇠창살 사이로나마, 아니면 구멍 뚫린 아크릴 창을 사이에 두고서 아이의 손을 잡아볼 수조차 없다. 이것은 영화가 아니라 현실이므로.

희민아, 전에 봤었잖아……. 아저씨란 말을 하려는데 그 말이 목에 걸려 나오지가 않는다. 철호는 희민에게 아저씨가 아니므로. 희민에게 아침에 나서면서 그 애가 알아듣든 알아듣지 못하든 이야길 했었다. 희민아, 엄마 친구가 있는데, 좋은 일을 하다 감옥이란 델 들어갔단다. 왜? 무슨 말인지 알 턱이 없는데도 아이는 엄마의 말끝마다 버릇대로 왜?라고 물었다.

이 세상은 말야, 희민아, 자신보다는 남을 위해서 살려고 하는 착한 사람들에게 어려움을 많이 준단다. 왜, 왜 그러냐고? 이 세상이란 게 그렇단다. 그러자 잠자코 옆에 있던 혜숙이 도저히 안 되겠다는 듯 나섰다. 언니, 희민인 두고 가지 그래. 어린아이한테 너무 충격이지 않을까? 그 사람은 나보다 희민일 더 보고 싶어할 텐데, 솔직히 나도 희민이 없으면 갈 용기가 안 나거든. 아유, 애가 무슨 죄야? 형이 고생하는 건 사실이지만 애한테까지 꼭 이렇게 해야겠어?

"조사받는 동안 힘들었죠?"

수민의 물음에 열심히 대화를 받아 적던 교도관이 예의 그 눈빛을 수민에게 던진다.

"……그렇지 뭐. 우리 예쁜 희민이 아저씨 좀 볼래?"

엄마의 무릎에 앉은 아이는 화가 났다는 시위로 고개를 한쪽으로 돌리고 있다.

"애가 고생이구려."

"……고생은 무슨…… 그곳 많이 추웠죠?"

"견딜 만하오. ……견뎌야지, 다른 수가 없잖소?"

그가 허거프게 웃는다. 그가 저런 모습으로 웃을 때도 있었던가. 늘 한자리에 떡 버티고 있는 산처럼 강건하고 가파른 줄만 알았는데. 그의 칼도 이제 무디어지는가.

"하는 일은 여전히 잘되고?"

"그럭저럭. 혜숙이가 많이 도와주니깐요."

"아이는 건강하고?"

"앤 요즘 뭐든지 혼자서도 잘할 거라면서 설거지도 제가 하겠다며 부엌을 온통 물바다로 만들고 접시를 깨뜨리고……. 그런데도 얘가 제일 싫어하는 소리는 너 알아서 해! 하는 소리예요. 아침에 놀이방 갈 때 옷을 잘 안 입거든요. 너 니 맘대로 해! 하고 소리치면 금방 내 다리를 붙잡고 옷을 입겠다고 그래요."

"인간의 양면성이지. 혼자 힘으로 서야 하지만 그렇다고 혼자서는 세상을 살 수 없는. 저 애가 벌써 그것을 깨친 모양이오."

그에게선 구도자의 냄새가 난다. 투사가 아닌. 수민이 떠난 이후 세상을 초월하고 달관한 듯한 그의 내면이 새삼 아프게 느껴진다. 기대고 의지할 가족이란 존재를 더 이상 필요로 하지 않는 도인의 내음이 사각의 우리 안에 있는 그에게서 더욱 짙게 풍겨날수록 수민은 연민이 인다.

"희민아, 여길 봐라."

그가 아이를 구슬려볼 셈으로 손을 이쪽저쪽으로 움직인다. 다행히 그는 손에 수갑을 차고 있지 않다. 아이가 그 소리에 고개를 돌려 그를 바라본다. 그가 아크릴 창문에 양손을 편다. 수민이 아이의 손을 들어 아크릴 창문 위에 펴준다.

"아니잖아."

아이가 속았다는 듯 혀를 내밀면서도 그 포동포동하고 여린 두 손은 그대로 그렇게 두고 있다. 가 닿을 수 없는 아크릴 판 위의 두 손들. 수민은 혁, 하고 참았던 눈물이 솟구치고 만다. 철호가 손을 내려놓는다.

"……이번 재판 꼭…… 이기세요. 당신은 죄가 없으니까……."

저도 그쯤이야 다 알죠. 당신은 지금 선거를 앞두고 늘상 만들어지기 마련인 공안 사범의 희생양이란 걸. 수민이 손수건을 꺼내 콧물을 훔치자, 엄마, 울지 마, 울지 마 하며 아이가 수민의 어깨를 흔든다. 건너편의 그가 그런 수민을 외면한다.

"아이 데리고 그만 가보구려. ……오늘 와줘서 고맙고……. 다시는 오지 말고 당신이나 잘 살구려."

"건강하세요!"

무의식중에 수민의 소리가 커져 있다. 그가 교도관에게 눈짓을 한다. 이제 그만 돌아가자고.

"희민아, 잘 가!"

교도관이 문을 열자 그가 야윈 등을 보이며 뒤돌아선다. 그가 그 문으로 사라진다. 수민은 그제야 허리께로 찬 바람이 한순간에 몰아침을 느낀다.

"엄마, 왜 울어?"

이 눈물의 의미는 뭘까? 갇힌 자에 대한 연민의 눈물인가. 아니면 그에게서 받았던 그 모든 상처들을 씻어내기 위한 해원(解冤)이기라도 한 것인가. 그 때문에 아직도 쏟을 눈물이 이렇게 많이도 남아 있었던가. 폭행을 당해서도, 서로에게 강렬한 애인이 생겨나서도, 아니면 복잡한 가족 관계에 연루해서도, 그것들 중 어느 것에도 둘의 이혼 사유는 없었다. 하지만 떠나는 그를 이렇게 보내는 순간 왜 이다지도 눈물은 마르지 않는 것일까.

아이도 제 어미의 심정을 알기라도 하는지 어미의 목을 끌어안고 서럽게 울어댄다. 그래, 그건 바로 너였어. 그 무엇과도 바꿀 수 없는, 우주의 한 끝자락에서 자라고 있던 너였단다. 사랑보다도 더 소중했던 생명, 네가 내 속에 있었기 때문이란다. 눈물을 흘리며 수민은 아이를 으스러져라 꼭 껴안았다.

돌아가는 길은 아름답다

그 애는 음악방에 있다고 했다. 수민이 숨을 삼키고 조심조심 문을 열었을 때 어둠에 급히 적응을 하지 못하는 홍채는 아무것도 볼 수 없게 만들었다. 그건 빛의 양을 조절하는 홍채 때문만이 아닐지도 몰랐다. 모든 신경 줄의 마지막 하나까지도 일순간에 정지해버리는 듯한 첼로 소리. 〈재클린의 눈물〉. 저렇게 가슴을 저미는 비장한 곡을 작곡한 이가 오펜바흐란 걸 알았을 때 수민은 잘못 들은 줄 알았다. 텔레비전 연말 특집 쇼엔 거의 빠지지 않고 등장하던 춤곡, 무희들이 허벅지를 쩍쩍 들어 올리며 캉캉춤이란 걸 추어대던 〈천국과 지옥〉 서곡의 작곡가로만 그를 기억하고 있었으므로.

따사로운 볕 줄기가 그 애의 가슴으로 쏟아진다. 그 애가 검은 커튼을 조금 제쳤놓았을까. 음악을 감상한다기보다는 해바라기를 하고 있는 듯하다. 뒤에서 발소리가 나도 그 애는 돌아보지 않는다. 수민이 긴 나무 의자의 옆에 다가가도 그 애는 그대로 눈을 감은 채로 있다. 이스트를 많이 넣고 찐 빵처럼 그 애의 얼굴은 그 사이 부풀어 있다. 손가락으로 지그시 누르면 팥앙금처럼 핏줄이 조금 손에 찍힐 것 같다.

음악이 너무 슬프다, 그렇게 인사를 할 참이었다. 그런데 그 순간 그 애의 고개가 뚝 떨어진다. 픽, 터져 나오려던 웃음이 묘한 감정의 물꼬로 흘러가려 한다. 코미디 영화를 보다 너무 웃겨 눈물을 흘릴 때 같은. 저런 처연한 선율이 더 이상 슬픔이 되지 않고, 단지 고막을 간지럽히며 흘러가는 자장가처럼 들리도록 변한 그 애의 무디어진 신경 줄에 수민은 불안과 안도의 마음이 교차한다.

"……왔니?"

시간이 얼마나 지났을까. 수민의 뺨도 발그레하게 달아오르려 할 때였다. 눈을 뜬 그 애의 목소리가 들린다.

아이는 이모들이랑 삼촌들이랑 앞마당에서 놀고 있다. 몸은 조금 불편하지만 마음은 누구보다도 자유롭고 비단결처럼 고운 사람들과. 아이는 까르르 까르르 숨이 넘어가도록 웃어가며 마른 잔디밭을 달린다.

"오느라 힘들었겠다……."

"오는 길에 하나랑 두리 보고 왔어. ……많이 컸더라."

"엄마가 많이 힘드실 텐데……. 하나도 아니고 둘씩이나……."

작고 동그란 꽃잎들이 사태로 무리 지어 한 송이 꽃이 되고, 줄기 가득 다닥다닥 붙어 있어 마른 숲에 황금빛 무늬가 점점이 퍼져

나간 듯하다. 봄을 알리는 저 노란색 물결, 산수유일까, 생강나무일까? 그 이름이 산수유든 생강이든 지난 겨울 매서운 칼바람과 눈 속에서도 기어이 오고야 말 오늘을 위해 분주히 조바심치며 스스로를 단장했을 것이다. 샛노란 꽃송이를 어김없이 피워낸 오늘은, 그럼 정녕 봄인가? 멀리, 산 능선 위론 흰 눈발이 간간하고 인실의 손가락은 여전히 푸들푸들 떨고 있다.

차가 순창을 지나면서 지금까지 멀쩡하던 하늘에서 거짓말처럼 눈이 펑펑 쏟아졌다. 지구온난화 때문에 눈조차 보이지 않던 올해에 눈이 참 푸짐해서 좋다며 내심 반가워했지만 그건 얼마 못 가 비명으로 바뀌고 말았다. 앞은 보이지 않고 차는 헛바퀴를 돌기 일쑤였다. 엉금엉금 고갯길을 오르면서 수민은 하늘나라 선생님들이 송이송이 눈송이를 자꾸자꾸 뿌려줍니다, 하고 가사조차 정확히 모르는 아이와 함께 노래를 목이 터져라 불렀다. 무서움을 걷어보려고. 끊임없이 밀려드는 눈보라에 그 전까지 차 안을 채우고 있던, 공포의 기류는 이제 확실한 모습을 드러냈다. 수민은 눈앞에 확연히 모습을 드러내준 두려움의 존재를 향해 몸을 세우며 싸워 나아갔다. 몇 번의 시행착오 끝에 바퀴에 쇠사슬이 감기면서, 차가 몇 번 헛바퀴를 돌거나 벼랑으로 미끄러질 뻔하던 일은 사라졌다. 두 여자는 그 전까지 머릿속을 채우고 있던 정신병원의 다른 이름일 요양원에 대한 일말의 불안감을 느낄 여유조차 없어지고 말았다. 머리에 흰 눈을 이고서, 그 여자들은 그렇게 이곳에 들어섰었다.

그리고 나서 다시 오기는 처음이다. 인실의 금단현상이 심하다며 다음 기회에 오셨으면 좋겠다는 이곳 관계자의 정중한 전화 목소리를 듣고 수민은 방문 계획을 취소했었다. 인실은 이곳으로 온 지 어림잡아 두 달이 되어간다. 온몸의 구석구석 그물망처럼 퍼져 있는 모세혈관 하나하나에도 뻗어 있을 알코올기를 세척하기 위해 인실은 어떤 고통을 견뎌내고 있을까. 온몸에 벌레가 기어다니고, 앞에 헛것이 보이고, 환청이 들린다는 그 금단현상에.

인실은 간간이 사람들의 근황을 물으면서도 그것만은 물어오지 않는다. 영수의 소식에 대해서는. 수민도 묻지 않는다. 그가 이곳에 한 번이나 들른 적이 있냐고. 말하지 않는 것은 오지 않았다는 이야기일 터이므로.

수민이 인실의 일로 좀 만났으면 좋겠다고 하자 영수는 시간이 없어서 그런다며 전화로 하면 안 되겠냐고 되물었다. 수민은 그렇게는 안 되겠다고 단호하게 잘라 말하고 수민의 카페로 찾아오라고 했다.

고시촌에 들어가 공부 중인 그는 양복에 넥타이 차림으로 수민 앞에 나타났다. 부인이 알코올중독자였다는 걸 아느냐고 단도직입적으로 묻자 그는 무슨 말인지 이해가 되지 않는다는 듯 뜨악한 표정을 지었다. 인실은 정신병원이나 요양원 같은 격리시설에서 치료를 받아야 치료가 가능할 정도로 심각한 증세라고 수민이 부연 설명을 해주었다. 그러자 그는 정상적 생활을 하면서도 본인의 마음 먹기에 따라서 그런 중독증쯤은 고칠 수 있는 것 아니냐고, 그게 무슨 병이나 되냐, 우리 아버지들이나 어른들은 늘상 술을 끼고 살지 않았느냐고, 그런데도 그분들은 제 할 일 다 하시며 천수를 누리고 사시다 돌아가시더라며 자신의 생각을 조심스럽게 꺼내놓았다. 그럴 단계가 이미 지났다는 진찰 결과가 나왔다고 하자 그는 한숨을 길게 쉬더니 지금은 도저히 그럴 형편이 아니라고 고개를 흔들었다.

"애들 엄마가 그렇게 된 게 다 제 탓이란 걸 압니다만, 지금 우리 형편이…… 이제 병이 있다는 걸 알았으니까 서로 노력하면…… 제가 곧 시험도 봐야 하고…… 아시다시피 저 혼자 잘 살자고 이런 고생을 하고 있는 건 아니지 않습니까? 좋은 일 좀 해보자는 건데, 한 1, 2년이면 될 겁니다. 그때는…….."

그는 말을 옮겨야 하는 고통으로 얼굴이 일그러졌지만 수민은 분기로 얼굴이 일그러졌다.

"됐습니다. 그만하셔도. ……말씀하시는 분홍빛 미래가 현실이 되면 물론 좋겠죠. 그러나 인실은 그동안 할 만큼 했다고 생각합니다. 그러다 저런 고통을 당하고 있는 거고……. 더 이상은, 더 이상은……. 저에겐 지금 고통받고 있는 친구가 더 중요합니다. 인실이 아직 결정을 못 내리고 있어요. 하나 아빠가 반대하리란 걸 알기 때문이죠. 그러나 전 인실이 더 이상 망가지는 걸 지켜볼 수 없습니다. ……전 제 힘으로라도 인실을 예전처럼 건강하게 만들 겁니다."

이제 혼자서 해보세요. 그럴 때도 되지 않았나요? 인실은 그동안 혼자서 누구의 도움도 받지 않고 그렇게 해왔어요. 나 혼자 잘 먹고 잘 살자는 것도 아니고, 제발 그런 변명 이제 그만하세요. 당신의 그 이기주의를, 부인이 아프거나 말거나 내가 하고 싶은 일은 포기할 수 없다는 그 이기주의를 다 알고 있으니까요.

이 말을 그의 면전에서 삼키느라고 수민은 손마디를 우둑우둑 꺾고 있었다.

그가 답답하다는 듯 넥타이를 풀어젖히며 수민의 카페를 나간 지 한 달이 지났을까. 수민은 그로부터 전화를 받았다. 전셋집을 뺐노라는. 입장이 바뀌어 인실이 영수의 상황이었다면 크든 작든 둘이 만들고 지켜온 유일한 재산을 혼자서 처분할 수는 없었으리라. 인실이 서울로 귀향할 때쯤이면 영수의 호주머니로 들어간 전세방값은 한 줌도 남아 있지 않을지도 모른다. 인실과 같이 살기를 원하는 두 아이들이 돌아가야 할 곳은 어디인가. 1분도 채 안 걸리게, 용건만 간단히 전하고 전화를 놓던 그와의 통화를 끝내고 수민은 오랫동안 창가에 자리를 잡고 앉아 있었다.

놀던 아이가 엄마! 하고 소리치며 수민에게로 달려온다. 제 엄마가 그곳에서 자신을 지켜보고 있었는지 확인해볼 요량인지 나무 의자를 몇 번 맴돈다. 그러고 나서 초롱초롱한 눈으로 엄마의 얼굴을 들여다보곤 엄마의 볼에 난데없이 입을 맞추고는 당싯거리며 달려간다. 달려가는 아이 등 뒤로 노란 꽃그늘이 진다.

"가끔 생각해. 네가 정말 대단하다고. 아이를 혼자 힘으로 기르는 게……. 나도 이 지경까지 안 왔을지도 몰라. 힘들더라도 내가 어떻게든 애들을 데리고 있었으면……. 죽을힘으로라도 견뎌냈을 텐데, 애들을 봐서라도. 네가 언젠가 그랬지. 엄마조차 배부른 너를 받아주질 않자 독한 마음이 생기더라구. 내 새끼는 내 힘으로 길러야겠다고 이를 악물었다고."

그래, 얼마나 애가 보고 싶었겠니 하고 화답하려다 그저 그 애의 이야기를 묵묵히 듣기로 한다. 술의 힘을 빌리지 않고도 제 속에 있는 걸 술술 끄집어낸다는 게 대견하다는 생각이 들어서.

"⋯⋯고마워. 이렇게 쉴 수 있게 해줘서. 여기 안 왔더라면 난 또 어찌 살았을까? 일 끝나면 술 마시고, 낮까지 쓰러져 잠이 들다 어스름 녘에 어슬렁거리며 다시 먹이를 구하는 그런 일상을 반복했겠지. ⋯⋯전에는 혼자 가만히 있으면 나도 모르게 눈물이 주르륵 흘러내렸어. 감정을 다스리는 기관의 홈게가 풀린 사람처럼 시도 때도 없이 눈물이 흘렀어. 광주리에 들어 있는 강아지들을 보다가도, 엄마랑 통화를 하다가도, 전철에서 예쁘게 차려 입은 여자아이들을 봐도⋯⋯. 이곳에 와서 그 버릇이 조금씩 없어지는 것 같애. 이렇게 나와 해바라기를 하고 있으면 슬픔이 가슴 가득 차오르는 게 아니라 눈이 스르르 감길 듯한 편안함이 찾아오거든. ⋯⋯철호는 여전히 그대로지?"

이제야 인실은 철호의 소식을 묻는다. 신문을 볼 수 없는 이곳에서 소식이 무척 궁금했을 텐데도.

"곧 재판이 있을 거야. ⋯⋯나, 희민이 데리고 가끔 그 사람 면회하러 가. 옛날에 우리는⋯⋯ 좋은 친구였으니까."

"철호랑⋯⋯ 다시⋯⋯ 결합할 거니?"

"아냐, 그러진 않을 거야."

고개까지 흔들며 강한 부정을 하는 수민을 인실이 말끄러미 쳐다본다.

재결합? 돌아보건대 이상할 정도로 한 번도 그와의 재결합을 생각해본 적이 없다. 그가 누군가와 다시 시작한다는 소문이 들려올까 하고 촉각을 곤두세운 적은 있었다. 하지만 처음엔 아이 때문에, 나중엔 규 때문에 재결합이란 걸 생각지도 못했다. 그러나 그런 이유들보다는 철호란 인물을 너무나 잘 알고 있으므로, 그는 결코 수민을 다시 받아주지 않으리란 걸 잘 알고 있어서일 터였다. 혹, 세상이 변하므로 그도 변해 다른 남자하고의 결혼 소문까지 있었던 수민을 그가 받아준다고 하더라도 이제는 그녀가 자신이 없다. 수민은 이미 그를 지운 지 오래가 아니던가. 아니, 지우려고 그렇게 애쓰지 않았던가.

"인실아, 내가 꿈을 꿨는데……. 네가 환하게 웃고 있었어. 이제는 정말로 네가 하고 싶던 일을 한다면서. ……행복해야 할 사람은 내가 아니라 인실이 바로 너야."

"……."

인실의 수굿한 목이 순연하다.

"……수민아, 너도 이제 돌아가야지……."

수민은 안다. 애써 수민의 눈동자를 바라다보며 울먹울먹한 목소리로 어렵게 운을 뗄 때는 인실의 말이 무엇을 뜻하는지. 떠나왔던 곳으로 단순히 돌아간다는 물리적 의미만은 아니란 걸. 수민은 인실을 보고 시린 웃음을 짓는다. 네가 그 돌아가는 길을 가르쳐주겠니? 라는 물음을 안으로 삼키며.

아이는 뒷자리의 제 좌석으로 들어가는 걸 끝내 울음으로 거부한다. 엄마의 옆에 앉겠다며. 수민은 할 수 없이 아이를 운전석 옆자리에 태운다.

"지금 곧장 서울로 돌아가려면 길이…… 괜찮겠니?"

엄마의 눈을 바라보며 만족스럽게 웃는 아이를 쓰다듬으며 인실이 걱정스럽게 묻는다.

"어디 좀 들렀다 가려고……."

"전에 거기?"

인실이 알겠다는 듯 고개를 끄덕인다. 굳이 말하지 않아도 통하는 그 느낌이 너무 좋아 수민은 인실의 손을 젖도록 잡고 있다.

잔설이 희끗거린다. 남쪽으로 방향을 잡는다. 인실을 데리고 이곳으로 함께 오기 전까지는 절대 오지 못하던 곳. 이젠 잊어버렸다고 할 소리들이 하나씩 하나씩 살아나 들려올 것만 같아서 다가서지 못하던 곳을 향해서. 마늘이 이것이 뭣이다냐? 좀 곱게 갈 것이제. 남정네 셔츠 깃이 더러워서 쓰겄냐? 옥시크린에 담갔다 빨면 얼마나 하얗고 깨끗해지는디. 그릇들을 이렇게 쌓아만 놓으면 쓰것냐? 그때그때 씻어서 엎어놔야제. 넌 도대체 어찌게 된 애가 살림이란 걸 할 줄 아는 게 없냐. 배운 데 없이.

배운 데 없이. 누군가 여자가 처음이자 마지막으로 권력을 잡아보는 때가 바로 시어머니가 되는 순간이라고 했던가. 수민은 그 권력 앞에서 세제가 얼마나 강물을 오염시키고 물속의 온갖 생명들을 죽이는지, 마늘을 곱게 갈 시간이면 신문을 한 장이라도 더 읽겠

366

다, 고 말할 수가 없었다. 사내들은 늘 깨끗하게 차려입혀 내보내야 한다는 강박관념을 가진 그분은 여자인 수민이 당신 앞에서 신문을 보는 것조차 눈살을 찌푸렸으므로.

세월이 지나도 왜 나쁜 기억들은 사그라들지 않고 새록새록 살아 나는 것일까. 이제 명절이 와도 며느리 명절 증후군이니 하는 것은 많이 수그러들었고 어렸을 적의 그 온전한 즐거움을 즐길 수도 있 는데. 인실이 시댁을 생각하면 넌더리가 난다고 했지만 수민은 그 시댁 사람들에 대해 피를 나눈 육친의 정을 느끼며 가슴이 따뜻해 진 적도 많았는데……. 헤어진 자와의 인연이어서 그럴까.

압록이다. 금방이라도 말라버릴 것처럼 아주 얇게 흘러가는 강줄 기가 푸른 대나무 숲 아래에 있다. ……아, 섬진강, 섬진강이다. 느 릿느릿 서두르지 않고 옆을 따라오던 그 푸른 물. 어깨를 툭 치면 금 방이라도 잠이 들어버릴 것 같은 삶의 노곤함이 배어 있는 곳. 모친 상을 당한 이의 통곡같이 흐르는 강이 양수리라면 섬진강은 사는 게 서러워 서럽게 눈물 흘리는 강이다.

태안교를 건너 좌회전을 한다. 군데군데 초록빛의 대나무 숲이 있다. 자유교를 건너자 비포장이 시작된다. 정심교. 마음을 깨끗이 하란다. 오른쪽 얼음장 밑으로 물이 졸졸 흐른다. 반야교, 해탈교를 지나 차를 세운다. 아이와 손을 잡고 교량과 금강문과 누각을 겸한 능파각에 오른다. 이 다리를 건너면서 세속의 번뇌를 던져버리고 불계로 입문하라고 그곳엔 적혀 있다.

아리랑 고개의 여자라고 수민이 명명했던 그 여자는 이곳에 어떻게 왔었을까. 셋집을 전전하던 그 여자가 차가 있을 리 만무하고, 있었다 하더라도 운전을 할 수 있었을까. 알 수도 없는 병명으로 오랫동안 그렇게 고초를 겪었던 형편에.

아이와 누각에 걸터앉아 신우대 숲을 가르고 온 바람 소리를 듣는다. 이끼 낀 돌 사이로 돌돌돌 물소리를 듣는다. 그 어떤 자연과학자라도 이 능파각에 앉아 저 흐르는 물소리가 물의 흐름이 돌에 방해받아 생겨나는 물거품 파열음에 지나지 않는다고 생각진 않으리라. 그도 이곳에선 시간이, 세월이 멈춘 듯하다고 느낄 것이다.

그 여자의 남편이 흉기에 찔려 중태란 기사가 문익환 목사와 김일성 주석이 웃고 있는 사진 옆에 조그맣게 실렸었다. 그날은 공교롭게도 김 주석의 사망 기사로 온 신문이 도배를 한 날이었다. 항상 작은 활자에 더 많은 관심을 기울이는 수민이 아니었더라면 분명 지나쳤을 정도로 그 기사는 구석에 처박혀 있었다. 경찰은 사라진 부인의 행방을 찾고 있다고 하였다. 이게 무슨 일일까? 다른 신문엔 남편을 중태로 빠뜨린 사람이 그 여자일 거라는 추정 기사까지 나와 있었다. 그리고 이틀 후 그녀가 스스로 목숨을 끊은 것으로 밝혀졌다는 기사가 나왔다.

그 여자를 생각하면 늘 한기에 소름이 오스스 돋는다. 으스스하고 몸서리쳐지는 한겨울이 아닌 너무도 뜨겁던 한여름에 그런 엄청난 일을 저질렀다는 게 너무 비현실적이기 때문이다. 그 여자가 자주 들렀다는 이 절, 태안사. 언젠가는 한번 꼭 오고 싶었다. 그러나 올 수 없었다. 철호의 고향과 지리적으로 너무 가까웠기 때문에.

인실을 요양원에 데려가는 길에 이곳에 처음 왔었다. 이 땅에서 여자로 산다는 것에 대해 절절한 아픔을 가졌고 그것을 뛰어넘으려고 한 지역의 여성 대표로 오랫동안 활동했던 그 아리랑 고개의 여인이 왜 그렇게까지 해야 했을까.

가부장제, 한국적 가부장제가 남도 지방 특유의 가문이니 체면이니 하는 것과 얽혀서 더욱 기형적인 모습이 된 그 가부장제의 사슬이 평생 그녀를 자유롭지 못하게 했을 것이다. 더욱이 남편과의 커다란 학력, 신분 차이로 처음부터 반대가 심했다는 9남매 양반 가문의 장손 며느리였던 그녀로선.

풍경 소리. 튼실한 돌담을 가진 선원을 조심조심 아이와 걸으며 또 다른 아리랑 고개의 여자를 생각한다. 그해 겨울 자신의 아파트에서 20미터 아래로 훌쩍 제 한 몸을 던진 여자를. 오랜 고생 끝에 남편이 이제 막 권력의 양지에 얼굴을 드러내려는 순간이었다고 한다. 하필이면 왜 그 무렵이었을까. 그녀가 택한 결단의 시기란 것이. 권력의 그늘에 있던 남자의 부인이라고 그녀의 죽음을 어떻게든 지금의 권력과 연관 짓고 냉소 어린 시선을 보낼 이도 있을지 모르지만 수민은 그저 또 한 사람의 아리랑 고개의 여자의 삶이 안타까울 뿐이다. 이 절, 태안사에 자주 들렀다는 그 여자처럼.

아이에게, 조용히 해야지, 여기는 떠드는 곳이 아냐, 란 말을 입 밖으로 내쏟고 있지만 인실과 함께 이곳을 들렀던 그날처럼 대숲을 걸어 나오면서 수민은 마음속으로 인실에게 했던 말을 생각해낸다.

인실아, 넌 그러지 말아. 우리는 제발 누구의 마누라도 누구의 엄마도 아닌 제발 우리로, 나로 살자. 그 옛날의 강건한 로자처럼.

　해탈교, 반야교, 정심교, 자유교와 태안교를 다시 건넌다. 이제 북으로 달리는 일만 남았다. 오후의 태양이 수민에게 곧장 질주해 왔다간 선글라스 너머로 후퇴하고 만다. 봄기운을 들이마시려 창문을 조금 내렸다가 화물차의 굉음에 얼른 다시 올리고 만다. 속도를 높여 달리다 창평면이란 이정표가 나타나자 속도를 조금 떨어뜨린다.

　이 어름에서 아리랑 고개의 여인은 2.5톤 트럭에 몸을 던졌을 것이다. 태안사에 다녀오던 길이었을까, 아니면 마지막으로 친정집 문턱을 밟고 나왔을까. 달리는 차에 몸을 내던지며 그녀도 자식새끼들이 눈에 밟혔을 것이다. 그러나 그녀는 이미 돌아오지 못하는 다리를 건너가고 있었다. 처음 뛰어든 차량에 간단한 생채기만 내고 운전자가 여자의 얼굴과 몸에 묻은 피를 닦으러 화장지를 가지러 잠깐 들어간 사이 뒤따르던 트럭에 다시 몸을 던진 걸 보면.

　인실아, 우리 올여름엔 이곳에 다시 와 향이라도 올리고 구천을 떠돌고 있을 그녀들, 아리랑 고개의 여인들의 넋을 위무하자꾸나.

　또 한 사람의 아리랑 고개의 여인, 영도 형의 부인, 소정 언니가 생각난다. 태식의 아내 미정이도. 아, 수민이 알고 있는 그리고 알지 못하는 이 땅의 무수한 아리랑 고개의 여인들……. 역사책에도, 신문 사회면에서도 그 이름을 찾아볼 수 없지만, 봄이 되면 어김없이 노란 꽃을 피워 올리는 민들레처럼, 끈질긴 생명력으로 이 땅 곳곳에서 그녀들은 살아가고 있으리라.

　동광주톨게이트를 조금 지나 앞차가 버벅대며 속도를 팍 떨어뜨려놓는다. 2차선으로 가서 저 차를 추월해 달릴까 하다 에라, 아서라, 하고 그 승용차의 뒤꽁무니를 따라가는데 고개 넘어 굴곡진 길에 경찰 순찰차가 숨어 있다. 수민의 옆으로 추월을 시도하던 차가 덜컥 잡힌다. 늘 저렇게 고속도로의 굽은 길에 숨어 있다, 고개를 돌면 한순간 빨간불을 왱왱거리며 툭 튀어나오는 교통경찰들처럼 저 굽이 너머를 알 수 없는 것이 인생일 것이다.

백양사휴게소에서 차를 세운다. 그 짧은 거리에 숨바꼭질이라도 하는 양 한쪽에 다소곳이 숨어 있는 순찰차를 세 번이나 목도해야 했고 속도를 올릴 만하면 나타나는 그들에게 한 번은 차를 세우라는 명령을 들었지만 무시하고 수민은 달려버렸다. 그들은 달려와 수민의 차를 잡는 대신 유조차를 피해 1차선으로 달리고 있던 트럭을 잡아 세웠다.

휴게실로 아이의 손을 꼭 잡고 들어가 아이가 마실 딸기우유와 수민이 마실 캔 커피를 산다. 잠시라도 엄마의 옆에 있고 싶어 하는 아이를 운전자 보조석에 다시 앉혀주고 둘은 각자의 것을 마신다.

"엄마, 에이, 이건 엄마 거잖아."

아이가 의자 밑에서 무언가를 애를 써 끄집어내더니 수민에게 내민다.

규의 손수건이다. 이제 더 이상 그의 손수건에선 프리지어 향 같은 상큼하고 달큰한 냄새는 나지 않는다. 자신만의 것으로 잘 길들여지지 않는 여자를 지켜보다 지쳐버린 남자의 짜증이 묻어나올 뿐이다. 그는 그런 여자를 원했을 것이다. 작업을 하다 힘이 들면 언제나 달려가 쉴 수 있고, 엄마 품처럼 어리광도 부리고, 그리고 예술적 영감도 얻을 수 있는 예술가의 아내를 그는 원했을 것이다. 연애가 꿈이라면 결혼은 현실이므로.

수민은 그런 남편을 원했다. 부드럽고, 따뜻하고, 그리고 희민이 한 번도 제대로 느껴본 적이 없는 아빠의 사랑을 느껴볼 수 있는 그런 사람을.

규가 놀이터에서의 일을 사과하며 희민에게 예쁜 겨울 외투를 사주고 싶다고 백화점에 쇼핑을 가자고 하였다. 희민은 그날 백화점 매장에서 규와 수민의 손을 하나씩 잡고 신이 나 있었다. 노란색! 빨간색! 제가 알고 있는 색깔 이름을 대며 기어이 빨강과 노랑이 배합된 외투를 사겠다고 하였고, 그걸 사 들고 셋은 지하 식당으로 내려갔다.

그날따라 그곳은 붐볐고 수민이 호박죽과 어묵을, 규가 샐러드 한 접시를 쟁반에 들고, 앉을 자리를 찾아 헤매다 겨우 자리를 잡고 앉았을 때 옆에 희민이 없었다. 그럴 리가 없다고 주위를 다시 살폈지만 아이는 시야에 들어오지 않았다.

애가 어딜 간 거지? 수민이 허둥대며 눈으로 주위를 더듬자 규가, 여기 어디 있을 거야, 걱정하지 마, 애가 가면 어딜 가겠어? 라며 포크로 샐러드를 푹 찍어 입으로 가져갔다. 수민은 아이가 입은 옷의 색깔과 디자인마저도 생각이 나질 않았다. 강 선생님, 아까 애가 무슨 색깔의 옷을 입었죠? 수민이 애 옷을 입혔으면서도 그것도 몰라? 컴 온, 컴 다운, 컴 다운, 여기 와서 이거나 먹고 느긋하게 기다려. 규의 침착하란 충고에도 수민은 컴 다운 할 수가 없었다.

이건 내게 닥친 현실이 아닐 거라고, 아이가, 내 아이가 없어지다니. 눈을 크게 뜨고 나면 이 모든 것이 꿈이었다고 안도할 수 있기만을 빌었다. 이 아이는 저의 온 우주이자 존재의 의미랍니다. 제발, 저의 유일한 길동무를 찾아주세요. 제발.

엄마, 아빠의 손을 잡고 걸어가는 아이들이 모두 희민이로 보였다. 이 복잡한 백화점 어디에서 내 아이를 찾나. 처음부터, 제대로 다시 시작하자고. 그러나 다리맥이 풀린 수민은 제대로 걸을 수조차 없었다. 이러고 있을 때가 아니라 방송이라도 부탁해야 되는 것 아닌가.

빵 가게가, 아이스크림 가게가, 피자 가게가 휙휙 스쳐 가지만 그 어디에도 아이는 없다. 도대체 이 아이가 어디로 간 걸까. 희민아, 이름을 불러보려고 하지만 입술은 바짝바짝 타기만 했고 말이 되어 나오질 않았다. 희민아, 희민아, 내 새끼야! 제발! 멀리는 못 갔을 거라며 왔던 곳을 다시 조심스럽게 살폈다.

아! 아이스크림 가게 앞에 어린애가 서 있다. 아까 분명 저 앞을 살폈을 땐 아이가 없었는데, 멜빵바지를 입은 걸로 보아 제 아이 같기도 하다. 희민이란 걸 아는 순간 수민의 가슴은 쿵쾅쿵쾅 뛰고 있었다. 희민아! 수민이 달려가 아이를 끌어안았을 때 아이는 울지도 웃지도 않았다. 아이는 엄마 소리조차 내지 못하고 얼어붙은 표정으로 고개를 푹 숙이고 있었다.

아이를 업고 규에게 갔을 때, 거 봐, 내가 뭐랬어? 걱정하지 말랬잖아, 백화점 안에서 어떻게 아이를 잃어버리겠어? 그때까지도 넋이 나간 듯한 표정의 수민을 보며 규는 어이없다는 듯 웃음을 지었다. 수민이 아이를 의자에 앉히고 아이스크림을 떠서 입에 넣어줬더니 안 먹겠다고 고개를 흔들었다. 아이스크림이 싫다고 할 정도로 너도 겁이 났었구나, 하고 아이의 머리를 쓰다듬었다. 희민아, 엄마를 꼭 따라다녀야지, 희민이 아저씨한테 혼나야겠다. 다음부터! 규의 다음 말은 귀청을 울리는 희민의 울음소리로 뚝 끊기고 말았다.

그는 수민에게 따뜻한 남편은 될지 모르지만 희민에게 좋은 아빠는 될 수 없을 거라는 생각이 들었다. 아이를 잃었다 찾은 그날, 혼란 속에 깨달은 값진 교훈으로 수민은 규와 미련 없이 헤어지리라 마음먹었다.

뒷자석으로 가길 거부하는 아이를 억지로 제 의자에 매달아놓자 아이는 시위라도 하듯 엄지손가락을 입으로 가져가 빨아댄다. 아이가 손을 빼는 행위를 프로이트식으로 또 누구식으로 해석할 수는 있으리라. 어떤 식으로든 그것이 결핍을 의미한다면 그것조차 아이의 운명이므로 수민은 강제로 저 행동을 멈추도록 하지는 않으리라.

벗어놓은 선글라스를 끼려다 사이드미러에 비친 자신의 얼굴을 본다. 귀밑머리에 새치가 드러나기 시작한 서른네 살의 여자가 거울 속에 있다.

철호와 헤어지고서 수민은 결심했었다. 이제 내 눈으로 세상을 보자고. 인간은 자율적이고 주체적이어야 한다고 그렇게 외쳤으면서도 정녕 자신은 세상에 두 발로 서 있었던가. 배려란 이름으로 끊임없이 그의 눈치를 봤고, 실천이란 이름으로 그와 행동을 같이했었다. 그렇게 말도 많고 탈도 많던 운동권의 사상 논쟁에서도 수민은 언제라도 한 번 자신의 목소리를 가졌던가. 그가 보는 대로 이 사회의 물적 단계를 보았고, 모순관계를 보았고 그의 평가대로 인간들을 재단했으며 그가 받아들인 사상을 자신의 것인 양 행세했었다. 그렇게 살아온 세월이었다고, 그러나 이제는 더 이상 그렇게 살지 않겠다고 스스로에게 맹세했었다. 이제 이 두 눈으로 세상을 보고 이 두 발로 세상 속으로 걸어가겠다고. 그러나 두 발로 걷기는커녕 걸음마도 제대로 떼지 못할 때 다시 규를 만났고 이번엔 그의 눈으로 세상을 보고 그 품에 안주하기를 꿈꾸지 않았던가.

한쪽 끝에서 맞은편 다른 쪽 끝으로, 중심에는 한 번도 다다르지 못한 채 허랑한 몸짓만을 계속하는 천칭처럼 어지러운 세월이었다. 혼자 힘으로 일어나야 한다고 마음속으론 늘 소리쳤으면서도…….

삼례, 저 지명을 볼 때마다 수민은 입가에 웃음이 진다. 필례약수의 필례란 이름처럼 소박하고 친근한 이름이 국민학교의 옛 친구를 떠올리게 만든다. 722 익산, 799 봉동. 고속도로를 빠져나가 저런 길, 세 자리나 네 자리 숫자의 국도를 달리고 싶은 충동이 인다. 땅을 뒤엎고 봄을 맞이하느라 분주할 농부들과 씨앗들과 들풀들을 만나고 싶다.

주황색 조끼에 흰색 야광 띠를 두른 사람이 고속도로 갓길에서 휴지를 줍고 있다. 고속도로는 늘 차가 다니므로 청소할 새가 없어 청소란 걸 하지 않을 거라고, 그리고 고속도로를 달리면서 아무도 창문을 내리고 쓰레기를 버리지 않을 테니까 청소란 게 필요치 않을 거라고, 가끔 비가 오면 자연스럽게 청소가 되니까 도로가 늘 깨끗한 거라고, 수민은 생각했었다. 그러나 어느 날 보게 된 저들로 하여 수민은 또 한 번 깨달았다. 세상에 저절로 그렇게 되는 일은 아무것도 없음을.

이삿짐을 가득 실은 트럭이 수민의 옆으로 비껴간다. 늘 방에서만 빨래를 말리는 듯 빨래 건조대가 있고 상처가 여러 군데 난 장롱과 텔레비전과 냉장고가 거기 실려 있다. 아이의 세발자전거도 뒤에 매달려 있다. 제발 지하 방에 살았다면 지상으로, 한 칸짜리 방에서 살았다면 두 칸으로 이사 가길 수민은 뒤에서 허겁지겁 따라오는 이삿짐 트럭을 향해 기원한다.

중부고속도로로 진입한다. 수민은 비틀어진 길이 많은 경부고속도로보다 쭉 뻗은 이 길을 좋아한다. 속도를 내어 달릴 수 있으므로.

시속 140킬로미터. 이 속도는 얼마만 한 빠르기인가. 세상에서 제일 빨리 달린다는 치타가 시속 110킬로미터, 물 찬 제비는 시속 90킬로미터, 날지 못하는 새인 타조가 시속 60킬로미터로 달릴 수 있고 인간은 42킬로미터쯤 되는 마라톤 구간을 달리는 데 두 시간 조금 넘게 걸리니까 시간당 20킬로미터가 인간의 한계인지도 모른다. 총 같은 무기가 없거나 자동차 같은 수단을 이용하지 않는다면 인간은 자연계에서 가장 무기력한 동물일 터였다. 인간이 만든 기계를 이용하여 수민은 지금 치타보다 빨리 밀림을 가르고 제비보다 빨리 창공을 뚫는다. 이 속도로 달리다 중앙분리대를 넘어 건너편의 차와 부딪힐 확률은? ……그건 운명이리라. 수민이 지금 허공 속을 질주한다고 느끼는 이 쾌감이 어느 날 교통사고 현장 사진으로 돌변한다면 눈 뜨고는 못 볼 정도의 처참한 모습이 되리라. 뼈가 문드러지고 형체를 알아볼 수 없도록 일그러진 그 모습에서 바람을 가르고 초원을 달린 치타를, 획획 대지를 박차고 달려간 타조의 긴 목을, 노래하듯이 가뿐하게 땅에 닿은 꽃잎을 사람들이 떠올릴 수는 없을까.

뒤차의 운전자가 바싹 수민의 뒤로 따라온다. 비켜달라는 무언의 압력임을 안다. 네가 날 여자라고 우습게 봤지? 하는 오기로 액셀러레이터를 사정없이 밟는 대신 얌전히 주행차선으로 비켜난다.

내가 조금만 버벅대도 저 인간들은, 역시 여자라 운전을 못해! 하고 손가락질하며 웃어댈 것이다. 난 그런 너희들의 선입견을 깨주기 위해서라도 폼 나게 운전할 것이다. 어쭈, 애까지 뒤에 태운 여편네가 고속도로를 그래도 잘 달리는데, 그런 소리가 너희 남자들 입에서 나오도록.

수민은 이제 그런 사고도 하나의 강박관념이었음을 안다. 그건 강한 자의 역사에 동참하기 위한 힘없는 자의 몸부림이었음도. 사람들은 흑인보다는 백인을, 여자보다는 남자를, 장애인보다는 비장애인을 선호하고 또 그렇게 되길 원한다. 강한 자만이 살아남을 수 있는 동물의 세계처럼. 그래서 그 강한 힘을 발휘하여 백인들은 아메리카 토착민인 인디언을 몰살하였고, 제국주의는 식민지를 착취했고, 지금은 과학과 기술 발전이란 이름으로 자연의 온갖 살아 있는 것들의 생명 줄을 조여놓는다.

수민이 어차피 세상에 하나밖에 없을 자신의 핏줄이 아들이길 바랐던 것도 그런 강한 자의 역사에 길들여져 있었음이란 걸 안다.

내가 힘껏 달리고 있다는 변명으로 더 빨리 가려는 차를 막아선 안 되고, 조금 늦게 간다고 상향등을 켜고 달려들거나 경적을 빽빽 울릴 건 없다고, 속도가 느린 차는 느린 차대로, 빨리 가는 차는 또 그대로 달리면 되는 거라고 수민은 마음자리를 바꿔 먹는다. 모두 다 빨리 달릴 수 있는 건 아니므로.

이제 더 이상 강한 자의 역사에 어떻게든 끼어보려고 몸부림치지 않으며, 생명을 낳고 기르는 여성이란 성(性)을 담담히 받아들이리라. 아이가 엄마, 엄마, 하고 부를 때마다, 제 옆에서 잠든 아이를 볼 때마다, 엄마란 자신의 존재를 새삼 확인하고 가슴 가득 차오르는 행복이란 감정을 느낀다. 내가 정말로 엄마가 되었구나.

이제 돌아가리라. 생명 있는 것들이 살아 숨쉬는 시원(始原)의 그 자리로, 엄마의 뒤통수만을 바라보며 그 먼 길을 함께해준, 손가락을 빨며 잠이 든 저 아이랑 다시 시작하리라. 둘이서, 손을 꼭 잡고. 눈앞을 가로막는 짙은 안개를 만나더라도, 강한 폭풍우에 휩싸인다 하더라도, 낯선 곳에서 길을 잃고 헤맨다 하더라도 이제 더 이상 움츠러들지도 두려워하지도 않으리라. 같이할 든든한 길동무가 있으니…….

어둠 속 길은 그 끝이 오른쪽으로 구부러졌는지 왼쪽으로 휘었는지 가늠할 수가 없다. 운전대를 오른쪽으로도 왼쪽으로도 돌리지 못하고 엉거주춤한 상태에 잠시 있다고 느낀 순간, 딱 맞춤하게 길이 나타난다. 그 옛날, 엉망으로 취해 꺼억꺼억 속에 있는 걸 토해내던 화장실에서 등을 두드려주던 선배가, 사람은 제가 감당할 수 있을 만한 시련만 가지는 거라고 했던가.

앞차의 불빛이 어둠 속의 어미와 딸아이를 비춘다. 아이는 잠들어 있고 어미는 박자에 맞춰 껌을 씹으며 운전대 위에 두 손바닥을 올리고 드럼을 치듯 두드리고 있다. 그 여자의 입에선 노랫소리가 나온다. 무슨 노래일까?

| 작가의 말 |

　지난여름 수십 개의 크고 작은 태백산맥 준령을 지나 그 여자가 불영계곡 초입에 도착했을 때 사위는 벌써 어둑어둑해지고 있었다. 한계령을 보는 듯한, 그러나 한계령의 싸늘한 고절(孤節)미는 풍기지 않는, 소담하고 부드러운 자태의 그 절경에 감탄하는 것도 잠시, 그 여자와 아이는 잠들 곳을 찾아 차 한 대 없는 고갯길을 달렸다.

　하룻밤 신세 지려고 들른 절은 이미 문이 굳게 닫혀버렸고……. 그 여자는 망설임 끝에, 왔던 길로 차를 돌렸다. 그러나 통고산자연 휴양림에도 어미와 아이가 하룻밤 쉴 만한 산막은 없었다. 칠흑같이 캄캄한 산길, 산 위에 걸린 새하얀 초승달, 고갯길의 굴곡에 따라 고개가 떨어졌다 올라왔다 하는 뒷좌석의 아이를 보며 그 여자는 무서움조차 느낄 새도 없이 언뜻 스친 휴게소 불빛을 찾아 부지런히 길을 죽내었다. 내일 아침 이 때 묻지 않은 청정한 계곡을 아이와 함께 다시 봐야지 하는 욕심으로.

그 밤, 후덕한 주인 가족을 만나 그 여자와 아이는 편안한 잠자리에 들 수 있었다. 그리고 활개를 치며 잠이 든 아이 옆에서 그 여자는 그곳 모텔에 도착했을 때 제 아이가 속삭여주던 말을 떠올리며 득의의 미소를 지었다.

"엄마는 여기까지 왔으니깐, 우리 엄마 최고야!"

김연

나도 한때는 자작나무를 탔다

제2회 한겨레문학상 수상작
ⓒ 김연 2021

초판 1쇄 발행   1997년 10월 25일
개정 1판 1쇄 발행   2012년 5월 25일
개정 2판 1쇄 인쇄   2021년 9월 13일
개정 2판 1쇄 발행   2021년 9월 16일

지은이 김연
펴낸이 이상훈
편집인 김수영
본부장 정진항
문학팀 김준섭 김다인 하상민
마케팅 김한성 조재성 박신영 조은별 김효진
경영지원 정혜진 이송이

펴낸곳 (주)한겨레엔 www.hanibook.co.kr
등록 2006년 1월 4일 제313-2006-00003호
주소 서울시 마포구 창전로 70(신수동) 화수목빌딩 5층
전화 02-6383-1602~3 **팩스** 02-6383-1610
대표메일 munhak@hanien.co.kr

ISBN 979-11-6040-636-8   03810